RETORSJA

TOMASZ BREWCZYŃSKI

RETORSJA

OFICYNKA
WYDAWNICTWO

Wydanie pierwsze w języku polskim, Gdańsk 2021

Redakcja: Marta Stochmiałek
Korekta: zespół
Skład: Dariusz Piskulak
Projekt okładki: Magdalena Zawadzka
Zdjęcia na okładce: © Oleh Phoenix/shutterstock.com
© Eky Studio/shutterstock.com
© enfantnocta/Pexels

ISBN 978-83-66899-63-6

OFICYNKA
WYDAWNICTWO

www.oficynka.pl
e-mail: oficynka@oficynka.pl

Tobie,
wierzę, że szczęście
wreszcie się do Ciebie uśmiechnie...

Pamiętaj, że wszystko, co uczynisz w życiu, zostawi jakiś ślad.
Dlatego miej świadomość tego, co robisz.

Paulo Coelho, *Być jak płynąca rzeka*

PROLOG

Kiedy znajdą ciało, będzie już za późno. Właściwie to już jest za późno. Początek końca właśnie nadszedł. Ziemskie troski zaczynają znikać, a kapiąca krew odlicza sekundy do śmierci. Gęste, lepkie krople rozbryzgują się na białej posadzce. Słyszę, jak dźwięczą miarowo. Ich subtelny stukot przybliża mnie do spełnienia.

Teraz niech martwią się inni. Ci, którzy umieranie mają dopiero przed sobą. Nadchodzi bowiem ich kolej. Przekonają się o tym już wkrótce. Dni, tygodnie, miesiące. A może najbliższe godziny? Przecież czas to pojęcie względne, szczególnie w obliczu zła, które zaczyna przybierać na sile. To ono włożyło mi do ręki nóż. Wystarczyły cztery szybkie cięcia, aby wywołać czerwoną powódź. Nikt jej nie zdoła zatrzymać.

Mrużę oczy i uśmiecham się błogo. Już się nie obawiam. To było łatwiejsze, niż mi się zdawało. Ten moment… Niesłusznie przekładany na potem. Każdy dzień zwłoki napawał mnie zbędnym, nieuzasadnionym strachem. On już nie istnieje, ale ja wciąż jestem. Czuję się wybornie. Oby tak było do końca.

ROZDZIAŁ 1

Nienawidziły, gdy piła. Już po pierwszych łykach alkoholu stawała się agresywna i głośna. Krzyczała. Bez przerwy krzyczała. Miała pretensje o wszystko. Choćby o to, że chwilami przestawały się do niej odzywać. A one milczały, bo się po prostu jej bały. Pojedyncze słowa, które przez przypadek wyskakiwały im z ust, były dla niej pretekstem do ciosów. Biła je. Coraz częściej i coraz dotkliwiej. Na oślep, z wściekłością, z dzikim wrzaskiem, bez opamiętania. Zupełnie jakby były treningowymi kukłami. Miękkimi, skórzanymi słupami bez duszy, wypchanymi słomą, z wrogimi twarzami upodobniającymi je do ludzkich. Ale one kukłami na pewno nie były. Były prawdziwe i żywe. Trzymały się mocno za ręce i drżały. Zaciskały do bólu powieki i modliły się w myślach, by kolejny cios nigdy nie nastąpił. Albo żeby ktoś wreszcie zdołał ją powstrzymać. Tylko kto? Sąsiedzi, policja, nauczyciel, bóg?

Nie kochała ich. Nienawidziła wszystkiego, co było z nimi związane. Rozwścieczało ją patrzenie na to, jak jedzą, odrabiają lekcje, śmieją się, biegają, tulą się wzajemnie, oddychają, mówią. A one widziały to w jej spojrzeniach. Obserwowały w gestach, które wyrażały więcej niż okrutne słowa nieustannie przez nią

11

powtarzane. Wśród tych słów najbardziej wwiercały im się w pamięć bełkotliwe groźby dotyczące tego, że najważniejsza osoba w ich życiu kiedyś je odda lub sprzeda.

Czuły się zdradzone i oszukane. Przez życie, które wcześniej zabrało im ojca, i przez wódkę, która teraz zmieniła ich matkę w wyzutą z miłości, bezwzględną i zimną kobietę. Dlatego – kiedy nie musiały – nie zwracały się już do niej „mamo". W jej obecności całkiem zamykały się w sobie. Podczas awantur przestawały mówić ze strachu, a każdego ranka, kiedy kobieta trzeźwiała, milczały ze złości na to, jaką krzywdę wyrządzała im oraz sobie. Zresztą ich zachowanie było jej wówczas na rękę. Miała spokój. Nie musiała zadawać sobie trudu, aby im tłumaczyć, jak bardzo wczoraj nie chciała ich skrzywdzić, jak nie była sobą, gdy brała do ręki poskręcany przewód od żelazka, że to wina stresu oraz że to się już więcej nie powtórzy. Musiała przecież mieć świadomość, że dzieci dawno przestały jej wierzyć, zatem dała sobie spokój z formułowaniem głupich tłumaczeń. Postąpiła słusznie, bo one już nie dawały się na nie nabierać. Po dziesiątkach niespełnionych obietnic poprawy doskonale wiedziały, że ich matka kłamie. A „to" powtarzało się teraz codziennie i za każdym razem przynosiło im nowe, rozleglejsze siniaki i zadrapania. Zabraniała im je pokazywać. Komukolwiek. Uczyły się kłamać, choć ich smutne spojrzenia błagały o pomoc. Dlaczego nikt się nie domyślił, że coś jest nie tak? Dlaczego nikt nie chciał patrzeć im prosto w oczy, w których malował się strach przed wykrzyczeniem światu najokrutniejszej prawdy? Nie, same nikomu o tym nie powiedzą. Matka, lęk i wstyd stały na straży drzwi do ich wyzwolenia.

Wczoraj dwunastolatka po raz pierwszy stanęła w obronie młodszego o rok brata. Uderzyła matkę pustą butelką po wódce i pierwszy raz w życiu poczuła, jak przez jej ciało przechodzi seria intensywnych dreszczy. Nie tych, które znała, generowanych przez strach. Przeciwnie. Aktualne dreszcze były wywołane przez nowe emocje. Wolę walki i determinację, które nakazały jej stawić opór swojej dręczycielce. W tym momencie mocno zapragnęła uderzyć tę jędzę ponownie. A potem znowu, jeszcze raz, do samego końca. Tyle że mocniej i celniej. Najlepiej w sam czubek głowy, tak jak w filmach, które w tajemnicy oglądała z bratem.

Kiedy zaskoczona kobieta przestała zaciskać dłoń na szyi bezbronnego, opadającego z sił syna, odwróciła się, stęknęła zajadle i popatrzyła furiackim wzrokiem na stojącą za jej plecami córkę. Przerażona dziewczyna znieruchomiała. Bała się, a mimo to uśmiechała się lekko. Choć wiedziała, że za chwilę spotka ją sroga kara, wcale nie próbowała uciekać. Zresztą czy miałaby dokąd? Małe zaniedbane mieszkanie na poddaszu w starej kamienicy było zamykane na klucz, a chaotyczne bieganie w poszukiwaniu jakiegokolwiek schronienia jeszcze silniej rozjuszyłoby zdeterminowaną matkę. Pomysł, a wraz z nim nadzieja, które w tamtej chwili zawładnęły umysłem dwunastolatki, oszołomił ją do tego stopnia, że przestała myśleć o zagrożeniu, w jakim się znalazła. W wyobraźni zobaczyła przyszłość, która bardzo się jej podobała. Uśmiechnęła się jeszcze wyraźniej, bo właśnie zdała sobie sprawę, jak niewiele musiałby zrobić, aby dogonić tę przyszłość. Szczęście skrzywdzonych dzieci było przecież blisko, tuż obok, na wyciągnięcie ręki.

I wtedy podjęła decyzję. Pierwszą dorosłą w niedorosłym życiu. Taką, która pociągnie za sobą nieodwracalne konsekwencje. W ciągu kilku sekund nakreśliła plan, którym – jeśli tylko dzisiaj uda im się przeżyć – jutro oczaruje kwilącego na podłodze brata. Tak. Nikt się nie dowie, a one w końcu odzyskają spokój.

Podniósł spuchnięte powieki i od razu tego pożałował. Oślepiło go światło. Ostre promienie porannego słońca dosięgały go przez otwarte okno i na wylot przewiercały mu oczy. Dopadł go ból głowy. Tak mocny, jakby ktoś ściskał mu czaszkę żeliwną obręczą. Z minuty na minutę czuł się coraz gorzej. Przesunął się na podłodze i z trudem obrócił się na bok. Miał mdłości. Odbiło mu się na wpół przetrawioną wódką i zbyt tłustą pizzą, którą właśnie zwrócił. Nawet nie próbował powstrzymywać torsji. Nie miał siły pobiec do łazienki, tym bardziej że świat mocno wirował mu w głowie. Pizza... To pierwsza rzecz, o której sobie przypomniał. Jedli ją pod koniec imprezy. I chyba to on ją zamówił. Tak... Proponował przecież seks nastolatce, która przywiozła jedzenie. A potem? Impreza nabierała tempa. Morze procentów w plastikowych kubkach, jeden haust za drugim, bez opamiętania. Stracił panowanie nad sobą i przekroczył linię, za którą nie był już w stanie kontrolować swojego postępowania. Prochy, seks, alkohol – wszystko w zabójczej ilości, ale w najlepszym możliwym zestawie. Tylko kto za to wszystko zapłacił? Tej informacji Michał nie zdołał zatrzymać w pamięci.

Kiedyś trzeba to jeszcze powtórzyć – podsumował wspomnienia i uśmiechnął się lekko. Usiadł i rozejrzał się po pomieszczeniu. Takiego bałaganu nie widział już dawno. Nie, nigdy takiego nie widział.

– Kurwa mać – syknął i zmrużył piekące powieki.

Oparł się plecami o ścianę. Ból głowy i mdłości nie ustępowały, ale pocieszał się w myślach, że z każdą upływającą godziną będzie coraz lepiej. Kac zawsze odpuszcza, i ta świadomość dodała mu teraz nadziei. Minie kilka godzin i stan po przepiciu przejdzie do historii. Byle do wieczora. Położy się spać w swoim łóżku. Zaśnie, odpocznie i znów będzie sobą. Dlatego musi się zbierać. Jak najszybciej stąd wyjść, zamówić taksówkę i jechać prosto do siebie.

Wstał, podtrzymując się ściany. Była brudna i pomazana, jakby jakieś dziecko porysowało ją kredką.

– Ja pierdolę, co to? – zaklął, a potem znów go olśniło. – Ta dziwka – wybełkotał z trudem. – Miała ubranie z metalowymi ćwiekami i tańczyła, dotykając ściany. O, tak... – Wspomniał, jak rzuciła czymś w jego kierunku, a on wykorzystał chwilę. Podniósł się z kanapy. Chwiejnym krokiem podszedł do rozebranej dziewczyny, żeby jej oddać koronkowe majtki. Szeptał jej świństwa do ucha. Zapragnął, żeby po występie ponętna blondynka była do dyspozycji jego, Kajetana i innych uczestników zabawy. Tancerka puściła mu oczko, rozciągnęła usta w szerokim uśmiechu i spojrzała wymownie w stronę ochroniarza, który stał w przedpokoju i przez cały czas czuwał nad jej bezpieczeństwem. Dryblas popatrzył gniewnie na zataczającego się imprezowicza, który ordynarnie gwizdał i coraz śmielej wymachiwał nad sobą czerwonymi stringami. Mężczyzna skinął głową na znak zgody, po czym wyszedł z mieszkania na klatkę schodową.

– Czekam na dole – rzucił, zanim zamknął za sobą drzwi.

Pierwszy miał być Michał. Chyba któryś z kumpli próbował się wepchnąć przed niego, ale Konieczko nie dał za wygraną. W końcu to on załatwił tę dodatkową rozrywkę, więc to właśnie jemu należała się palma erotycznego pierwszeństwa. Poszedł z prostytutką do ciasnej łazienki. Kazała mu z góry zapłacić. Wyjął z portfela mały plik banknotów, a potem opadł bezwładnie na wannę. Chwycił dziewczynę za sterczące piersi, zamknął oczy i po chwili poczuł, jak oblewa go fala rozkoszy. Tak długotrwała i mocna, że ciągle ją pamiętał. W przeciwieństwie do tego, co się z nim działo po tym wszystkim. I jak to się stało, że spał na podłodze w zdemolowanym salonie żeniącego się wkrótce kolegi.

Podtrzymując się ściany, stawiał niepewne kroki na mocno zanieczyszczonym parkiecie, omijając przy tym przeszkody w postaci stłuczonych butelek, pogniecionych puszek po piwie, niedopałków, rozsypanych chipsów, a także własnych wymiocin. Szczęście w nieszczęściu, miał na nogach buty. Przesuwał się z wolna, by wyjść z mieszkania, które wyglądało, jakby przetoczył się przez nie huragan. Ciekawe, gdzie Kajtek. Przeszedł go dreszcz niepokoju, kiedy wreszcie dotarł do drzwi. Były niedomknięte. Nie ma go? Krótki impuls gdzieś w zmulonym alkoholem mózgu kazał mu mieć wątpliwości, czy z kolegą na pewno jest wszystko w porządku. Obrócił się jeszcze za siebie, jakby chciał go znaleźć w nieuporządkowanej przestrzeni. Może śpi w łazience? – pomyślał, ale nie był w stanie teraz tego sprawdzić. W dalszym ciągu miał zawroty głowy i znów poczuł mdłości. Złapał za klamkę, ratując się przed upadkiem. Był gotów do wyjścia. Do Andrzejewskiego zadzwoni wieczorem. Nie zostawi kolegi w potrzebie i pomoże mu pozbyć się tego bałaganu. Ciekawe, czy zdążą, zanim wróci Julia.

Piła, 15 czerwca 2019 roku, przedpołudnie
Jan Poniatowski, Anna Sass

– Przestań zachrzaniać jak psychopata! Trzęsiesz nami tak, że mi rozpieprzysz fryzurę! – Anna Sass popatrzyła w lusterko i czym prędzej zapięła pas bezpieczeństwa. Nie dlatego, że bała się szybkiej jazdy autem. Sama zazwyczaj przekraczała dozwoloną prędkość, zwłaszcza rano, gdy się śpieszyła do pracy. Ilekroć jednak stawała się pasażerką jaskrawożółtej hondy Jana Poniatowskiego, zabezpieczała się z praktycznego punktu widzenia.

Nie chciała po prostu wypadać z fotela na każdym ostrzejszym zakręcie, który Jan pokonywał, wciskając gaz do oporu. – Przypominam ci, że jestem na kacu i istnieje szansa, że ci zaraz przyozdobię furę – dodała, kiedy tylko samochód wyjechał na prostą. – I jeszcze jedno. Chciałabym doczekać w zdrowiu do popołudnia. Koleżanka mojej koleżanki dała mi cynk, że są mega promocje w galerii.

– A czy istniał dzień, w którym nie było w twoich ulubionych sklepach jakiejkolwiek obniżki, okazji albo wyprzedaży? – Poniatowski zahamował tuż przed skrzyżowaniem. W ostatnim momencie, jak zawsze. Kanarkowy pojazd zatrzymał się w odległości kilku centymetrów od przejścia dla pieszych. – Kurwa mać! – zaklął zniecierpliwiony mężczyzna. – Wciskają te przyciski na złość, jakby wiedzieli, że to właśnie ja siedzę za kółkiem i że bardzo się śpieszę. – Spojrzał z dezaprobatą na grupkę ludzi przecinających jezdnię. Odetchnął głęboko i odwrócił się w stronę przyjaciółki, którą poznał kilka lat temu przy okazji głośnej w mieście sprawy uprowadzeń i morderstw. Ta smutna historia bezpośrednio dotyczyła Jana, a także jego przyjaciół z czasów nastoletnich. Anna Sass, nazywana przez wszystkich Sasanką, całkiem przypadkowo została wciągnięta do jego prywatnego śledztwa, które również dzięki niezwykle przebojowej i optymistycznej kelnerce udało mu się rozwiązać. Ich współdziałanie pozwoliło ocalić od śmierci między innymi żonę i syna Jana Poniatowskiego.

– Nie istniał – odparowała dziewczyna. – A jeżeli nawet, to ja osobiście o takim dniu nie słyszałam. Wiesz przecież, że w sprawach wszelkich promocji jestem, jak nikt, na bieżąco – podkreśliła z dumą. – A właśnie! – Zaklaskała w dłonie. Wyjęła z torebki telefon, odblokowała ekran i czym prędzej uruchomiła internet. – Muszę sprawdzić, gdzie mają teraz najlepsze okazje. Słyszałam od jednej znajomej, że w Mohito, jeszcze tylko dzisiaj, wiklinowe torby plażowe mają taniej nawet o dwadzieścia procent, a w Esotiq zaczęli już przeceniać stroje kąpielowe z najnowszej kolekcji. – Dziewczyna się rozkręcała, co było dla niej typowe i naturalne. Poniatowski zdążył się już przyzwyczaić, że Sasanka musi się od czasu do czasu porządnie wygadać, bo w przeciwnym razie mogłaby umrzeć od nadmiaru myśli. Znał ją dostatecznie dobrze, aby wiedzieć, że gdy miała wiele spraw na głowie albo gdy była podekscytowana, mówiła więcej i szybciej. – À propos kostiumów! – zawołała. – Jeden z nich chętnie bym przygarnęła już teraz. Masz tu gorąco jak w saunie! Tyle razy ci już powtarzałam: kup sobie nowy samochód, a tego gruchota zepchnij do rowu pod Piłą albo utop w rzece. Można w nim ducha wyzionąć. Za tydzień zaczyna się lato! Czas na wielkie, sezonowe zmiany. – Odwróciła się w stronę kolegi, który z piskiem opon ruszył na zielonym świetle. Z żalem odłożyła komórkę. Zacisnęła dłoń na uchwycie zamontowanym w drzwiach samochodu i napięła mięśnie, przygotowując się do dalszej jazdy. – Od dziewiętnastu lat mamy dwudziesty pierwszy wiek – kontynuowała. – No i sam powiedz! Kto w dzisiejszych czasach ma samochód bez klimatyzacji? Bo tego, jaką siarę robisz sobie na mieście tą jaskrawą, żółtą jak cytryna hondą, nie będę ci znów uświadamiać. Jesteś bossem w europejskim banku? Masz dobre zarobki? Więc chyba stać cię na odrobinę luksusu. A życie jest krótkie. Zbyt krótkie, żeby oszczędzać na podstawowych zdobyczach cywilizacyjnych i wynalazkach, które powinny ułatwiać nam życie. I wiesz co? Ja ci dobrze radzę, Janek! Likwiduj lokaty i jedź z gotówką prosto do dealera! Albo nie, lepiej nie jedź. Idź! I nam wstydu oszczędź!

– Najpierw to ja muszę jechać do Andrzejewskiego. – Poniatowskiemu udało się wykorzystać moment, w którym przyjaciółka zamilkła. – Jeśli do godziny dwunastej – spojrzał na zegarek – Natasza nie będzie miała na biurku ostatecznej listy gości i gotówki potrzebnej do sfinansowania przyszłotygodniowej imprezy, huczne weselisko szlag jasny trafi.

– Jaki szlag, Janek? – zareagowała żywo Sasanka. – Wypluj od razu te słowa! To wesele po prostu musi się odbyć. Nie ma innej opcji, rozumiesz? Przecież ja już mam kupioną sukienkę i...

– I wygląda na to, że będziesz musiała ją zwrócić. – Jan nie pozwolił jej skończyć. – Bo ja to przyjęcie widzę w czarnych barwach. Kajetan się nie odzywa. Nie odbiera telefonów i nie odpisuje na wiadomości, a przecież w ubiegłym tygodniu umówił się ostatecznie z Nataszą, że dziś o dziesiątej przyjedzie do Wspaniałych Ślubów, wpłaci kasę i dopełni resztę formalności związanych z organizacją wesela – dodał Poniatowski, uśmiechając się lekko, mimo słów, które wypowiedział. Zawsze bowiem poprawiał mu się nastrój, ilekroć myślał o żonie i o prowadzonej przez nią z pełnym powodzeniem firmie, zajmującej się organizacją imprez okolicznościowych. Wciąż czuł satysfakcję, że to właśnie on namówił Nataszę do pracy na własny rachunek. Jego duma rosła z każdym kolejnym rokiem, w którym to Wspaniałe Śluby rozwijały się, zyskiwały w mieście coraz większe wpływy, rozszerzały zakres działalności, stając się jedyną firmą w regionie, która kompleksowo i sprawnie obsługiwała coraz pokaźniejszą liczbę klientów. Od dłuższego czasu Natasza współpracowała z restauracją Świteź, w której Anna Sass była kiedyś tylko kelnerką. Kiedy szef Sasanki okazał się seryjnym mordercą, dziewczyna postanowiła odejść z pracy i zapomnieć o przykrych doświadczeniach. Zatrzymał ją właściciel Świtezi, który zaproponował jej wakat, jaki był do wzięcia po aresztowaniu psychopatycznego zabójcy. Od tej pory Anka oprócz kelnerowania pełniła zaszczytną funkcję menadżerki sali, co pozwoliło jeszcze bardziej zacieśnić współpracę między firmą pani Poniatowskiej a najlepszą restauracją w mieście. – Zresztą. – Jan ocknął się z chwilowych przemyśleń. – Do ludzi solidnych to ani Kajetan, ani jego przyszła szanowna małżonka jakoś specjalnie nie należą. Od początku były z nimi problemy. O wszystko trzeba było ich prosić, i szczerze podziwiam Nataszę za cierpliwość do samego końca.

– Pojebało cię, Janek, do reszty? – Anka niemal się nie udławiła. Nie z powodu nadmiernej prędkości, lecz z wrażenia, które zrobiły na niej usłyszane przed chwilą słowa kolegi. – Jak to, zwrócić? Jak w ogóle możesz mówić o tym z takim stoickim spokojem? Przecież to była przeceniona szmatka, za którą i tak zapłaciłam krocie. Powinieneś już wiedzieć, że towar z obniżoną ceną... – Sass puściła na chwilę drzwi samochodu i zrobiła w powietrzu cudzysłów palcami – nigdy nie podlega zwrotowi. Siedem stów wyrzuciłabym w błoto – zauważyła kwaśno. – A Kajtek? – prychnęła. – Przecież on miał wieczór kawalerski. Na sto procent jeszcze śpi i tyle.

– No, a Węgorzewska?

– Julia? – spytała dziewczyna, a potem zamilkła na moment. Wróciła myślami do czasów i okoliczności, w jakich poznała swoją koleżankę. Nie dowierzała, że od tej pory minęły już ponad trzy lata. Anka pomagała wówczas Janowi w poszukiwaniu jego serdecznych przyjaciół, którzy zostali uprowadzeni przez dwóch nieobliczalnych przestępców. Pewnego dnia Julia, młoda recepcjonistka pierwszej w Pile kliniki medycyny estetycznej Cinderella Clinic, prawie wpadła pod koła mknącej również dzisiaj ulicami miasta z niedozwoloną prędkością kanarkowej hondy Poniatowskiego. Nazajutrz Węgorzewska również została porwana, lecz dzięki wrodzonemu sprytowi, wielkiej przebiegłości i szczęściu, które nigdy jej nie opuszczało, szybko uwolniła się z rąk psychopatycznych morderców. W Cinderelli Julia poznała Kajetana Andrzejewskiego, informatyka, który za tydzień miał zostać jej mężem.

– A znasz inną Węgorzewską? – zapytał bankowiec, obserwując dziwnie milczącą Sasankę.

– Oczywiście, że znam. – Dziewczyna otrząsnęła się z zamyślenia i z wyższością zadarła podbródek. – Alę Węgorzewską znam, diwę operową taką. Kiedyś była w Pile przejazdem i wyobraź sobie, Janek, jakie jaja. Zaczynam ja sobie popołudniową zmianę, wychodzę na salę i...

– Anka, proszę, nie teraz. Znam tę historię na pamięć.

– Dobra, spoko. I tak zawsze opowiadam ją w nieco inny sposób, aby cię nudzić. – Sass rozciągnęła usta w szczerym uśmiechu.

– A możesz teraz, w podstawowej wersji, opowiedzieć mi o tej mniej popularnej Węgorzewskiej? Nie o słynnej diwie, tylko o pielęgniarce z Piły?

– Dla ciebie wszystko, kolego, bo musisz wiedzieć, że ona, to znaczy Julia, dała sobie wczoraj ostro w palnik. – To mówiąc, Sasanka popukała się krawędzią dłoni w lekko naprężoną szyję. – Wychodziłam od niej około północy, a ona już była zalana w trupa! Normalnie dętka, mówię ci! Alkohol tam płynął strumieniami, a impreza dopiero się rozkręcała. Ja nie mogłam zostać do końca, bo dzisiaj musiałam być na ósmą w pracy. I szczęście, że musiałam, bo powiem ci szczerze, że wolę nawet nie myśleć, jak bym dziś wyglądała, gdybym balowała u Julii do białego rana. Pewnie w tej chwili również przypominałabym zwłoki... – Anka się wzdrygnęła. – A i tak nie najlepiej się czuję. Przesadziłam troszeczkę z drinkami – westchnęła ciężko i przymknęła powieki. – Nie te lata, kochany, niestety. A do tego ty zachrzaniasz dzisiaj tym swoim kanarkiem jak wariat.

– Zachrzaniam, bo czasu nie mam – odparował Jan. – Jestem totalnie wkurzony. A to wszystko przez Andrzejewskiego. Nie sądziłem, że taki z niego nieodpowiedzialny dupek – skwitował. – Ale już ja go postawię do pionu. Na dobre zapomni o wczorajszej kawalerskiej orgii i od razu wyskoczy z gotówki. Ale najpierw muszę cię zawieźć do kwiaciarni.

– Wrzuć na luz z kwiaciarnią! – Sass machnęła ręką. – Nic się nie stanie, jak będę tam po południu. Tylko nic nie mów Nataszy. – Przyłożyła palec do ust. – Wcześniej chcę zobaczyć, jak stawiasz Andrzejewskiego do pionu – parsknęła. – Już to widzę, jak wytrząsasz z niego weselną gotówkę. I jak go wsadzasz do hondy i obwozisz po pilskich wertepach. Zajebisty efekt wytrząsania! – chichotała.

– Daj spokój – skrzywił się Poniatowski. – Mnie akurat wcale to nie bawi. Smacznie sobie spałem, kiedy Natasza zadzwoniła z biura, prosząc, żebym czym prędzej do tego gnojka pojechał. No i jeszcze przy okazji po ciebie, do Świtezi – westchnął z udawaną ansą. – Bo żeś wczoraj tak zabalowała, że boisz się wsiadać za kółko.

– Nie boję się, tylko jestem odpowiedzialną, nowoczesną kobietą – zripostowała dziewczyna. – Piłaś, nie jedź! Mówi ci to coś? Zasada stara jak świat, której ja się trzymam.

– Jasne – prychnął cicho Jan. – Teraz to ty się lepiej trzymaj poręczy! – zawołał z uśmiechem i zwiększył obroty silnika. – Ostry zakręt, a potem próg zwalniający!

* * *

Użyję liny. Nie chcę ryzykować, że mi się nie uda. Wybiorę metodę, w której nadchodzącej śmierci nie da się powstrzymać. Moja decyzja stanie się nieodwołalna. Nie zostawi mi szans na odwrót. Z wytrzymałym sznurem, z kilkukrotnym węzłem wrzynającym się w naprężoną szyję i z ciężarem ciała nisko zawieszonym nad ziemią nie wygra nawet strach przed tym, że spanikuję po przewróceniu krzesełka.

Zastanawiam się, jak to jest umrzeć w ten sposób. Człowiek skręca kark, łyka własny język, a może po prostu się dusi? Jak się wtedy czuje, co ma przed oczami, jakie myśli krążą mu w głowie?

Czy chce się wycofać, czy być może utwierdza się w przekonaniu, że wybrał jedyną, najwłaściwszą drogę? No więc jak? Jak to, kurwa, jest? To pytanie nie daje mi spokoju. Ciągle do mnie wraca. Zatruwa mi umysł, choć staram się je wyprzeć. Po prostu nie mogę się wyzbyć jego wpływu na moją psychikę. A im bardziej obawiam się dnia, w którym to nastąpi, tym mocniej pragnę, aby śmierć przyszła jak najszybciej.

Śmierć... Dziś już wiem na pewno, że śmierć nie jest tylko popularnym słowem, oklepaną nazwą, terminem medycznym, określeniem końca, ponurym symbolem. Śmierć jest czymś więcej, a właściwie kimś więcej. Tak... Śmierć to osoba. Ktoś bardzo potężny, mieszkający w człowieku od pierwszego dnia życia. Nie... Chyba nie w głowie, ciężko to jednoznacznie określić. Raczej w głębi serca, głęboko pod skórą, w całym ciele, w ludzkiej duszy i podświadomości, nad którymi w pełni przejmuje kontrolę. Uaktywnia się w najmniej spodziewanej chwili, do której wciąż potem szepce do ucha, co zrobić, aby ją uszczęśliwić.

Ja jej słucham, bo śmierć ma przeogromną siłę. O, właśnie... Ta siła. Siła śmierci jest niesamowita. Nie ma sobie równych, jest potężna i nikt nie jest w stanie z nią wygrać. Wypełnia mnie wielką energią i pcha mnie w jednym kierunku, metr po metrze, coraz szybciej i coraz bardziej zdecydowanie. Zniewoliła mnie całkiem, okręciła sobie wokół palca, nie zostawiła wyboru, lecz – co najdziwniejsze – czuję się z nią dobrze. Ma narkotyczne działanie, oszałamia, wprowadza w stan transu i bezgranicznej euforii. Ciągle chcę zwiększać jej dawkę, by następnie czuć jej cudowne działanie. Uzależniam się i choć dobrze wiem, do czego może doprowadzić nałóg, nie umiem i nie chcę z niego wychodzić. Nie teraz, nie w takim momencie.

Tak, kupię linę, a potem znowu posłucham cichych szeptów rozhulanej śmierci. Zrobię to i poczekam na dalsze wskazówki. Jak to jest? Jak to, kurwa, jest?

– Borys, rusz się! Co tak stoisz? Odbierz to wreszcie ode mnie! Ręce mi zaraz odpadną – lamentowała Kalina Maliszewska. Stała zdyszana pośrodku zaplecza, trzymając w dłoniach skrzynię pełną doniczek z kwiatami. Od kwadransa uwijała się jak w ukropie, chciała jak najszybciej ustawić przed sklepem najdorodniejsze sadzonki. Po pochmurnym i deszczowym ranku zrobiła się piękna pogoda, toteż właścicielka kwiaciarni Anturium uznała, że żywa, wielobarwna i przyciągająca wzrok ekspozycja zewnętrzna będzie miała wpływ na dzisiejszy utarg. A że kilka minut temu do sklepu przyszedł jej syn, czym prędzej postanowiła wprowadzić w życie swoją sprzedażową ideę. – Borys, halo! Słyszysz, co do ciebie mówię? Borys!

– A, tak… – bąknął pod nosem mężczyzna. – Co? – zapytał.

– No, jak to co? Weź tę skrzynkę, ustaw ją na placyku przed wejściem i wróć po następną. – Zziajana matka pokręciła głową z dezaprobatą. – Co się z tobą, do cholery, dzieje? Zakochałeś się? Znów jakaś flądra zawróciła ci w głowie? – sarknęła, a zaraz potem dodała: – Za szybko się angażujesz w te swoje romanse. Źle skończysz, mówię ci.

– Daj mi spokój z tymi osądami. – Maliszewski zrobił kwaśną minę i przewrócił wymownie oczami. – Jeśli chcesz wiedzieć, wcale nie chodzi o nową dziewczynę. Po prostu się zamyśliłem, to wszystko. – Odebrał od matki rośliny. Unikając jej wzroku, odwrócił się szybko i wyszedł z ciasnego zaplecza.

Co ją to wszystko obchodzi? – pomyślał, kładąc skrzynkę na popękanym betonie. Gówno wie i gówno rozumie.

Nie, zupełnie nie miał dziś chęci na towarzystwo marudzącej matki. Jej gderliwość i wścibstwo od pewnego czasu stawały się nie do zniesienia. Kobieta nigdy nie była zbyt miła, lecz ostatnio stała się zrzędliwa do granic swych możliwości. Nic jej nie cieszyło, poddawała wszystko i wszystkich niesprawiedliwej ocenie, wpadała w gniew bez powodu, a każda próba przeprowadzenia z nią jakiejkolwiek spokojnej rozmowy kończyła się katastrofą. Dlatego Borys coraz rzadziej przyjeżdżał do firmy. A robił to tylko dlatego, że Kalina bez przerwy suszyła mu głowę, żeby wyręczał ją w coraz bardziej błahych obowiązkach. Swoje natarczywe prośby uzasadniała tym, że się postarzała, że podupadła na zdrowiu, że już nie ma takiej krzepy jak kiedyś, że ciągle ją boli kręgosłup i że zamówienia, których w Anturium i tak miała już jak na lekarstwo, nie mogą leżeć odłogiem. Ostatni argument był akurat prawdą. Florystka powoli traciła dobrze prosperujący interes. Przestała sobie z nim radzić i bez przerwy potrzebowała pomocy, na której niesienie, głównie przez zmiany w zachowaniu matki, Maliszewski nie miał już ochoty. Ponadto nudziła go praca w kwiaciarni. Od zawsze uważał, że to zajęcie wyłącznie dla kobiet, i coraz częściej rozmyślał, jak definitywnie skończyć z przychodzeniem tutaj. Tym bardziej że miał nową pracę. Tylko jak to oznajmić tej zrzędzie?

– Skaranie boskie z tym chłopem – fuknęła pod nosem zdegustowana matka. – Nie dość, że się miga od uczciwej pracy, a własny dom zaczął traktować jak hotel, to jeszcze pozwala sobie na takie głupie odzywki – biadoliła. – Już ja mu dam święty spokój! – Schyliła się naraz po następną skrzynkę. – Ależ oczywiście, dam mu święty spokój, nie ma problemu. Będzie miał taką swobodę, że zapomni kompletnie o wszystkim, nawet o tym, co to znaczy dostawać co miesiąc wypłatę. Za dobrze miał ze mną, za...

– Mówiłaś coś, mamo? – huknął Borys, stając w drzwiach zaplecza.

– Co? – Maliszewska podskoczyła zlękniona. – A... Tak, mówiłam! A żebyś wiedział, leniu, że mówiłam! Bo już nie mam nawet komu się pożalić, że jest mi ciężko i źle. Nie daję już rady z tym wszystkim. – Zakreśliła wzrokiem pętlę wokół sporego nieuporządkowanego magazynku. Bez przerwy cię nie ma, a wiesz doskonale, że ja, prócz twojego silnego ramienia, nie mam naprawdę nikogo, kto mógłby mnie tutaj odciążyć. A jeszcze te Wspaniałe Śluby. Gdybym wiedziała, że matkę na starość olejesz, tobym w życiu nie rozpoczęła współpracy z panią Poniatowską. A teraz co? Nie mam już odwrotu. Muszę sumiennie realizować zawartą umowę, dzień po dniu, bukiet po bukiecie, aż kiedyś padnę, za przeproszeniem, na pysk – kontynuowała ze swadą. – Jak ja sobie z tym wszystkim poradzę, no jak?

– Nijak – wtrącił cicho Borys. W jego głosie dało się wyczuć szyderstwo. – Musisz tu kogoś zatrudnić, nie ma wyjścia.

– Słucham? – Z wrażenia niemal upuściła skrzynkę. Syn pomógł jej ją złapać w ostatnim momencie. – O masz! – stęknęła niezadowolona Kalina. – Mało brakowało, a tuzin dorodnych begonii szlag by jasny trafił. Pech mnie nie opuszcza. Ech... – Odetchnęła, kiedy Borys przejął od niej wypełniony kwiatami kontener. – Zatrudnić? Niby kogo, jak? Dobre sobie – prychnęła. – Wiesz przecież, że już nieraz próbowałam znaleźć odpowiednią dziewczynę. Miłą, grzeczną i odpowiedzialną. I co? Jak to się zawsze kończyło?

– Nijak – powtórzył prześmiewczo mężczyzna.

– Ano właśnie. Te pazerne siksy zostawiały po sobie wyłącznie problemy, które musiałam sama później rozwiązywać. Setki skarg i oszukanych klientów, a o manku w kasie wolę już nie wspominać. W tym biznesie, niestety, mogę liczyć już tylko na siebie. – Obrzuciła syna wymownym spojrzeniem, a po chwili dodała: – Bo nawet ty całkiem się na mnie wypiąłeś.

– Nie przesadzasz, mamo? Przecież ci pomagam. A teraz? Co według ciebie robię?

– No... niby tak – przytaknęła niechętnie Kalina. – Lecz co ja się muszę naprosić, to moje. Kiedyś tak nie było. Nie musiałam nawet nic mówić, a mogłam liczyć na twoje wsparcie. W dzień i w nocy, bez względu na wszystko.

– I ciągle możesz, mamusiu. – Maliszewski zmusił się do uśmiechu. – Tyle tylko, że ja mam nową... – Urwał w pół zdania, w ostatnim momencie. Spuścił wzrok i czym prędzej się odwrócił, bo zdał sobie sprawę, że o mały włos chlapnąłby coś, z czego musiałby się gęsto tłumaczyć. Matka uwielbiała drążyć. – Wszystko się ułoży, zobaczysz – zmienił temat i ze skrzynką w dłoniach ruszył ku wyjściu z kwiaciarni. – Kto jak kto, ale ty sobie świetnie ze wszystkim poradzisz, jak zawsze – zawołał, nie oglądając się za siebie. – Nie prowadzisz firmy od wczoraj, a w twojej branży nie masz sobie równych. Każdy to wie, Poniatowska również.

– Borys, czekaj! Zacząłeś o czymś mówić, więc dokończ! – Kwiaciarka pobiegła za synem. Dogoniła go dopiero na zewnątrz. Stanęła tuż przy nim, wzięła się pod boki i wlepiła w niego swój wyczekujący wzrok. – Gadaj no, byle szybko! Co się dzieje?

– Co mam dokończyć? – Mężczyzna udał głupiego. – Że jesteś najlepsza w tym mieście?

– Dobra, dobra. – Kobieta zadarła podbródek. – Już ty starej matki pod włos nie bierz – warknęła.

– Nawet mi to do głowy nie przyszło. Naprawdę, nic się nie dzieje. Po prostu...

– No... co po prostu? – Chciała jak najszybciej dowiedzieć się Maliszewska.

– Ja... – Szukał w głowie kłamstwa, ale żadne nie przychodziło mu na myśl. Oblał się intensywnym rumieńcem. Z rozdrażnienia nachalnością matki oraz ze złości na siebie. Skarcił się w duchu za to, że bezmyślnie zaczął mówić o czymś, o czym nikt, a szczególnie ona, nie może się nigdy dowiedzieć.

– Gadaj, bo się zdenerwuję! – Florystka stanęła jeszcze bliżej syna. Poczuła na twarzy jego ciepły, przyśpieszony oddech. – Przecież widzę, że coś jest na rzeczy. To coś poważnego, wiem to, nie zaprzeczaj! Coś, co nie tylko odciąga cię od kwiaciarni, ale przede wszystkim niszczy relacje między nami.

– No... To znaczy... – wyjąkał zapędzony w kozi róg mężczyzna. Zupełnie nie wiedział, w jaki sposób mógłby zareagować, aby się obronić i uśpić chorobliwą ciekawość zdenerwowanej kobiety. Był za to bardziej niż pewien, że jakakolwiek byłaby jego odpowiedź, pogorszy swoją i tak beznadziejną sytuację. Postanowił zatem zmienić front, z obrony przejść do ataku i przedstawić matce swoją decyzję o definitywnym odejściu z Anturium. Teraz albo nigdy, pomyślał i odstawił, a raczej upuścił na ziemię skrzynię z begoniami. Głośny trzask drewna uderzającego o beton odbił się echem od gmachu kwiaciarni, ale matka, ku zdziwieniu Borysa, nawet nie drgnęła. Skrzyżowała tylko ręce na piersi, przymrużyła oczy i czekała na ruch przeciwnika. Nie jest dobrze, zauważył w duchu Maliszewski. W normalnych warunkach kobieta zrugałaby go od razu za takie zachowanie. Dostrzegła przecież, że kilka doniczek przewróciło się w skrzynce, powodując liczne uszkodzenia młodych delikatnych roślin. – Odchodzę! – zaryzykował. – Od dziś nie pracuję w Anturium – dodał, odsuwając się od matki na bezpieczną odległość.

Ściągnął z dłoni żółte rękawiczki i plasnął nimi z impetem o parapet okna wystawowego. Przez cały czas obserwował kobietę. Bał się wybuchu jej niekontrolowanej złości, głośnych krzyków, płaczu, gróźb, rękoczynów i lamentowania, ale nic takiego nie nastąpiło. Kwiaciarka nie odezwała się słowem. Zacisnęła tylko trzęsące się usta i obrzuciła syna spojrzeniem, którego on jeszcze nigdy u niej nie widział. W szeroko otwartych oczach Kaliny malowały się złe emocje, których z zaskoczenia nie była w stanie wyartykułować. Ta cicha reakcja była Borysowi na rękę. Nie potrzebował dziś awanturniczych scen, które niekiedy rozgrywały się na oczach zaciekawionych przechodniów oraz wystraszonych klientów Anturium. Wyminął stojącą nieruchomo matkę i pośpiesznym krokiem pomaszerował przed siebie.

– Jakoś to przeżyje – szepnął, gdy z oddali dobiegł go dźwięk zatrzaśniętych drzwi od kwiaciarni.

***

Piła, 15 czerwca 2019 roku, przedpołudnie
Jan Poniatowski, Anna Sass

– Nie odbiera – oznajmiła z rezygnacją w głosie Anna. – Spróbuj jeszcze raz! Musi się w końcu obudzić. – Umazanym od fluidu smartfonem, który właśnie odsunęła od ucha, wycelowała w mały, zamontowany tuż obok wejścia do klatki schodowej, okopcony, opluty i pobazgrany srebrną farbą w sprayu panel domofonu. Przed chwilą podjechali pod kamienicę Kajetana Andrzejewskiego.

– Znowu nic – stwierdził Poniatowski, nie odrywając palca od metalowego przycisku z cyfrą sześć. – Trudno – powiedział i przesunął kciukiem po reszcie wypukłych, prostokątnych guziczków. Krótkie, pulsacyjne dźwięki, które po chwili wydał z siebie każdy z naciskanych klawiszy, ułożyły się w ciekawą i bardzo oryginalną melodię.

– A ty co, w wirtuoza się bawisz? – zarechotała Sasanka. – Przestań, bo jeszcze… – nie zdążyła dokończyć, gdyż przerwał jej głośny, jednostajny bzyk świadczący o tym, że ktoś z lokatorów otworzył im drzwi bez weryfikacji.

– Mogłem tak od razu zagrać, że tak się wyrażę, na akord. – Janek parsknął śmiechem i spojrzał na wpatrującą się w ekran białego iPhone'a dziewczynę. Szarpiąc z całej siły za rozklekotaną klamkę, zapytał: – Idziesz, czy będziesz się gapić w telefon?

– Idę, idę – odpowiedziała, nie odrywając wzroku od wyświetlacza komórki, na którym dzięki uruchomionej kamerze widać było powiększoną twarz Anki. – Muszę tylko poprawić fryzurę, nie wejdę przecież taka rozczochrana do środka. O, Boże! – Ułożyła usta w tak zwany dziubek i zbliżyła je do cyfrowego zwierciadła. – Tak się śpieszyłam, kiedy dowiedziałam się, że już po mnie jedziesz, że na śmierć zapomniałam o szmince. Czekaj! – zawołała. – Mam gdzieś w torebce taką ekstra nowość, malinowa rozkosz... – Urwała, widząc drwiącą minę kolegi. – No, co? Taki odcień, a ta pomadka to podobno bomba, hit tego lata, chociaż nie powiem, swoje kosztowała. Koleżanka takiej jednej mojej koleżanki odkryła tę markę całkiem przypadkowo, przetestowała i od razu mi ją poleciła. Dała mi nawet swój bon rabatowy. I dzięki Bogu, że dała, bo inaczej musiałabym znów szarpać nadgodziny w Świtezi, aby wyjść na prostą z finansami. A do matki boskiej pieniężnej jeszcze dobry tydzień – zauważyła z przerażeniem w głosie. – Trzymaj! – podała telefon Janowi. – I nie wyłączaj kamerki! Muszę jej poszukać.

– Zwariowałaś? – zaprotestował bankowiec, wkładając urządzenie do małej kieszonki w T-shircie. Smartfon zmieścił się w niej tylko do połowy. – Będziesz teraz robiła makijaż? Nie mogłaś pomyśleć o tym w samochodzie?

– Zwariowałeś? – odpowiedziała pytaniem na pytanie. – W twojej hondzie nie ma warunków do wykonania profesjonalnego make-upu! Nie dość, że jest przeraźliwie ciasno, a pasażer ma nad sobą pęknięte lusterko, to jeszcze ty jeździsz tak, że ja nawet butów nie zdecydowałabym się w niej wypastować! Trzęsiesz, szarpiesz i rzucasz człowiekiem na wszystkie strony, jakbyś wiózł na targ worek z ziemniakami – rozkręcała się kelnerka. – No pomyśl, Janek! Jak ja bym teraz wyglądała, gdybym jakimś cudem podjęła decyzję, aby się malować w tak ekstremalnych warunkach?

– Sam jestem ciekawy – zripostował. – Ale sprawdzimy to w drodze powrotnej, okej? – Parsknął nagle śmiechem, gdyż oczyma wyobraźni ujrzał przyjaciółkę zapierającą się z całej siły nogami o podłogę auta, kurczowo trzymającą się przy tym bocznej poręczy w drzwiach. W myślach obserwował, jak rozczochrana dziewczyna jedną ręką próbuje odkręcić sztyft z kosmetykiem, nakłada go sobie na usta, wyjeżdżając poza kontur trzęsących się warg oraz jak na pierwszym większym zakręcie gruba, tłusta i czerwona linia przecina polik Sasanki. – Koniecznie… – dodał, ale już bez uśmiechu.

Zamyślił się. Ta czerwień. W dziwnym przebłysku, który pojawił się nagle gdzieś pod jego czaszką, jasny malinowy kolor zmienił się w intensywny burgund. Coraz ciemniejszy i głębszy. Wyraźny kształt linii, którą widział jeszcze przed krótkim momentem, stracił całkiem na regularności i przybierał formę setek plam przeróżnej wielkości. Przywodziły na myśl ludzką krew. Tę dawną i tę trochę świeższą. Mroczne obrazy z przeszłości wróciły. Jan nie był w stanie pozbyć się ich ze swojej głowy. Wiedział, że one nie dadzą mu spokoju już nigdy. Będą go męczyć, choć minęły już dwadzieścia trzy lata od dnia, w którym wraz z przyjaciółmi odnalazł zwłoki matki Joasi Kalickiej. Od tamtej pory przykre wspomnienia raz po raz dawały o sobie znać. W nanosekundowych podświadomych przebłyskach, w nawracających koszmarach, w króciusieńkich kadrach gdzieś pod powiekami. I choć Poniatowski nie potrafił się z tym pogodzić, wiedział, że do końca życia nie zdoła pozbyć się z pamięci skutków najczarniejszych zdarzeń.

– Idziesz? – Tym razem to Anka ponagliła Jana. – Nie mam tej szminki. Cholera, jak to się stało? Mam nadzieję, że jej nie zgubiłam. Tyle forsy! – głośnym zawołaniem wyrwała kolegę z przemyśleń. Szła schodami w górę.

– Jasne – odparł przeciągle bankowiec, przepędzając z pamięci traumatyczne wspomnienia. – Które to piętro? – zapytał, głęboko wzdychając.

– Drugie i ostatnie, na szczęście. Nie miałabym dzisiaj siły na poważniejszą wspinaczkę. Mieszkanie numer sześć. Za mną! – zadecydowała i przyśpieszyła kroku.

Po kilkudziesięciu sekundach zatrzymali się przed drzwiami do mieszkania Kajtka. Jan chciał zastukać w podniszczone drewno albo spróbować obudzić skacowanego właściciela lokum, wciskając guziczek dzwonka. Pomyślał też, że złapie za klamkę i sprawdzi, czy da się, tak po prostu, wejść do środka. No właśnie… Tak chciał postąpić, lecz było to niemożliwe z jednego prostego powodu. Drzwi do kawalerki przyszłego pana młodego były otwarte na oścież.

Spojrzenia Jana i Anny zbiegły się. Na ich twarzach malowało się zdziwienie zachodzące z wolna cieniem niepokoju. Żadne z nich się nie odezwało, bo nawet Sasance słowa ugrzęzły gdzieś w gardle. Przełknęła teatralnie ślinię, zamykając przy tym oczy na dłuższą chwilę. Kiedy je otworzyła, spostrzegła, że Poniatowski stał już za progiem mieszkania. Odwrócił głowę w jej stronę i delikatnym skinieniem dał znać przyjaciółce, aby podążała za nim.

– Ja pierniczę, Janek – szepnęła zaaferowana kelnerka, kiedy dogoniła kolegę. Zdążyła rozejrzeć się po pomieszczeniu. Z przedpokoju połączonego z niewielkim salonem i kuchnią roztaczał się przerażający widok. – To dopiero musiała być gruba impreza – stwierdziła, patrząc na rozgardiasz, jaki panował w śmierdzącym wymiocinami oraz alkoholem mieszkaniu. – Kajtek nigdy nie miał tu porządku, ale to przechodzi ludzkie pojęcie. Dobrze, że Julia tego nie widziała. Czekaj, stop! Mam! – Kelnerka pstryknęła palcami. – A może właśnie tu była. Zobaczyła ten bajzel, znalazła pijanego w trupa narzeczonego, zdenerwowała się i uciekła od niego wkurzona. Chociaż nie…

Ona pewnie również po wczorajszym wieczorze nie byłaby w stanie... – Sasanka szybko zweryfikowała wysnutą naprędce teorię. – Pewnie jeszcze śpi albo obudziła się skacowana i nie może zwlec się z łóżka.

– No dobra – wtrącił cicho Janek, przechadzając się po nieuporządkowanym salonie. Co chwila potykał się o walające się po podłodze wszelkiej maści pozostałości po wczorajszej imprezie. – Bałagan jest całkiem spory, to prawda. Ale czy widzisz w nim gdzieś rzeczonego narzeczonego? Bo ja jakoś nie. Są tu inne pokoje?

– Jakie pokoje, coś ty! – odkrzyknęła Sasanka. – W tej klitce nie ma nic więcej poza tym, co widać. Przyciasny salonik połączony z kuchnią, nie licząc klaustrofobicznej łazienki –mówiąc to, wskazała głową niedomknięte drzwi z lewej strony. – I pomyśleć, że oni chcą tu zamieszkać po ślubie. Przecież Węgorzewska wynajmuje dużo przestronniejsze mieszkanie. Ale ostatnio powiedziała mi, że jak najszybciej musi się tutaj sprowadzić, bo ma pewien plan. A ja jej na to: „Kochana, plany są po to, żeby je weryfikować. Nie ma przecież nic ważniejszego jak życiowa przestrzeń, szczególnie dla młodych, nowoczesnych ludzi dwudziestego pierwszego wieku. Będziecie się tutaj cisnąć jak korniszony w słoiku", powtarzałam. Ale ona się uparła i...

Poniatowski nie słyszał już przyjaciółki. Jej słowa najpierw zlały się mu w przytłumiony, coraz mniej odczytywalny bełkot, a następnie przestały całkiem do niego docierać. Stanął za progiem łazienki i ogarnęła go groza. Poczuł, jak w jednym momencie oblewa się zimnym potem, a tysiące milimetrowych włosków na jego ciele unoszą się, odklejając od skóry coraz bardziej wilgotne ubranie. Spierzchnięte usta zachłannie wciągały do płuc resztki przerzedzonego powietrza, a serce przyśpieszyło nierównomierny rytm. Jan miał wrażenie, że za chwilę wyskoczy mu z klatki piersiowej, w której wnętrzu poczuł nagle silny, wywołany stresem ból. Zrobił kilka kroków do przodu. Wbrew sobie i na przekór bezwarunkowej, natychmiastowej chęci ucieczki. Zatrzymał się w odległości niecałego metra od wanny, nie zauważając, że topi podeszwy butów w wielkiej, nieprzejrzystej i lepkiej kałuży.

Przymknął na chwilę powieki z nadzieją, że kiedy znów je otworzy, makabryczny widok, niczym mroczny sen, śmiercionośna wizja czy halucynacja zniknie mu sprzed oczu. Ale nic takiego się nie wydarzyło. Przeciwnie, wcześniejsze obrazy wydały mu się jeszcze bardziej realne. Podobnie jak świergot Sasanki, który nagle znów zaczął do niego docierać. Za plecami usłyszał stukot obcasów, które kilkukrotnie uderzyły o twardą posadzkę. Dźwięk metalu i szkła odbił się echem od ścian akustycznego wnętrza. Stanęła tuż za nim. Czuł na szyi jej wilgotny oddech. Jeszcze przez chwilę o czymś rozprawiała, lecz nagle zamilkła.

Odwrócił się szybko i drugi raz w życiu zobaczył strach w mocno rozszerzonych źrenicach przyjaciółki. Ale nie taki powierzchowny, przejściowy, znikający z jej twarzy zwykle po kilku sekundach. To oblicze strachu miało w sobie zdecydowanie coś więcej. Coś, co samo wbijało się w jego świadomość i przekazywało do mózgu wszechpotężny, wielowarstwowy, niszczycielski strumień negatywnych emocji. Nawet nie starał się tego ubrać w słowa. Taką aurą Anna już kiedyś emanowała. Trzy lata temu, gdy w jej obecności psychopatyczni mordercy porwali ich przyjaciółkę, cudem ocalałą Karolinę Janicką.

Kajetan był nagi. Leżał na plecach ze zgiętymi w kolanach nogami, rozchylonymi na boki, przywartymi do przeciwległych ścian zakrwawionej wanny. Odchylona do tyłu głowa opierała się o jej krótszą krawędź. Długie i proste, jasne jak len włosy młodego mężczyzny zwisały swobodnie od zewnętrznej strony emaliowanej balii. Gdy przed sekundą Anna wtargnęła z impetem do małej łazienki, zlepione wilgocią kosmyki nieznacznie się poruszyły. Lewa ręka Andrzejewskiego spoczywała na jego ciele. Zasłaniała pierś, dzieliła na pół smukły brzuch, omijała krocze i otwartą, pokrytą krwią dłonią przyciskała do bladego uda gęsto zadrukowaną kartkę zwilgotniałego papieru. Prawe zaś ramię zwisało bezwładnie przerzucone przez zaokrąglony brzeg wanny, a na rozluźnionej dłoni, wzdłuż każdego z nieruchomych palców przebiegała linia utworzona z ciemnej, krzepniejącej mazi. Na zasinionych opuszkach dało się dostrzec świeże, jeszcze gęstniejące purpurowe krople, w których mieniło się światło zamontowanego nad umywalką kinkietu.

Jan zatrzymał swój wzrok na wątłym przegubie Andrzejewskiego, a potem, w ułamku sekundy, skonfrontował widok z nacięciem, które dało się również dostrzec na drugim nadgarstku. Uszkodzenia skóry nie rzucały się w oczy, w przeciwieństwie do licznych krwistych plam, smug i zacieków zlokalizowanych w ich bliskiej odległości. Rany wyglądały tak, jakby zostały wykonane z dużą precyzją, starannością, bardzo cienkim i ostrym narzędziem. Żyły obu rąk były przecięte liniami krzyżującymi się w kształt litery X. Po upływie ułamka sekundy Poniatowski już wiedział, czym zostały zrobione. Kiedy bankowiec popatrzył pod nogi, w kałuży krwi, w której nieświadomie ugrzązł, zauważył mały plastikowy nożyk z wysuwanym ostrzem. Taki, jakiego używa się do krojenia tapet podczas prac remontowych.

Andrzejewski nie żył. Nie oddychał, nie poruszał się i choć usta miał ułożone w subtelny uśmiech, wcale nie wyglądał, jakby spał i marzył o czymś przyjemnym. Był nienaturalnie blady, miał rozchylone powieki, które odsłaniały mocno rozszerzone, lekko zmętniałe źrenice. Krew z jego podciętych żył – sądząc po dużej ilości zgormadzonej na ciele, dnie wanny oraz na podłodze – musiała sączyć się do ostatniej kropli. Nie, Poniatowski nie miał wątpliwości, że po raz kolejny stanął oko w oko z zimną, wyrachowaną śmiercią.

Bankowiec zrobił krok w tył. I choć od chwili, kiedy się tu znalazł, minęło kilka, może kilkanaście sekund, odnosił wrażenie, że spędził tu wieczność, a przynajmniej czas, jaki mu wystarczył, aby dożywotnio zapamiętać widok zakrwawionych zwłok. Nie pierwszych zresztą w jego życiu. Chciał się cofnąć jeszcze o milimetr, ale zamiast dotknąć drżącymi plecami stojącej tuż za nim Sasanki, usłyszał przeraźliwy rumor. Odwrócił się szybko i czym prędzej nachylił się nad przyjaciółką, której wiotkie ciało osunęło się na posadzkę. Jan był skołowany. Kompletnie nie wiedział, co robić, a tym bardziej nie miał już siły zareagować. Świat zawirował mu w głowie, a otaczająca go przestrzeń zaczęła się nagle rozmywać, tracąc dawne kształty i naturalne kolory. Jan poczuł, że zaraz odpłynie. Był bliski omdlenia. Intensywna czerwień wszechobecnej krwi, która jeszcze przed chwilą zalegała mu pod powiekami, ustępowała miejsca gęstej, coraz mniej przejrzystej, szarobiałej mgle. A potem nastąpiła ciemność.

ROZDZIAŁ 2

Wyszła. Zostawiła ich samych, nareszcie. W końcu będą mogli porozmawiać swobodnie. Dziewczyna nie spała całą noc. Czuwała przy bracie i rozmyślała o swoim planie, który z każdą chwilą wydawał się jej prostszy, bliższy sercu i bardziej realny. Ale do jego realizacji będzie potrzebowała pomocy, dlatego musi zarazić swoim pomysłem jedyną osobę, której bezgranicznie ufa. I jedyną, zresztą, którą ma na świecie. Nikt inny bowiem od dawna się dla niej nie liczył, nawet matka, za którą kiedyś wskoczyłaby w ogień. Byli tylko oni. Ona i on – rodzeństwo, które już wkrótce zacznie nowe życie.

Chłopiec drgnął, a ona zaczęła się bać, że znów zacznie płakać przez sen. Nic takiego się jednak nie stało. Brat był spokojniejszy niż w nocy. Nie był już mokry od potu. Nie trząsł się na łóżku, nie kręcił głową na boki, nie zaciskał ust w przykry grymas i nie stękał tak, jakby ktoś przez sen zadawał mu ciosy. Uśmiechnął się nawet nieznacznie, niezrozumiale coś szepnął, a potem nagle otworzył swoje piwne oczy. Podniósł głowę z poduszki i od razu popatrzył na siedzącą tuż przy nim dziewczynę.

– Cześć – przywitał się z siostrą lekko zachrypniętym głosem. Zdziwił się, że ona, zamiast leżeć w swoim łóżku, siedzi na krzesełku obok jego posłania i dłonią gładzi jego czoło. – Co robisz?

– Dobrze się czujesz? – spytała, zamiast odpowiedzieć. – Nie boli cię nic?

– Tylko trochę. – Przeciągnął się, wsparł się ostrożnie na łokciach, a potem usiadł, zwieszając nogi z wysokiego łóżka. – Szyja... – Złapał się za gardło i przełknął delikatnie ślinę. – Jeszcze boli, ale da się wytrzymać, przejdzie – zniżył głos do szeptu i mimowolnie spojrzał w stronę wejścia do ich pokoju. – Śpi? – powiedział jeszcze ciszej.

– Nie – odrzekła przeciągle. – Nie ma jej, spokojnie. Nie bój się. Wyszła gdzieś przed chwilą. Słyszałam, jak zamykała drzwi.

– To dobrze. – Chłopiec odetchnął z ulgą. Ucieszył się tak, jakby przed chwilą spotkała go jakaś niesamowita, rzadka przyjemność. Wstąpiła w niego nowa energia. – To w co się bawimy? – zapytał, zaklaskał w dłonie i zeskoczył z łóżka. Podbiegł do okna i odsłonił szarą brudną firanę. Otworzył okno na oścież, wychylił się i popatrzył w dół. – Śnieg! – krzyknął i ponownie złapał się za szyję, która wciąż bardzo go bolała. – Chodź, szybko! – Podbiegł do siostry i pociągnął ją za rękaw piżamy. – Wiem, gdzie schowała zapasowy klucz. Wyjdźmy na dwór! – zaproponował, podniecony. – To nasza jedyna szansa na zimową zabawę. Potem znów będzie...

– Nie! – zaprotestowała siostra. – Ona zaraz wróci, oszalałeś?

– Zdążymy. Nie dowie się, obiecuję. Tylko kilka minut, a potem wrócimy grzecznie do łóżek. Będziemy udawać, że jeszcze śpimy. Co ty na to?

Oczy dziewczynki rozbłysły. Bardzo lubiła zabawy na śniegu i z chęcią skorzystałaby z propozycji brata. Zaczynała nawet wierzyć w to, że jego pomysł jest naprawdę dobry. Dlaczego nie? – pomyślała, a potem podeszła do okna.

– Ale pięknie – zawołała z zachwytem. – Wszystko takie czyste i białe. – Przykleiła nos do brudnej, pomazanej szyby i w tym momencie podjęła decyzję.

– To jak, idziemy?

– Dobrze – zgodziła się. – Ale na chwilę, okej? A jak wrócimy, muszę zdążyć ci jeszcze o czymś ciekawym powiedzieć. To będzie nasz sekret. Wielka tajemnica, twoja i moja, na zawsze. To bardzo, ale to bardzo ważne.

– Dobra, dobra. – Chłopiec potargał jej włosy. – Powiesz mi później, co tam wymyśliłaś. – Uśmiechnął się szeroko i pociągnął siostrę za rude zmierzwione pukle. – Biegiem! – nakazał. Nie ma czasu.

Na cienkie piżamy narzucili wyświechtane kurtki. Nie włożyli butów, gdyż nie chcieli trwonić uciekającego czasu. Poza tym pomyśleli, że do długich ślizgów po ubitym śniegu zwykłe papcie sprawdzą się najlepiej. Wyszli z mieszkania. Z dzikim błyskiem w oczach i uśmiechami na ustach. Zatrzasnęli za sobą drzwi i czym prędzej zbiegli na dół po okrągłych schodach. Z zatęchłej, śmierdzącej moczem i wilgocią klatki schodowej wystrzelili wprost na pokryte bielusieńkim puchem podwórze. Dopiero teraz odważyli się wydać z siebie jakiekolwiek głosy. W tym samym momencie zaczęli klaskać, tupać i piszczeć z radości. Dziewczyna od razu wskoczyła w wielką zaspę świeżutkiego śniegu, jaka przez noc utworzyła się na skraju rozległego skweru, a potem pognała ile sił w nogach przed siebie. Chłopiec wielkimi susami podążał tuż za nią. Oprócz zimna, które setką mroźnych ostrzy sztyletowało im stopy, czuli rosnącą ekscytację i wolność. Mogliby tak biec w nieskończoność. I chociaż wciąż nie opuszczał ich szary cień świadomości, że za to, na co się dziś odważyli, być może spotka ich surowa kara, to w tym momencie byli gotowi postawić wszystko na jedną kartę.

Nagle w głowie dwunastolatki pojawiła się myśl. Piękny pomysł, który nie opuszczał jej od wczorajszego wieczoru. W wyobraźni znów zobaczyła tę scenę. Tak wyraźną i tak rzeczywistą, że dziewczynka nie mogła uwierzyć, że to się jeszcze nie wydarzyło. Ale się wkrótce wydarzy, a ona postara się o to, żeby zakończenie było tak samo szczęśliwe jak to, które właśnie ujrzała w swojej wyobraźni. Przymknęła na dłużej powieki, aby się bardziej skupić i nie utracić sprzed oczu niesamowitej projekcji. Zmęczyła się. Przystanęła. Rozłożyła ręce, zadarła głowę ku niebu i zaczęła się kręcić wokół własnej osi. Wirowała szybko. Chciała dogonić swe myśli, które znów dodawały jej sił i nadziei. Czuła na policzkach przyjemny, ożywczy, oczyszczający chłód. Drobne płatki śniegu, które spadając, topiły się na jej rozpalonej twarzy, już zawsze będą dla niej pięknym wspomnieniem tej ulotnej chwili. Zima, wolność, tylko on i ona. I jego oddech, który ją właśnie dogonił. Przestała się nagle obracać. Ugięła nogi w kolanach, przykucnęła, a potem położyła się na śniegu. Znów rozłożyła ręce. Otworzyła oczy. Lekkie i białe, różnokształtne drobinki leciały z szarego nieba prosto na nią. Z góry. Z dużej wysokości, z której przecież nie muszą spadać tylko płatki śnieżnobiałych wspomnień.

Odwróciła głowę w bok. W tym samym momencie, w którym leżący obok niej brat spojrzał w jej kierunku. Uśmiechał się. Była szczęśliwa. Za chwilę wszystko mu powie. Nie będzie czekała do ich powrotu z podwórka.

– Wiesz... – szepnęła niepewnie. – Ona musi zniknąć.

– Zniknąć? – Chłopiec bardzo się zdziwił. – Jak to zniknąć? Mama, dlaczego?

– Normalnie, musi spaść z góry. Jak te śnieżne płatki. – Dziewczynka zrobiła bardzo poważną minę i na powrót popatrzyła w niebo. – Najpierw będzie bardzo, bardzo wysoko, potem zacznie spadać, a na końcu zniknie. Na zawsze. Tak jak lód z naszych wystraszonych serc. A potem przestaniemy czuć zimno. Zostaniemy sami.

Piła, 15 czerwca 2019 roku, południe
Aleksandra Poniatowska, Halina Stępniak, Izabela Najda

Wybiła dwunasta. Kilka zegarów ustawionych na ekspozycyjnych półkach zgodnym chórem oznajmiło nastanie południa. Halina Stępniak, właścicielka sklepu Pod Aniołami zaczynała się niepokoić. Co chwilę, już od pół godziny, wychodziła w nerwach zza lady i szła na zaplecze, by po raz kolejny zagotować wodę w czajniku.

– Gdzie ona jest? – szepnęła zniecierpliwiona. – Czyżby Ola zapomniała o dzisiejszej kawie?

Kobiety znały się świetnie. Halina Stępniak poznała Aleksandrę Poniatowską, menadżerkę firmy sprzątającej obsługującej centrum handlowe, w którym mieścił się sklep Pod Aniołami, prawie dekadę temu i od tego czasu obie panie stały się wprost nierozłączne. Trzy lata temu ich przyjaźń została jednak wystawiona na wielką próbę. Wyszło bowiem na jaw, że jeden z psychopatycznych morderców, który powodowany chorobliwą zazdrością usiłował skrzywdzić bliskich Aleksandry, to nikt inny jak syn Stępniakowej. W toku śledztwa Halina nie miała o tym pojęcia, do czego przez kilka miesięcy po ujawnieniu tożsamości sprawców starała się przekonać niewychodzącą z szoku przyjaciółkę. Czy jej się udało? Tego nie może być pewna. Może mieć za to nadzieję, że po przykrych zawirowaniach z przeszłości ich wzajemne relacje znów staną się zażyłe i tak samo bliskie jak dawniej.

Halina odziedziczyła sklepik po zmarłej tragicznie założycielce biznesu, Mariannie Oleckiej. Mimo pierwotnych zapędów niewiele w nim dotąd zmieniła. Do dziś nie udało jej się nawet przearanżować ciasnego, niefunkcjonalnego zaplecza, na którego rozmiar i panujący w nim zaduch od zawsze skarżyła się byłej kierowniczce. To w tym magazynku Marianna, Halina i Ola zasiadały często przy malutkim stole i rozmawiały o swoich problemach. Kiedy żal po stracie jednej z przyjaciółek stał się mniej dotkliwszy oraz gdy Poniatowska przestała patrzeć na nową właścicielkę Aniołów jak na matkę bezwzględnego mordercy, kobiety postanowiły odnowić dawną tradycję cyklicznych nasiadówek przy porannej kawie. Dziś dodatkowo pierwszy raz w ploteczkach miała uczestniczyć nowa pracownica, którą Stępniak tydzień temu zatrudniła w sklepie.

– No, a Iza gdzie? – zastanawiała się szefowa. – Ona też wystawiła mnie do wiatru?

Halina podeszła do wyjścia. Stanęła na zewnątrz sklepiku i nerwowo rozejrzała się po przestronnym holu galerii. Nigdzie nie zauważyła ani Aleksandry, ani Izabeli. Z oburzenia poczerwieniała na twarzy.

– Jak one mogły zapomnieć? – syknęła ze złością. – Tyle razy im przypominałam! – Odwróciła się na pięcie i weszła z powrotem do środka.

Zza lady wyciągnęła małą wykonaną z barwnych piór miotełkę i czym prędzej postanowiła rozładować gniew intensywną pracą. Choć ścieranie kurzu z powierzchni setek zgromadzonych w sklepie bibelotów było mozolnym, dającym krótkotrwały efekt zajęciem, to ta żmudna czynność zawsze przynosiła jej ulgę. Eliminowała stres i tłumiła negatywne myśli. Tym razem jednak kobieta nie zdążyła się uspokoić, kiedy usłyszała niski, chropowaty głos za plecami.

– No witaj, kochana! Nie mów, że akurat sprzątasz? – Aleksandra spytała zdziwiona. – Zapomniałaś o naszym spotkaniu? Nie jesteś przygotowana?

Halina poczuła, jak narasta w niej irytacja, dlatego zanim się odwróciła, postanowiła opanować emocje i przybrać miły, łagodny wyraz twarzy. Zmusiła się do szerokiego uśmiechu i dopiero wówczas popatrzyła za siebie.

– A... Cześć! – zawołała. – Ty... z Izą? – Zdębiała, gdy w towarzystwie Oli dostrzegła uśmiechniętą od ucha do ucha podwładną. Zauważyła, że każda z koleżanek dzierży w dłoniach po kilka sztuk kolorowych papierowych toreb, oznaczonych symbolami markowych sklepów z odzieżą. Halina starała się nie dać po sobie poznać zazdrości, która jak szpikulec dźgnęła ją nagle w żołądek. – Ja, czy zapomniałam? – wydusiła z siebie, taksując gromowładnym wzrokiem spóźnialskie. – Skądże znowu, dziewczyny. Po prostu zabrałam się za porządki, bo powoli zaczynałam myśleć, że to wam wspólna kawa wyleciała z głowy. Umawiałyśmy się przecież na jedenastą trzydzieści, a jest już...

– No i co się stało wielkiego? – odezwała się Izabela Najda. Była stanowcza i impertynencka. Najwyraźniej nie lubiła się usprawiedliwiać przed nikim, nawet przed nową szefową. – Nie będziemy się przecież targować o głupie trzydzieści minut – rzuciła chłodno. – Jest to spotkanie czy nie? – Zrobiła krok wstecz i ostentacyjnie obróciła głowę, demonstrując zamiar opuszczenia sklepu. – Bo jeśli nie ma, wracam na zakupy i przyjdę dopiero o drugiej do pracy.

– Zaczekaj! – Aleksandra, widząc grymas niezadowolenia, jaki coraz wyraźniej malował się na twarzy Haliny, szturchnęła łokciem w bok nową koleżankę. – Oczywiście, że jest... – oznajmiła, ale bez przekonania, wlepiając wzrok w Stępniakową. – Prawda?

– Jest, jest... – burknęła właścicielka sklepu, tym razem nawet nie starając się kryć rozdrażnienia. Zbliżyła się do koleżanek. – Tylko po raz setny muszę zagotować wodę w czajniku – uskarżała się. – Mogłyście łaskawie dać znać, że zamiast spotkania o czasie, wolicie się włóczyć po sklepach.

– Kochana, nie gniewaj się na nas. Spotkałam Izę dopiero przed chwilą, w... cukierni – skłamała. – Wyobraź sobie, że obie w tym samym czasie wpadłyśmy na pomysł, aby kupić świeżutkie delicje do kawy – tłumaczyła. – A że u nich, jak zwykle, była ogromna kolejka, postanowiłyśmy usiąść przy stoliku i luźną rozmową skrócić sobie czas oczekiwania. No i tak się zagadałyśmy, że całkiem zapomniałyśmy o bożym świecie. Przepr...

– O delicjach też? – Sklepowa weszła jej w słowo. Znów poczerwieniała na twarzy. Była zła, że Ola za jej plecami umówiła się z Izą na zakupy oraz plotki w cukierni. A przecież to ona była spowiedniczką, obrończynią i powierniczką małych i dużych tajemnic Poniatowskiej. Od wielu lat zresztą, na dobre i na złe. Zaczęła się zastanawiać, dlaczego przyjaciółka woli teraz towarzystwo młodej, niedoświadczonej życiowo i – jak się okazuje – bardzo niesympatycznej dziewczyny? Pomyślała, że popełniła błąd, zatrudniając Izabelę w Aniołach.

– O delicjach nie! – podniosła głos Najda. Przestała się nagle uśmiechać. Z jednej z toreb wyjęła małe zawiniątko i tak jak stała, z dużej odległości rzuciła zakupionymi przed chwilą ciastkami pod nogi szefowej. – Proszę! – warknęła. – Jedz je sobie sama! Ja w takiej atmosferze nie mam zamiaru spędzać wolnego czasu.

– Ale, Iza... – chciała coś jeszcze powiedzieć właścicielka sklepu, ale nie zdążyła. Nowa pracownica była już na zewnątrz. Przez szybę widać było, jak znika gdzieś w tłumie klientów galerii handlowej.

Dawne przyjaciółki wymieniły się spojrzeniami. Aleksandra ze zdumieniem pokręciła głową, gdyż sama nie spodziewała się takiej reakcji po Izie. Jeszcze przed południem miło spędziła czas w jej towarzystwie, a teraz nagle stała się świadkiem niekontrolowanego, całkiem nieuzasadnionego wybuchu agresji ze strony dużo młodszej kobiety. Ola pomyślała, że za jej czasów takie zachowanie było niedopuszczalne. Ludzie nie traktowali się w taki sposób. Wysoka kultura osobista, dobre maniery i wyczucie taktu były bezcennymi, fundamentalnymi wartościami. Ale tak było kiedyś. Teraz wszystko się zmieniło, na gorsze, niestety. Dokąd zmierza ten świat? – zastanawiała się Aleksandra. Odstawiła na ladę sprawunki, a kiedy podeszła bliżej osłupiałej z wrażenia właścicielki sklepu Pod Aniołami, dostrzegła w jej oczach łzy. Poniatowska się przeraziła. Znała bowiem przyjaciółkę na wylot i dobrze wiedziała, że ten rodzaj łez nie oznaczał cierpienia i smutku. Przeciwnie, duże krople, które zatrzęsły się w przymrużonych oczach ekspedientki były następstwem rosnącego gniewu i zwiastunem nadchodzącego odwetu. Stępniakowa nie uznawała sprzeciwu, a Ola doskonale o tym wiedziała. Tak samo jak to, że Izabela od minuty znajdowała się w kiepskim położeniu. Tyle tylko, że nie miała jeszcze o tym zielonego pojęcia. Nadchodzący czas miał to jednak zmienić.

Piła, 15 czerwca 2019 roku, popołudnie
Julia Węgorzewska

Julia Węgorzewska postanowiła wstać z łóżka. Choć bardzo zmęczona położyła się spać dopiero nad ranem, nie zmrużyła oka nawet na sekundę. Przez cały czas walczyła z uczuciem, którego dotychczas nie znała, a które pierwszy raz w życiu, niestety, bezbłędnie zdiagnozowała u siebie. Wyrzuty sumienia. Dziś przekonała się na własnej skórze, z jakim natężeniem mogą maltretować swoich żywicieli. Świdrować na wylot nieodporny umysł, kotłować się w głowie niczym stado rozszalałych bestii i bez przerwy krzyczeć, wywołując tępy ból bezpośrednio pod czaszką. A przecież to dopiero początek. Krótka chwila, jaka upłynęła od popełnienia przewiny. A co będzie później?

Julia nie sądziła, że będzie do tego zdolna. Znała oczywiście swoje możliwości, ale to, czego się dziś dopuściła, przerosło nawet ją samą. W myślach zastanawiała się, czy pozostanie bezkarna. Jeśli tak, to jak długo? Czy pozacierała wszystkie ślady. Czy ktoś mógł ją dojrzeć, kiedy wychodziła nad ranem z mieszkania? Czy ktokolwiek będzie ją w stanie rozpoznać?

Głowiła się nad tym, jak będzie żyła od tej chwili. Czy zdoła utrzymać język za zębami? Czy nie zdradzi się przed kimś nieodpowiednim słowem? Fałszywym gestem? A jeśli ludzie zaczną ją podejrzewać? Taki scenariusz jest przecież możliwy. Bo niby Julia wszystko wcześniej zaplanowała, niby z wyprzedzeniem dobrze przemyślała każdy, nawet najmniejszy detal, a jednak dziś dopadły ją wątpliwości. Co się z nią stało, u licha? Czyżby wychodziła z wprawy? Zaczyna się starzeć, traci spryt, nabywając skrupuły? Przecież nigdy nie oglądała się za siebie, nie rozpamiętywała licznie popełnionych wykroczeń. I nawet jeśli czasem nie wszystko szło zgodnie z planem, drobne incydenty i zdarzające się wpadki potrafiła przekuć w spektakularny sukces. Z bezczelnością i kpiną wyciągała z nich cenną lekcję na przyszłość, parła niezłomnie do przodu i śmiała się w twarz naiwnemu losowi. Teraz jednak wszystko się zmieniło. Dziewczyna poczuła, że skutki tego, na co się zdecydowała, pozostaną w niej na zawsze, a wyrzuty sumienia będą ją męczyć i tłamsić. I wreszcie zniszczą jej przyszłość. Ale dlaczego tak jest? Co się ze mną dzieje? – zastanawiała się, a przyczyn swojej emocjonalnej porażki zaczynała upatrywać w swoim narzeczonym.

Zamrugała oczami, starając się przegnać z głowy negatywne uczucia. Odetchnęła ciężko i opuściła sypialnię. Minęła przedpokój i po chwili zatrzymała się w niewielkim salonie. Kilkukrotnie omiotła wzrokiem pomieszczenie, uznając z satysfakcją, że po wczorajszej imprezie nie ma praktycznie już śladu. Wszystko zdążyła posprzątać zaraz po wyjściu ostatnich gości z mieszkania. Miała na to siłę. Nie była przecież pijana, wbrew pozorom, które wczoraj stworzyła. Dzięki jej umiejętnościom aktorskim wszystkie koleżanki zaproszone na wieczór panieński były przekonane, że gospodyni w szybkim tempie upiła się do nieprzytomności. Kiedy bowiem Julia, podczas pożegnania z przyjaciółkami, zaczęła głośno mamrotać, symulować mdłości oraz zataczać się coraz rozleglej, a na końcu przewróciła się w przedpokoju, sama przez moment się zastanawiała, czy piła alkohol równo z towarzyszkami, czy też wylewała wódkę do doniczki z kwiatem.

Węgorzewska uśmiechnęła się ironicznie, gdyż pomyślności choć tej części planu mogła sobie pogratulować. Kolejnych jego punktów... raczej nie do końca. Postanowiła jednak przestać się teraz tym trapić, w myśl jednej ze swoich fundamentalnych zasad, że im szybciej zacznie wypierać z pamięci to, czego przecież wcale nie zrobiła, tym prędzej zazna spokoju i wróci do normalności. Tylko jaka teraz będzie ta jej normalność? I czy ona kiedykolwiek żyła normalnie? Bez kłamstw, mataczenia, intryg i niszczenia innych w celu realizacji własnych, finansowych korzyści? Czy cel zawsze uświęca środki?

Wróciła do sypialni, gdy usłyszała bzyczenie wibrującego telefonu. Podeszła do łóżka i odczytała na ekranie imię osoby, która chciała się z nią skontaktować. Żaneta. Pod takim hasłem zapisała na liście kontaktów przystojnego właściciela kliniki i jednego z najbogatszych ludzi w regionie, doktora Arkadiusza Żabskiego. Zaszyfrowała dane milionera tak, aby Kajetan niczego się nie domyślił. Chociaż dziewczyna na początku mocno się obawiała, że jej powrót do burzliwego romansu sprzed lat zostanie wykryty przez przyszłego męża. Ale dlaczego wróciła do kogoś, kto najpierw rozkochał ją w sobie, przyjął z dnia na dzień do pracy w nowoczesnym centrum medycyny estetycznej Cinderella Clinic, a na koniec upokorzył ją, wykorzystał i próbował zabić? Otóż dlatego, że Julia, oprócz ryzyka i wyuzdanego seksu uwielbiała blichtr i pieniądze, które dziś tylko Żabski mógł jej zagwarantować od ręki. Ona już dawno przestała widzieć swoją finansową przyszłość u boku Andrzejewskiego. I choć to miły, poczciwy i opiekuńczy chłopak o wielkim sercu, to posiadał jedną, ogromną wadę. Był wielkim sknerą i trzymał pieniądze wyłącznie dla siebie. Dlatego postanowiła wykorzystać szansę, jaką znów hojnie obdarował ją los. Po wielkich nadziejach na życie w luksusie i erotycznych ekscesach sprzed trzech lat, które dziewczyna niemal przypłaciła życiem, doktor Żabski wyjechał z kraju. Mężczyzna musiał zaczekać, aż sprawy w Polsce ucichną, a poza tym bał się, że jego ofiara zgłosi na policję gwałt oraz usiłowanie morderstwa. Właściciel Cinderelli zdalnie zarządzał kliniką, dzięki czemu Julia, nie mając z nim bezpośredniego kontaktu, zdecydowała się zachować tam swoje dotychczasowe stanowisko pracy. Zdołała nawet awansować, nieuczciwie pozbywając się z otoczenia kilku niewygodnych i nieprzychylnych jej osób. Kajetan odszedł z pracy i posadę informatyka znalazł szybko gdzie indziej. Stwierdził, że po krzywdach, jakie Żabski wyrządził jego ukochanej Julii, on sam nie będzie w stanie przekraczać codziennie progów Cinderelli, kojarzącej mu się już tylko z despotycznym i nieprzewidywalnym prezesem. Taka sytuacja była Węgorzewskiej na rękę. Odkąd Andrzejewski nie miał jej na oku, ona czuła się w wymarzonej pracy jeszcze swobodniej i pewniej. Bez skrępowania mogła, wykorzystując wypracowane przez lata i sprawdzone metody działania, utorować sobie drogę do upragnionego awansu. Czy sukces ją ucieszył? Nie do końca. Kiedy go osiągnęła, przekonała się, jakie pokłady energii musiała zmarnować i jak dużo cennego czasu poświęcić, by zarabiać miesięcznie raptem o kilkaset złotych więcej. Była zmęczona tą walką i kiedy praktycznie przestała już marzyć o wielkich pieniądzach, w klinice na powrót pojawił się on. Jeszcze przystojniejszy, jeszcze bardziej władczy i – co najważniejsze – jeszcze bardziej gotowy spełniać finansowe zachcianki krnąbrnej recepcjonistki. Julia oczywiście wiedziała, że w zamian za to ona znów będzie musiała spełniać jego erotyczne oczekiwania. Kiedy miesiąc temu zobaczyła go znowu w klinice, jej serce najpierw stanęło, a potem tak przyśpieszyło obroty, że omal nie wyskoczyło jej z piersi. W pierwszej chwili myślała, że ma zwidy i że obserwowana scena jest wyłącznie wytworem jej wyobraźni. Ale gdy Żabski ciężkim, dynamicznym krokiem podszedł do jej stanowiska, popatrzył na nią z władczością i pożądaniem, uśmiechnął się szeroko, a potem powiedział: „Witam, pani Julio, znów się spotykamy", dziewczyna zdała sobie sprawę, że to, czego akurat doświadcza, jest niepodważalną prawdą. W ułamku sekundy uświadomiła sobie, że uczucie, którym dawniej obdarzyła nieobliczalnego doktora, nigdy w niej nie zgasło. Przeciwnie, żyło w jej sercu i w cichym uśpieniu cierpliwie oczekiwało dnia, który właśnie nadszedł. Przeszkodą był tylko Kajetan, ale tylko do dzisiaj. Do chwili, w której ona ponownie przekroczyła cienką, niedozwoloną granicę.

Węgorzewska chciała przycisnąć zieloną słuchawkę, aby oddzwonić do Arkadiusza Żabskiego, ale nagle usłyszała głośne pukanie do drzwi. Podskoczyła, zlękniona. Odwróciła się szybko w stronę przedpokoju i nagle poczuła, jak oblewa ją fala gorąca.

– Kto to, do jasnej cholery? – szepnęła. – On, tutaj, teraz? – zastanawiała się, czy to nie ta druga, bardziej przerażająca, ale przecież nieunikniona opcja. Kiedy uszy Julii przeszył jeszcze głośniejszy łomot oraz gdy zza drzwi dobiegł ją niski, nieuznający sprzeciwu głos, nie miała już wątpliwości.

– Proszę otworzyć, policja!

Gabriel Borowiec i Borys Maliszewski, ochroniarze klubu nocnego Muszelka, umówili się przed wejściem do niewielkiego budynku na peryferiach miasta. Była to typowa dla architektury jednorodzinnej sprzed czterdziestu lat niska willa o sześciennym kształcie. Jej fasadę pomalowano ciemnofioletową farbą i przyozdobiono zbyt dużym neonem, zawierającym nazwę i logo umiejscowionej tu firmy: otwartą ostrygę z wielką perłą osadzoną w środku.

– No, nareszcie, stary! Gdzieś ty się, kurwa, podziewał? – Borowiec zaciągnął się papierosem, a potem wypuścił silny strumień dymu prosto w twarz nowego kolegi. Niecierpliwił się. Przestępował z nogi na nogę. – Chyba że chcesz, żeby cię ominęła wypłata? – Młody barczysty mężczyzna wyszczerzył zęby w uśmiechu.

– Nie… Nie chcę – odparł Maliszewski, wycierając czoło pokryte kropelkami potu. Zaczął kaszleć, gdy dym z papierosa wtargnął mu do gardła. – Zgaś to, do cholery!

– Spoko, koleś, i po co te nerwy? – Borowiec cisnął niedopałek na ziemię, a potem roztarł go butem na chropowatym betonie. – Powinieneś się cieszyć. Ale luz, rozumiem. Niecierpliwisz się i pewnie dlatego jesteś taki spięty. – Poklepał kumpla po ramieniu. – Za moment porządnie pociupciasz, to od razu ci się ryj ucieszy. Znam to. Wiem, co mówię – dodał, ponownie rozciągając usta w lubieżnym uśmiechu. – Powiem ci szczerze, smutasie, że ostatnio tak wymęczyłem tę czarną Malwinę, że po dwóch godzinach miała już dosyć mojego kutasa. A po piątym razie zaczęła mnie błagać, żebym jej w końcu odpuścił. Ale ja jak to ja. Było mi za mało. Chciałem wykorzystać swój czas do oporu i na cały tydzień nacieszyć się swoją wypłatą, nawet kosztem tej żałosnej beksy. Zwykła, nieposłuszna suka! Nie ona, to będzie następna, proste! Przecież szef wyraźnie powiedział: raz w tygodniu, dwie godziny, z którą tylko chcecie. No więc, Borys, nie ma co się mazać, tylko korzystać, póki los daje nam taką możliwość. – Gabriel wziął głęboki wdech. Z podniecenia, a także za sprawą upału, który stawał się nie do zniesienia, zaczęło mu brakować powietrza. – A swoją drogą, brachu... – kontynuował po chwili. – Trochę szkoda, że nie możemy częściej sobie odbierać wypracowanych godzin. Nie wiem... Choćby ze dwa razy w tygodniu. Częściej i krócej, ale za to jeszcze intensywniej i ostrzej. – Puścił oczko do Maliszewskiego. – Co ty na to? Może zaproponujemy staremu takie rozwiązanie?

– Nie wiem... – odparł z wahaniem w głosie Borys. – Zastanawiam się, czy nie wolałbym jednak pieniędzy. Robota jest łatwa, a pieniądze bardziej by mi się...

– Czy ciebie pojebało? – zaklął głośno Gabriel. – Wolisz marne grosze od ogromu dzikiej przyjemności? Przecież za to, co możemy robić z tymi muszelkami – wypowiadając ostatnie słowo ochroniarz zrobił cudzysłów palcami – w życiu byśmy się nie wypłacili. To są drogie rzeczy, przyjacielu! – W głosie krępego osiłka dało się wyczuć rosnącą ekscytację. – No, chyba że nie kręcą cię takie rzeczy? Nie gadaj, że wolisz facetów. Bo wiesz, jeśli tak, to...

– Zamknij się! – przerwał podniesionym głosem Borys. – Co cię to, kurwa, obchodzi? Jeśli chcesz wiedzieć, to ze mną jest wszystko w porządku, za to ty jesteś zwykłym, niewyżytym dupkiem.

– Przestań! – krzyknął Gabriel. – O co ci chodzi, człowieku? Co w ciebie wstąpiło?

– We mnie nic, ale w ciebie najwyraźniej tak – burknął Maliszewski. – I dobrze ci radzę, kolego. – Wymierzył palcem w Borowca. – Lepiej się zastanów, co robisz i co wygadujesz na lewo i prawo. I powstrzymaj swoje zboczone zapędy do dziewczyn z Muszelki. Bo wychodzi na to, że perwersje, którymi się ciągle przechwalasz, to tylko część twoich ostatnich wyczynów. Dziewczyny mi się wypłakują, że się ciebie boją i że chcą zakapować na ciebie szefowi. Mają tego dosyć.

– Proszę, proszę. A więc o to chodzi – prychnął bezczelnie ochroniarz. – Wiedziałem, że coś jednak jest z tobą nie tak. Zamiast korzystać z okazji, urządzasz sobie rozmowy z tymi tępymi dziwkami. Lubisz pogaduchy, co? No, przyznaj się? O czym plotkujecie? O ciuchach, miłości, facetach?

– Bardzo śmieszne – żachnął się Maliszewski. – Żenujący jesteś.

– Nie bardziej niż ty – odparował. – I jedno ci… – chciał jeszcze coś dodać, ale mu przerwano.

Drzwi do klubu się otworzyły. Obaj mężczyźni spojrzeli na chwilę w ich stronę. W wejściu stanęła ładna ciemnowłosa dziewczyna. Uśmiechnęła się lekko do Maliszewskiego, a potem od razu pobladła, kiedy zobaczyła drugiego pracownika ochrony. Poprawiła na nosie okulary przeciwsłoneczne i spuściła głowę. Objęła się ramionami i czym prędzej ruszyła przed siebie.

– No cześć, koleżanko – zaczepił ją nagle Borowiec. – Kierunki ci się pomyliły? Wracaj, ale już! – nakazał. – Dzisiaj dzień wypłaty.

Dziewczyna się nie odwróciła. Przyspieszyła tylko kroku i jeszcze bardziej zacisnęła ręce na piersi. Przeszła przez ulicę i zatrzymała się na przystanku autobusowym. Spojrzała na małą tabliczkę z rozkładem jazdy, a następnie podreptała wzdłuż ulicy Krzywej.

Gabriel pokiwał pogardliwie głową. Cyknął z politowaniem ustami i popatrzył na współpracownika, który przez moment mierzył się z nim wzrokiem, a następnie pobiegł za Malwiną.

– Jeszcze zobaczymy! – wysyczał z agresją i wszedł do budynku w pośpiechu. Nie mógł się doczekać dzisiejszych miłosnych uniesień. – Jak nie ta, to inna – prychnął. – Jaka to, kurwa, różnica?

– Jezus Maria, Janek! – krzyknęła Natasza na widok wchodzącego do jej biura męża. Poniatowski był blady jak ściana i wyglądał, jakby nie spał przynajmniej przez tydzień. – Tak się o ciebie martwiłam! Jak się czujesz? Mów! – Wyskoczyła jak poparzona zza biurka. – Wszystko w porządku? Gdzie Anka?

Piękna właścicielka Wspaniałych Ślubów była przerażona. Ciągle się trzęsła niczym galareta, żołądek ją bolał ze stresu, a serce ani trochę nie chciało zwolnić szaleńczego rytmu. Przez ponad godzinę czekała na jakąkolwiek wiadomość od Jana. Kiedy wcześniej zatelefonował do niej, mamrocząc, że właśnie jest w ambulansie oraz że się stało – jak to dokładnie określił – „najgorsze", Natasza z miejsca pomyślała, że on i Sasanka mieli wypadek samochodowy. Znała go przecież na wylot i doskonale wiedziała, z jak dużą prędkością, jak brawurowo i jak niebezpiecznie lubi jeździć autem nawet w centrum miasta. Zwłaszcza w towarzystwie tej nieokiełznanej i wiecznie rozkojarzonej kelnerki. Kiedy jednak Natasza dowiedziała się, z jakiego powodu Poniatowski stracił przytomność, miała wrażenie, że śni. Dlatego na moment odsunęła telefon od ucha, wzięła kilka głębokich oddechów i zamrugała oczami, licząc, że to nie Janek, ale raczej ona ocknie się zaraz z domniemanego letargu. Nic takiego jednak nie nastąpiło. Przeciwnie, z każdą upływającą sekundą i z każdą kolejną porcją złych wiadomości, jakie dochodziły do niej z drugiej strony słuchawki, Poniatowska utwierdzała się w przekonaniu, że najważniejszy w jej życiu, po raz wtóry poślubiony mężczyzna, wpadł znów w tarapaty. I jeśli nawet nie w te dotyczące bezpośrednio jego samego, to przynajmniej w takie, w których miał on już spore doświadczenie z czasów, gdy był nastolatkiem. W przypływie najczarniejszych myśli zastanowiła się, czy przypadkiem Janek podczas swoich narodzin nie został jakoś specjalnie wyróżniony przez boską opatrzność. Naznaczony zbrodnią, przestępstwem i dość regularnym odnajdywaniem martwych ludzi, których znał osobiście.

Ich rozmowa trwała niecałą minutę, a zanim Jan się rozłączył, dał ukochanej słowo, że zadzwoni znowu, jak tylko policja skończy przesłuchiwać jego i Sasankę w sprawie śmierci Kajtka Andrzejewskiego.

– Kogo? – Umysłem Nataszy zawładnęła przerażająca świadomość. Bowiem z dużym opóźnieniem dotarł do niej fakt, że to sprawa dotyczy klienta jej firmy, który za tydzień miał stanąć na ślubnym kobiercu. – Ale co się stało? – zastanawiała sie. – Dlaczego się zabił? Jak to, samobójstwo? Julia Węgorzewska… Przez jakie piekło musi teraz przechodzić ta biedna dziewczyna?

– Tak… – szepnął Janek z beznadzieją w głosie i wszedł głębiej do pomieszczenia. Opadł ciężko na stojącą w poczekalni kanapę. – Ze mną i z Sasanką w porządku, ale z Kajetanem… – urwał, zamknął oczy i oparł głowę o zagłówek skórzanego mebla. Oddychał ciężko. Zamilkł.

Natasza usiadła tuż przy nim. Położyła dłoń na jego rozpalonym czole. Było pokryte kropelkami potu. Popatrzyła na męża z ogromnym współczuciem. Nie wiedziała, jak w tej chwili mogłaby mu pomóc, ale przeczuwała, że Jan ciężko odchoruje tę sytuację. Dlaczego go znów to spotyka? – pomyślała.

– Co dokładnie się tam wydarzyło? – zapytała bardzo delikatnie. – Opowiedz mi, proszę. – Pogładziła go po policzku, a potem złapała za rękę.

– Zabił się chłopak i tyle. Podciął sobie żyły – odezwał się bankowiec, ale dopiero po dłuższej chwili. Wciąż miał przymknięte powieki. – Pewnie upił się podczas imprezy albo, co gorsza, nałykał się jakiegoś świństwa. List zostawił. W wannie, oprócz jego ciała, leżała jakaś zapisana kartka.

– O, Boże, kochanie, to straszne – westchnęła ze smutkiem Natasza. – Nie mogę w to wszystko uwierzyć. Przecież gdy ostatnio rozmawiałam z Andrzejewskim, był taki wesoły, uśmiechnięty. Cieszył się na ten ślub, było to po nim widać. Planował też zabrać Julię w podróż poślubną. Mówił o przyszłości, o dzieciach. Nigdy bym nie powiedziała, że ma jakieś kłopoty i że mógłby odebrać sobie życie.

– Ja też nie. – Dopiero teraz Jan otworzył oczy. Jeszcze mocniej odchylił się na oparciu sofy i wlepił wzrok w sufit. Ścisnął dłoń Nataszy. – Wiesz… – zaczął mówić, jakby od niechcenia. W jego głosie nie było słychać żadnych emocji, z wyjątkiem zobojętnienia. – To się już chyba nie skończy, nigdy. A ja byłem pewien, że po moich wszystkich traumatycznych przejściach dochodzę powoli do siebie. Liczyłem na to, że będę żyć tak po prostu, jak inni, zwykli, szczęśliwi ludzie, którzy nigdy nie znaleźli zakrwawionych, podziurawionych ciał swoich bliskich. I mocno się pomyliłem. Czy ja mam na czole napisane: „Masz problemy z trafieniem na trupa? Nie martw się, zrobię to za ciebie?" – mężczyzna zaczął się rozkręcać. Mówił coraz szybciej i głośniej. Najwyraźniej schodził z niego cały dzisiejszy stres. – To wszystko jest jakimś koszmarem. I jeszcze ten sam policyjny duet: Tomasz Jahnc i Grzegorz Czeszejko. Żebyś ty widziała, jak oni dziś na nas patrzyli. I ten ton rozmowy. Jakbyśmy to my z Anką zmusili Kajetana do samobójstwa.

– Janek… – Natasza wykorzystała moment, w którym mężczyzna zrobił krótką pauzę na wzięcie oddechu. – Jest mi przykro, serio – powiedziała czule. – Wiem, jak musi być ci ciężko. Nie wiem, co powiedzieć.

– Daj spokój. Nie musisz nic mówić, bo cokolwiek byś powiedziała, to nie poprawi mojej sytuacji. To musi minąć. Muszę to po prostu przeczekać. Nie pierwszy i pewnie nie ostatni raz.

– Tak, Janek, nie poprawi, wiem. Ale pomyśl, co musi teraz przeżywać rodzina Kajetana, no i jak na wiadomość o jego śmierci zareagowała Julia. – Poniatowska najdelikatniej, jak potrafiła, zasugerowała Jankowi, że to nie on jest głównym poszkodowanym w całej tej sytuacji. – To jest przecież, to znaczy… był – z przykrością użyła czasu przeszłego w stosunku do Andrzejewskiego – taki młody chłopak. Całe życie przed nim. Ile on miał lat?

– Dwadzieścia siedem.

– No właśnie, masakra. Jestem zdruzgotana. A policja? O co was pytali? Jahnc i Czeszejko? – Poniatowska szczerze się zdziwiła. – Nie ma innych policjantów w Pile? – Nie chciała jednak, by jej słowa zabrzmiały jak żart.

– Najwidoczniej nie ma – odpowiedział. – Dokładnie nas przepytali, ale to dla nich za mało. Nakazali nam zgłosić się na komendę. W poniedziałek będą nas maglować i tworzyć te swoje długie protokoły. Nie wystarczy im, że Sasanka jak ta katarynka wyterkotała im wszystko w pięć minut, co do joty? Oczywiście, zdenerwowana i rozemocjonowana bredziła też o jakichś promocjach w galerii oraz o tym, że przez całą tę nieprzyjemną sprawę nie skorzysta z ciekawych okazji i największych przecen. Wykrzyczała im wszystko, oczyściła organizm z emocji, a potem się rozpłakała.

– Już ją widzę w akcji. – Natasza pokiwała głową ze zrozumieniem. – Tylko twardziele są w stanie znieść jej paplaninę. – Subtelnie się uśmiechnęła, pierwszy raz od prawie dwóch godzin. W głębi duszy bardzo się ucieszyła, że Janek jest cały i zdrowy. A nad jego stanem ducha postara się popracować później. – A gdzie teraz jest Anka?

– W domu. Odwieźli ją. Obiecała zadzwonić wieczorem – ledwie zdążył wypowiedzieć ostatnie słowa, a w kieszeni zawibrował mu smartfon. Puścił dłoń Nataszy i wyłowił telefon ze spodni. – Anka – odczytał imię z ekranu i ze zdziwieniem spojrzał na Nataszę. Jego żona również była zaintrygowana.

– Odbierz – szepnęła i zrobiła ręką zachęcający gest.

Janek przyłożył urządzenie do ucha. Przez kilkanaście sekund nic nie mówił. Potakiwał i coraz bardziej otwierał oczy. W końcu wyprostował się na kanapie.

– Nic nie rób i nikomu nie mów! Za pięć minut będę! – krzyknął i się rozłączył.

– Co się stało? – chciała wiedzieć zniecierpliwiona Natasza. – Nigdzie nie jedziesz, słyszysz? – zadecydowała tonem nieuznającym sprzeciwu.

– Anka... – Poniatowski zerwał się na równe nogi. – Muszę. Anka przeczytała list!

– Jaki list? Co ty wygadujesz?

– No list Kajetana. Ten, który napisał, zanim postanowił się zabić.

Piła, 15 czerwca 2019 roku, popołudnie
Jan Poniatowski, Anna Sass

– Wszystko się nagrało, spójrz! – Anna Sass zaatakowała przyjaciela od progu. W ręku trzymała białego iPhone'a, którego podsunęła Poniatowskiemu prawie pod sam nos. Była przerażona, ale pobudzona i pełna energii. – To ty włączyłeś kamerkę? Miałeś

57

przecież moją komórkę przy sobie. Na filmie jest wszystko, nawet najmniejszy detal!

Janek pomyślał, że emocje, które teraz rządziły Sasanką, były zdecydowanie lepsze niż stan przygnębienia, w jaki potrafiła zapadać. Szczególnie po tak silnych i wstrząsających przeżyciach, jak te z dzisiejszego poranka. Kiedy po wszystkim kelnerka wsiadała do radiowozu, była kompletnie rozbita. Poniatowski bardzo się o nią martwił. Chyba nawet bardziej niż o siebie. Zachowanie dziewczyny sprzed chwili wcale go nie zdziwiło. Przez lata ich znajomości zdążył się już przyzwyczaić, że Ania reaguje na stres na różne, skrajne sposoby, żonglując emocjami niczym kuglarz diabelskimi kijkami.

– Jak się czujesz? – wolał się jednak upewnić.

– Bywało... – odetchnęła i podała urządzenie Janowi. – No, zobacz! Włącz sobie ten filmik, jak żeś mi go po kryjomu nakręcił.

– Ja? – mężczyzna nie krył konsternacji. – Niczego nie filmowałem, coś ty? Niby po co miałbym to robić? – zaprotestował. – Najwidoczniej włączyłem kamerę niechcący, gdy wkładałem twój telefon do kieszonki w koszulce. Naprawdę? – zapytał zaciekawiony. – Wszystko się nagrało? Da się dokładnie odczytać treść listu? Kartka leżała przecież na samym dnie wanny, w pewnej odległości od nas.

– Janek! – huknęła bez zastanowienia Sass. – Mamy dwudziesty pierwszy wiek, od dziewiętnastu lat, jeśli dobrze liczę. Technika idzie do przodu, a to jest iPhone X, najlepszy smartfon na rynku. Szczyt technologicznej wiedzy zamknięty w tym oto małym cudeńku. Wiesz, jakie to cacko robi zdjęcia na Instagram? A filmy... – opamiętała się, kiedy zobaczyła dezaprobatę w oczach Poniatowskiego. – Zresztą sam zobacz.

Jan się zawahał. Szczerze powiedziawszy, nie był przygotowany na to, aby po raz kolejny przyglądać się zakrwawionym zwłokom. Zbyt duże wrażenie zrobił na nim rano widok martwego kolegi. Miał go wciąż przed oczami i doskonale wiedział, że już nigdy nie wyparuje on z jego pamięci. Tak jak wszystkie inne mroczne obrazy z przeszłości, które utkwiły w jego mózgu na zawsze. Widoku śmierci się nie zapomina.

– To może ty mi przedstawisz treść listu – zaproponował. – Ja... Nie chcę tego ponownie oglądać, rozumiesz? Nie dzisiaj.

– Przestań, Janek. Rozumiem, jasne, że tak. – Sass postukała w siebie zaciśniętą dłonią. – Sama przecież też nie włączyłabym tego filmiku. Przez przypadek go uruchomiłam, bo przeglądając się w kamerce chciałam poprawić makijaż. Ale wiesz co? – kontynuowała. – To nagranie nie zrobiło już na mnie aż tak dużego wrażenia, jak widok na żywo... – urwała i przełknęła ślinę. Ostatnie słowo nawet Sasance mocno kontrastowało z tym, co chciała za chwilę powiedzieć. – To znaczy, wiesz... Jak widok ciała Kajetana w łazience. A list przeczytałam pobieżnie i nie jestem w stanie powtórzyć ci całej jego treści. A głównie chodzi w nim o to, że Kajetan ponoć dopuścił się zdrady i nie umiał dalej z tym żyć. Dziwne, co nie? No, bo powiedz sam, Janek, co by było, gdyby wszyscy, którzy kogoś zdradzili, targali się później na życie? Mielibyśmy ujemny przyrost naturalny na świecie – rozkręcająca się Anka nie zdążyła ugryźć się w język, gdy niecałą sekundę wcześniej zdała sobie sprawę, że chlapnęła coś, co mogłoby sprawić przykrość koledze. Najpierw powiedziała, potem pomyślała, jak zawsze. – Ale nie chodziło mi tutaj o ciebie – usprawiedliwiła się, pamiętając, jak Poniatowski przeżywał swój rozwód i jak niezmiernie żałował, że to właśnie przez jego niewierność rozpadło się jego małżeństwo. Wiele wody w rzece musiało potem upłynąć, zanim mógł ponownie zamieszkać razem z Nataszą i z ukochanym synem, Remigiuszem. Rok temu wziął ponownie ślub. Wszystko wróciło do normy, przynajmniej w jego życiu prywatnym.

– Spoko, przecież wiem – odpowiedział. – A swoją drogą, chyba masz rację. Jakoś nie pasuje mi zdrada. No chyba że podczas wczorajszej imprezy Kajetan ostro sobie popił albo nałykał się jakiegoś świństwa.

– No dokładnie, też tak pomyślałam – przytaknęła Anka, wymownie strzelając oczami. – Dziwne to wszystko, nie ma co – dodała, a potem się zamyśliła na dłużej. – A może ktoś...

– A może ktoś... – Jan wypowiedział te same słowa w tym samym momencie.

Spojrzenia przyjaciół zbiegły się natychmiast, a każde z nich zobaczyło w oddalonych od siebie źrenicach te same wnioski. Czy to możliwe, by ktoś zamordował Andrzejewskiego? Jeśli tak, to kto? Jaki ten ktoś mógł mieć powód? Komu wadził młody, pozytywnie nastawiony do świata i ludzi mężczyzna? I z czego Kajetan chciał się wyspowiadać w liście pożegnalnym? A jeśli ktoś go podłożył po popełnieniu przestępstwa?

– Dobra, odpalmy ten filmik! – zadecydował Janek i dopiero teraz przekroczył próg mieszkania Anki. – Miejmy to w końcu za sobą. – Wszedł do przedpokoju, a potem podreptał za koleżanką do kuchni. Bankowiec usiadł zaaferowany przy stole, przysunął się bliżej prostokątnego blatu, pochylił głowę tuż nad telefonem i już miał odtworzyć nagranie, kiedy usłyszał obok siebie trzask. Janek podskoczył zlękniony.

– Prowadzisz? – zapytała krótko Sass. – Bo na trzeźwo tego nie dziabniemy. Trzeba się znieczulić – powiedziała z delikatnym uśmiechem zaraz po tym, jak z hukiem postawiła na stole dwie oszronione butelki.

– Dzięki. Nie, nie prowadzę. Natasza mi nie pozwoliła i sama mnie tutaj przywiozła. Pojechała do tej kwiaciarni, którą miałaś odwiedzić przed południem. Odbierze mnie stąd za godzinę.

– Świetnie! – Ania odkapslowała piwa i również usiadła przy stole.

Poniatowski pociągnął spory łyk schłodzonego alkoholu, który smakował wybornie i dawał nadzieję na dużo łatwiejsze przyswojenie wstrząsającego wideo. Wziął głęboki wdech i włączył nagranie. Obraz na ekranie ożył. On i Sasanka właśnie wchodzili do klatki schodowej Andrzejewskiego. Jan nie miał nastroju na dokładne oglądanie każdej zarejestrowanej sceny. Chciał tylko przeczytać list. Czym prędzej znaleźć odpowiedni moment, w którym przyciśnięta pauza da możliwość optycznego powiększenia zapisanej kartki leżącej na dnie wanny obok zwłok Kajetana. Przesuwał palcem po czerwonej linii postępu odtwarzanego klipu. W ten sposób dotarł do pierwszych kadrów zarejestrowanych w łazience zmarłego i poczuł, jak stres po raz kolejny dzisiaj chwyta go za gardło. Serce znów przyspieszyło. Poczuł suchość w ustach i postanowił czym prędzej temu zaradzić. Chwycił za zimną flaszkę i zbliżając piwo do ust, popatrzył na Ankę. Kelnerka również wypiła kilka słusznych haustów, cały czas nie odrywając jednak wzroku od leżącego na stole smartfona.

– Jest! Rzeczywiście rewelacyjnie widać – szepnął rozgorączkowany mężczyzna i jeszcze bardziej pochylił się nad telefonem. – Zobacz! – Mocno wytężył wzrok, odczekał chwilkę i dotknął komórki.

– No przecież widzę, że widać – odezwała się Sass, odklejając się od butelki ze spienionym płynem. – A nie mówiłam? Najlepszy aparat na świecie – podkreśliła z dumą. – Powiększ!

Po chwili cały ekran iPhone'a wypełnił tekst, który rzeczywiście dało się z powodzeniem przeczytać. Bankowiec zrobił zrzut ekranu, a potem jeszcze bardziej powiększył sfotografowany kadr. Zaczął czytać.

Tym, którzy mają najgorsze przed sobą.

Dzisiaj muszę umrzeć. Podjąłem decyzję, która jest ostateczna. Zdradziłem z premedytacją i nie potrafię sobie z tym poradzić.

Śmierć to jedyne wyjście, jakie mi przyszło do głowy. Zasłużyłem na dotkliwą karę. Innej drogi nie mam.

Nie jestem takim człowiekiem, jakim mnie widzą inni. Dobrzy ludzie nieskalani kłamstwem nie są w stanie zauważyć zła, jakie skrywam w sercu. „Kajetan? To taki miły, sympatyczny i wrażliwy chłopak. Jest w porządku", powtarzają z uśmiechem na ustach. Patrzą mi w oczy i są przekonani, że jestem uczciwy, lojalny i wierny. Ślepo wierzą, że umiem szanować kobiety. Ale są w błędzie. Mylą się niezmiernie.

Na mnie już pora, to postanowione. Nadszedł czas, by ten zachwaszczony męską bezwzględnością padół odetchnął z ulgą choć na krótką chwilę, odczuwając brak kolejnego zdrajcy. Niech ten świat zacznie się zmieniać na lepsze. Niech się kręci tylko w dobrą stronę bez zła, które ja w sobie noszę od dawna. Wiem... Doskonale zdaję sobie sprawę z tego, że czasami z powierzchni ziemi musi zniknąć jedna zła osoba, żeby dwie inne mogły poczuć dobro i wyzbyć się strachu.

Jestem do niczego. Psuję się od środka i nie mam już szans na rehabilitację. Przekroczyłem cieniuteńką linię, a potem utknąłem po jej drugiej stronie. W krainie wzgardy, łajdactwa i wstydu. Nie umiem stamtąd już wrócić. Nie chcę już nawet próbować. To na nic. Wszystko stracone. Muszę pogodzić się z faktem, że nie da się zejść z niewłaściwego szlaku. Prę do przodu, ku szczęśliwemu końcowi, którym jest śmierć. Teraz czy za chwilę... A może za kilkadziesiąt lat? Jakie to ma znaczenie? Każdego spotka to samo. Ta sprawiedliwość dodaje mi skrzydeł i napawa mą głowę odwagą.

Przetnę sobie żyły, bo w ten sposób konają najwięksi plugawcy. Jestem jednym z nich. Jednym z tysięcy podobnych mi mężczyzn. Podłym samcem, jakich jest teraz na pęczki. Brzydzę się nimi i sobą, a w każdym z ich zakłamanych spojrzeń znajduję swoje odbicie. To okropny widok, który doprowadził mnie do

ostateczności. Upadam... Razem z moralnością, cnotą i oby-
czajami.

Nie płaczcie za mną, bo fałszywych mężczyzn się nie opłaku-
je. Cieszcie się z tego, że jeszcze jesteście. I zróbcie sobie rachunek
sumienia. Spójrzcie w lustro i nie odwracajcie wzroku. Kogo
w nim teraz widzicie? Jak wygląda wasz prawdziwy obraz? Kim
naprawdę jesteście i o czym bez przerwy myślicie? O gwałcie
i wyuzdaniu, prawda? O poniżaniu kobiet? Nie... nie wierzcie
w to, że one się dadzą oszukać. Nie zapominajcie, że prędzej czy
później odkryją wasze intencje. Po co to robicie? No co wam to
daje? No, co?

Odchodzę na zawsze... Żegnajcie...

– Ja pierdolę... – szepnął przerażony Jan, kiedy skończył czytać. Jego zdenerwowanie sięgało zenitu, gdy miejscami tekst
był mało czytelny albo gdy zasłaniała go blada, zakrwawiona
dłoń Andrzejewskiego. – Masakra – szepnął. Chciał powiedzieć coś jeszcze, ale zrezygnował. Zadawał sobie tylko jedno
pytanie: dlaczego? Dlaczego ten miły chłopak postanowił się
zabić? W przedśmiertnej korespondencji chyba nie ma rozwiązania tej niewiadomej. Zdrada? – Jan spojrzał na Ankę, która
w tym samym momencie podniosła wzrok znad kuchennego
stołu.

– No, dokładnie, Janek – odezwała się, a potem wypiła resztę
piwa z butelki. – Jestem zdruzgotana. Głowa mnie boli od tego
wszystkiego. To przerażające i jakieś takie... – szukała odpowiedniego słowa – surrealistyczne.

– Surrealistyczne? – zdziwił się szczerze przyjaciel. – Ale co,
samobójstwo?

– A, przestań! – zaprzeczyła podniesionym tonem. – Nie
samobójstwo, coś ty? Samobójstwo to psychodeliczny horror –
wyjaśniła. – Mam na myśli śmierć opisaną w liście, który można

potem przeczyć. Dla mnie to zupełnie nowe i niesamowicie dziwne doświadczenie. Pierwszy i mam nadzieję ostatni raz w życiu – zabobonnie popukała w krzesło, na którym siedziała – miałam okazję zapoznać się treścią czegoś podobnego.

– I do jakich to surrealistycznych wniosków doszłaś, koleżanko? – spytał z lekką drwiną.

– Wniosków? – odpowiedziała pytaniem na pytanie, robiąc zamyśloną minę. Wstała od stołu, otworzyła lodówkę i wyjęła z niej dwie zielone flaszki. W małej kuchni rozległo się głośne, choć bardzo przyjemne pobrzękiwanie szkła. – Oprócz tego, że wciąż w to nie wierzę i mam nieodparte wrażenie, że padłam ofiarą niefajnego żartu rodem z ukrytej kamery, to jeszcze nie doszłam do żadnych konkretnych spostrzeżeń – burknęła, ponownie zajmując miejsce obok przyjaciela.

– Nie no, jasne – wyseplenił z butelką przytkniętą do ust. – Ja też mam wrażenie, że to wszystko jest jakimś mrocznym i wysoce niestosownym dowcipem. I dałbym wszystko, żeby śmierć Kajtka była tylko tym. – Posmutniał. – Ale gdybyś miała podzielić się ze mną pierwszą myślą, jaka ci się pojawiła w głowie zaraz po tym, kiedy skończyłem czytać jego pożegnanie – Wzrokiem wskazał telefon leżący na blacie – to co byś mi powiedziała?

– Hm – zastanawiała się przez chwilę. – Szczerze? Powiedziałabym ci, że gdybym nie znała Kajetana i bazowała tylko na tych niezrozumiałych frazesach i jakichś paranoidalnych wynurzeniach, to musiałabym stwierdzić, niestety, że narzeczony Julki był psychopatą i erotomanem w jednym. Z całym szacunkiem, rzecz jasna, dla świętej pamięci zmarłego.

– Wiedziałem! – Poniatowski parsknął niepohamowanym śmiechem. Pierwszy raz dzisiejszego dnia poczucie humoru wygrało z przygnębieniem i smutkiem. Zimne piwo zaczynało działać. – Pytam, jakbym cię nie znał. Przecież według ciebie każdy facet jest ukrytym psychopatą albo erotomanem.

– Oczywiście, dobrze mnie znasz i powinieneś wiedzieć, że mam świętą rację. Mało miałeś przykładów w swoim życiu? – Wzięła się wymownie pod boki i zadarła podbródek.

– Tak, oczywiście, masz rację, a...

– A wracając do listu. – Anka pstryknęła palcami. – Czy jego treść brzmi ci jak pożegnanie kogoś, kto za tydzień miał wziąć ślub? Kogoś, kto był zakochany, miał przed sobą kilka pozytywnych zmian i mnóstwo planów na przyszłość? Czy Kajetan w swoim liście choć raz o tym napomknął? Otóż, nie! Nie napisał nawet słowa o Julce! O tym, że ją kocha, że cierpi. A skoro ją zdradził i tak bardzo tego żałował, to dlaczego nie przeprosił narzeczonej? Albo nie wyjaśnił, dlaczego nie był jej wierny? Nie, nie. – Pokiwała palcem wskazującym. – To mi się nie składa, kompletnie. I pokuszę się o stwierdzenie... – teatralnie zawiesiła głos – że ten list został napisany przez kogoś innego.

– Przez... – Poniatowski przełknął ślinę i mrugnął wymownie oczami. Przypadkowo i całkiem niezamierzenie sparodiował Anię. Po latach ich znajomości łapał się na tym, że im dłużej przebywał w jej towarzystwie, tym bardziej zaczynał się zachowywać jak ona. – Mordercę? – szepnął z przerażeniem. – Myślisz, że...

– Ja nie myślę – weszła mu w słowo kelnerka, dumna ze swojego najświeższego odkrycia. – Ja to wiem. Nie ma innej opcji – zawyrokowała.

– Ja pierdolę, Anka – syknął. – Obyś się myliła. Choć nie wiem, czy to ma teraz znaczenie, jak zginął. To i tak nie wróci mu życia.

– Jak to, nie wiesz, Janek? Ma znaczenie, i to kolosalne. Gadasz kompletnie od rzeczy! – Rozemocjonowana właścicielka mieszkania podskoczyła na krześle. – Mam nadzieję, że to wina stresu, który dzisiaj ma prawo odbierać ci rozum. Napij się piwka, to może ci przejdzie! I skup się! – Postukała kolorowymi tipsami w jedną z butelek, które przed chwilą postawiła na stole. – Po pierwsze, primo, jak to ktoś kiedyś powiedział, samo-bójców zawsze traktuje się gorzej w porównaniu z pozostałymi trupami. Z pogardą i bez szacunku. Po drugie, secundo, jeśli ktoś zabił Andrzejewskiego albo chociaż podsunął mu pomysł, żeby sam to zrobił, może uderzyć ponownie. – Sasanka się rozkręca-ła. – I tutaj zaczyna się robić malutki problemik. Bo jeśli to jakiś kolejny psychopata, a wszystko na to wskazuje, to przecież ta osoba może znaleźć sobie nową ofiarę i zabić po raz drugi. Być może nie dziś, nie jutro, ale na pewno za jakiś czas. Na przykład po dwudziestu latach. – Ponownie pstryknęła palcami, a potem wskazała na Poniatowskiego. – Ponura, kryminalna historia na-szego miasta zna już przecież podobne przypadki, nieprawdaż? Ja nie mogę, Janek, to jakaś gehenna! – zatracała się w snuciu spiskowych teorii. – Mam nadzieję, że policja szybko dopadnie tego wykolejeńca.

– Anka, do cholery, uspokój się! Bo chyba robisz z igły widły. Powstrzymaj te hipotezy i zostaw trochę roboty profesjonali-stom. – Jan się uśmiechnął. – Sama widziałaś, kto był na miejscu zdarzenia. Jahnc i Czeszejko, czyli dochodzeniowy duet wszech czasów – zaśmiał się, a potem puścił oko do koleżanki. – Jeśli oni się za to zabiorą, to w tydzień mamy sprawę zamkniętą. No góra, w dwa. Wydział śledczy W11 może się przy nich schować.

– Nie żartuj! – Mina dziewczyny była nad wyraz poważna. – Ja naprawdę uważam, że ten list jest podejrzany. I mimo że nie czytam tego typu zwierzeń na co dzień i siłą rzeczy nie mam porównania z podobnymi samobójczymi wynurzeniami, sądzę, że tutaj jest coś nie tak.

– Nie, no – Poniatowski zaczął mówić, wykorzystując mo-ment, w którym Anna pociągnęła łyk złocistego trunku. – Ja też mam zastrzeżenia co do tego listu. A zapytałem cię o zdanie, żeby móc zweryfikować swoje przypuszczenia. Poza tym, gdy to czytałem, byłem bardzo zdenerwowany. Nawet teraz jeszcze przechodzą mi ciarki po plecach. Z początku myślałem, że to wina stresu związanego ze śmiercią Andrzejewskiego i tego, co dziś nas spotkało. Tak jak powiedziałaś, nowe, surrealistyczne uczucia. Ale z każdym przeczytanym zdaniem zacząłem utwierdzać się w przekonaniu, że taka reakcja mojego organizmu może mieć inne podłoże. Te słowa, ten ton, sposób budowania zdań... – Mężczyzna zawiesił na chwilę głos. – To wszystko... Tylko się nie śmiej! – zagroził. – Kojarzy mi się z anonimami, które sam otrzymywałem trzy lata temu podczas mojej sprawy.

– Naszej sprawy, kochanieńki, naszej – poprawiła go Anka. – Nie zapominaj, że przyłożyłam swoją zgrabną rączkę do złapania tego psychopaty, a właściwie dwóch.

– Tak, oczywiście. – Jan skrzyżował dłonie na piersi, a potem delikatnie dygnął w dziękczynnym ukłonie. – Do końca życia ci się nie wypłacę – zakpił.

– Dobra, dobra – zareagowała. – A wracając do autentyczności pożegnania Kajtka, to gdybym ja dziwnym zbiegiem okoliczności postanowiła się zabić i zostawić dla bliskich jakąś informację na piśmie, to byłyby to konkrety. Na przykład takie, że bardzo przepraszam za swoją decyzję, że nie mogłam tak żyć, bo na przykład ceny w galeriach wzrosły, że mam nadzieję, że mnie rozumieją, wybaczą i tak dalej. Po prostu podałabym realne powody, dla których postanawiam odejść. No... i pozdrowiłabym ciebie, rzecz jasna – wyszczerzyła się.

– W rzeczy samej. – Janek rozciągnął usta w szerokim uśmiechu. – I pewnie napisałabyś, że kończysz ze sobą, bo nie jesteś w stanie żyć w świecie psychopatów i erotomanów. W przeciwnym razie od razu bym wiedział, że wiadomość znaleziona przy twoich, ubranych w markowe ciuchy, zwłokach, nie jest autentyczna – zachichotał.

– Oczywiście, od razu byś wiedział, że padłam ofiarą jednego z nich i rozpocząłbyś poszukiwania mordercy – potwierdziła kelnerka. – Ale w tym szaleństwie jest metoda. Taki sposób myślenia dowodzi, że każdy człowiek ma swój indywidualny styl, charakter, zwroty językowe, którymi się posługuje na co dzień, sposób zachowania i przekazywania myśli, które można zauważyć w takim liście. I tak też jest w przypadku Kajetana. Zdążyłam go poznać na tyle, żeby stwierdzić, że to, co rzekomo napisał, nie pasuje do jego charakteru. I podejrzewam, że najbliżsi Andrzejewskiego stwierdzą dokładnie to samo.

– A właśnie, Anka, posłuchaj! – Jan odstawił piwo na blat. – Gdyby w poniedziałek Jahnc pokazywał nam list, to wiesz... – Przyłożył do ust palec wskazujący. – Udajemy, że czytamy go pierwszy raz, okej? Po co mają...

– To co? – przerwała. – Nie mówimy im o nagraniu? Chcesz okłamać policję? – zapytała, a chwilę potem puściła oczko koledze.

– Oj tam, od razu okłamać. – Janek machnął ręką. – Po prostu jak sami nie zapytają, czy jakimś cudem jesteśmy w posiadaniu materiałów wideo z miejsca znalezienia zwłok, to nie będziemy się rwać do odpowiedzi. Nie jesteśmy kujonami w szkole – stwierdził i wypił ostatni łyk spienionego piwa.

– Dobra! – Anka zasalutowała z uśmiechem. – Tak jest! Usunę nagranie i już!

– To znaczy... Na razie niczego nie kasuj, dobra? Tak na wszelki wypadek.

– Śledztwo?

– Intuicja.

– Czyli dochodzenie! To się nie dzieje naprawdę – westchnęła entuzjastycznie, wstała od stołu i otworzyła lodówkę – Piwko?

– Nie, dzięki. Za dużo stresu, poza tym te dwa poprzednie zrobiły już swoje. Ale dzięki, tego dzisiaj potrzebowałem.

– Ja też. – Sasanka chwyciła za zimną butelkę. – Dlatego wypiję jeszcze jedno. Muszę się odstresować. Nie mam siły myśleć o tym wszystkim.

– Na zdrowie – rzucił przyjaciel i poczuł, że w kieszeni zawibrował mu telefon. Wyjął urządzenie i spojrzał na wyświetlacz. – Natasza – szepnął, otwierając wiadomość tekstową. – Czeka pod blokiem. Spadam – powiedział, wstał od stołu, pożegnał się z Anką i wyszedł z mieszkania.

W głowie, prócz szumiącego piwa, nadal czuł kotłowaninę myśli. Nie chciały się uspokoić. I choć podczas spotkania z przyjaciółką na chwilę o nich zapomniał, teraz znów dawały o sobie znać. Doszła do nich jeszcze jedna, chyba ta najgorsza. Ta, która podała w wątpliwość samobójstwo Kajtka.

– Został zamordowany… – szepnął, zbiegając po schodach, a potem poczuł zbliżającą się aurę migreny.

Ten stres nie minie zbyt szybko. Przeciwnie, będzie się nasilał. Jan miał tego świadomość, ale nie mógł wiedzieć, że to dopiero początek.

ROZDZIAŁ 3

Piła, 17 stycznia 2004 roku, południe
Dziewczyna i chłopak

Przestali już płakać, mimo bólu, który nadal tkwił w ich skatowanych ciałach. Wkrótce wszystko odejdzie w niepamięć. Tego byli pewni, bo przed krótką chwilą podjęli ostateczną decyzję. I im bardziej paliła ich skóra, tym mocniej utwierdzali się w przekonaniu, że muszą się wreszcie uwolnić. Dziewczyna nie była zdziwiona, że brat bez wahania zaakceptował jej plan. Po tym, jak dotkliwie został dziś pobity, nie musiał jej nawet mówić tego na głos. Z mokrych oczu chłopca wyczytała zgodę.

Pierwsze ciosy spadły na niego jeszcze na klatce schodowej. Rozwścieczona matka zacisnęła pięści niemal do białości, by po krótkiej chwili rozpocząć swój atak. Ciosy wymierzała niezwykle mocno i celnie, co sprawiło, że chłopiec się natychmiast przewrócił i uderzył głową o próg ich mieszkania. Kulił się, płakał, usilnie błagał o litość, ale kobieta była nieprzejednana. Kopała go z zajadłością i nie przestawała krzyczeć. Jej wulgarne słowa, które głośnym echem odbijały się od brudnych, zawilgotniałych ścian korytarza, sparaliżowały bezradną dwunastolatkę. Dziewczyna rozejrzała się wokół z nadzieją, że któryś z sąsiadów rozpozna hałasy i wrzaski, lecz od razu przypomniała sobie, że w tej kamienicy ludzie mają uszkodzony słuch. Nie mogła więc liczyć na pomoc, a sama nie była w stanie nic zrobić. Musiała przeczekać najgorsze. Przemilczeć, przepłakać i przeżyć. Jeszcze tylko dzisiaj... Już chyba po raz ostatni.

Oprawczyni złapała synka za włosy. Były mokre, a między ciemnymi kosmykami widać było grudki topniejącego śniegu. Szarpnęła jego roztrzęsione ciało, otworzyła drzwi i z całą mocą wepchnęła ofiarę do przedpokoju. Spojrzała gniewnie na córkę i nie musiała nic mówić. Dziewczynka potulnie opuściła wzrok i tracąc nadzieję na pomoc, grzecznie weszła za matką do miejsca codziennych, bardzo intensywnych tortur.

Później było już tylko gorzej. Z przerażaniem obserwowała, jak jedenastolatek ponownie upada, zwija się w dygoczący kłębek i czerwonymi przemarzniętymi dłońmi stara się osłonić głowę przed dziesiątkami kopniaków. Nie miał szans w walce z tym potworem, a ona nie potrafiła mu pomóc. Rozpłakała się i chciała uciekać, ale w tym momencie poczuła w nozdrzach odrażającą woń alkoholu, a na gardle zaciskającą się dłoń. Chwyt był tak miażdżący, że dziewczyna przestała na chwilę oddychać. Przed oczami zobaczyła mgłę, a świat zawirował jej w głowie. Straciła kontakt z rzeczywistością, a kiedy na powrót zdołała odzyskać świadomość, leżała tuż obok płaczącego brata. Miał przymknięte powieki i zakrwawioną twarz, a w rozciętej wardze swoje źródło miała brunatnoczerwona strużka. Oddychał. Płytko, cicho, szybko.

W pewnym momencie poczuła ból. Tak silny, jakby ktoś przerwał jej ciało na pół. Jego epicentrum znajdowało się gdzieś w okolicach brzucha. Zrobiło jej się niedobrze i słabo, ale ostatkiem sił podniosła głowę z podłogi i popatrzyła w górę. Matka stała nad nią z butelką wódki w zakrwawionej dłoni. Miała rozczochrane włosy, mętne oczy i zaciętą minę. Pierwszy raz w spojrzeniu kobiety dziewczynka zobaczyła najprawdziwszą bestię. I choć za każdym razem, kiedy była bita, widziała w matce inne, coraz silniejsze emocje, takiej dzikości i nienawiści nie spodziewałaby się nawet po wściekłym, wygłodniałym psie. Dziewczynka zamknęła oczy i położyła głowę na zakrwawionym dywanie. Tuż przy uchu wybrzmiał jej płytki oddech łkającego brata. Ostatkiem sił przysunęła się bliżej i przywarła plecami do jego rozedrganego ciała. Pomyślała, że cokolwiek za chwilę się wydarzy, ona i jej brat są i będą razem. I tak pozostanie. Nic ich nie rozdzieli. Żadna siła, żaden alkohol i żadna matczyna nienawiść. To wszystko się skończy. Już wkrótce, niebawem, za chwilę. Jeśli się zdecydują, jeśli nareszcie postawią na wybór. Albo parszywe, zbędne życie wyrodnej matki alkoholiczki, albo dwa istnienia, które mogą mieć jeszcze przed sobą trochę lepszą przyszłość.

Wzięła głęboki wdech i pomyślała o tym, jak to kiedyś będzie. Jaki ten świat stanie się cudowny, przyjazny i prosty bez kościstej pięści wyrządzającej im krzywdę. Przestała płakać i choć wciąż czuła ból przeszywający jej ciało, uśmiechnęła się lekko. Czekała przez chwilę na kolejne ciosy, ale żaden z nich nie nadszedł. Zamiast nich usłyszała kroki, a potem głośne trzaśnięcie drzwiami. Zaśniedziały zamek zachrobotał gniewnie. Zrobiło się cicho. I choćby ta cisza miała potrwać tylko chwilę, to świadomość, że zostali sami, dodała dziewczynie skrzydeł.

Piła, 4 sierpnia 2019 roku, noc
Kalina Maliszewska

Maliszewska uciekała w trwodze. Była wycieńczona. Przebiegła zaledwie kilkadziesiąt metrów, a już ledwo łapała oddech. Takie przedsięwzięcia nie są na jej zdrowie, jednak to nie zdrowie grało pierwsze skrzypce w jej szatańskim planie. I jeszcze ten upał, przez który prawie wyzionęła ducha. Gdyby nie skwar, który nawet nocą dawał się we znaki, byłoby zdecydowanie łatwiej.

Zupełnie jak wtedy. Jak za pierwszym razem. No... ale wówczas pomagał jej Borys.

Jednak ostatnio wiele się zmieniło i zdesperowana kwiaciarka musiała radzić sobie ze wszystkim sama. Aby jakoś przetrwać, godnie żyć i być nadal tą, z którą ludzie w tym mieście się po prostu liczą. A Borys?

– Głupi i niewdzięczny młokos! – syknęła przez zęby. – Jeszcze zobaczymy! Jeszcze na kolanach będzie mnie błagał o powrót do pracy w Anturium – utyskiwała, ciesząc się zarazem, że wciąż ma na syna tak zwanego haka, z którego skorzysta niebawem.

Kobieta zastanawiała się, czy Borys w ogóle uwzględnił ten fakt, kiedy podejmował – jej zdaniem, nad wyraz pochopnie – decyzję. Od jego odejścia z kwiaciarni praktycznie bez przerwy głowiła się nad tym, czym on się teraz zajmuje. W domu praktycznie nie bywał w ogóle, a rodzinny biznes omijał coraz szerszym łukiem. Czy ja mu coś, kurwa, zrobiłam? – dedukowała. Czy Borys wymierza mi karę? Mści się? Tylko za co? Za te wszystkie lata, w których się tak poświęciłam?

Florystka po raz kolejny doszła do wniosku, że życie jest jednak niesprawiedliwe. Nie obdarza wszystkich po równo zdrowiem, bogactwem, szacunkiem i poważaniem. Maliszewska od zawsze czuła się w tych kwestiach pomijana przez boską opatrzność i po prostu zapomniana przez los, który zamiast ją wreszcie ozłocić, wciąż rzucał jej kłody pod zmęczone nogi. Ale kobieta nigdy się nie poddawała. Sama o wszystko walczyła i raz po raz pokonywała największe życiowe przeszkody. I nadal będzie się upominać o swoje. Póki nie opuszczą jej siły i dopóki sama nie przestanie wierzyć w sens tego, co robi. I nigdy się w tym nie zatrzyma. Zupełnie tak samo jak dzisiaj. A konsekwencjami nie chciała się na razie martwić. Prawdę mówiąc, wcale nie brała takich pod uwagę, a w swoich krnąbrnych zamiarach widziała jedynie korzyści.

Ostatkiem sił doczłapała się do kwiaciarni. Wyjęła z kieszeni pęk kluczy i odbezpieczyła zamki. Jak po ogień wpadła do środka i oddychając ciężko, oparła się plecami o zamknięte drzwi. Musiała się uspokoić, dojść do siebie, a tylko w Anturium czuła się bezpiecznie. Maliszewska wzięła kilka głębszych wdechów i z coraz większym opanowaniem wypuszczała powietrze ustami. Od razu poczuła się lepiej. Przymknęła na chwilę powieki. Mogła się wreszcie uśmiechnąć.

– Zrobiłaś to znowu, ty stara wariatko! – wycharczała. – Znów ci się, babo, upiekło.

Odkleiła mokre, przepocone plecy od oszklonych drzwi i weszła do ciemnego sklepu. Odruchowo rozejrzała się wokół, a potem skierowała się do magazynku z kwiatami. Było w nim bardzo przyjemnie, chłodno, a wręcz zimno. Nowa klimatyzacja, w jaką ostatnio Kalina zainwestowała, spełniała swoją funkcję nawet podczas największych upałów. Zdjęła z siebie granatową bluzę z kapturem. Podczas akcji, jaką przed chwilą skończyła, było jej w ubraniu Borysa niesamowicie gorąco, ale musiała się przecież jakoś zamaskować. Co by było, gdyby ktoś ją rozpoznał? Katastrofa na całej linii. Dramat, do którego nie mogła dopuścić.

Dopiero teraz zapaliła światło. Usiadła przy małym stoliczku. Po raz wtóry odetchnęła z ulgą i znów triumfalnie się uśmiechnęła. Z małej szufladki pod blatem wyciągnęła pomięty skoroszyt, w którym zapisywała najpilniejsze sprawy do załatwienia w kwiaciarni. Przewertowała kartki i zatrzymała się na stronach przełożonych mocno skancerowanym ołówkiem. Florystka wzięła wałeczek do ręki i zaczęła coś skrzętnie notować w zeszycie. Co jakiś czas odrywała swój wzrok od świeżych zapisków, rozglądała się po niewielkiej chłodni, a potem dopisywała coraz to nowe wyrazy. Pod sam koniec niemalże krzyknęła:

– Matko przenajświętsza! Na śmierć zapomniałam! Jeszcze gruba wstęga do pogrzebowych wiązanek. I organza do ślubnych bukietów. – Ostatni raz omiotła wzrokiem podłogę, na której poustawiane były różnej wielkości wiaderka z kwiatami. – Tak… – szepnęła szyderczo i zacisnęła zęby na pogryzionym drewienku. – Znów będę potrzebować ich więcej – dodała i zamknęła zeszyt. Była z siebie dumna. A to był przecież dopiero początek.

Izabela wypuściła z dłoni telefon. Urządzenie z głośnym hukiem runęło na paterę z ciastkami. Halina i Aleksandra podskoczyły zlęknione, wymieniając się pełnymi zarówno obaw, jak i ciekawości spojrzeniami. Jeszcze przed chwileczką wszystko było w porządku. Najda zachowywała się całkiem normalnie. Rozmawiała spokojnie, nie miała wybuchów złości, do których przyjaciółki zdążyły się już przyzwyczaić, i chyba pierwszy raz od czasu śmierci brata uśmiechnęła się podczas opowiadania dowcipu. Od pogrzebu minęło półtora miesiąca. Mało to i dużo, biorąc pod uwagę fazy żałoby, jakie przechodzi zazwyczaj najbliższa rodzina zmarłego. W przypadku Izy, która przez pierwsze dwa tygodnie w ogóle nie przychodziła do pracy, a każda próba choćby krótkiej rozmowy z nią kończyła się wielką awanturą, wrzaskiem i furiackim płaczem, ostatnie dni były prawdziwym przełomem. Halina zaczynała się cieszyć, że nowa pracownica stopniowo odzyskuje formę i w końcu będzie miała z niej jakikolwiek pożytek w sklepie. A i tradycyjne nasiadówki na zapleczu Aniołów w trzyosobowym składzie zawsze nabierały większego, plotkarskiego sensu.

– Co się stało, kochana? – Stępniakowa nie wytrzymała. Po dłuższej chwili niezręcznej ciszy i panującego w ciasnym pomieszczeniu napięcia, odważyła się zadać najważniejsze dla niej pytanie. – Wyglądasz, jakbyś zobaczyła ducha. – Złapała kobietę za rękę i przytrzymała ją przez moment. – Proszę, powiedz wreszcie, czego się dowiedziałaś, bo za chwilę serce mi wyskoczy. – Niecierpliwiąc się, mrugnęła subtelnie okiem w stronę Poniatowskiej, wyrażając w ten sposób prośbę o wsparcie.

– Iza... – szepnęła Aleksandra i wzięła do ręki pustą filiżankę. W naczyniu już dawno nie było śladu po wypitej kawie. Odstawiła porcelanę na wzorzysty spodek. – Nam możesz przecież powiedzieć – kontynuowała, patrząc naprzemiennie w przerażone oczy kobiety oraz w płonące ciekawością źrenice Halinki.

– Właśnie zamknęli sprawę Kajetana – wybełkotała przez łzy, które spłynęły jej po policzkach.

– Złapali mordercę? Zatem miałaś rację? Kajetana ktoś... – Stępniakowa wystrzeliła jak z procy i zdążyła ugryźć się w język dopiero w ostatnim momencie. Przed wypowiedzeniem słowa „zamordował".

Znów zapadła cisza. Izabela na powrót zamknęła się w sobie, a Poniatowska zgromiła wzrokiem Halinę, znając jej niepohamowany pęd do gonienia za tanią sensacją. Nieważne, kogo i czego dotyczyłyby świeże doniesienia i czy wspominanie o nich w nieodpowiednim momencie mogłoby kogoś urazić. Najważniejsze, by właścicielka Aniołów mogła się prędko nasycić najświeższą dawką, najlepiej nieszczęśliwych, newsów.

– Słoneczko – zaczęła mówić Ola. Najłagodniej, jak tylko potrafiła. – Wszystko w porządku? Może chcesz wody? Napij się czegoś i ochłoń. Słabo ci? – zapytała, kiedy zobaczyła, jak pracownica ociera z czoła liczne kropelki potu, a potem wachluje się dłonią. W milczeniu odsuwa się od stołu. Wstaje, podnosi telefon ze srebrnej patery i chowa go do torebki. Poniatowska była przerażona. Miała wrażenie, że kobieta wykonuje wszystkie czynności mechanicznie, niczym w jakimś transie. – Iza! – podniosła głos i również zerwała się z krzesła. Halina zrobiła to samo.

– Nic mi nie jest – wydusiła z siebie pracownica sklepu i skierowała się do wyjścia.

– No właśnie widzimy! – Stępniakowa znów nie wytrzymała. – Jesteś blada jak ściana. Usiądź. Nie wypuszczę cię stąd w takim stanie. Co się stało? Powiedz! – nie ustępowała.

– No... zamknęli sprawę – wymamrotała Najda. – Dzwonili z policji. Powiedzieli, że z powodu braku dowodów... – urwała, biorąc uspokajający oddech. – Według nich Kajtek sam się zabił.

– Jezus, Maria. – Tym razem to Aleksandra nie wytrzymała. Ruszyła za pogrążoną w rozpaczy siostrą Kajetana. – Co za skurwysyństwo. Przecież to ewidentne zabójstwo. Twoje relacje świadczą o tym jednoznacznie. Nie możemy tak zostawić tej sprawy.

– Oczywiście, że nie – zabrała głos Halina, cały czas obserwując każdy ruch pracownicy z wolna opuszczającej sklep. – Ola ma rację. To skandal – dodała, po czym podeszła do małej szafki kuchennej i wyjęła szklaną buteleczkę gazowanej wody. Zdjęła z niej czym prędzej nakrętkę i podsunęła napój pod nos roztrzęsionej Najdy. – Masz, napij się, usiądź. Pogadamy, wiem, że ci ciężko...

– Gówno wiesz. – Izabela wierzchem dłoni wytrąciła Stępniakowej butelkę z ręki. Na zapleczu rozległ się szczęk tłuczonego szkła i syk spienionej sodówki. – Daj mi święty spokój! Mam dość twojej fałszywej troski. – Zmrużyła powieki i obrzuciła szefową spojrzeniem pełnym wzgardy. – Dla ciebie liczą się tylko plotki, sensacje i ludzka krzywda. Myślisz, że nie wiem? – nie mówiła już obojętnym tonem. – Wychodzę – rzuciła i podeszła na chwilę do Poniatowskiej.

Stępniakową zamurowało. Nie wiedziała, co ma odpowiedzieć i jak zareagować. Była wściekła. Oprócz tego, że pracownica po raz kolejny poniżyła ją w obecności jej najlepszej przyjaciółki, to jeszcze w krótkim czasie odkryła prawdę o niej i jej charakterze. Nie, oczywiście, że jej nigdy tego nie przyzna, ale postanowiła, że z Izabelą musi się czym prędzej rozstać. Nie mogą już razem pracować. To postanowione.

– Posłuchaj, Olu – szepnęła do kierowniczki czystości Najda. – Tobie mogę zaufać. Jesteś inna niż ta... – Jeszcze bardziej ściszyła głos i obróciła się w stronę zaplecza, w którym zostawiła szefową. – ...żądna sensacji, nieczuła na ludzką krzywdę hiena. – Wiem, że tak jak ja wierzysz, że śmierć Kajtka nie była samobójstwem, ale mordestwem. Wiem też, przez co przeszłaś ze swoim synem, i że masz dobre serce i intuicję. Pomożesz mi, proszę? – spytała z nadzieją.

– Ja? – zdziwiła się Aleksandra, bo przez cały czas krótkiej znajomości z Najdą była przekonana, że nowa koleżanka ma do niej podobny stosunek jak do Stępniakowej. – Ale w czym? – zdążyła zapytać i nagle musiała przestać się odzywać. W drzwiach zaplecza zauważyła Halinkę. Przyjaciółka miała srogą minę. Była wściekła.

– Zadzwonię – rzekła Izabela, po raz ostatni spojrzała w oczy Aleksandry i znikła.

– Co ci powiedziała? – chciała wiedzieć Halina. – Co za tupet! – krzyknęła i podeszła do Aleksandry. Przez szybę wystawy odprowadziła wzrokiem swoją, teraz już to wiedziała, byłą pracownicę.

– A... – Poniatowska szukała właściwej odpowiedzi. – Powiedziała, że... Że mam cię przeprosić – skłamała.

– Przeprosić, też mi coś – fuknęła właścicielka sklepiku. – Który to już raz mnie przeprasza ta niewychowana siksa, no który? Nie mam już siły z nią walczyć, kochana. Co ja jej zrobiłam, że ona tak mnie traktuje?

– Nic, Halinko – odparła przyjaciółka. – Ten typ tak ma. Nic z tym nie zrobimy. Nie przejmuj się – dodała, cały czas zastanawiając się, o czym mogłaby chcieć z nią rozmawiać siostra Kajetana. – I nie dziw się jej. Sama wiesz, co ostatnio przeszła.

– Wiem! – niemal wrzasnęła Stępniakowa. Jej zachowaniem ciągle rządziły emocje. – Nie musisz mi mówić, nie jestem głupia. Tylko czy rodzinna tragedia zwalnia ją z szanowania ludzi, dobrych koleżanek, szefowej?

– Nie zwalnia, to prawda – zgodziła się z rozmówczynią Aleksandra. – Ale sama widzisz... – westchnęła, odpływając myślami gdzie indziej. Trochę w stronę prośby roztrzęsionej Izy, a trochę do obowiązków służbowych, które na nią dzisiaj czekały. – Ona nie wierzy w samobójstwo brata i ma ku temu powody. Stąd to wszystko. Ta awantura. A dzisiejsza informacja musiała po prostu ją dobić.

– Czy ja wiem, Olu? – Halina założyła ręce na piersi. – Wydaje mi się, że ona po prostu nie może pogodzić się z tym, że jej brat najzwyczajniej w świecie się zabił i był albo pospolitym tchórzem, albo kimś niezrównoważonym psychicznie. Ja tam już swoje wywnioskowałam z tych jej opowiadań, a policja w dzisiejszych czasach dysponuje takimi metodami śledczymi, że jeśli w grę wchodziłoby morderstwo, kryminalni wiedzieliby o tym od razu. Iza to furiatka i tyle – wyrzuciła z siebie całą nagromadzoną złość Stępniakowa. – Mam jej dosyć. Idzie do zwolnienia!

– Co? – spytała Poniatowska, która na chwilę się wyłączyła. Z monologu Haliny nie wyciągnęła prawie nic.

– No, do zwolnienia. Nie słyszałaś? Co się z tobą dzieje?

– No nie wiem, zrobisz, jak zechcesz, kochana. Wiesz, że jestem z tobą i będę cię wspierać w każdej twojej decyzji. – Poniatowska udała, że znów jest w temacie.

– Dziękuję, Oleńko, wiem. To dla mnie bardzo, bardzo ważne. Wróćmy na zaplecze. Pogadamy jeszcze, co? Muszę się napić kawy i uspokoić.

– Nie mogę, kochana. Muszę lecieć, mam zaraz kontrolę. – Aleksandra spojrzała na zegarek – Za pół godzinki mam wizytację z centrali, a muszę jeszcze porozmawiać ze swoją załogą. Innym razem, co? – Spojrzała na przyjaciółkę i lekko się uśmiechnęła.

– No dobrze, trudno – odpowiedziała z rezygnacją w głosie właścicielka Aniołów. – Leć, leć, będziemy w kontakcie. – Cmoknęła ustami powietrze obok Poniatowskiej. – Też się zabiorę za pracę. Muszę jakoś rozładować stres, bo inaczej szlag mnie jasny trafi.

– Pa, kochana. – Matka Jana szeroko się uśmiechnęła i również zacmokała w powietrzu. Po chwili stała już w holu centrum handlowego. Jej myśli znów powędrowały w stronę Izabeli Najdy. Zachodziła w głowę, o co mogło chodzić koleżance, kiedy spytała o pomoc. Aleksandra postanowiła, że sama do niej zadzwoni i jak najszybciej pozna wszystkie szczegóły. W przeciwnym razie umrze z ciekawości.

Piła, 5 sierpnia 2019 roku, przedpołudnie
Julia Węgorzewska, Arkadiusz Żabski

– Taki początek dnia, to ja rozumiem – wymruczała Julia Węgorzewska, wtulając się w umięśnione ramiona kochanka.

Mężczyzna wodził opuszkami palców po jej nagim ciele, a ona wciąż czuła dreszcze po niedawnej ekstazie. Położyła głowę na jego klatce piersiowej, która unosiła się i opadała w przyśpieszonym tempie. Otworzyła oczy i od razu się uśmiechnęła. Wzrokiem ogarnęła przestrzeń nowocześnie urządzonej, tonącej w przepychu sypialni, której wielkie okna wychodziły na przepiękny ogród. Efekt pracy wynajętej przez Żabskiego firmy był piorunujący. W nocy kochali się na świeżo wybudowanym tarasie, a nad ranem przenieśli się do alkowy. Po którymś razie Węgorzewska przestała już liczyć orgazmy, a zaczęła podsumowywać swoje ostatnie, głównie finansowe, sukcesy.

Bardzo szybko pozbierała się po śmierci narzeczonego. Już tylko czasami wracała myślami do tego, co zostawiła za sobą. Nie chodziła prawie na cmentarz i nie udawała żałoby. Wyrzuty sumienia stawały się coraz mniej dokuczliwe, a ich intensywność malała wraz ze wzrostem korzyści, które od chwili powrotu do burzliwego romansu z prezesem Cinderella Clinic zaczynała odczuwać z każdą, przesyconą erotycznymi uniesieniami, nocą. Do Żabskiego przeprowadziła się kilka dni temu. Wcześniej nie chciała tego robić, aby nie budzić podejrzeń i zbyt prędko nie poddawać się surowej krytyce nieprzychylnych jej ludzi, których było coraz więcej. Ale Julia nigdy nie przejmowała się tym, co o niej oraz jej postępowaniu mówią inni. Kierowała się jedynie zasadą: „byle nie przekręcali nazwiska". Gdyby zadręczała się opiniami złośliwców, nigdy nie osiągnęłaby tego, czym dziś może się wreszcie cieszyć bez ograniczeń. Piękny dom, luksusowe auto, pieniądze, które wydawały się nie kończyć, i kolejny, tym razem bardzo odczuwalny sukces zawodowy. Niebawem Węgorzewska ma objąć nowo utworzoną posadę account menagera kliniki. O tym, co i kogo musiała poświęcić, by zdobyć to wszystko, nie myślała już prawie wcale. Ufała Żabskiemu, wiedziała, jak rozległe ma znajomości i wpływy, więc była święcie przekonana, że kilka miesięcy temu podjęła najwłaściwszą decyzję w swoim trzydziestoletnim życiu.

– A co? – zapytał Arkadiusz. – Podobało ci się?

– Oczywiście, kochanie – odpowiedziała. – Jeszcze jak. – Uniosła głowę i spojrzała w czarne oczy nieprzewidywalnego mężczyzny. Dostrzegła w nich prośbę natychmiastowej powtórki.

Położyła się cała na jego nagim ciele i pocałowała go w usta, potem obniżyła się, muskając wargami jego tors, umięśniony brzuch, a na końcu pieszcząc jego pulsującą, budzącą się do gotowości męskość. Zamknęła oczy i zatraciła się w kolejnym akcie, który zaprocentuje na przyszłość. Miała cel, aby oprócz aktualnego życia w luksusie zagwarantować sobie bezstresowy byt, gdyby jakimś trafem ich drogi się rozeszły. Nie mogła zostać z niczym. Przeciwnie, to wszystko, czym teraz raczył ją łaskawy los, chciała mieć kiedyś na własność. Jej celem był ślub z Arkadiuszem. Bez intercyzy i ze wspólnotą majątkową. Była przekonana, że ten plan się powiedzie, ale pracę nad jego realizacją musiała zaczynać już teraz.

Mocniej zacisnęła usta, chcąc sprawić kochankowi maksimum rozkoszy. Paznokciami leciutko oszczypywała nabrzmiałe jądra napinającego swe mięśnie mężczyzny. Wiedziała, co zrobić, by jego przyszłe decyzje i cele w całości ją uwzględniały. Słyszała, jak syczy z radości i podniecenia. Czuła, że spotka ją za to nagroda. Żabski był jej. Tylko jej. A ona nie pozwoli nigdy, by ktoś albo coś zabrały jej tego mężczyznę. Nigdy!

▬▬▬▬▬

Piła, 5 sierpnia 2019 roku, przedpołudnie
Malwina Humańska, Michał Konieczko, Gabriel Borowiec

– Dobra, Misiek, spadaj! – Malwina Humańska otworzyła okno balkonowe. – Tą samą drogą, którą tu przyszedłeś. – Ruchem głowy pokazała wyjście, coraz częściej wykorzystywane przez jej nowego chłopaka. Poznała go w czerwcu podczas jednego ze zleceń, które wykonywała na mieście.

Przystojny mężczyzna był uczestnikiem wieczoru kawalerskiego, a po głośnej w Pile, zakończonej tragicznie imprezie, zaczął regularnie korzystać z usług klubu, w jakim pracowała Malwina. Wkrótce zostali parą i od tej pory Konieczko odwiedzał ją tylko prywatnie. Prostytutce w dużym stopniu to odpowiadało, lecz za każdym razem musiała się troszczyć, by o jego darmowych wizytach nie dowiadywały się inne dziewczyny z agencji i śledzący każdy ich ruch ochroniarze. Bo gniewu szefa, który nie uznawał bezpodstawnych, niezarobkowych schadzek swoich pracownic, nie chciała sobie nawet wyobrażać.

– Jasne – odparł z uśmiechem Konieczko. W pośpiechu zapinał koszulę. Kiedy skończył, poderwał się z łóżka, podbiegł do Malwiny, pocałował ją w usta, a potem rzekł jej do ucha: – Byłaś zajebista, dzięki. Cieszę się, że jesteś.

– A ja się nie cieszę, bo jesteś tu trochę za długo – zripostowała. – Idź już! – Niemal wypchnęła chłopaka na balkon. – I schowaj drabinę w zaroślach – rozkazała i z impetem zatrzasnęła okno. Zaciągnęła czerwone zasłony. Zdążyła. W ostatnim momencie, bo kroki dochodzące z zewnątrz stawały się coraz głośniejsze. Nagle przestała je słyszeć i ktoś załomotał do drzwi. – Chwileczkę! – Humańska zawołała przeciągle, podbiegła do łóżka i szybko poprawiła skotłowaną pościel. Stanęła przed lustrem, związała włosy w gładki kucyk i krwistym odcieniem burgundu podkreśliła kolor kilkukrotnie już dzisiaj szminkowanych warg. – Już otwieram – poinformowała niecierpliwiącego się gościa.

Wiedziała, że to jeden z nowych ochroniarzy klubu, których szef ostatecznie przydzielił Malwinie do obsługi tygodniowych wypłat. Gabriel czy Borys? – zastanawiała się w myślach, wiedząc, że na razie musi spełniać wszystkie ich niestandardowe zachcianki. Odryglowała zamek i nacisnęła na klamkę.

– To ty... – prychnęła lekceważąco i natychmiast się odwróciła. Nie chciała znów go oglądać. Nie po tym, jak bardzo ją upokarzał. Za każdym razem było coraz gorzej. Niepotrzebnie się na to zgadzała. Usiadła na łóżku plecami do wejścia. – Musimy pogadać – szepnęła.

– Owszem. – Umięśniony chłopak zamknął za sobą drzwi, a następnie przekręcił klucz w zamku. – Ale najpierw pensja – zadecydował i stanął tuż przed dziewczyną.

Malwina uniosła głowę i popatrzyła przed siebie. Obserwowała, jak podniecony ochroniarz rozpina suwak od spodni, wsuwa swoją dłoń pod ubranie, a po krótkiej chwili wyciąga na zewnątrz rozbudzonego penisa. Zrobił krok do przodu, oburącz złapał dziewczynę za głowę i zbliżył zwiększającego swoje rozmiary członka do jej rozchylonych warg. Nie miała wyjścia. Musiała to zrobić. Stawianie oporu podsyciłoby tylko jego chore żądze. Zdążyła go poznać. Podczas wizyt u niej stawał się nieprzewidywalny. Nie miała już siły z nim walczyć. Jeszcze nie jest czas. Kiedyś, niedługo. Pewnego dnia wszystko odejdzie w niepamięć. Te dni, ten widok, ten zapach. Chwile poniżenia i momenty, w których dziewczyna przestaje się skupiać na ruchach wykonywanych codziennie. Zupełnie jak teraz. Tylko ciałem była w tym pokoju. Duchem błądziła zupełnie gdzie indziej.

Szukając nadziei, wróciła myślami do dawnej przyjaciółki. Tylko ten obszar jej retrospektywnych przeżyć był najlepszy do zasłaniania niechcianych obrazów grubą i ciężką kurtyną. Po jej drugiej stronie było coś innego. Coś, co ją kiedyś cieszyło i dawało naiwne poczucie, że będzie silną, niezależną i szczęśliwą kobietą. Nie sama. Z nią. Tylko one dwie. Kiedy były blisko, wszystko było proste i jakieś takie… oczywiste. Wtedy Malwina była przekonana, że są nierozłączne jak siostry syjamskie, ze wspólnym sercem, złączone na trwałe myślami. Dorastały razem, posiadały identyczne troski, nie miały przed sobą tajemnic. I wtedy pojawił się on. Zaatakował. Nadszedł dzień, który zepsuł wszystko. I zapanowała pustka. Nikt jej nie zdoła wypełnić.

Nie, to nie była wina Bereniki. Ani też przypadku. Malwina nigdy nie dała i nie da sobie tego wmówić. Takie rzeczy nie są dziełem kobiet. Jej druga, egzystencjalna połówka na pewno go nie sprowokowała. Bo niby czym? Nie uwiodła go, nie wysyłała mu nawet najsubtelniejszych sygnałów, mogących świadczyć o tym, że jest nawet w małym stopniu zainteresowana. Ale on od początku był dziwny. Swoim zachowaniem odstawał od innych, ale nikt nie chciał tego przyznać. Humańska nigdy sobie nie wybaczy tego, że w tym dniu tak bardzo zawiodła swoją Berenikę. Posłuchała jej i zostawiła ją samą. Na chwilę, która wystarczyła. Gdyby nie ten moment, wszystko potoczyłoby się zupełnie inaczej. Byłyby teraz razem. We dwie, harde, niezłomne i niepokonane. I nadal tryskałyby szczęściem jak we wszystkich momentach, do których z rozczuleniem Malwina uparcie wracała.

Otworzyła oczy, bo poczuła w ustach ciepły efekt największej męskiej obsesji. Ochroniarz był zadowolony. Uśmiechnął się ekstatycznie, ale Malwina wiedziała, że to dla niego za mało. To dopiero preludium do jego zadowolenia. Jeszcze trochę – pomyślała z odrazą. Muszę to wszystko przetrzymać – uspokajała się w myślach. Żyła nadzieją, że już niebawem jej los się odwróci. Miała plan, który być może pozwoli jej skończyć z tym wszystkim. I nie będzie się już siebie brzydzić.

Piła, 5 sierpnia 2019 roku, przedpołudnie
Jan Poniatowski, Aleksandra Poniatowska

– No mówię ci, synku, całe sto tysięcy! – Aleksandra Poniatowska krzyknęła tak głośno, że wzbudziła zainteresowanie większości klientów centrum handlowego. Kilku z nich pokręciło głową z dezaprobatą, ale ona się tym nie przejęła. Po prostu nie umiała rozmawiać przez telefon bez podnoszenia głosu. – Musimy… To znaczy… – poprawiła się. – Musisz pomóc tej biednej dziewczynie.

– Ja? – Poniatowski odsunął komórkę od ucha. – Nie ma szans – zakomunikował, a po chwili spytał z ciekawości: – A skąd ona ma takie pieniądze?

– No jak to, skąd? Czy ty mnie w ogóle słuchasz? – zbulwersowała się Aleksandra. – Jeszcze nie ma, ale będzie miała, z polisy, mówiłam ci przecież.

– Z polisy? – zdziwił się bankowiec. – Przepraszam, ale najwyraźniej nie zarejestrowałem tej informacji. Jestem teraz w pracy – podkreślił sugestywnie. – I nie bardzo mogę się tu skupić na rozmowie. Zaraz muszę...

– Dobrze, dobrze – weszła mu w słowo rozemocjonowana kobieta. – Zaraz kończymy, ale obiecaj mi wcześniej, że spotkasz się z Izabelą.

– Ale, mamo – Jan zaprotestował. – Po co mam się spotykać? Co ja mogę?

– Możesz porozmawiać! Tylko o to poprosiła mnie Najda – skłamała Poniatowska. – A ja od razu pomyślałam o tobie. Przecież ty w banku pracujesz. Znasz się na tych wszystkich umowach, polisach, cesjach i odszkodowaniach. Tak czy nie? – Rodzicielka była coraz głośniejsza. – Spotkaj się z nią chociaż na chwilę. Ona jest załamana, ale przekonana, że Kajetana ktoś zabił. A ja, nie wiem dlaczego, ufam tej dziewczynie. Znasz mnie, synku – złagodniała. – Po prostu mam nosa do ludzi i tym razem również przeczuwam, że Izabela ma rację. Zresztą... – zatrzymała się na krótki moment. – Sam mi ostatnio wspominałeś, że nie wierzysz w samobójstwo Andrzejewskiego. Nikt w nie raczej nie wierzy. Oprócz firmy ubezpieczeniowej, no i policjantów, którzy dzisiaj zamknęli tę sprawę.

– No właśnie – wtrącił Poniatowski. – Policjanci, czyli najważniejsi ludzie w tym wszystkim. A ja co? Mam się narażać Jahncowi? Chcesz, żebym znów wpakował się w kłopoty? – zapytał, lecz poczuł, jak rośnie w nim zainteresowanie tą sprawą. I pieniędzmi, które w ułamku sekundy zmienił w myślach we wkład finansowy kredytu hipotecznego na dom.

– Nie, nie masz się w nic pakować! – pekliła się rozmówczyni. – Tylko jej wysłuchać i udzielić fachowego wsparcia, nic poza tym. Do niczego więcej nie będę cię zmuszać. Sam zdecydujesz, co dalej, ale proszę, pogadaj z nią dzisiaj.

– Dzisiaj? – nastroszył się Poniatowski. – Dzisiaj na pewno nie mogę. Po pracy pomagam Nataszy we Wspaniałych Ślubach.

– A… to nie. Nie po pracy. – Matka zmieniła swój ton na uległy. – Izabela wpadnie do ciebie do banku – oznajmiła.

– Co? – Mężczyzna się zirytował. – Oszalałaś, mamo? Niech ona mi tutaj głowy nie zawraca. Jestem po urlopie. Mam tu niezły burdel – blefował. – Zresztą nie mam tu warunków do prywatnych spotkań, szczególnie z osobami, które nie są klientami banku.

– Oj, spokojnie, Janek. Nie martw się. Przecież Najda jest waszą klientką – zakomunikowała z triumfem Ola. – To znaczy, nie bezpośrednio, ale przez jej brata. Bo on tę polisę zawarł za pośrednictwem Prime Banku. Chyba w tej firmie pracujesz? – zapytała z przekąsem.

– No, niestety – westchnął Poniatowski. – A co do Andrzejewskiego, to ja jakoś nigdy nie widziałem go u mnie.

– Bo on ubezpieczył się online. Iza mi mówiła. On prawie wszystko robił przez internet.

– No tak, informatyk. – Jan skapitulował. Wiedział, że nie wygra z matką i że nie ma sensu się jej sprzeciwiać. Ona i tak dopnie swego i zrobi, jak będzie chciała. – No więc – mruknął. – O której tu będzie pani Izabela? – zadał pytanie i w tym samym momencie odwrócił się. Usłyszał dźwięk klamki i skrzypnięcie drzwiami. Ktoś zajrzał do jego pokoju.

– Właściwie to powinna być lada chwila. Kiedy do niej dzwoniłam…

– Dobra, dobra! – tym razem przerwał Poniatowski. – Muszę kończyć – zniżył głos do szeptu. – Chyba właśnie przyszła. – Dodał, a potem się rozłączył. Wstał zza biurka i uśmiechnął się do kobiety, która od razu do niego podeszła. – Dzień dobry. W czym mogę pomóc? – zapytał.

– Pan Jan, prawda? – Klientka chciała się upewnić. – Nazywam się Izabela Najda – przedstawiła się, wyciągając rękę przed siebie.

– Tak, to ja – potwierdził nieśmiało. – Bardzo mi miło. – Delikatnie uścisnął dłoń młodszej od siebie kobiety.

– Przyszłam tutaj, ponieważ pana mama zapewniła mnie, że jest pan w stanie mi pomóc. – Siostra Kajetana miała w głosie niepokój. – A tak w ogóle, to chciałam serdecznie podziękować, że zgodził się pan ze mną spotkać.

– Nie miałem innego wyjścia – chciał zażartować Jan, ale widząc nieschodzącą z twarzy kobiety powagę, od razu zmienił swój ton. – Dopiero przed chwilą rozmawiałem z mamą, która powiedziała mi, że pani dziś do mnie przyjdzie – wytłumaczył. – Ale ja naprawdę nie wiem, jak mógłbym w tej sprawie pomóc. Polisy ubezpieczeniowe oferowane przez towarzystwo współpracujące z Prime Bankiem niestety w większości wykluczają wypłatę odszkodowania w przypadku... – przestał nagle mówić, chcąc jakoś ominąć niewygodne słowo.

– Nie tylko o polisę tu chodzi – odezwała się Najda, widząc zakłopotanie mężczyzny. Jej mina wyraźnie stężała. – Wyjaśniłam to już Aleksandrze, że umowa, którą miał mój brat, posiada właśnie takie wykluczenie.

– No właśnie, tak to funkcjonuje – przytaknął Poniatowski. – Chociaż najnowsze polisy, zawierane u nas od pierwszego stycznia bieżącego roku, mają już inne, mniej restrykcyjne postanowienia. Zakładają na przykład dwuletnią karencję dotyczącą wypłat odszkodowań z tytułu zdarzenia, jakim jest śmierć samobójcza – tym razem Jan nie omijał najtrudniejszych słów. – A Kajetan? Kiedy podpisał umowę?

– Tak się składa, że trzy lata temu. – Głos Izabeli zadrżał. – Mój brat zaczął wówczas na poważnie myśleć o przyszłości u boku tej pi... – klientka zamilkła na moment. Wzięła głęboki, uspokajający wdech i przymknęła powieki. Widać było, że walczy z emocjami i wielką pokusą powiedzenia czegoś, czego mogłaby później żałować. – Tej pielęgniarki... Julii Węgorzewskiej, którą poznał u siebie w klinice – wysyczała ze złością. – Z początku uposażył ją nawet na wypadek śmierci, lecz na szczęście później, pod wpływem mojej namowy, zmienił swoją wolę.

– Dlaczego? – zaciekawił się Jan.

– Bo... – Najda nie odpowiedziała od razu. – Za krótko się znali. Nie byli nawet jeszcze narzeczeństwem, a suma ubezpieczenia to, bagatela, pół miliona złotych. Trochę dużo, jak na taką siksę, prawda?

– Nie rozumiem. Przecież to tylko zapis.

– Tylko, a być może aż, panie Janie. Dla mnie czy dla pana taki zapis może nie mieć większego znaczenia, tym bardziej że jak to uczynił Kajetan, zawsze można go zmodyfikować. A nikt nie zawiera przecież ubezpieczenia z myślą, że za chwilę spotka go jakieś nieszczęście, szczególnie w tak młodym wieku. Mój brat zgłosił się do was, gdyż u niego w pracy rozwiązali polisę grupową. Boże... – wyłkała. – To był taki dobry i odpowiedzialny chłopak. Zawsze myślał najpierw o innych, a dopiero później o sobie. W przeciwieństwie do tej Węgorzewskiej. Ona to co innego. Zło wcielone, nic więcej – wyrzucała z siebie zasmucona kobieta. Wierzchem dłoni ciągle ocierała łzy. – Proszę mnie źle nie zrozumieć, ale ja uważam, że ta przebiegła dziewczyna byłaby zdolna przedłożyć własne korzyści nad życie swojego chłopaka. Wiem, co mówię.

– Pani Izabelo. – Janek nie wytrzymał. Odnosił coraz mocniejsze wrażenie, że Najda to histeryczka. – Sugeruje pani, że narzeczona Kajetana mogłaby pomyśleć...

– Nie wiem! Sama już nic nie wiem – Izabela warknęła. – Po prostu mówię, co myślę, jak zawsze. Taka już jestem. Nigdy nie owijam w bawełnę. Od samego początku nie ufałam i nadal nie ufam tej ździrze. Źle jej z oczu patrzy, to wszystko – wyjaśniła. – A wracając do polisy Kajtka, to mój brat ostatecznie upoważnił mnie do wypłat świadczenia z tytułu ewentualnych roszczeń. Pamiętam, jak do mnie zadzwonił i zażartował, że jakby go szlag trafił, ja stanę się milionerką. I że mam pochować go w złotej trumnie. – Izabela kompletnie się rozsypała. Nie umiała opanować szlochu.

– Rozumiem – odezwał się Jan najłagodniej, jak tylko potrafił. – A później nie chciał dokonywać nowych zmian w umowie?

– Nie. Powiedział mi tylko, że tak już zostanie i że bardzo dobrze się stało, że to właśnie mnie uposażył. W końcu jestem jego siostrą, a Julia, bądź co bądź, wciąż obcą dla niego osobą. No... I uczulił mnie, żebym nie rozmawiała o tym z Julią.

– Dlaczego?

– No jak to, dlaczego? Bał się jej jak ognia. Najwidoczniej poznał się na niej i przekonał się, co dla tej dziewczyny w życiu jest najważniejsze.

– I mimo to chciał się z nią ożenić? – spytał Poniatowski, nie dając wiary teoriom, jakie wygłosiła Najda. Według niego siostra zmarłego informatyka najzwyczajniej w świecie nie polubiła przyszłej bratowej. Do dziś nie umiała też pogodzić się ze śmiercią brata i usilnie szukała dziury w całym.

– Tak, bo... Niestety, bardzo ją pokochał. – Oprócz łez w oczach Najdy pojawiło się rozgoryczenie. – I to był jego największy błąd, za który zapłacił życiem. Miłość Kajetana do tej wichrzycielki zawsze była silniejsza niż jego zdrowy rozsądek – tłumaczyła. – Panie Janie! – Spojrzała prosto w oczy Poniatowskiego. – Błagam, niech mi pan pomoże udowodnić światu, że mój brat nie odebrał sobie życia. Jestem pewna, że jego śmierć nastąpiła wskutek okrutnej, zaplanowanej zbrodni. Nie! – krzyknęła. – Nie chodzi mi tylko o środki z polisy. Proszę sobie nie myśleć, że jestem jakąś przeklętą materialistką. Brzydzę się kłamstwem i wyrachowaniem. W przeciwieństwie do Julii – kobieta mówiła coraz głośniej i pewniej. Przestała już płakać. Wyprostowała się na krześle, starła ostatnią łzę, jaka kręciła się na jej podbródku, i z całej siły zacisnęła pięści. – To się nie może tak skończyć! Rozumie pan? – Uderzyła pięścią w blat biurka. Muszę zmazać z Kajetana piętno samobójcy! Musi mi pan pomóc!

– Ja? – zapytał cicho Jan. – Ale jak?

– Po ludzku! Tak jak pomaga człowiek człowiekowi w potrzebie. Zapłacę, przysięgam. Środkami z polisy. Sto tysięcy złotych... wystarczy?

– Ale... – Nie wiedział, jak ma się zachować. – Dlaczego pani przychodzi z tym do mnie? Przecież ja nie jestem ani śledczym, ani prywatnym detektywem.

– A powinien pan być – zauważyła kobieta. – Pana mama opowiadała mi, jak kilka lat temu pomógł pan policji w odnalezieniu dwóch seryjnych morderców. To była słynna sprawa i gdyby nie pan, kto wie, ile jeszcze zbrodni wydarzyłoby się w naszym mieście.

– To był przypadek, pani Izabelo. Zupełnie inna...

– Być może. – Najda nie dała mu dokończyć zdania. – Ale wiem, na co pana stać. A jeśli chodzi o mojego brata, to być może wtedy, kiedy pan go znalazł... – Jej głos znowu zaczął drżeć, a spuchnięte oczy ponownie zachodziły łzami. – Może coś pan dostrzegł, zauważył? Jakiś mały szczegół, który w pierwszej chwili wydawał się panu nieistotny. Z pewnością pan lub pana koleżanka zarejestrowaliście coś, co utkwiło w waszej świadomości i tylko czeka na właściwy moment, by podważyć decyzję policji.

Poniatowski nie wiedział, co ma odpowiedzieć. Jeszcze przed chwilą, kiedy słuchał gorzkich, przepełnionych żalem słów Izabeli Najdy, wydawało mu się, że w ogóle nie kieruje nią zdrowy rozsądek. Przeciwnie, ta kobieta poddała się emocjom, a one raczej nie pomagają w trzeźwej ocenie sytuacji. Poza tym zgadzał się z jej teorią na temat bezpośredniej przyczyny śmierci Kajetana. I tak samo Jan jeszcze do dziś rano był pewien, że policja, zamiast zamykać swoje dochodzenie, będzie usilnie namierzała sprawcę domniemanego morderstwa. Ale nic takiego się nie wydarzyło. Dlaczego? Czyżby on i Anka tak bardzo się pomylili? Jak znaczący wpływ mają też ich emocje na postrzeganie tej sprawy. Czy po tym, jak znaleźli ciało znajomego, potrafią je wyłączyć?

Zawahał się. Coś nie pozwalało Poniatowskiemu odmówić. Zaoferowane przez Najdę pieniądze? Być może, lecz czy tylko one? Doskonale wiedział, że nie. Bał się przyznać, ale za tym tęsknił. Urlop, prywatne śledztwo, tropienie mordercy i porządna dawka adrenaliny? Tak, tego mu wciąż brakowało.

– Proszę mi dać czas – szepnął. – Muszę się z tym przespać.

Na szczupłej twarzy brunetki zobaczył cień satysfakcji. To samo uczucie zaczęło rządzić jej wzrokiem. Satysfakcja i duma, nic więcej. W jak zawrotnym tempie ta kobieta umiała się zmieniać? I kim tak naprawdę jest? Starszą siostrą pogrążoną w żalu czy zimną, wyrachowaną zołzą? Tego Jan nie mógł jeszcze stwierdzić.

Piła, 5 sierpnia 2019 roku, popołudnie
Arkadiusz Żabski

Arkadiusz Żabski zamyślił się. Znów wbrew własnej woli wrócił do przeszłości, co ostatnio zdarzało mu się bez ustanku. Skrucha, wyrzuty sumienia, nagła chęć ujawnienia prawdy? Na pewno nie. Coraz odważniejsze naciski tej dziwki? Jedynie, bo przecież dotychczas jakoś nie wspominał mrocznych wydarzeń sprzed dziewięciu lat. Nawet gdy co miesiąc dawał jej pieniądze, nie roztrząsał faktu, z jakiego powodu to robi. Po prostu już dawno wyparł tę przykrość z pamięci.

Tyle że ostatnio wszystko się zmieniło. Malwina Humańska zrobiła się coraz bardziej wymagająca. Ciągle chciała więcej i więcej, a przecież nie taka była między nimi umowa. Ponadto zaczęła go szantażować. Zażądała z góry całkowitej kwoty, jaką Arkadiusz od kilku lat musiał jej płacić za trzymanie gęby na kłódkę. Śmielsze z dnia na dzień roszczenia argumentowała tym, że chciałaby wreszcie skończyć ze swoim aktualnym zajęciem, założyć rodzinę, kupić piękny dom, sprawić sobie luksusowe auto, a być może wyprowadzić się z miasta i zacząć wszystko od początku. Obiecała też, że jeżeli Żabski przystanie na jej propozycję, ona da mu spokój i na zawsze zniknie z jego otoczenia. Kuszące i niby banalne, ale lekarz doskonale wiedział, że to blef. Za długo żył na tym świecie, aby dać się wyprowadzić w pole.

Wciąż się zastanawiał, jak ma się pozbyć krnąbrnej szantażystki. Najprościej byłoby ją zabić. Nie wykluczał, rzecz jasna, takiej możliwości. Humańska zasłużyła na najwyższą karę, coraz bezczelniej zmuszając Żabskiego do powtórnego analizowania kwestii, którą bezpowrotnie uznał za zamkniętą. Natarczywość i upór Malwiny spowodowały, że jeden z najpopularniejszych i najbardziej szanowanych autorytetów w dziedzinie chirurgii plastycznej w tym kraju, zamiast się skupiać na rozwoju kariery, nie przestawał myśleć o pewnej, nic nieznaczącej dziewczynie. I o tym, że musiała umrzeć. Chociaż wówczas uważał jej śmierć za naturalną kolej rzeczy, to od kilku dni zaczął się zadręczać, co by było, gdyby tamtej nocy nie poniosła go młodzieńcza chuć. I co mu w ogóle strzeliło do głowy? Przecież mógł to wszystko inaczej rozegrać. Nie musiałby dzisiaj szarpać się z tą dziwką i byłby wolnym człowiekiem. Lecz czasu cofnąć się nie da. I mimo że Żabski wiedział o tym doskonale, intensywnie szukał na to jakiegoś sposobu.

Czy się w końcu przyzna? Oczywiście, że nie. Zbyt ciężko pracował na swoją pozycję i zbyt wiele osiągnął, żeby teraz zrobić to ot tak, po prostu. Tamtej nastolatce życia to nie wróci i świat również nie stanie się lepszy. A on? Czy poczułby później jakąkolwiek ulgę? Może tak, ale krótkotrwałą. A dalej? Więzienie, wstyd, upodlenie i wegetatywna śmierć? Żabski nie mógł sobie na to pozwolić, dlatego zdecydował się nie wracać już więcej do mrocznej przeszłości. Uznał, że lepiej będzie zająć się od razu eliminowaniem tego, co w najbliższym czasie mogłoby tę przeszłość rozgrzebać.

Mściwa i zachłanna suka! Nie zapłacę jej takich pieniędzy! – zaklął w duchu. Co z tego, że dałby jej palec, skoro ta prostaczka weźmie całą rękę. Takie pijawki jak ona nigdy się nie nasycą, a kiedy już znajdą swego żywiciela, spuszczą z niego krew do ostatniej kropli. Owszem, doktor próbował się porozumieć z Humańską. Ale ona nie była kimś na poziomie... Mądrą, mającą klasę i umiejącą pertraktować kobietą. Wystarczyłoby przecież, żeby dotrzymała zawartej kiedyś umowy, a nie po tylu latach milczenia zaczynać mu ponownie biędzić, że to jego wina. Że gdyby nie on, to jej przyjaciółka chodziłaby teraz po świecie, a cena, jaką jej płaci za wolność, jest jedynie kroplą w morzu gorzkich łez wylanych po stracie najbliższej osoby.

Skinął głową na instrumentariuszkę. Kobieta włożyła mu skalpel do ręki. Przez chwilę ważył go w dłoni, by następnie zbliżyć lśniące ostrze do napiętej skóry. Wściekłość i furia, które nim rządziły, wraz z głębokim cięciem straciły na intensywności. I właśnie podjął decyzję. Kolejną dobrą w jego łatwym życiu.

– No i co ci wisi? – Sasanka się uśmiechnęła i zaczęła nalewać piwo do dużego kufla. Chwilę wcześniej ściszyła muzykę w lokalu, aby nic nie przeszkadzało jej podczas rozmowy z Janem. Dziewczyna była podekscytowana. Właśnie dowiedziała się o propozycji, jaką jej przyjaciel niespodziewanie otrzymał. – Przecież nie masz nic do stracenia, a możesz jeszcze przyczynić się do likwidacji kolejnego psychopaty w Pile – zauważyła.

– Przestań – westchnął Poniatowski, wracając myślami do rozmowy z Izabelą Najdą. – Co ty bredzisz, jaka likwidacja? Przecież to jest jakiś Matrix.

– Ale co? – chciała wiedzieć Anka.

– Moje spotkanie z siostrą Kajetana – wyjaśnił. – Ciągle mam wrażenie, że wcale jej u mnie nie było. Że to tylko fikcja, miraż, fałszywa projekcja, którą ktoś mi siłą wpakował do głowy. A już fakt, że ta histeryczka zaoferowała mi kasę za znalezienie mordercy, który przecież wcale nie musi istnieć, uważam za totalną abstrakcję. To się nie dzieje naprawdę.

– Oj tam, oj tam – Sasanka ironizowała. – Dzieje się, dzieje. – Podała Janowi piwo. – A ty nie przesadzaj, tylko rozważ na spokojnie propozycję zrozpaczonej kobiety, która szuka wsparcia i sprawiedliwości. Według mnie powinieneś przyjąć tę ofertę.

– Czy ja wiem? – Zacisnął dłoń na uchu pękatego kufla. – A niby jak wyobrażasz sobie takie śledztwo, co?

– Normalnie, a jak? – Anka strzeliła oczami i przełknęła ślinę w charakterystyczny dla siebie sposób. – Krok po kroku, po nitce do kłębka. Tak, jak to robił Columbo. No wiesz, ten porucznik w prochowcu z serialu. – Sass wyszła zza baru i usiadła obok Jana na wysokim krześle.

– Bardzo zabawne – prychnął. – Tylko że Columbo dostawał na tacy mordercę, którego później już tylko maglował do skutku. A ja? Nie wiem nawet, kogo bym mógł podejrzewać.

– Wszystkich! W tym mieście każdy ma coś na sumieniu – zażartowała kelnerka. – A potem stopniowo będziesz zawężał krąg zamieszanych w sprawę. To jest bułka z masłem – stwierdziła.

– Czyli ciebie również mogę wziąć na tapet? – Poniatowski zadrwił i pociągnął kilka łyków zimnego portera. Napój smakował wspaniale i ugasił pragnienie, jakie dopadło go w krótkiej drodze z pracy do restauracji Świteź. Mimo popołudnia na zewnątrz wciąż panował nieprzeciętny upał, który zamiast słabnąć, z każdą godziną zdawał się nasilać.

– No wiesz? Przyjaciółkę będziesz podejrzewał? – Anka symulowała urazę. – Tego się po tobie nie spodziewałam. Przecież ja bym nawet muchy nie skrzywdziła, a co dopiero…

– Wszyscy to wszyscy – wszedł jej w słowo Janek. – Sama powiedziałaś – zakpił. – I wolę zacząć od razu, jeśli mam całe miasto przesłuchać. Tym bardziej że w Pile jest siedemdziesiąt tysięcy potencjalnych psychopatów i erotomanów.

– Ależ, bardzo proszę – fuknęła. – Ja akurat, jako jedna z nielicznych mieszkanek tego przybytku rozpusty i przestępczości, nie mam nic do ukrycia – oznajmiła dumnie. – A poza tym nie miałabym nawet motywu, żeby zabić Kajtka.

– Jak to nie? – Poniatowski rozciągnął usta w szyderczym uśmiechu. – A zazdrość? Zranione uczucia, nieszczęśliwa miłość?

– Słucham? – Sasanka była zdziwiona. – Co masz na myśli?

– A choćby to, że na przykład mogłaś do szaleństwa zakochać się w narzeczonym swojej koleżanki, a on najpierw zbyt wiele ci naobiecywał, a na koniec zamiast ciebie, postanowił ożenić się z Julią. A ty z zemsty postanowiłaś go zabić. Proste, co?

– Hm… – Przyjaciółka się zastanowiła. – To ma sens – potwierdziła po chwili namysłu. – Czekaj, mam! – Pstryknęła dwa razy palcami. – I w liście, który zostawiłam przy zwłokach, napisałam w imieniu byłego kochanka, że nie potrafię już dalej żyć ze zdradą, oszustwem i takie tam... No, no, Holmesie, całkiem niezły jesteś. Brawo! – Przyjaciółka zaklaskała w dłonie. – Ale, ale... Ty naprawdę myślisz, że Kajtek mógłby zdradzać Julkę?

– A kto go tam wie – odrzekł Poniatowski. – Nie znam... to znaczy, nie znałem go prawie, ale jeśli był erotomanem, to pewnie mógł.

– No, ale ja go znałam. I akurat o nim nie pomyślałbym w ten sposób. Zdawał się całkiem uczciwy – dedukowała. – Ale możesz mieć rację. Każdy facet to erotoman albo psychopata, tudzież dwa w jednym, znam setki podobnych przykładów – zawyrokowała, wiedząc, że Jan przestał już dawno reagować na sposób, w jaki oceniała i klasyfikowała mężczyzn. I, ku jej zdziwieniu, coraz częściej przyznawał jej rację.

– Otóż to – podsumował Janek. – Lecz tego się już nie dowiemy.

– Chyba że porozmawiamy z Julką. Już dawno chciałam do niej zadzwonić, ale jakoś nie miałam odwagi po tym wszystkim, co się wydarzyło.

– No to może nadszedł czas na wasze spotkanie? – Poniatowski puścił oczko Ance.

– A więc jednak? – przyjaciółka zareagowała entuzjastycznie. – Czyli rozumiem, że bierzemy tę sprawę? – Znów zaklaskała w dłonie. – Jezu, ale to pięknie zabrzmiało. Zupełnie jak w kryminałach. „Bierzemy tę sprawę" – powtórzyła z egzaltacją w głosie. – Słyszysz, jak to brzmi? – Zerwała się z krzesła, poklepała Janka po ramieniu i wróciła za bar. – Ciekawe, czy nam się uda wytropić mordercę. Ba... oczywiście, że tak, nie ma innej opcji, tylko trzeba jakiś plan ustalić. Nie możemy błądzić po omacku, nie jesteśmy już przecież amatorami. Dzwoń natychmiast do Najdy! Nie trać czasu, bo nam się jeszcze dziewczyna rozmyśli!

– Uspokój się, Anka! – syknął Poniatowski. – Nie jesteśmy w filmie, a ja nie podjąłem jeszcze decyzji. – Muszę to przemyśleć i przede wszystkim porozmawiać z żoną.

– Jak to porozmawiać? – barmanka się szczerze zdziwiła. – To Natasza nie jest na bieżąco? Znów ukrywasz przed nią tak istotne sprawy? Niczego się nie nauczyłeś?

– Mam nauczkę – odparł stanowczo bankowiec. – I na bieżąco wtajemniczam żonę w najmniejsze szczegóły sprawy Kajetana. Ale wiesz, jaka ona jest. Niby wszystko wie i niby się wstępnie zgodziła, ale jak zawsze będzie się wszystkim nadmiernie przejmować.

– Jakby co, to ja wezmę obawy Nataszy na siebie – zdecydowała. – Już ja z nią pogadam we właściwy sposób. Tutaj trzeba taktu, sprytu i odpowiedniego wyczucia, którego, nie obraź się, ale faceci nie posiadają. Tylko inteligentna kobieta potrafi innej inteligentnej kobiecie przedstawić korzyści płynące z posiadania stu tysięcy złotych. No… Może z niecałych stu tysięcy.

– Jak to z niecałych?

– Niecałych, bo pomniejszonych o moje honorarium. Skromne, bo skromne, ale jednak. – Sasanka podparła kciukiem swoją brodę i udała, że się nad czymś głowi. – A, dobra, niech stracę… – machnęła ręką. – Dziesięć tysięcy i będziemy kwita. Może być? – zapytała, ale nie zaczekała na respons. – Nie myślisz chyba, że będę narażała swoje barwne życie, stając oko w oko z kolejnym psychopatą za tak zwany frajer. Muszę zarobić choćby na waciki. Mam swoje potrzeby! – stwierdziła. – Wiesz… Gdybym jeszcze nie słyszała o najnowszych promocjach w galerii, ale sam rozumiesz. Raz coś zaświta ci w głowie, moment później wyobrażasz sobie, jak pięknie byłoby to kupić, aż wreszcie nie możesz już przestać o tym obsesyjnie myśleć. Ja mam tak bez przerwy, szczególnie z…

– Na twoje potrzeby to nawet cała kwota odszkodowania z polisy Andrzejewskiego by nie wystarczyła. Boże. – Zmrużył przebiegle oczy, przysunął się bliżej Sasanki i powiedział

cicho: – Ty naprawdę mogłabyś mieć motyw. Nie tylko choro-
bliwa zazdrość, ale również kasa.

– Mogłabym, ale nie mam – zareagowała od razu Sass. –
Nie jestem psychopatką, która zabiłaby kogoś za pół miliona –
ostatnie słowa wypowiedziała dużo wolniej i z udawaną zadu-
mą. – Chociaż... Czekaj, czekaj. To nie jest w sumie tak mało.
Mogłabym w końcu zaszaleć i zacząć żyć jak królowa. Krótko,
bo krótko, ale na poziomie.

– Na razie, królowo, to ty powstrzymaj swoje władcze żądze
i powiedz mi lepiej, gdzie znajdę Nataszę. – Poniatowski przypomniał sobie, jaki jest prawdziwy cel jego dzisiejszej wizyty
w Świtezi. Spojrzał na wyświetlacz komórki i sprawdził godzinę. – Późno się zrobiło, a ja, zamiast pomagać żonie w rozpako-
wywaniu kartonów po przeprowadzce, marnuję czas.

– Nie marnujesz, tylko rozmawiasz o poważnych sprawach,
rzekłabym, życia i śmierci – podsumowała rozmowę Sasanka. –
Natasza? Zamieniłam z nią kilka słów, zanim tu przyszedłeś, ale
się bardzo śpieszyła. Mówiła, że idzie się zainstalować w swoim
nowym biurze. No właśnie, à propos. – Przyjaciółka zadarła
podbródek. – Dobry miałam pomysł, żeby przekonać szefa do
wyremontowania tych pustych pomieszczeń na tyłach, co? Wiedziałam, że nadadzą się wprost idealnie na siedzibę dla Wspaniałych Ślubów.

– Miałaś nosa, miałaś – potwierdził Jan. – I oby twój węch
nie zawiódł nas również w sprawie Kajetana.

– Spokojna twoja rozczochrana, Janek. Po prostu zdaj się
na mnie. Moja intuicja jeszcze nigdy nikogo nie wyprowadziła
w pole. Wiem, co mówię, tak samo jak wiem, że... – Anna zamilkła, kiedy za plecami przyjaciela dostrzegła Nataszę. Piękna
właścicielka firmy bankietowej na ugiętych nogach szła w stronę
bufetu. Już z oddali dało się zauważyć, że jest blada, roztrzęsiona
i wygląda tak, jakby przed chwilą zobaczyła ducha.

Janek odwrócił się niemal natychmiast. Widok przerażonej żony go zmroził. W głowie miał gonitwę myśli, a pod skórą poczuł, jak krew w jego żyłach pulsuje. Nagły przypływ stresu spowodował kilka silnych dźgnięć gdzieś w okolicach mostka. Zeskoczył z wysokiego krzesła i ruszył w stronę Nataszy. Kiedy do niej podbiegł, zdiagnozował strach w jej rozszerzonych źrenicach. Taki, jakiego jeszcze nie oglądał w jej brązowych oczach. Złapał ukochaną za drżące ramiona, potrząsnął nimi kilkukrotnie, a kiedy miał już zapytać, co się wydarzyło, usłyszał przeraźliwy krzyk.

– Co ci jest? – spytał, kiedy pisk Nataszy zmienił się w spazmatyczny płacz. Coraz słabszy, przechodzący w ledwie słyszalne kwilenie. Sasanka stanęła tuż przy nich. Klienci przebywający w Świtezi oderwali się od swoich zajęć. Wszyscy powstawali z miejsc. Zaniemówili.

– Nie wrócę tam więcej… – Poniatowska uniosła rękę i wskazała dłonią jedno z bocznych wyjść z restauracji. – On tam jest – wyszeptała i zaczęła osuwać się w dół. Jan i Sasanka pochwycili ją niemal w ostatnim momencie. Wokół nich zgromadziło się kilkanaście osób. Byli to zarówno przerażeni goście, jak i pracownicy Świtezi.

– Kto? – dopytywał Jan. – Co ci zrobił? Jak się czujesz, mów!

– Nic mi nie jest – odpowiedziała, zapadając w stupor. Już nie płakała. Stawała się nieobecna. – Ale on… jest tam, w biurze, Janek biegnij, pomóż mu, proszę…

– Komu? – Poniatowski nie czekał na odpowiedź żony. – Zajmij się nią! – zwrócił się do Anki. – Dzwoń po pogotowie i daj znać, gdyby poczuła się gorzej – polecił, wstał z kolan i wybiegł na zewnątrz, kierując się w stronę wolnostojącego budynku na tyłach Świtezi. Był pewien, że to, co zobaczyła przed chwilą Natasza, na zawsze pozostanie również w jego głowie, ale miał złudną nadzieję, że się myli.

ROZDZIAŁ 4

Piła, 30 stycznia 2004 roku, późny wieczór
Dziewczyna i chłopak

Zapadała noc. W brudnych oknach starej kamienicy gasły ciemnożółte światła. Milkły odgłosy domowych awantur. Na najwyższym piętrze również zrobiło się cicho. Dziewczyna i chłopak wyszli ostrożnie z ciemnego pokoju. Chwilę wcześniej usłyszeli trzask tłuczonego szkła oraz krótki odgłos ciała upadającego na skrzypiący parkiet. Dzieci podeszły ostrożnie do matki i nachyliły się nad jej nieruchomym ciałem. Leżała na wznak. Oddychała ciężko. Śmierdziała wódką, moczem i wymiocinami. Była gotowa, by umrzeć.

Nadszedł najwłaściwszy moment. Noc, o której rodzeństwo od dwóch tygodni nie przestawało rozmawiać. Głośne myślenie o tym, co jej w końcu zrobią, sprawiało im wielką przyjemność. Było jedyną rzeczą, o której to oni mogli zdecydować. Nie ich dręczycielka, nie wyzuta z uczuć, bezwzględna kobieta, której decyzje dotyczyły wyłącznie intensywności ich bólu. Dzisiaj wszystko zniknie, a śmierć matki pozwoli urodzić się dzieciom na nowo. Zaczerpnąć świeżego powietrza, które nie przesiąknie jej wściekłym zapachem, otworzyć szeroko oczy, które nie spuchną od łez oraz jej zaciśniętych pięści. Będą mogły płakać, tak po prostu. I śmiać się bez końca ze szczęścia.

Chłopiec zrobił delikatny zamach, chwilę się zawahał, ale potem kopnął matkę w kolano. Nie za mocno, obawiając się, że kobieta może się zaraz obudzić. Następne kopniaki były już silniejsze, zadane z zacięciem i złością, która nagle ogarnęła jedenastolatka. Jednocześnie opuścił go wieloletni strach, ustępując miejsca rosnącej szybko euforii. Był zadowolony. Dopiero teraz uwierzył wszystkim zapewnieniom siostry. Ufał, że od dziś żadne z nich już nie poczuje serii bolesnych uderzeń ani też szkła, którego odłamki często raniły im skórę.

– Przestań! – Dziewczyna odciągnęła brata od pozbawionej kontaktu ze światem alkoholiczki. – Nie ma czasu. Musimy ją przenieść. – Popatrzyła w stronę jednego z dwóch nisko osadzonych okien. – Szybko! – Złapała matkę za kostkę i skinieniem głowy nakazała bratu, aby ten zrobił dokładnie to samo. Szarpnęli mocno w tym samym momencie. Nieprzytomna nie ważyła dużo, więc bez trudu zdołali przeciągnąć ją po śliskim parkiecie. Dziewczynka otworzyła na oścież oba skrzydła okna, a potem chwyciła ofiarę za ramię. Chłopak pomógł jej natychmiast. Sporo sił kosztowało ich przerzucenie bezwładnego ciała przez dość szeroki parapet. Najgorzej było na samym początku. Za każdym razem, kiedy usiłowali je podnieść, w ostatnim momencie wymykało się im ze zmęczonych rąk i z powrotem osuwało na podłogę. Ale dzieci nie ustępowały. Próbowały do skutku, aż wreszcie im się udało. Miały nawet wrażenie, że podczas ostatniej próby matka pomogła im się podnieść z parkietu. Po kilku minutach zawisła na parapecie. Nogami nie dotykała już drewnianej podłogi, brzuchem opierała się o okienny próg, a ręce i głowa bezwładnie zwisały na zewnątrz.

Wiało. Do mieszkania raz po raz wdzierało się świeże, rześkie, ale i przesiąknięte wilgocią powietrze. W pewnej chwili nieprzytomna dotąd kobieta zaczęła się ruszać. Tak, jakby z wolna odzyskiwała świadomość i zaczynała orientować się, że dzieje się z nią coś niedobrego. Dziewczynka wychyliła się prędko przez okno i zaczęła się nerwowo rozglądać. Bezruch. Gdzieś w mglistej oddali słychać było poszczekiwanie okolicznych psów, głuchy szum ulicy i stukot sunącego po szynach pociągu. Omiotła wzrokiem czarne ściany wysokiego gmachu. Ciemno, ponuro i mokro. Popatrzyła na dół. Wątłe, migające światło latarni ledwo rozświetlało przestrzeń bezpośrednio pod oknem, w którym za chwilę rozegra się dramat.

Matka otworzyła oczy. Jej oddech stał się chrapliwy. Coś mamrotała pod nosem. Uniosła nieznacznie głowę, zaczęła wierzgać nogami i wymachiwać rękoma, szukając czegoś, czego mogłaby się teraz chwycić, ale niczego takiego nie znalazła.

– Dalej! – syknęła przez zęby dziewczyna. – Za nogi. Już! – zawołała.

Chłopak się zawahał. Przez chwilę stał nieruchomo. Z oka spłynęła mu łza. Trząsł się. Z zimna, które coraz bardziej wypełniało pokój, z podniecenia wywołanego wizją jutrzejszego poranka, ale też ze strachu, który z resztkami miłości wdarł się mu do serca. Wziął głęboki oddech i przymknął na chwilę powieki. W myślach utwierdził się w przekonaniu, że nie ma odwrotu. To postanowione. Wszystkie argumenty na „nie", zostały już dawno zanegowane przez siostrę, a pojawiające się wątpliwości kilkukrotnie rozwiane. Nie było już na nie czasu.

Chwycił matkę za udo. Drugie już dawno ściskała w swych delikatnych dłoniach dziewczyna.

– Pchaj! – nakazała. – Z całej siły, mocno!

Nigdy nie przypuszczał, że ma tyle siły. Centymetry, o jakie pełzający tułów przesuwał się w stronę ciemnej i zimnej przestrzeni, uciekały w szybkim, równomiernym tempie. Potem wystarczył już moment. Kilka sekund. W stosunku do lat, w których to oni cierpieli, ta przykrótka chwila była dla oprawczyni bardziej nagrodą niż karą.

Ostatnie szarpnięcie skończyło się brakiem oporu w ich rękach, a po jakimś czasie głośnym plaśnięciem kilka pięter niżej. Dzieci, niczym na umówioną komendę, wychyliły się przez okno, zderzając się nagle pełnymi zaciekawienia głowami. Ich wymowne spojrzenia zbiegły się na chwilę, by następnie utkwić w jednym punkcie, jakieś kilkanaście metrów pod nimi. Matka leżała twarzą do chodnika. Rozedrgane światło latarni raz po raz odkrywało czarną jak smoła kałużę, która szybko powiększała się wokół powykrzywianego ciała.

– I co teraz? – spytał szeptem chłopak.

– Nic, braciszku – siostra odpowiedziała ze spokojem i czułością w głosie. – Teraz chodźmy spać. Dobranoc. – Pocałowała chłopca w zimne i spocone czoło.

– Dobranoc – uśmiechnął się z ulgą. – Do jutra – szepnął. – Do naszego normalnego jutra.

Piła, 5 sierpnia 2019 roku, wieczór
Jan Poniatowski

Poniatowski dobiegł do niewielkiego budynku na tyłach restauracji. Szaleńczy sprint zajął mu kilka sekund, podczas których żarliwie się modlił, by płynący czas zatrzymał się w miejscu. Jan po prostu nie chciał stać się świadkiem tego, co od dłuższej chwili widział w wyobraźni i co podpowiadało mu przeczucie. Gdy przed minutą dostrzegł w Świtezi przerażoną żonę, był przekonany, że musiało się wydarzyć coś złego. Ale wówczas mógł się jeszcze w swojej diagnozie mylić. Pomyśleć na przykład, że ukochana gorzej się poczuła, że jest przemęczona lub też wściekła o to, że on, zamiast pomagać jej w organizacji biura po przeprowadzce, prowadzi przy piwie jałową dyskusję z tą, jak ją określała, postrzeloną, próżną i infantylną kelnerką.

Kiedy jednak Natasza przez dłuższą chwilę nie mogła wydobyć z siebie najcichszego dźwięku i kiedy nareszcie wydała już z siebie potężny, przeciągły, niekontrolowany krzyk, Poniatowski utwierdził się w przekonaniu, że ten wieczór nie skończy się standardowo. „On tam jest...” – słyszał to i jednocześnie paniczny pisk żony.

Zatrzymał się tuż przed wejściem. Drzwi do świeżo wyremontowanego biurowca były otwarte na oścież, a za nimi było widać długi i wąski korytarz. Janek wszedł do środka i zrobił kilka kroków w kierunku kolejnych drzwi, znajdujących się na samym końcu podłużnego holu. Tam zlokalizowano biuro właścicielki Wspaniałych Ślubów. Podbiegł jeszcze bliżej i zdecydowanym ruchem pociągnął za klamkę. Rozwarł na oścież ciężkie szklane skrzydło i wtargnął z impetem do środka. Zatrzymał się w centrum przestronnego pokoju. Rozejrzał się wokół dokładnie, po czym z wielką ulgą przyznał, że nic w pomieszczeniu nie odzwierciedla dramatycznych scen, które dużo wcześniej zaczęły rozgrywać się w jego wyobraźni. Podszedł do biurka Nataszy. Stały na nim skrzynki z dokumentami, a także otwarte pudełka z materiałami papierniczymi, zdjęciami oprawionymi w ceramiczne ramki, katalogami ślubnymi, a także innymi drobnymi rzeczami, które Jan jeszcze niedawno wraz z żoną zabierał z poprzedniej siedziby jej firmy. Na białym lśniącym nowością stole szumiał miarowo laptop. Na dnie porcelanowej filiżanki połyskiwały resztki niedopitej kawy.

Jan ponownie zaczął się obracać wokół własnej osi, wciąż poszukując wzrokiem czegoś podejrzanego i nienaturalnego. A przede wszystkim namierzając kogoś, o kim przed chwilą z przerażeniem wspomniała pobladła małżonka. Nic jednak nie zwróciło jego szczególnej uwagi i zdenerwowany bankowiec doszedł do wniosku, że najwidoczniej przebywa w niewłaściwym miejscu. Że to nie stąd wyszła przed chwilą rozgorączkowana

Natasza. Wybiegł na korytarz. Po obu stronach przedsionka znajdowały się wejścia do pozostałych pomieszczeń. Dwoje białych drewnianych drzwi z lewej i dwoje identycznych z prawej. Otworzył natychmiast pierwsze z nich. W środku było pusto. Poniatowski omiótł wzrokiem nieumeblowaną przestrzeń i od razu popatrzył za siebie. Zatrzymał spojrzenie na drzwiach znajdujących się tuż za nim. Z tego, co pamiętał, miało się tam znajdować biuro dwóch asystentek Nataszy. Położył drżącą dłoń na stalowej klamce i zanim ją nacisnął, wziął głęboki, mający go uspokoić wdech. Pomyślał, że tak jak on w tej chwili, czują się zapewne uczestnicy śmiercionośnej gry w rosyjską ruletkę. Zmuszeni do naciśnięcia cyngla, żywią wielką nadzieję, że nie spowodują samobójczego wystrzału. Jan wzdrygnął się, bo z bólem uświadomił sobie, że to on, właśnie tu i teraz jest jedynym głupcem pociągającym za spust.

Nie mógł zwlekać. Srebrna klamka ustąpiła pod jego naciskiem. Bankowiec najpierw zajrzał do środka zza progu, a potem, kiedy nie dostrzegł niczego strasznego, wbiegł do lokalu i podobnie jak w przypadku wizyty w siedzibie Nataszy, pośpiesznie zlustrował całą kubaturę pomalowanego na biało sześcianu. Zbadał wszystkie kąty. Zajrzał nawet do dużej biurowej szafy, ale jej półki świeciły jeszcze pustkami. Po eksploracji dwóch kolejnych pomieszczeń będzie mógł odetchnąć z ulgą i stwierdzić, że Nataszy jednak musiało się coś przywidzieć. Albo że zrobiła jemu, Sasance i innym osobom przebywającym w Świtezi wysoce niestosowny żart. Oj, jakby chciał, żeby tak właśnie było, lecz jego życiowe, a raczej śmiertelne doświadczenia... Ta specyficzna aura i towarzyszący jej zespół złych przeczuć kazały Janowi postrzegać zbliżającą się przyszłość zgoła odmiennie.

Wystrzelił jak z procy z biura współpracownic żony i stojąc ponownie w podłużnym przedsionku, popatrzył na wprost. W zasięgu wzroku miał dwoje drzwi po dwóch stronach holu, a także wyjście z budynku, za którym rozciągał się widok na spokojną rzekę, otoczoną gęstym zielonym nadbrzeżem. Pierwsza podpowiedź, którą otrzymał od pracującego na najwyższych obrotach mózgu, kazała mu pognać przed siebie, zostawić w tyle świeżo wyremontowane mury niewielkiego gmachu i nie brać udziału w przewidywanym dramacie. On jednak tego nie zrobił. Nie był tchórzem, kochał ryzykować i w przeszłości bardzo rozsmakował się w uzależniającym smaku adrenaliny. Ponadto wciąż w uszach brzmiały mu słowa Nataszy: „On tam jest...". Tylko kto, do cholery?

Wybrał drzwi po lewej. Rozwarł lekkie skrzydło z tak potężną siłą, że drewniana płyta odbiła się z hukiem od ściany, prawie uderzając go w twarz. Odepchnął przeszkodę od siebie, przestąpił próg i zlustrował wzrokiem największy z odwiedzonych dotychczas lokali. Magazyn. Do niego przed kilkoma dniami przywiózł ze starej siedziby Wspaniałych Ślubów wszystkie imprezowe szpargały. Poniatowski pamiętał, że kiedy wypełnił nimi własnoręcznie skręcone regały, w magazynie zostawił porządek, którego teraz próżno było tu szukać. Zaintrygowany mężczyzna przesuwał się w głąb nieuporządkowanej sali. Co chwila potykał się o przedmioty, które ktoś porozrzucał. A może tym kimś był wspomniany przez Nataszę mężczyzna? Tego Poniatowski jeszcze nie wiedział.

Najgorzej prezentowały się dekoracje, których – o ile dobrze pamiętał – Natasza miała użyć do przystrojenia sali balowej na najbliższy ślub. Uszykowane specjalnie na tę okazję, owinięte w celofan stroiki, nie dość, że wyglądały, jakby ktoś je wydarł z paszczy głodnego zwierzęcia, zostały pobrudzone czarną farbą. Jan, przedzierając się przez ich resztki, obszedł kilkukrotnie całą magazynową powierzchnię. Był zdenerwowany, a emocje, które nim teraz targały, stawały się coraz silniejsze. Kto tu, kurwa, był? Kogo widziała Natasza?

Wszystkie odpowiedzi były coraz bliżej i zaledwie metry dzieliły Poniatowskiego od rozwiązania zagadki. Ruszył w stronę wyjścia z magazynu. Wysunął przed siebie dłoń i już miał nią chwycić za ozdobną klamkę, kiedy dobiegł go stukot dochodzący z zewnątrz. Jan natychmiast zamarł, wstrzymał oddech, przysunął głowę do drzwi i nasłuchiwał w skupieniu. Czyjeś kroki na moment ustały, a tuż po nich nadstawione uszy mężczyzny odebrały przeciągłe skrzypienie. Zorientował się, że osoba, która teraz oprócz niego kręci się we Wspaniałych Ślubach, otworzyła drzwi do pokoju znajdującego się vis à vis magazynu. Zawiasy ponownie zatrzeszczały gniewnie, a tuż potem chwilę ciszy na powrót przerwało dreptanie. Tym razem krótkie, stłumione i ciche. Wszedł do toalety... – skonkludował Janek i opuścił zdemolowany magazyn. Od razu zahaczył wzrokiem o drzwi, za którymi ktoś w dalszym ciągu hałasował. Zdesperowany bankowiec jednym susem przeskoczył przez wąski korytarz, przytknął ucho do białego drewna i w napięciu czekał na pojawienie się kolejnego odgłosu. Tym razem jednak nie musiał specjalnie się skupiać, bo to co po chwili zarejestrował, pomimo niesłabnącego skwaru, zmroziło mu krew w żyłach. Jan znał doskonale ten głos, ale jeszcze nigdy nie było mu dane podziwiać tej barwy w takich wysokich rejestrach. Nie wiedział, co jej pomogło brzmieć tak krystalicznie czysto. Echa nadrzecznych szuwarów, dobra akustyka budynku czy też skrajne emocje? Co wywołało pisk, który swoją mocą mógłby roztłuc szkło? Jana Poniatowskiego dzieliły już tylko sekundy, aby się tego dowiedzieć. Wszedł do toalety. Ruszył sprawdzić, co się stało z Anką.

Poniatowski wtargnął do łazienki i zaczął biec przez pierwsze z dwóch znajdujących się wewnątrz pomieszczeń. Po lewej stronie minął długi marmurowy blat z umywalkami, a w rzędzie zwierciadeł wiszących nad nimi starał się prześcignąć własne, przesuwające się prędko odbicie. Ledwie słyszał kroki, które stawiał na ceramicznej podłodze. Głośny krzyk Sasanki zagłuszał je niemal zupełnie.

Drzwi do drugiego pomieszczenia były niedomknięte. Jan, lekko zwalniając, pchnął białe skrzydło do środka i zatrzymał się zaraz za progiem. Popatrzył na wprost, a potem skierował swój wzrok w prawo, gdyż z tej strony dobiegał go wrzask. Omiótł wzrokiem przestrzeń za drzwiami, które otworzył przed chwilą na oścież.

Sasanka tam była. Stała pod ścianą z popielatych kafli. Z całej siły napierała plecami na lśniącą powierzchnię tak, jakby chciała oddalić się jeszcze bardziej od źródła potężnego strachu. Poniatowski stanął tuż przed nią i przez krótki moment obserwował przyjaciółkę. Jej oczy nawet nie drgnęły. Tkwiły nieruchomo, wpatrzone gdzieś w jego klatkę piersiową, a raczej w coś, co musiało znajdować się za nim. Minęło kilka sekund, po których przerażona dziewczyna zamilkła. Zabrakło jej tchu. Zachłannie zaczerpnęła powietrza, ale już nie powróciła do krzyku. Zamknęła usta i uniosła głowę, zahaczając spojrzeniem o twarz przyjaciela, a potem z wolna przymknęła powieki. Ugięła nogi w kolanach i osunęła się po ścianie w dół. Kiedy przykucnęła, ponownie spojrzała na Poniatowskiego. Mężczyzna zrobił szybki krok w jej kierunku. Chciał jej pomóc, ale ona pokręciła głową, dając mu znać, że to nie o nią aktualnie chodzi. Z trudem uniosła swą dłoń, wyciągnęła palec wskazujący i pokazała nim przestrzeń za Janem.

Przeszedł go zimny dreszcz. Poczuł, jak na jego skórze milion małych włosków podnosi się u nasady. Głęboko pod mostkiem znów rozpoznał ostry ból wywołany stresem. Trząsł się z przerażenia i powoli zaczynało brakować mu powietrza. Resztką silnej woli przezwyciężył nerwy i wbrew temu, co podpowiadał mu rozum, obrócił się nagle za siebie.

Wisiał tuż nad ziemią. Między podłogą a stopami mężczyzny mogło być jakieś pół metra. Sznur zaciśnięty wokół jego szyi był zaczepiony o rurę znajdującą się zaraz pod sufitem. To był młody chłopak. Mógł mieć maksymalnie trzydzieści lat. Szczupły, lekko umięśniony blondyn ubrany był w białą sportową koszulę i krótkie dżinsowe spodenki. Miał nieznacznie rozchylone usta i szeroko otwarte oczy. Niedaleko ciała znajdowała się mała aluminiowa drabina. Pod drabiną leżał czarny plecak, a tuż obok kartka.

Poniatowski poczuł, że świat zaczyna się kręcić, a on stoi w środku karuzeli, do której ramion ktoś poprzyczepiał setki jasnoszarych szkiełek. Ogrom myśli, które wraz z nimi krążyły mu w głowie, sprawił, że bankowiec stracił na chwilę kontakt z rzeczywistością. Miał wrażenie, że i jego porwie wartki nurt wirujących wokół niego przedmiotów. Zacisnął czym prędzej powieki. Musiał wziąć się w garść, nie mógł się poddać słabości, która go znów ogarniała. Był na granicy omdlenia, którą dobrze znał i której nie chciał ponownie przekraczać. Otrząsnął się i zacisnął zęby. Zbliżył się do wisielca i ostrożnie dotknął jego nadgarstka. Sam się sobie dziwił, że w ogóle był w stanie to zrobić. Poczuł chłód na opuszkach palców i od razu odskoczył od bezwładnego ciała. Odwrócił się w stronę Sasanki, która wstawała z podłogi. Ich spojrzenia spotkały się. Bezbłędnie odczytał w jej oczach wiadomość – pomysł, który przed chwilą również i jemu urodził się w głowie. List samobójcy. Kolejny, jaki widział w życiu w tak krótkim czasie. Janek miał świadomość, że nie powinien niczego dotykać. Kilka razy został już zrugany za zacieranie śladów. Niczego przecież nie dotknę – pomyślał, wyjmując z kieszeni telefon. Drżącą dłonią odblokował go i czym prędzej włączył aparat. Komórka niemal wypadła mu z ręki. Złapał urządzenie w ostatnim momencie, tuż nad ziemią, bezpośrednio nad białym gęsto zadrukowanym arkuszem. Zrobił serię zdjęć, a potem nagle usłyszał, jak z oddali ktoś się do nich zbliża.

– Zdążysz – wyszeptała Anka.

Jan w pośpiechu skierował aparat jeszcze w kilka innych miejsc. W pewnym momencie ujrzał w kadrze bladą twarz mężczyzny. Mętne oczy, sine usta, żółtobladą skórę. I ten wzrok, którego już nie zapomni. Przeraził się i poczuł, jak znów robi mu się słabo. Stukot szybkich kroków przybierał na sile. Ktoś wbiegł do łazienki. Kilka osób, których głosy stały się bardziej wyraźne. Poniatowski ukrył smartfon w kieszeni i popatrzył w kierunku Sasanki. Jej twarz obserwował wyłącznie przez moment, a potem szarość, która jeszcze przed chwilą otaczała wirem jego głowę, przekształciła się w jasną białą masę. Znał ten widok oraz to uczucie. Wiedział, że odpływa. Czekał na ciemność, która przyciężką kurtyną nagle zasłoni mu widok.

Piła, 5 sierpnia 2019 roku, wieczór
Halina Stępniak, Gabriel Borowiec

Dwudziesta pierwsza pięć. Halina Stępniak szykowała się do zamknięcia sklepu. Nadal była wściekła, choć od scysji z Najdą upłynęło już kilka godzin. Zachodziła w głowę, czemu jej pracownica potraktowała ją w taki sposób. Przecież ona niczego nie zrobiła Izie i nie dała jej powodów do złości. To jednak miało niebawem się zmienić. Stępniakowa podjęła decyzję. Nie pozwoli sobą pomiatać i dać się publicznie poniżać, szczególnie w obecności Oli, najlepszej i jedynej, zresztą, przyjaciółki, jaka jej została. To właśnie o ich wzajemne relacje ekspedientka zaczynała się poważnie martwić. Przecież sama zaobserwowała, jak Aleksandra odnosiła się rano do tej wulgarnej i aroganckiej dziewczyny. Była pewna, że kobiety nawiązały nić porozumienia i miały jakieś sekrety, których Poniatowska za nic w świecie nie chciała Halinie wyjawić. Gdy po awanturze zapytała Olę, o czym szeptem rozmawiała z Izą, przyjaciółka uśmiechnęła się głupio i udzieliła zdawkowej, wymijającej odpowiedzi. A potem się pożegnały. Po południu Stępniakowa kilkukrotnie próbowała dodzwonić się do koleżanki, lecz ta albo nie odbierała, albo uparcie odrzucała połączenie. Pewnie znów spędza czas w towarzystwie Najdy – wnioskowała z żalem właścicielka sklepu. Zupełnie jak rano, gdy bez mojej wiedzy poszły na zakupy i na plotki w cukierni.

– Z pewnością rąbały mi dupę – fuknęła, ze złością zaciskając zęby. – Mają mnie za głupią?

Sprzedawczyni znowu była zła. Chyba jeszcze bardziej niż przed południem. Rosła w niej agresja, nad którą coraz rzadziej umiała zapanować. W takich chwilach przypominała sobie o swoim synu, który trzy lata temu z zimną krwią mordował wszystkich, którzy stawali na jego drodze. Do dziś ludzie wytykali Halinę palcami. Matka mordercy, matka psychopaty – mówili, a w niej z roku na rok pogłębiało się uczucie wstydu i wyobcowania. Tłumiła je w sobie, nie chcąc okazywać słabości. Uśmiechała się przez łzy, lecz coraz bardziej zapadała się w sobie oraz w swoich uprzedzeniach do ludzi. To oni usiłowali jej wmówić, że skoro urodziła kogoś tak bezwzględnego, sama musi być w jakiś sposób zła. Czy jest naznaczona zbrodnią? Czy jest podobna do syna? Czy on jest jej kopią?

Również w zachowaniu Najdy Halina doszukiwała się wyłącznie nieczystych intencji. Była przekonana, że pracownica ocenia ją tylko przez pryzmat matki mordercy. I choć młoda kobieta nigdy nie powiedziała jej tego wprost, ona widziała wyrzuty w jej hardym, poniżającym spojrzeniu. W każdym najmniejszym geście, który zdradzał jej niechęć do szefowej. Stępniakowej zakręciła się łza w oku. Zrobiło się jej przykro. Poczuła się taka samotna, szczególnie teraz, kiedy nawet Ola, jedyna powierniczka jej wszystkich kłopotów, zaczęła się od niej odwracać.

– Nie ma na tym świecie sprawiedliwości – szepnęła z pretensją, wierzchem dłoni ocierając łzę. – Zupełnie nikogo już nie mam, nikogo! – dodała i ruszyła w stronę zaplecza.

Gdy się zbierała do wyjścia, z nadzieją pomyślała o nim. Siostrzeniec tak nagle zjawił się w jej życiu, że ekspedientka była przeświadczona, że to dar od losu. Albo od aniołów, które coraz częściej zaczynały wypełniać lukę w nieszczęśliwym życiu kobiety. Ostatnimi czasy jej myśli nieustannie wędrowały w stronę dawnej, nieżyjącej już przyjaciółki. Bogatej wspólniczki, po której odziedziczyła interes. I dopiero po latach Stępniakowa zaczynała zdawać sobie sprawę, jak bardzo została wyróżniona i uhonorowana. Tylko Marianna, wielka miłośniczka magii, mistycyzmu i powracających wspomnień, umiała docenić wewnętrzne piękno, kryjące się duszach ludzi jej podobnych. Tych, którzy tu jeszcze zostali i muszą się zmagać z perfidią, obłudą, butą i niezrozumieniem. Halina odkryła dopiero niedawno, co tak naprawdę kryją w sobie gipsowe, skrzydlate figurki zgromadzone w sklepie. Doceniła, co jest w nich zaklęte, a przede wszystkim dostrzegła, że one żyją naprawdę. Oddychają i wskazują drogę. Pokochała wszystkie, a w najcięższych chwilach, spędzanych ostatnio samotnie z lampką wina i ze łzami w oczach, właśnie aniołom zwierzała się ze swoich zgryzot. Jeszcze rok temu od tego był Wiktor, z którym spędziła długi i wspaniały czas. Niestety, kochanek również okazał się zdrajcą. A ona mu przecież tak bardzo pomogła. To dzięki jej dobru mężczyzna pozbył się wszystkich problemów i raz na zawsze uporał się z demonami przeszłości. Zaufała mu, a on przez te wszystkie lata wykorzystywał jej naiwność. Kłamał, zapewniając czule, że będzie ją wspierał, pocieszał i że wytrwa przy niej do samego końca. A potem zniknął jak tchórz. Bez jednego słowa i bez pożegnania. Zostały jej tylko anioły.

Dziś Halina utwierdziła się w przekonaniu, że tylko one mogą jej wysłuchać. Udzielić cennych rad i – co najważniejsze – nie wypominać jej tego, że jest i zawsze będzie matką zwyrodnialca i psychopatycznego mordercy.

– Dziękuję ci bardzo, kochana – szepnęła cichutko i pierwszy raz dzisiaj uśmiechnęła się nie tylko ustami, które przed chwilą pomalowała na czerwono, ale też sercem, które coraz szczelniej wypełniała miłość do nowych, skrzydlatych przyjaciół.

Była gotowa do wyjścia. Wyjęła z torebki pęk kluczy, a włożyła do niej saszetkę z kosmetykami i telefon leżący na małym okrągłym stoliku na zapleczu. Tym samym, przy którym jeszcze dawniej piła wspólnie kawę z Marianną. Omiotła wzrokiem ciasne pomieszczenie i po raz kolejny uśmiechnęła się do siebie. Była zszokowana, że dopiero po tak długim czasie wszystko zaczynało jej przypominać zmarłą tragicznie wspólniczkę. Najlepsze wspomnienia ożyły. Halina, przebywając w sklepie, coraz częściej odnosiła wrażenie, że wszystko się jeszcze ułoży. Że wspomnienia znikną i będzie jeszcze tak jak kiedyś. Znów będzie kochana, lubiana i szanowana przez innych. I wrócą te najwspanialsze lata, czas przyjaźni z Marianną. Tak wiele by dała, aby spotkać się z Olecką jeszcze raz. Choćby miałaby być to ostatnia, ledwie kilkuminutowa rozmowa. Powiedziałaby przyjaciółce, jak bardzo ją teraz rozumie i jak wspaniałe miejsce stworzyła, zakładając przed laty swój sklep. Tylko na nią mogła tak naprawdę liczyć. I na jej sprzymierzeńców, których po sobie zostawiła na świecie. Na Aleksandrze nie może już chyba polegać. Ani na tej prostaczce, Izabeli. Wszystko powinno się zmienić. Halina Stępniak musi ustalić nowy, rodzący nadzieję początek.

Zamknęła roletę wejściową i ostatni raz spojrzała na subtelnie oświetloną witrynę. Z wystawy, którą dziś zaaranżowała tuż po incydencie z Izą, uśmiechała się do niej piękna postać z rozłożonymi skrzydłami. Zrywała się właśnie do lotu. To był ulubiony posążek Marianny, którego szefowa nigdy nie wystawiła na sprzedaż. Stępniakowa dziś już wiedziała dlaczego, albowiem wyraźnie poczuła jego właściwości. Postanowiła mianować go swoim sprzymierzeńcem. Gabriel… zupełnie jak jej siostrzeniec. Zbieg okoliczności czy wielka wskazówka tam, z góry? Zdecydowanie ta druga, dająca nadzieję i kojąca nerwy możliwość.

Halina odwzajemniła uśmiech i łypnęła okiem w stronę promieniejącego Gabriela. Ostatni raz popatrzyła przez szybę na sklep, niechętnie się odwróciła i szerokim holem ruszyła do wyjścia z centrum handlowego. W galerii nie było już prawie nikogo, a wszystkie boksy, które mijała po drodze, już dawno zostały zamknięte. Spojrzała na zegarek. Dwudziesta pierwsza trzydzieści. Przyśpieszyła kroku, chciała być już w domu. Położyć głowę na miękkiej poduszce i najzwyczajniej odpocząć. Przed snem ustali jeszcze strategię działania. Musi opracować plan, według którego zemści się na hardej i niesubordynowanej pracownicy. Losy Izabeli były wprawdzie przesądzone już wcześniej, ale Halina nie potrafiła tak po prostu wyrzucić dziewczyny ze sklepu. Takie rozwiązanie przecież niczego by jej nie nauczyło, nadal psychicznie gnębiłaby ludzi, demonstrując swoją wyższość, śmiejąc im się w twarz i odzierając ich z resztek dobrego imienia. Halina nie chciała nawet się zastanawiać, jak by to było, gdyby za jakiś czas spotkała ją na ulicy albo – co gorsza – gdyby

Najda przyszła na zakupy do sklepu Pod Aniołami. Stępniakowa oczyma wyobraźni widziała już wzgardę, jaką kobieta demonstrowałaby podczas ich spotkania. Triumfowałaby, do czego Halina nie mogła po prostu dopuścić.

– Co to, to nie – zaklęła pod nosem i czym prędzej wyszła z galerii.

Kiedy postawiła kilka pierwszych kroków na zewnątrz, od razu uderzył ją powiew rozgrzanego, suchego powietrza. Mimo że słońca nie było już widać na niebie, panujący skwar był wprost nie do wytrzymania. Uczucie braku powietrza potęgowały w dodatku negatywne emocje, jakich dziś po raz kolejny doświadczyła od ludzi, którym zaufała. Znów zacisnęła zęby, utwierdzając się w przekonaniu, że musi to wreszcie zakończyć. Nie sama. Sama nie dałaby rady. Poprosi o pomoc Gabriela, a właściwie obu jej sprzymierzeńców noszących to imię.

Siostrzeniec przyleciał do Polski niespodziewanie. Nawet nie uprzedził ciotki, że ma zamiar zatrzymać się u niej na dłużej. Zapukał, tak po prostu, do drzwi jej mieszkania i całkiem Halinę zaskoczył. I gdyby nie fakt, że kobieta raz po raz zaglądała na jego instagramowy profil, pewnie nie rozpoznałaby wysokiego, barczystego bruneta o czarnych jak smoła źrenicach. Ostatni raz widziała go jakieś siedem lat temu. Świeżo zdał maturę i postanowił rozpocząć dorosłe życie w Wielkiej Brytanii. Wówczas był wątłym, bardzo szczupłym i niepozornym mężczyzną, którym nie chciała zainteresować się żadna dziewczyna. Brak pieniędzy, urody i powodzenia u płci przeciwnej stanowiły największe kompleksy wkraczającego w dorosłość Gabriela. Z nim, podobnie jak ze swoją jedyną siostrą, Halina straciła kontakt zaraz po tym, kiedy świat dowiedział się, że jest matką bezlitosnego zbrodniarza. Kiedy członkowie najbliższej rodziny odwrócili się od Stępniakowej, odebrała to jako największy cios w swoim życiu.

Stała już przy aucie. Westchnęła ciężko i otarła pot z czoła. Czuła, jak trawi ją fala tropikalnego powietrza. Była przemęczona. Zajęła się szukaniem kluczyka w torebce. Leżał gdzieś na samym dnie i Halina za nic w świecie nie mogła go z niego wydobyć.

– Szukasz czegoś? – Usłyszawszy głos za plecami, podskoczyła zlękniona. Była pewna, że prócz niej na pustym parkingu nie było zupełnie nikogo. Odwróciła się. Torebka zsunęła się jej z ramienia, a cała jej zawartość wysypała się nagle na ziemię.

– O, Matko! Gabryś! – krzyknęła kobieta i po chwili odetchnęła z ulgą. – Aleś mnie wystraszył, wariacie. Chcesz, żebym dostała zawału?

– Przepraszam, ciociu. Nie chciałem cię wystraszyć, a wręcz przeciwnie, zrobić ci miłą niespodziankę. Nie cieszysz się, że widzisz jedynego i najukochańszego siostrzeńca? – zapytał z szerokim, czarującym uśmiechem.

– Oczywiście, że tak – odparła i z trudem opanowując emocje, schyliła się po torebkę. – Tylko... – zawahała się. – Zaskoczyłeś mnie całkiem – wyjaśniła. – A poza tym trochę się spóźniłeś. Miałeś przyjść do sklepu w ciągu dnia. Coś się stało?

– Zostaw – polecił Borowiec i złapał kobietę za rękę. Na sekundę przylgnął do niej muskularnym ciałem, a później pozbierał z chodnika porozrzucane przedmioty. Zamachał kluczykiem przed oczami ciotki. – Nie... – szepnął. – Nic się nie stało. Po prostu nie wyrobiłem się wcześniej.

– Dziękuję. – Halina uśmiechnęła się lekko. Czuła się spłoszona. – Jedziemy? – zapytała, zabierając mu kluczyk. – Musisz mi pomóc, słoneczko. Przeczytałeś wiadomość ode mnie?

– Przeczytałem, no i? – prychnął.

Czy Stępniakowej się wydawało, czy w oczach siostrzeńca zobaczyła kpinę. A może to inna emocja? Zaczynała się bać.

– A to, że musisz mi pomóc w jednej sprawie – odparła, starając się być stanowcza, a potem wsiadła do samochodu.

Złapała za klamkę i już wzięła zamach, aby zatrzasnąć drzwi, kiedy Gabriel nagle ją powstrzymał. Jego gładka dłoń zacisnęła się na karoserii. Znów w minie mężczyzny dostrzegła coś nienaturalnego. Dziwny grymas, który zawładnął jego śniadą twarzą ze starannie przystrzyżoną bródką. – Co robisz? – popatrzyła mu głęboko w oczy. – Wsiadaj!

– Nic, ciociu. – Borowiec rozciągnął usta w szerokim, szelmowskim uśmiechu. – Chyba o czymś zapomniałaś. – Spojrzał wymownie na płytę parkingu, skupiając wzrok w jednym punkcie, tuż przy samochodzie.

– Co to jest? – spytała zdziwiona, wychylając się z auta. – To nie moje, przestań – fuknęła.

– Nie? – zakpił. – A myślałem, że przed chwilą wypadły z twojej torebki. – Mężczyzna podniósł z rozgrzanego betonu mały różowy zafoliowany kartonik. Prezerwatywy? – spytał ironicznie, udając konsternację, a potem puścił ciotce ledwie zauważalne oczko.

Halina poczuła się dziwnie. Seria dreszczy, która nagle wstrząsnęła jej ciałem, wprawiła ją na moment w euforię. Przebłysk dziwnego uczucia, jakiego nie powinna doświadczyć. Znów szarpnęła drzwiami rozgrzanego SUV-a. Jak najszybciej chciała wybrnąć z tej niekomfortowej, krępującej ją sytuacji.

– Zrobimy tak – powiedział. – Pomogę ci, ciociu, ale najpierw ty pomożesz mnie – odparł, zaciskając mocniej dłoń na drzwiach. Otworzył je na całą szerokość, zbliżył swoją twarz do twarzy kobiety i popatrzył jej głęboko w oczy. – Zaufaj mi – szepnął z podnieceniem w głosie i pocałował ją w polik. Między uda wsunął jej mały, różowy kartonik, a następnie przytknął palec do jej rozchylonych ust. Poczuł jej wilgotny, przyśpieszony oddech. – Będzie dobrze, ciociu. Jesteśmy dorośli, więc możemy robić wszystko, na co tylko przyjdzie nam ochota. Obiecuję, że nikt się nie dowie, a ty?

Halina Stępniak była oszołomiona. Wszystkie emocje nagromadzone w ciągu mijającego dnia, a także bodźce odebrane przed chwilą przez osamotnioną kobietę zawirowały jej w głowie. Nie wiedziała, co się z nią dzieje, jak się zakończy ten wieczór i jak bardzo zgrzeszy, przystając na tę, jakże niemoralną propozycję. Ale czy miała coś jeszcze do stracenia w życiu? A może ono właśnie dla niej szykowało niebanalne, oryginalne rozwiązania. Przecież nie bez przyczyny los, jej przyjaciółka Marianna i nieśmiertelne anioły postawiły na jej drodze przebojowego Gabriela. Nikogo innego, tylko jego. Dlaczego? – zastanowiła się w duchu. I dlaczego nie? – uśmiechnęła się do swoich myśli. Przecież jak nigdy potrzebowała wsparcia, również dla realizacji własnych, jasno sprecyzowanych planów. Razem zawsze wszystko idzie łatwiej, a świat wydaje się prostszy. Szczególnie gdy dwie osoby złączy jeden pomysł. Pomysł na oczyszczenie świata z ludzkiej nienawiści.

Właścicielka sklepu Pod Aniołami uruchomiła silnik srebrnego tucsona i od razu włączyła klimatyzację. Przymknęła na chwilę powieki, wzięła głęboki, relaksujący oddech i wróciła pamięcią do widoku siostrzeńca, który dzisiaj rano wyszedł spod prysznica owinięty jedynie ręcznikiem. Poczuła się lepiej. Do jej nozdrzy dotarł zapach Gabriela. Wszedł do samochodu i położył swoją dłoń na jej drżącym udzie. Paliła jej skórę jak ogień, a mimo wszystko nie chciała pozbawiać się tego gorąca. Było dużo lepsze niż nieznośny upał. Grzeszne podniecenie mieszało się z wzbierającą żądzą. Wiedziała, że nie powstrzyma już tego, co się zadziało w jej wnętrzu. Otworzyła oczy i właśnie podjęła decyzję.

– Jak tam? – spytał, gdy odebrała telefon. Spojrzał na kuchenny zegar. Czwarta piętnaście nad ranem. Natasza zasnęła dopiero przed chwilą, a on prorokował, że dla niego sen na długo stanie się nieosiągalny. Przynajmniej przez kilka tygodni od wczorajszych przeżyć. Za dobrze znał swój organizm. I jeszcze ten upał. Kiedy to wszystko się skończy?

– Piję – odezwała się niewyraźnie. – I analizuję sobie wszystko.

– A jak się trzymasz w ogóle? Dajesz jakoś radę? – Poniatowski podszedł do lodówki i wyjął z niej piwo.

– Pytasz, jakbyś mnie nie znał. I jakbym trupa nigdy nie znalazła – plątał jej się język. – Ale fakt, wisielca na żywo, to znaczy na martwo – zaśmiała się – pierwszy raz widziałam.

– Dobra, dobra, przestań! – Sprawnym ruchem odkorkował schłodzonego grolscha i pociągnął łyk prosto z butelki. Lodowate szkło momentalnie pokryło się kropelkami wody. – Poważnie pytam.

– A ja odpowiadam. – Czknęła. – Najpoważniej w świecie, jak Jahncowi wczoraj, a właściwie dzisiaj. Siedzę, drinkuję i składam sobie fakty do kupy. Ale, nie bój żaby, damy radę, Janek. Ze wszystkim.

– Taa – odparł przeciągle bankowiec, po czym na moment zamilkł.

– A do swojej przyjaciółki dzwonisz, bo? – Sasanka nie uznawała przerw podczas rozmowy.

– Bo chyba podjąłem decyzję – opowiedział cicho i obejrzał się w stronę zamkniętych drzwi do sypialni. Nie chciał obudzić Nataszy. – Chyba wezmę sprawę Kajetana – zakomunikował.

– Serio? – ożywiła się kelnerka. – Zajebiście, ale... Panie Poniatowski! – spoważniała, zmieniając nagle ton oraz barwę głosu. – Chyba czy na pewno? Bo to jest różnica! Proszę o konkrety! Natychmiast! To jest przesłuchanie, a nie teleturniej!

– Jezu, dziewczyno! – zareagował gwałtownie bankowiec. Znów spojrzał w kierunku sypialni. – Błagam! Nie przypominaj mi o nich, dobra? – zniżył głos do szeptu. – Nie chcę znowu myśleć o tych dwóch s... – w ostatniej chwili powstrzymał się przed ostrymi słowami – starych dziadach. Mam ich dość, od dawna. A wczoraj, sama przyznaj, nasi aspiranci to już przesadzili – wspomniał ich kilkugodzinną wizytę na policji.

Zaraz po tym, gdy w toalecie Wspaniałych Ślubów usłyszał kroki, jak się okazało, Marka Ożarowskiego – właściciela restauracji Świteź, dalsze wydarzenia potoczyły się w błyskawicznym tempie. Ożarowski powiadomił policję, która przyjechała niemalże od razu. Lokal zamknięto, teren ogrodzono, miejsce znalezienia zwłok zabezpieczono do przyjazdu techników. Funkcjonariusze rozmawiali ze wszystkimi świadkami zdarzenia, a tych, którzy mieli – jak to ujął jeden z policjantów – „bezpośredni kontakt ze zwłokami", poproszono o złożenie szczegółowych zeznań na komendzie. I tak się jakoś fatalnie złożyło, że ów kontakt miał znów Poniatowski. I to on, spośród wszystkich świadków wczorajszego zajścia, posiadał najdłuższy staż w obcowaniu z trupami. Dwadzieścia trzy lata – porachował w przytłumionych stresem i zmęczeniem myślach. W klamrę czasu ujął całą swą dorosłość, która od początku była okraszona śmiercią. Jan miał w głowie mętlik, ale nie miał siły teraz martwić się tym wszystkim. Był zbyt niewyspany.

– Inspektorzy, kolego. Starzy, nie starzy, ale inspektorzy. – Sasanka zakpiła, wyrywając przyjaciela z chwilowej zadumy. – Zapomniałeś, że Jahnc i Czeszejko awansowali? Na naszych trupach, kochany!

– Ano tak – mężczyzna przytaknął i przyssał się do zimnej butelki. Piwo smakowało wybornie, a po tak długim i wyczerpującym dniu zdawało się nie mieć w sobie krzty alkoholu. Było wybawieniem po wstrząsających przeżyciach. – Na kimś przecież musieli zbudować karierę – dodał z nutką wesołości w głosie. Napój zaczął działać. – A teraz znów będą się mogli wykazać – zauważył.

– Nie zdążą, na szczęście – skwitowała kelnerka.

– Dlaczego? – spytał skonsternowany.

– No jak to „dlaczego"? Przecież sam stwierdziłeś, że podjąłeś decyzję i przyjmujesz propozycję pani Izabeli. – Anka coraz bardziej łamała sobie usztywniony alkoholem język. – Chyba dobrze słyszałam. Tak czy nie?

– Bardzo dobrze, tylko… – Janek się zawahał. – Ale… – Urwał, zastanawiając się przez dłuższą chwilę. – Co ma wisielec do Andrzejewskiego? Przecież śmierć Kajetana to odrębna kwestia.

– Może odrębna, może nieodrębna – wybełkotała Sasanka. – A co, jeśli te sprawy się łączą? – zapytała, ale nie zaczekała na respons. – Ja tam się wcale nie zdziwię, jeśli się okaże, że oba przypadki mają swój wspólny mianownik.

– Kto wie? – bąknął Poniatowski. – Ale nawet jeśli, to wszystko okaże się w praniu – zażartował. – W każdym razie biorę sprawę Kajtka i już.

– No! I takie męskie decyzje to ja szanuję, jak mówi Dawid Podsiadło. A Andrzejewski zasłużył na prawdę i refalbi… rehabiliz… tfu… popierniczony polski – zaklęła Sasanka.

– Masz na myśli rehabilitację? – Przyjaciel parsknął śmiechem, wciągając do nosa porcję spienionego piwa. O mały włos się nie zakrztusił.

– Brawo! – Anka się również zaśmiała. – Właśnie o nią mi chodzi. Narzeczony Julki nie zasłużył na piętno samobójcy.

– Też tak uważam i dlatego czuję, że powinniśmy pomóc jego siostrze. Nie bez przyczyny wszystko potoczyło się właśnie tak, a nie inaczej. – Poniatowski nabrał powietrza do płuc i pstryknął energicznie palcami. Właśnie wpadła mu do głowy myśl, której nie brał pod uwagę, podejmując jakieś pół godziny temu decyzję o wszczęciu prywatnego śledztwa. – Coś przecież spowodowało, że to właśnie my znaleźliśmy jego martwe ciało – wysnuł hipotezę. – Takie zbiegi okoliczności nie mogą być bez znaczenia.

– Bezwzględnie się z panem zgadzam, poruczniku Columbo. W całej rozciągłości, albowiem nikt się nie zabija ot tak, będąc szczęśliwym i do szaleństwa zakochanym człowiekiem.

– To też, ale o coś innego mi chodzi. – Jan był podekscytowany. – Tamtego dnia z jakiegoś, ocierającego się moim zdaniem o przeznaczenie, powodu Natasza kazała mi jechać do domu Andrzejewskiego, a wcześniej jeszcze zabrać z pracy ciebie do kwiaciarni. A to nagranie w twoim telefonie? Myślisz, że uruchomiło się, ot tak, z głupia frant? Kompletnie bez żadnego celu? Przypadek? Nie sądzę! – zacytował popularny frazes z kabaretu. – To są jakieś znaki, mówię ci.

– Jakie znaki? Daj spokój! – zareagowała żywo Ania. – Przecież to iPhone, dwudziesty pierwszy wiek, smartfon, mądry i sprytny telefon, *hello* – dowcipkowała. – Mówiłam ci przecież, że to najlepsza komórka na rynku – wyjaśniła z dumą. – A poza tym... – Znów czknęła, tym razem o wiele głośniej niż przed kilkoma minutami. – Tak à propos znaków, o których wspomniałeś... – Słychać było, jak dziewczyna wypija coś duszkiem, a potem z hukiem odstawia szklane naczynie na blat. – To tylko nie gadaj, że chodzi ci o znaki od Boga i o katolickie symbole, bo cię wykluczę ze śledztwa – dziewczyna z obrzydzeniem wspomniała pobudki bezwzględnych morderców z ich poprzedniej sprawy. – Żadnego fanatyzmu religijnego, zrozumiano?

– Nie od Boga, coś ty? – tłumaczył się Janek. – Bardziej z zaświatów te znaki, od Andrzejewskiego. I od losu, który nie bez kozery znów zestawił nas razem w takiej sytuacji, nie sądzisz?

– To ma sens, kolego – przytaknęła z uznaniem kelnerka. – I powiem ci szczerze, że też się nad tym zastanawiałam. Od momentu, kiedy zginął Kajetan, aż do znalezienia wczorajszych zwłok. No, a jeśli o nie chodzi! – Sasanka coraz mocniej się ekscytowała. – Co robimy z wisielcem?

– My to chyba nic. – Poniatowski coraz bardziej zaczynał odczuwać rozluźniający wpływ wypitego trunku, więc sięgnął po kolejną butelkę. – Denatem zajmą się inni. – Głos Jana współbrzmiał z sykiem otwieranego piwa. – Specjaliści od medycyny sądowej, czyli tak zwani lekarze ostatniego kontaktu.

– Miałam na myśli to, czy będziemy się starać odkryć zagadkę również jego śmierci? Bo na pewno jest jakaś zagadka! – podniosła z podnieceniem głos. – I nie próbuj mówić, że tak nie uważasz!

– Sam już nie wiem – odpowiedział. – Wolałbym się skupić jedynie na historii Kajtka, ale wiesz co? Czuję, że oddzielenie od siebie obu kwestii okaże się trudne i siłą rzeczy nie będziemy analizować wyłącznie okoliczności śmierci narzeczonego Julii.

– Właśnie, Janek! – Sasanka zaklaskała w dłonie. – A jeśli te sprawy naprawdę się ze sobą łączą? Ja pierniczę, znowu? Psychopata, erotoman, seryjniak? – Jej głos stawał się coraz mniej zrozumiały i Janek musiał domyślać się większości usłyszanych słów. – Wiedziałam, wiedziałam, wiedziałam! My to jednak nadajemy na tych samych falach. Cóż za idealne zgranie. Powinniśmy biuro detektywistyczne otworzyć. No... Ale czy by nam trupów nie zabrakło? Chociaż, wiesz co? – rozkręcała się dziewczyna. – Mniej poważne sprawy też mogłyby być wciągające. No i dochodowe, rzecz jasna. Ej, weź no... Pomyśl sobie! Szantaże, zdrady, zaginięcia, zazdrośni mężowie i rozgrzebywanie przeszłości.

– Anka, uspokój się i lepiej nie pij już więcej – starał się ostudzić entuzjazm wstawionej kelnerki. – Zamiast zakładać nam biuro, skup się lepiej na bieżącej sprawie – dodał. – I szukaj pomysłów, jak w ogóle zacząć. Chyba że masz jakieś propozycje.

– Oj tam, oj tam. – Ania się skrzywiła. – Mały sznapsik jeszcze nikomu nie zaszkodził. Wszystko jest przecież dla ludzi – usprawiedliwiała się. – Poza tym nie myślisz chyba, że namawiałabym cię do prowadzenia prywatnego śledztwa bez punktu podparcia i końcówki nitki, której się można uczepić?

– Nie? – Poniatowski się zaśmiał. – A już myślałem, że w rozkręceniu śledztwa liczysz wyłącznie na mój spryt i ponadprzeciętną inteligencję.

– Oczywiście, że tak – potwierdziła. – Ale czym byłyby twoje wrodzone zdolności bez moich wspaniałych pomysłów, co?

– Niczym, koleżanko, niczym – zakpił. – A jeśli chodzi o tropy w naszym dochodzeniu, to mam nadzieję, że wpadłaś na coś, czego jeszcze nie sprawdził policyjny duet stulecia.

– A bo to wiadomo, co oni sprawdzili? – zasępiła się Sass. – Pewnie nic, skoro tak szybko ukręcili łeb sprawie.

– Nie no, coś ty? Nie wierzę, że Jahnc i Czeszejko odwaliliby taką fuszerkę. Nie w dzisiejszych czasach i nie z możliwościami, jakie dają współczesne techniki kryminalistyczne. Z pewnością zweryfikowali wszystko, co musieli, nie ma bata. Muszą się trzymać procedur.

– A kto ich tam wie? Jakoś im nie ufam. Jak zresztą wszystkim facetom w tym mieście. Bo tu każdy ma coś na sumieniu, coś z...

– Dobra, dobra, powstrzymaj się – nie dał jej skończyć mężczyzna. Dobrze wiedział, o czym miała zamiar deliberować. – A może...

– A może spytaj siostrę Kajetana. – Teraz to Anka przerwała. – Niech się kobieta wypowie, co według niej zostało pominięte, a co zrobiono po łebkach. Ona będzie najlepiej wiedziała.

– Zapytam. – Janek kiwnął głową. – Jutro, a właściwie dzisiaj – znów popatrzył na kuchenny zegar – przekażę jej swoją decyzję i umówię się z nią na spotkanie. Będziesz chciała iść?

– No wiesz!? – wykrzyknęła. – Oczywiście, że pójdę i dobrze się przyjrzę tej pani. Poobserwuję ją wnikliwie i zbadam, czy można w ogóle jej ufać lub czy jest, jak w dniu wczorajszym wspomniałeś, przewrażliwioną i rozgoryczoną z powodu śmierci brata, niemyślącą realnie kobietą. Analiza zachowania siostry zmarłego była moim pierwszym pomysłem na znalezienie punktu zaczepienia w sprawie.

– Bardzo ciekawe, nie wpadłbym na to w ogóle – podsumował ironicznie. – A twój drugi pomysł?

– Polisa Andrzejewskiego – oznajmiła ochoczo kelnerka. – Bo gdy sobie wcześniej analizowałam wszystko przy drinku… – Po drugiej stronie słuchawki dało się słyszeć, jak kelnerka nalewa czegoś do szklanki, podnosi naczynie i pociąga krótką serię łyków. – To wiesz, co mi wyszło?

– Zamieniam się w słuch – zripostował Poniatowski i również pośpieszył się napić. Zimny grolsch smakował coraz wyborniej.

– Że morderstwa mogła dokonać osoba, która miała pewność, że po śmierci Kajtka stanie się bogata. No, a wiesz… – Sasanka się zawahała – przecież to Julia naiwnie wierzyła, że jest upoważniona do otrzymania środków z odszkodowania. Boże! – krzyknęła niespodziewanie. – Tylko sobie nie myśl, że oskarżam moją koleżankę. W życiu, nigdy, nic z tych rzeczy! Za dobrze ją znam, tylko wiesz, taka pierwsza myśl mnie dopadła, kiedy relacjonowałeś fakty. A przecież pierwsze impulsy i skojarzenia są najlepsze, co nie?

– Oczywiście, że tak. Potwierdzam – odrzekł, analizując słowa przyjaciółki. – Też brałem tę opcję pod uwagę, jednak domniemany sprawca musiałby być niezłym głupkiem i ignorantem, skoro nie wiedział, że w większości przypadków samobójstwo wyklucza wypłatę środków z polisy.

– No tak, ale sam mówiłeś, że niektóre umowy dają taką możliwość.

– Jednak rzadko i dlatego myślę, że ewentualny zabójca aż tak bardzo by nie ryzykował. Prędzej upozorowałby nieszczęśliwy wypadek. – Jan wyrażał swój pogląd z dużym przekonaniem. – No chyba że uważnie prześledził ogólne warunki ubezpieczenia i dokładnie wiedział, co robi. Tym bardziej że popełnione z zimnym wyrachowaniem morderstwo, uznane w toku śledztwa za śmierć samobójczą, jest dla przestępcy bardzo bezpieczną i komfortową opcją. Nie tylko pozwala zdobyć odszkodowanie z polisy, ale też czyni zbrodniarza bezkarnym. A wracając do Węgorzewskiej, to masz rację. Ona jak nic mogłaby mieć ubezpieczeniowy motyw, bo narzeczony zataił przed przyszłą małżonką fakt, że tuż po zawarciu umowy zmienił w niej osobę uprawnioną do otrzymania środków w przypadku jego ewentualnej śmierci. Ale mamy też Izabelę, która obstaje przy wersji, że firma ubezpieczeniowa, właśnie przez orzeczenie biegłych, że to było samobójstwo, nie chce wypłacić pieniędzy. Gdyby to na przykład ona chciała go zabić dla, bagatela, pół miliona złotych, to pozorując samobójstwo, zaznajomiłaby się wcześniej z tym, czy w takiej sytuacji jego polisa zakłada wypłatę odszkodowania.

– Czekaj, Janek – przemówiła chrapliwym głosem Anka. – Pogubiłam się chyba w tym wszystkim. Mógłbyś powtórzyć, bo chyba mamy trop, czy mi się wydaje? I wiesz co, powiedz Najdzie, żeby przyniosła papiery na nasze spotkanie. Sprawdzimy wszystko dokładnie, zaczynając od tego, czy umowa Kajetana obejmowała wypłatę z tytułu samobójstwa. Dla pewności.

– Mam lepszy pomysł. Poszperam w systemach Prime Banku i być może natrafię na coś ciekawego. Na pewno się dowiem, kto i kiedy wyszukiwał dane Kajetana i czy były one udostępniane policji. Zawsze w takich przypadkach wymagane jest podpięcie odpowiedniego nakazu.

– Chcesz iść do pracy? Oszalałeś? – Sasanka była zdziwiona. – Ja dostałam wolne, bo szef, znaczy właściciel, Ożarowski, jakiś taki troskliwy się zrobił po całej tej akcji z wisielcem. Sam mnie na urlop wygonił.

– Jutro muszę iść – zakomunikował przyjaciel. – Choćby po to, aby zorganizować zastępstwo na kolejne dni, w których zajmiemy się tylko naszym śledztwem.

– No – Anka czknęła wprost do telefonu. – Już lepiej gadasz, kolego. A na dzisiaj koniec! – zadecydowała. – Nara, bez odbioru, pa, poru... szniku Columbo.

– Bez odbioru, pa! – Poniatowski odłożył telefon i bezzwłocznie opróżnił butelkę. Alkohol niestety nie sprawi, że zmorzy go sen, lecz jego działanie pozwoli złagodzić stres. Poszedł do łazienki wziąć ożywczy prysznic i wtedy właśnie wpadł na pewien pomysł.

ROZDZIAŁ 5

– Wszystko masz? – wyszeptała Malwina. – Pośpiesz się! – Starała się mówić najciszej jak się dało, a i tak miała wrażenie, że słyszy ją cały ośrodek. Była wystraszona, ale każdą cząstką swojego nastoletniego ciała czuła smak wolności, jaką zaplanowała na najbliższe dni. Być może będą musiały tu wrócić, lecz na razie starała się o tym nie myśleć. Liczyło się tu i teraz. – Torba i spadamy! – Wątłym światłem latarki w komórce omiatała przestrzeń trzyosobowego pokoju. Ich współlokatorka spała coraz płycej.

– Ciszej… – Berenika odsunęła od swojej twarzy dłoń przyjaciółki. – Nie po oczach, kurwa – syknęła. – Zgaś latarkę! – Raziło ją ostre światło, a poza tym bała się, że intensywny blask flesza może obudzić koleżankę z sali. Wyjęła spod łóżka dużą sportową torbę i czym prędzej zawiesiła ją sobie na ramieniu. – Masz kasę? – spytała.

– Mam. – Humańska schowała smartfon do kieszeni i naciągnęła na głowę kaptur. – Spierdalamy, szybko!

Okno w pomieszczeniu było uchylone, a droga ucieczki przygotowana poprzedniego dnia. Pokój dziewczyn znajdował się na pierwszym piętrze, a uciekinierki niczym nie ryzykowały, skacząc z parapetu bezpośrednio na wielki stos liści, który wczoraj specjalnie usypały bezpośrednio pod oknami niewielkiego gmachu. Dyrektor ośrodka niezmiernie się zdziwił, że niegarnące się dotychczas do jakiejkolwiek pracy, będące ciągle na cenzurowanym wychowanki, zadeklarowały chęć zagrabienia wszystkich trawników wokół sierocińca. Podczas ciężkiej pracy omawiały szczegóły i dopinały na ostatni guzik zaplanowaną z kilkudniowym wyprzedzeniem ucieczkę. I w końcu nadeszła ta noc.

Jedna po drugiej weszły na podstawione pod ścianą krzesełko, a potem na pomalowany olejną farbą szeroki betonowy parapet. Pierwsza w ciemnej i mokrej listopadowej nocy zniknęła Malwina. Sekundę po jej skoku na zewnątrz słychać było cichy szelest liści. Berenika się zawahała, ale tylko przez chwilę. Stojąc na parapecie, przymknęła na moment powieki. Musiała czym prędzej zamrugać, albowiem przed oczami nie zobaczyła wyłącznie ciemności, rozświetlonej z oddali żółtym migotaniem drzemiącego miasta. Widziała też przeszłość. Całą, od kiedy tylko jej mózg zaczął ją, niestety, utrwalać. Przykre wspomnienia nie skończyły się kilka lat temu, po tym, co wydarzyło się na poddaszu starej kamienicy, które dziewczyna zamieszkiwała z matką alkoholiczką oraz z młodszym bratem. Jej plan nie do końca wypalił, gdyż po śmierci bezwzględnej ciemiężycielki życie rodzeństwa nie obróciło się o sto osiemdziesiąt stopni, jak planowała.

Tamtej nocy ich świat po raz kolejny się zmienił. Ale czy na korzyść? Czy miało być tak, jak jest teraz? Tego Berenika nie mogła jednoznacznie stwierdzić. Być może zbyt wiele oczekiwała od nowej, w pośpiechu zaplanowanej przyszłości. Od nowej, lepszej rzeczywistości bez okrutnej matki, która życie swoich dzieci zamieniła w koszmar. I choć po pozbyciu się źródła swojego cierpienia nie zaznały już nigdy fizycznego bólu, strach i niepewność na zawsze utkwiły w ich zranionych duszach. Rodzeństwo nie było szczęśliwe.

Policja stwierdziła najpierw samobójstwo, a potem nieszczęśliwy wypadek. Oczywiście, tamtej nocy nikt z ich sąsiadów niczego nie widział oraz niczego nie słyszał. Tak samo jak codziennych wrzasków sąsiadki alkoholiczki, szczęku tłuczonych butelek, stłumionego huku zadawanych ciosów, odgłosów awantur oraz panicznego, wzywającego ratunku płaczu przerażonych dzieci. Cała kamienica spała, a wraz z nią dziewczyna i chłopak – niczego nieświadome, przerażone i pozostawione przez samobójczynię na pastwę losu rodzeństwo. Następnego dnia trafili do pogotowia opiekuńczego, a kilka dni później do domu dziecka, w którym mieszkali do dzisiaj. Nie mieli zupełnie nikogo. Wyłącznie siebie nawzajem i swój nowy, szaroburty świat. Inną rzeczywistość, która z dnia na dzień, zamiast nabierać jasnych barw nadziei, utwierdzała dwa rozdarte serca w przykrym przekonaniu, że o ich przyśpieszonym biciu już zawsze będą decydowały obawa, nieszczęście i smutek.

Odgoniła czym prędzej złe myśli. Pomógł jej w tym głos koleżanki.

– Mała, dalej, skacz! – Siedząc na trawniku, Malwina otrzepywała ubranie.

Berenika Ludwiczak wzięła głęboki oddech. I chociaż wiedziała, że gdy skoczy na miękki, brązowo-żółty pagórek, nie stanie się jej nic złego, odczuwała strach. Chwycił ją za gardło jak matczyna dłoń, która kiedyś odcinała jej dopływ powietrza do płuc. Dziewczyna zachwiała się nagle. Musiała złapać się ściany, bo przykre wspomnienia po raz kolejny zawirowały jej w głowie. Znów ujrzała przeszłość i kobietę kata, która tamtej nocy zaczęła się bronić przed niechybną śmiercią. Czy rodzeństwo postąpiło słusznie? Czy żyłoby jeszcze w ogóle, gdyby bezwzględna, wyniszczona przez alkohol matka odnalazła w tamtej chwili coś, czego mogłaby się uczepić, by się uratować od zderzenia z ziemią i sprawiedliwością? Tego dziewczyna nie była już pewna. I chyba tak już zostanie.

Zrobiła krok w przód. Stanęła po zewnętrznej stronie okna. Nie odwracała się za siebie, gdyż za plecami nie miała zupełnie nikogo. Nawet brata, który od dłuższego czasu żył gdzieś obok niej. Berenika nie umiała już do niego dotrzeć, a ich małe światy zaczęły się stawać sobie całkiem obce, nieharmonijne i sprzeczne. Bo ona się wciąż buntowała. Nie godziła się z losem i bez przerwy poszukiwała dla siebie prostej drogi. Próbowała wszystkiego, chociaż środki, których używała w spełnianiu osobistych pragnień, leżały na pograniczu dobra i zła. Ale to ją nie obchodziło. Miała za nic normy i zakazy. Chciała być tylko szczęśliwą, wyjątkową kobietą i próbowała wyegzekwować od życia zadośćuczynienie za wszystkie krzywdy, jakich doświadczyła w dzieciństwie. Jednak on był inny. Poddał się. Być może przyzwyczaił się do nowej sytuacji albo wreszcie uznał, że jako patologiczna jednostka nie jest w stanie nic zrobić, aby być szczęśliwym, wolnym i niezależnym człowiekiem. Rodzeństwo coraz bardziej się od siebie różniło, choć jeszcze kilka lat temu Berenika była przeświadczona, że wraz z bratem, którego przed domowym piekłem broniła zacięcie jak lwica, stanowiła jeden nierozerwalny organizm. Pomyliła się, ale nie było jej przykro. Miała swoje plany.

Ugięła nogi w kolanach, a potem odbiła się lekko od spadzistej blachy. Z radością zniknęła w ciemności.

Przyjaciółki biegły co sił w nogach, prosto przed siebie, do wyznaczonego celu. Miały do pokonania jeszcze kilkadziesiąt metrów, by przecisnąć się przez dziurę w ogrodzeniu z metalowej siatki. To było najprostsze. Przejść na drugą stronę i po prostu zniknąć. I choć codziennie legalnie opuszczały mury znienawidzonego ośrodka, jeżdżąc na przykład do szkoły, mogły łatwiej i prościej zdezerterować za dnia. Dobrze znały swoje możliwości, ale zdecydowały się zniknąć w zgoła odmiennych okolicznościach. W ciemnych bluzach, kapturach, po cichu, pod osłoną nocy, oszukując wszystkich, pokonując własne lęki i ograniczenia. Chciały poczuć, że uciekają naprawdę, tak jak w filmach, jak z najmocniej strzeżonego więzienia. Zresztą obie żyły w swoistym więzieniu. Zniewolone, pozbawione uczuć, miłości i tego wszystkiego, czym dysponowały ich bogate koleżanki z zewnątrz. Czy im zazdrościły? Zdecydowanie tak, i choć jedna przed drugą nie potrafiła się do tego przyznać, każda z dziewczyn doskonale znała to uczucie. Bycia kimś gorszym, niczyim i pozbawionym szczęścia. Bycia zwykłym, nic nieznaczącym i bezużytecznym śmieciem. Tego w sobie nienawidziły najbardziej i kiedy jedna z nich zaczynała o tym głośno mówić, wówczas ta druga, mająca w danym dniu lepszy humor, z całych sił pocieszała tę pierwszą, zapewniając, że przecież mają jeszcze siebie. Że mogą się wspierać i żyć dla siebie nawzajem. I gdyby nie ich złe wydarzenia z przeszłości, to Berenika i Malwina nigdy by się nie spotkały. Nie czułyby tak wielkich, przyjacielskich i siostrzanych uczuć. Przeznaczenie. To słowo zagościło w ich sercach już dawno i chyba zostanie na zawsze.

Teraz również o nim pomyślały. I o przychylnym losie, który właśnie umożliwił im znalezienie się poza granicami tego ohydnego miejsca, a także z dala od ludzi, którzy coraz bardziej zaczynali je niszczyć, piętnować, poniżać.

Dysząc ze zmęczenia, rozejrzały się wokół. Szukały pomysłu, w którą stronę powinny się udać. Tego, jakie kroki podejmą, gdy będą na zewnątrz, już nie planowały. Zależało im jedynie na wolności i postanowiły, że o wszystkim, co wydarzy się później, będą decydować pod wpływem impulsu. Wiedziały jedynie, że przed świtem powinny znaleźć się bardzo daleko. Myślały o autostopie, ale było to zbyt ryzykowne. Tak wiele przecież słyszały o zniknięciach osób, które podróżowały w ten sposób. Zresztą jako nastolatki starające się w środku nocy złapać tak zwaną okazję z pewnością wzbudzałyby podejrzenia. Dorośli są wścibscy, a ich pomoc przynosi jedynie nieszczęścia.

Dziewczęce spojrzenia spotkały się. Berenika i Malwina uśmiechnęły się do siebie i w tym samym momencie otworzyły usta, aby coś powiedzieć.

– Co teraz? – szepnęły, wypuszczając z ust małe kłębki pary.

– Biegniemy! – Berenika wzięła przyjaciółkę za rękę i przyciągnęła ją lekko do siebie. Jeszcze głębiej popatrzyła jej oczy i ujrzała w nich odzwierciedlenie własnych uczuć. Wiedziała, że dzieli ją krok od pokonania magicznej bariery, za którą nic między przyjaciółkami nie będzie już takie jak przedtem. – Na dworzec! Wsiądziemy do pierwszego pociągu, który przyjedzie na stację – szepnęła i pocałowała towarzyszkę niedoli w policzek. Przez chwilę przytrzymała usta przy jej gładkiej skórze, chcąc jak najdłużej cieszyć się jej ciepłem. I zapachem, którego coraz częściej nie umiała sobie po prostu odmówić. Zacisnęła jeszcze mocniej dłoń na nadgarstku przyjaciółki, a po chwili obie odwróciły się w kierunku miasta.

Do przebycia miały kilka kilometrów. Oszacowały, że jeśli będą szły standardowym tempem, to droga do dworca zajmie im ponad godzinę. Było zimno. Właśnie zaczynało padać, a nastolatki nie miały ochoty na wędrówkę w silnych strugach deszczu. Ale nie miały wyboru. Musiały dotrzeć do celu niezauważone, bez niczyjej pomocy. Przydałyby się rowery, ale zostawiły je w ośrodku. Malwina sprawdziła godzinę na telefonie. Druga trzydzieści siedem. Idealnie. Pierwsze pociągi zawsze odjeżdżają mniej więcej po czwartej nad ranem. Kupią bilet w kasie i zgodnie wyjaśnią, że jadą na zawody sportowe. Nie chciałyby wzbudzić podejrzeń.

Ruszyły samym środkiem ciemnej, mokrej i opustoszałej szosy. Czuły się bezpiecznie. Nikt nie mógł ich teraz zobaczyć.

Z każdym krokiem przyśpieszały. Biegły kilka minut, lecz coraz bardziej zaczęły się męczyć. Były zziębnięte i mokre. Zła pogoda, której przecież nie mogły w żaden sposób przewidzieć, nie była ich sprzymierzeńcem.

– Nie damy rady tak dłużej – odezwała się pierwsza po kilkuset metrach Berenika. Dziewczyna opadała z sił i chęci kontynuowania ucieczki. Była ledwie żywa i zrezygnowana. Usiadła pod rozłożystym drzewem na zimnym, ale jeszcze suchym asfalcie. Zdjęła z ramienia torbę ze swoimi rzeczami. – Pierdolę to teraz, muszę zapalić. Siadaj! – Otwartą dłonią postukała w ziemię, pokazując miejsce obok siebie. Tak naprawdę to najbardziej zależało jej na bliskości oraz na rozmowie z przyjaciółką niż na całym tym nieprzemyślanym szaleństwie.

– Nie ma mowy, kurwa! – Malwina zaprotestowała. – Co ty odstawiasz, wariatko? Jestem cała mokra, a przed nami jeszcze spory kawał drogi. Nie mamy czasu na postój – utyskiwała. – Co ty, Berenika, pękasz? – zapytała po kilku sekundach milczenia łagodniejszym tonem.

– Nie pękam, tylko muszę po prostu odpocząć – odrzekła spokojnie dziewczyna i rozpięła suwak bocznej kieszeni w bagażu. Wyjęła z niej sztywny kartonik pełen papierosów. Otworzyła wieczko i wyciągnęła rękę w kierunku stojącej nad nią przyjaciółki. Dziewczyna cała się trzęsła. – Musimy inaczej zadziałać, bo za chwilę się pochorujemy i tyle będzie z naszego planu. Zaraz załatwię nam transport.

– Jaki transport? – Malwina wzięła do ust papierosa i przykucnęła naprzeciw uśmiechającej się subtelnie przyjaciółki. Zaciągnęła się ciepłym, uspokajającym dymem. Było jej teraz przyjemniej. – Co ty, kurwa, Berenika, ściemniasz? – spytała zaintrygowana.

– Nic, taksówkę do miasta zamówię. Proste.

– Pojebało cię? – zaprotestowała ostro Humańska, lecz na jej twarzy dało się odczytać zgoła odmienne emocje: akceptację, spokój i zadowolenie. Najwyraźniej jej również zamarzyła się dalsza podróż w ciepłym i przytulnym aucie.

– A masz lepszy pomysł, żeby się dostać do centrum? Sama widzisz, że łażenie w takich warunkach odpada. – Dłonią, w której trzymała papierosa, wskazała na ciemną przestrzeń przed sobą. Oprócz wiatru, targającego uległymi drzewami, do tej przestrzeni coraz intensywniej wdzierała się woda. Z góry na dół, jakby ktoś lał ją z wiadra. Ludwiczak zerwała się z miejsca, wzięła do ręki torbę i podeszła bliżej pnia drzewa. Tylko tam ulewa nie była aż tak odczuwalna. Malwina zrobiła to samo i po chwili obie opierały się plecami o zimny, chropowaty pień.

– A co powiesz taksówkarzowi, jak… – Humańska nie dokończyła, gdyż w oddali zobaczyła wątły blask samochodowych świateł. Zbliżały się szybko w ich stronę, a kierunek, który wskazywały, był zgodny z kierunkiem ich przeznaczenia. – Patrz! – złapała Malwinę za rękę. – Samochód! Ktoś tu, kurwa, jedzie!

– Szybko – odszepnęła z konsternacją w głosie przyjaciółka. – Chowaj się, za drzewo.

Malwina posłusznie wykonała rozkaz, ale ze zdziwieniem obserwowała, że jej koleżanka wcale nie podąża jej śladem. Przeciwnie, zamiast zamaskować się w gęstej ścianie lasu, pobiegła w przeciwnym kierunku. Wyszła spod drzewnej korony i znów stała w deszczu. Pośrodku ulicy spływającej wodą. Nastolatka zaczęła krzyczeć, podskakiwać i mocno wymachiwać rękami. Jakby wołała pomocy. Chciała zatrzymać samochód.

– Co ty odpierdalasz? – Humańska wychynęła zza drzewa. – Wracaj tu natychmiast, słyszysz? Zobaczą cię zaraz, wszystko spierdolisz! – prorokowała.

Ale Berenika wydawała się coraz pewniejsza tego, co robi. Spojrzała wymownie w stronę czekającej na poboczu Malwiny, by po chwili zacząć jeszcze dobitniej demonstrować swoją obecność na szosie. Czarne auto było już kilkadziesiąt metrów przed stojącą w strugach ulewy dziewczyną. Zwolniło, a potem się zatrzymało. I wtedy odważna uciekinierka przestała kompletnie się ruszać. Na jej twarzy malowało się przerażenie. Była już pewna, że popełniła błąd, którego przyjaciółka na długo jej nie wybaczy. Ze zrezygnowaniem popatrzyła w jej stronę.

– Co jest? – Humańska krzyknęła zza drzewa, ale nie doczekała się odpowiedzi. W napięciu śledziła dalszy ciąg wydarzeń. Z samochodu wysiadło trzech mężczyzn. Ruszyli w kierunku stojącej bez ruchu dziewczyny. Otoczyli ją, coraz bardziej zaciskając krąg. Milczeli i się uśmiechali.

Malwina również zamarła. W jednym z mężczyzn rozpoznała znajomą osobę. Była pewna, że zapowiadająca się na niezapomnianą przygodę ucieczka właśnie dobiegała końca.

Piła, 6 sierpnia 2019 roku, ranek
Jan Poniatowski, Marcelina Woś, Ignacy Woliński

Jan Poniatowski od dobrej godziny siedział w swoim biurze. A właściwie leżał. Jedną częścią ciała na skórzanym krześle, a drugą połową na biurku. Ręką podpierał coraz cięższą głowę. Był bardzo zmęczony. Z chwili na chwilę wyraźniej odczuwał skutki wczorajszych przeżyć i wynikającej z nich bezsenności. A także wpływ piwa, którego w krótkim czasie wypił w nocy zdecydowanie za dużo. Kiedy wszedł do banku krótko przed dziewiątą, nie było z nim nawet tak źle, toteż pokusił się o przypuszczenie, że jakoś uda mu się przetrwać ten dzień. Ale się pomylił. Już po upływie kwadransa zmęczenie zaczęło dawać mu o sobie znać. Coraz bardziej bolała go głowa, a suche, piekące powieki zrobiły się ciężkie, jak gdyby były odlane ze stali. Jan z trudem utrzymywał je w górze, walczył z nimi i wciąż nie odpuszczał. Miał przecież swój cel.

Bez przerwy wpatrywał się w ekran komputera, który wyświetlał interesujące go dane. Co jakiś czas przytykał ze zdumieniem nos do monitora, albowiem analizując kartotekę byłego klienta Prime Banku, Kajetana Jacka Andrzejewskiego, natrafiał na informacje, których zupełnie się nie spodziewał. W pierwszy z faktów nie mógł wprost uwierzyć. Okazało się bowiem, że w dzień śmierci Andrzejewskiego jego pełnomocniczka, Izabela Najda, osobiście składała w banku kilka dyspozycji. Co więcej, w bankowych rejestrach siostra zmarłego nie figurowała wyłącznie jako osoba uprawniona do uzyskania odszkodowania. Miała też możliwość zarządzania innymi produktami banku, które Kajetan, jeszcze w przeddzień swej śmierci posiadał. Bankowca zdziwił również brak kilku najważniejszych wpisów, które – przy danych akurat tego klienta – powinny widnieć w historii.

Dyrektor banku nagle się wystraszył. Podskoczył zlękniony na krześle, bo usłyszał rumor otwieranych drzwi. Wtargnięcie do środka Marceliny Woś, jego pracownicy, charakteryzującej się nieustannym brakiem dobrego humoru i notorycznym krytykowaniem wszystkich i wszystkiego, zupełnie go zaskoczyło. Tak bardzo zatracił się w pozyskiwaniu cennych informacji, że całkiem zapomniał o otaczającym go świecie. I o tym, że znajduje się w jednym z najczęściej odwiedzanych pomieszczeń w firmie.

– Mogę? – Dziś dziewczyna nie odezwała się swoim standardowym tonem: szorstkim, niemiłym i władczym. W jej głosie dało się wyczuć smutek i zrezygnowanie. – Przeszkadzam? – zapytała cicho.

– Nie – skłamał Poniatowski, oderwał niechętnie wzrok od monitora i usiadł prosto w fotelu. – Coś się stało?

– Właściwie to tak – odpowiedziała zwięźle. – Potrzebuję urlopu.

– Dobrze, więc wyślij mi wniosek w systemie. – Wskazał ręką ekran komputera. – A kiedy nie będzie cię w pracy?

– Nie wiem jeszcze dokładnie, ale najprawdopodobniej w czwartek lub piątek – Marcelina doprecyzowała. – Będę mogła wziąć?

– Jasne – odrzekł szef, ale po chwili szybko się poprawił: – To znaczy... Właściwie to ja planowałem sobie zrobić wolne do końca tygodnia. Jestem przemęczony, a do mojego urlopu jeszcze ponad miesiąc.

– Trudno – skwitowała już bardziej stanowczo Woś. – Mam poważny powód. Najwyżej nowy będzie cię musiał zastąpić – zadecydowała. – Niech Ignacy wreszcie się wykaże.

– Dobra, coś wymyślę – odrzekł Poniatowski, chcąc czym prędzej zakończyć spotkanie. Czuł się coraz gorzej. – Coś jeszcze? – zapytał, lecz wcale nie czekał na odpowiedź. Rozmowa z podwładną nie była mu teraz na rękę.

– Słyszałeś już? – bardziej stwierdziła, niż zapytała. – O tym chłopaku, którego wczoraj znaleźli w Świtezi? Mój urlop jest związany z...

– Słyszałem – wszedł Marcelinie w słowo, odwracając od niej swój wzrok. Nie chciał z nią mówić o sprawie, choć pewnie i tak do niej dotrze, kto znalazł dyndającego na sznurze mężczyznę. A może już to wiedziała i grała z nim w ciuciubabkę? – Znałaś go? – Był jednak zaintrygowany.

– Tak, mieszkał na moim osiedlu – odpowiedziała i podeszła bliżej stanowiska Poniatowskiego. Przykleiła wzrok do rozświetlonego ekranu. – Chciałabym pójść na pogrzeb.

– Rozumiem... – Janek się zamyślił, zdając sobie sprawę, że przecież w Pile wszyscy się skądś znają. Mniej lub bardziej bądź chociaż z widzenia. – Nie ma sprawy, pójdziesz – postanowił. – A utrzymywałaś z nim jakieś... – nie zdołał dokończyć.

– Andrzejewski? – Tym razem to Marcelina przerwała. Odczytała dane wyświetlone na ekranie szefa. – Był naszym klientem? Dlaczego go wyszukałeś? – drążyła temat.

– Muszę... Coś posprawdzać – odparł w popłochu, żałując, że nie opuścił na pasek zadań okna aplikacji, z której przed chwilą korzystał. Zrobił to właśnie w tej chwili. – Właściwie to już posprawdzałem – burknął. – Coś jeszcze, Marcelina? Mam kupę roboty.

– Czekaj, wróć! – Woś podeszła jeszcze bliżej Jana. – Jakie tam jeszcze widniało nazwisko? Najda, pełnomocnik? Dobrze zobaczyłam? Pokaż! Kojarzę ją chyba.

– Serio? – Poniatowski przywrócił widok bazy danych. – Pamiętasz, żeby tutaj była, oczywiście oprócz wczorajszego dnia, kiedy przyszła do mnie? – Wyświetlił skan dowodu osobistego klientki.

– Tak! – Woś wystrzeliła jak z procy. – Ja to jednak mam dobrą pamięć do nazwisk oraz do twarzy – oznajmiła z dumą. – Ta pani już wczoraj wydała mi się znajoma, ale dopiero kiedy zobaczyłam jej dane, wszystko mi się ułożyło w całość. Czekaj... – Zmrużyła oczy, jakby szukała w pamięci informacji na temat kobiety. – Tak... Już mówię, pamiętam tę Najdę. Ona u nas była już dawniej. Chyba jakoś tak przed wakacjami, w czerwcu, zdaje się. Ignacy ją obsługiwał, a ja sprawdzałam dokumenty, które przygotował. On wiecznie się myli w papierach i centrala ciągle każe coś później poprawiać.

– I co?

– Nic, a co ma być? – fuknęła. – Poprawiam jak głupia i już. A mam jakieś wyjście? Ten dziwak nigdy się nie nauczy staranności.

– Nie o to mi chodzi – odezwał się Poniatowski. – Mam na myśli to, czy możesz coś więcej o niej powiedzieć. – Wycelował palcem w określone miejsce na ekranie i popukał w nie kilkakrotnie.

– O niej? Więcej? Chyba raczej nie. Tyle tylko, że skojarzyłam nazwisko z dokumentacji oraz to, że ta Najda tu była. Załatwiała sprawy, to wszystko – wyjaśniła Marcelina. – A co z nią? To jakaś twoja znajoma? – Nagle stała się wścibska.

– Nie, nie jesteśmy znajomymi – żachnął się bankowiec, widząc zaciekawienie w oczach rudej dziewczyny. – To koleżanka z pracy mojej mamy i, jak się okazało, siostra Andrzejewskiego. Poprosiła, żebym coś dla niej posprawdzał w systemie, bo musi złożyć wniosek o wypłatę odszkodowania z polisy, którą jej brat zawarł – wyjaśnił zgodnie z prawdą Jan. – Zresztą, nieważne – westchnął i czym prędzej wyłączył monitor. – Muszę zrobić przerwę, bo za chwilę zasnę. – Zablokował komputer i poderwał się z miejsca, dając podwładnej do zrozumienia, że ich spotkanie właśnie się skończyło.

Woś wydała się rozczarowana. Z jej miny dało się wyczytać zaciekawienie tematem nieżyjącego klienta.

– A może zapytam nowego o tę całą Najdę, co? Może on pamięta coś więcej, jakieś szczegóły czy coś?

– Jasne, spytaj i daj znać, gdy czegoś się dowiesz. – Pomysł zasięgnięcia języka u samego źródła spodobał się Poniatowskiemu. To, w jakim celu kobieta przyszła do placówki przed śmiercią swojego brata oraz jakie dyspozycje złożyła, wiedział już dokładnie. Prześledził to dzisiaj w systemie. Ale być może z rozmowy z Ignacym Wolińskim – nowym doradcą, którego przyjął do pracy trzy miesiące temu – dowie się czegoś więcej. Na przykład tego, jak Izabela zachowywała się podczas wizyty w Prime Banku.

To wszystko zaintrygowało Jana. Wstąpiły w niego nowe, emocjonalne siły. Uśmiechnął się delikatnie i mimo fizycznego zmęczenia, które coraz bardziej zawiadywało jego organizmem, nabrał zapału i chęci do rozpoczęcia śledztwa.

Opuścił swoje biuro. Przeszedł wolno przez salę obsługi, która o tej porze tętniła już życiem, a potem zniknął za drzwiami zaplecza. Schody w dół pokonywał bardzo ostrożnie, gdyż ze zmęczenia kręciło mu się w głowie. Miał nadzieję, że podwójne, czarne jak smoła espresso postawi go wreszcie na nogi. Cały czas rozmyślał o tym, czego się dowiedział o pani Izabeli. Czemu ukrywała takie ważne sprawy? Jan postanowił, że jak tylko napije się kawy, chwyci za telefon i zadzwoni do siostry Andrzejewskiego, aby umówić się na spotkanie. A potem obudzi Sasankę i podzieli się z nią wszystkimi rewelacjami.

– O, jesteś! Dobrze, że cię widzę – zawołał, gdy był już w piwnicy, w której mieściły się pomieszczenia socjalne. Pośrodku kuchni przy niewielkim stole siedział jego najmłodszy pracownik. Chłopak trzymał w dłoni telefon, w którego wyświetlacz stukał palcem szybko i nerwowo. Na dźwięk głosu dyrektora ukrył urządzenie w wewnętrznej kieszeni marynarki.

– Ja? – Oblał się żywym rumieńcem – Ktoś do mnie, klient? – Wpadł w popłoch. – Już idę, przepraszam.

– Nie, spokojnie – odparł Poniatowski. – Na górze nie ma kolejki. Dziewczyny ogarniają salę na bieżąco. – Szef podszedł do kuchennego blatu. Włączył ekspres, powciskał kilka przycisków, jeden po drugim, aż maszyna zaczęła intensywnie buczeć i charczeć. – Kawy? – zaproponował, patrząc przez ramię w stronę Ignacego.

– Aaa… Tak, jeśli można. – Młodzieniec się denerwował. Działo się tak od pierwszego dnia, w którym pojawił się w pracy. Nie umiał spokojnie rozmawiać, twarzą w twarz, zwłaszcza z przełożonym. Nie wiedzieć dlaczego ciągle się jąkał, pocił, zacinał, robił się czerwony i szukał pretekstu do jak najszybszego zakończenia konwersacji. Starsi pracownicy banku z początku myśleli, że młokosa paraliżował stres wywołany przebywaniem w nowym, nieco hermetycznym środowisku, toteż starali się okazywać mu cierpliwość, zrozumienie i wsparcie. Tłumaczyli mu, że może on czuć się swobodnie, przestać się stresować i jak reszta, wrzucić na tak zwany luz. Jednak z biegiem czasu wszyscy zdali sobie sprawę, że Ignacy jest po prostu dziwnym, zamkniętym w sobie introwertykiem i indywidualistą, który najlepiej czuje się w swoim towarzystwie, więc przestali zabiegać o poprawne relacje z niepasującym do zespołu odludkiem. Dziwili się tylko, że ktoś taki jak on może być dobrym, osiągającym imponujące wyniki sprzedawcą.

– Nie ma problemu, już robię. – Poniatowski uśmiechnął się, odczekał kilkadziesiąt sekund, po których upływie chwycił w dłonie dwa czerwone kubki z parującą kawą. W całym pomieszczeniu, niczym w kawiarni, uniósł się przyjemny, intensywny zapach. – Sprawa jest. Masz chwilę? – zapytał i skinął głową w stronę wyjścia z zaplecza. – Pogadamy u mnie?

– Taak – wychrypiał przeciągle Woliński, poderwał się z krzesła i doskoczył do Poniatowskiego. – Coś nie tak? – Odebrał swój kubek od przełożonego.

– Nie, w porządku – odrzekł Jan spokojnie i skosztował kawy. – Chciałbym tylko o coś zapytać. Interesuje mnie jedna klientka, a także szczegóły związane z jej obsługą.

– A o kogo chodzi? – chciał wiedzieć Woliński, który po chwili dreptał już schodami na górę.

– Za chwilę ci wszystko wyjaśnię – odpowiedział, ruszając w ślad za nim, a kiedy byli już w gabinecie Jana, pokazał pracownikowi na monitorze dwa nazwiska: Andrzejewskiego i Najdy. – Chodzi o tę parę, a szczególnie o kobietę. Może pamiętasz tę panią? – zapytał i wbił wyczekujący wzrok w Wolińskiego. Obserwował, jak na jego czole występują dziesiątki małych, połyskujących w świetle lamp, kropelek. I choć w pomieszczeniu było bardzo chłodno, Poniatowski otworzył szufladę biurka, wyjął z niej pilota sterującego klimatyzacją i obniżył temperaturę do minimum. Spojrzał też za okno, za którym panował kolejny dzień lata. Pomyślał, że mimo sierpniowej spiekoty dobrze będzie wyjść w końcu z pracy i zająć się sprawami ekscytującymi bardziej niż finanse. Ale najpierw zadzwoni do siostry Kajetana, do Anki, a na koniec do swojego szefa, aby poprosić o urlop.

– Najda? – mruknął niewyraźnie dwudziestoparolatek, wierzchem dłoni ocierając pot z twarzy. – Raczej nie, nie wiem, być może, jeśli tak, to słabo – dodał i odwrócił wzrok od ekranu. Odsunął się od szefa i zaczął podnosić się z krzesła, szykując się do ewakuacji.

– Zaczekaj! – Jan nie chciał, by jego głos zabrzmiał tak stanowczo, lecz i on coraz częściej zaczynał tracić cierpliwość i panowanie nad sobą, ilekroć był świadkiem dziwnego zachowania młodego mężczyzny. – Zastanów się dobrze, proszę – opanował się. – To dla mnie bardzo, ale to bardzo ważne. Chcę, żebyś po prostu mi pomógł. Liczę na twoje profesjonalizm i wsparcie. – Postanowił zagrać na jego emocjach. Wyświetlił obraz dowodu osobistego klientki. – Przypatrz się zdjęciu dokładnie i pomyśl, proszę, raz jeszcze. Wierzę, że sobie przypomnisz. Podpowiem ci, że obsługiwałeś ją w czerwcu, czternastego, w piątek. Była w banku jako pełnomocniczka Kajetana Andrzejewskiego, naszego nieżyjącego klienta.

– Hm, dobrze, spróbuję. – Niewysoki, korpulentny blondyn przybliżył twarz do monitora, gładząc się po sztywnym, kilkudniowym zaroście. Trudno było poznać, czy wpatrując się w zdjęcie kobiety, naprawdę stara się wydobyć z pamięci jakieś informacje, czy tylko chce sprawić takie wrażenie. – Coś kojarzę – szepnął beznamiętnie. – Tak, już wiem. Pamiętam tę Najdę, bo o nią, w dniu jej wizyty, Marcelina zrobiła mi wielką awanturę – wyjaśnił i zaczął nerwowo oddychać.

– Awanturę? – zdziwił się Poniatowski. – A co dokładnie się stało?

– Według mnie nic takiego, ale Woś jak zwykle zrobiła z igły widły, żeby mi pokazać, że się nie nadaję do tej roboty. – Woliński zaczął uskarżać się koleżankę. – A ta cała Najda to wówczas lokaty rozwiązywała. Z tego, co pamiętam, to trzy albo cztery, po około sto tysięcy każda. Ale ja zrobiłem wszystko tak jak trzeba, zgodnie z procedurami – tłumaczył. – Zweryfikowałem tożsamość, sprawdziłem zakres posiadanego przez nią pełnomocnictwa, wysłałem dyspozycje do akceptacji przez centralę i dokonałem przelewów na wskazane przez klientkę konto w innym banku.

– Rozumiem – sparafrazował szef. – Bardzo się cieszę, że trzymasz się wytycznych i zasad obowiązujących w banku. O co zatem była ta afera?

– Według Marceliny podpis Najdy na przygotowanych przeze mnie dokumentach nie był zgodny z wzorem widniejącym w systemie. – Ignacy mówił nieskładnie i niewyraźnie, a jego twarz przybrała odcień intensywnego burgundu. – A przecież ja doskonale wiem, że ten podpis był zgodny.

– Spokojnie, w porządku. – Jan starał się uspokoić zdenerwowanego mężczyznę. Liczył bowiem jeszcze na kilka dodatkowych informacji związanych z przedwakacyjną wizytą pełnomocniczki w oddziale. – Wierzę, że prawidłowo wykonałeś swoją pracę, nie musisz się teraz tym martwić. Zresztą… – westchnął i uśmiechnął się serdecznie. – Powiem ci w sekrecie, że nasza Marcelina nawet i ze mnie robi czasem kompletnego ignoranta.

– No wiem, biorę na nią poprawkę – burknął pod nosem młodzieniec. Wziął głęboki oddech i całą powierzchnią pleców przylgnął do oparcia krzesła. Spuścił wzrok, wlepiając go w swoje mocno splecione, zaciśnięte dłonie. – Mam ją gdzieś – fuknął pod nosem i zamilkł. – Ciężko się z nią współpracuje, i często bywa nie do wytrzymania.

– Potwierdzam. – Poniatowski pokiwał głową. Nadal odczuwał silny, pulsujący ból, gdzieś w samym jej środku. – Ale Marcelina to również świetna ekspertka i mam nadzieję, że z czasem uda wam się nawiązać nić porozumienia – dodał i czym prędzej wyartykułował pytanie, którym chciał skierować rozmowę na właściwe tory: – A pamiętasz być może inne szczegóły związane z obsługą tej klientki w czerwcu? Nie wiem, może zachowywała się jakoś niestandardowo lub być może powiedziała coś, co szczególnie zapadło ci w pamięć?

– Nie – odparł niezwykle stanowczo Woliński i popatrzył prosto w oczy swojego rozmówcy. Zmienił nagle front. – Nic wyjątkowego nie zapamiętałem, jestem tego pewien – dorzucił, nie odrywając zuchwałego spojrzenia od zielono-szarych źrenic przełożonego. – Dlaczego to takie istotne? – irytował się.

W pomieszczeniu nastała kilkusekundowa cisza. Menedżer był zaskoczony. Nie spodziewał się takiej reakcji ze strony młodego mężczyzny, który nigdy nie był tak pewny siebie podczas rozmów z nim. Zawsze unikał kontaktu wzrokowego ze swoimi współpracownikami, a jego niemrawy, niestabilny głos nie brzmiał aż tak arbitralnie. Kłamie? – Jan się zastanowił, przypominając sobie jedno z ostatnich szkoleń, w którym uczestniczył. Trenerzy kilkakrotnie podkreślali na nim, że aby brzmieć wiarygodnie i przekonać swojego rozmówcę do prawdziwości wygłaszanych kwestii, powinno się patrzeć mu w oczy, przemawiając przy tym mocnym, pewnym i zdecydowanym tonem. Tylko dlaczego miałby oszukiwać? – dedukował w myślach zdezorientowany.

– Mogę już iść? – Woliński poderwał się z krzesła. – Muszę do klienta oddzwonić – zakomunikował, wyjął z kieszeni telefon i w nieszczerym geście sprawdził, która jest godzina. – Umowę kredytową ma dzisiaj podpisać.

– Jasne – odpowiedział przeciągle Poniatowski. Również wstał, ale nie aż tak energicznie jak jego podwładny. Zmęczenie w dalszym ciągu nie pozwalało Janowi funkcjonować normalnie. Był na siebie zły, że nie dowiedział się niczego konkretnego, a w dodatku czuł, że Ignacy nie był z nim do końca szczery. – Ale gdyby coś…

– Wiem – wszedł mu w słowo chłopak. – Gdyby mi się coś przypomniało? – Wykrzywił usta w trudnym do zinterpretowania uśmiechu.

– No właśnie – odparł dyrektor. – To dla mnie bardzo ważne i tylko ty możesz mi pomóc w tej sprawie.

– Wiem, ale ja powiedziałem już wszystko. – Odwrócił się na pięcie i stanąwszy tyłem do szefa, położył dłoń na błyszczącej klamce. – I nie chcę już wracać do błędów, których nie zrobiłem – oświadczył, odchylając głowę przez ramię, a potem zniknął za oszklonymi drzwiami.

Piła, 5 sierpnia 2019 roku, przedpołudnie
Aleksandra Poniatowska, Halina Stępniak, Gabriel Borowiec

– No, nareszcie! – Aleksandra Poniatowska wrzasnęła do telefonu. Była wysoce zaniepokojona. Od samego rana kilkukrotnie usiłowała skontaktować się z przyjaciółką, która nie otworzyła dziś sklepu. – Ty w ogóle żyjesz?

– Tak, żyję, Olu – odparła ze smutkiem, pociągając nosem i kaszląc, Halina Stępniak. – Ale co to za życie? Tak mnie połamało, że jeszcze nie wstałam dziś z łóżka. – W tej kwestii akurat nie minęła się z prawdą. Zerknęła w jasnoniebieskie oczy leżącego obok niej kochanka. Zauważyła w nich dziką, zwierzęcą namiętność i niegasnący płomień pożądania. Nikt nigdy nie patrzył na nią tak zachłannym, nieprzewidywalnym wzrokiem. Gabriel podniósł się na łokciach, przysunął się do niej, pocałował ją w policzek, ugryzł lekko w ucho, a potem końcem języka zaczął kreślić mokrą linię wzdłuż jej szyi i nieosłoniętych ramion, zmierzając szybko w stronę jej piersi. Oprócz serii dreszczy poczuła na ciele jego ciepłą, chropowatą dłoń. Opuszkami palców dotykał jej brzucha, kierując się coraz niżej i niżej. Halina wiedziała, że siostrzeniec czekał niecierpliwie na dalszą część nocy, a właściwie dnia, w którym czas płynął w przyśpieszonym tempie. – Wszystko wina tej klimatyzacji. – Stępniakowa z trudem utrzymała ton głosu, który przybrała przed chwilą.

– No, dobrze, tylko czemu nie dałaś mi znać, że się kiepsko czujesz? Powiesiłabym chociaż jakiś komunikat przed wejściem, bo co chwilę ktoś się odbija od drzwi. Tracisz klientów, których i tak w galerii jest coraz mniej. Zdajesz sobie z tego sprawę? Tak się nie robi, kochana! – Poniatowska nie kryła podenerwowania. Pomyślała z tęsknotą, że za czasów, w których to Marianna prowadziła sklep, takie rzeczy były niedopuszczalne.

– Wiem, Oleńko, ale… – Stępniakowa szepnęła, a potem natychmiast przerwała. Czym prędzej odsunęła telefon od ucha. Nie chciała, aby przyjaciółka usłyszała jej miłosny chichot i mimowolne pomruki zadowolenia. Gabriel wyraźnie zintensyfikował swoje erotyczne pieszczoty.

W przestrzeni między przyjaciółkami zapanowała cisza. Aleksandra również odsunęła komórkę od głowy, zmrużyła powieki i zaczęła wpatrywać się w ekran smartfona. Chciała sprawdzić, czy połączenie nadal trwa. Niestety, bez okularów, których Ola nigdy nie zabierała ze sobą na pierwszy, popołudniowy obchód kontrolny w galerii, nie była w stanie tego jednoznacznie stwierdzić.

– Halo, jesteś tam, coś się rozłączyło… Halo! – spróbowała raz jeszcze skomunikować się ze Stępniakową. Kiedy na powrót przycisnęła urządzenie do ucha, miała wrażenie, że słyszy w głośniku nie jeden, lecz dwa ciche, przytłumione głosy. Ten drugi z pewnością nie należał do żadnej kobiety. – Halo, słyszysz mnie, kurwa, Halina! – krzyknęła tak głośno, że jak zwykle zwróciła na siebie kilka zaciekawionych spojrzeń.

– Jestem, jestem – wychrypiała powoli właścicielka sklepu Pod Aniołami. – Przepraszam, słońce, ale komórka wypadła mi z ręki. Jestem taka słaba, kompletnie nie wiem, co się ze mną dzieje – skłamała i położyła swą dłoń na nabrzmiałym członku umięśnionego mężczyzny. Zaczęła się nim bawić i inicjować coraz częstsze, bardziej energiczne ruchy. Mężczyzna przymknął oczy podekscytowany. Przykrył swoją dłonią delikatne palce kochanki, zacisnął je z całej siły i narzucił jeszcze szybsze tempo wykonywanych przez kobietę ruchów.

– To idź do lekarza! – Poniatowska z uwagą wsłuchiwała się w dochodzące z drugiej strony szmery i odgłosy. – Co tam się dzieje u ciebie? – zapytała w końcu. – Ktoś u ciebie jest?

– U mnie? – Stępniakowa udała zdziwioną. – A niby kto miałby być, oszalałaś? – Zakasłała dwukrotnie i na krótką chwilę przestała zajmować się sprawieniem przyjemności leżącemu na wznak Gabrielowi. Osiłek szybko się upomniał o swoje. Był bliski orgazmu.

– Nie wiem, miałam wrażenie, że oprócz ciebie słyszę jeszcze kogoś w słuchawce.

– Aaa… To telewizor – skłamała znów Halina. – Olu, muszę kończyć – dodała i poczuła, jak o jej ciało rozbija się kilka gorących kropelek, a potem rozpoznała lepką wilgoć na zmęczonej ręce. – Spróbuję się wreszcie dodzwonić do rodzinnego. A sklepem się nie martw, wszystko pozałatwiam. Nałykam się lekarstw i jutro powinnam pojawić się w pracy. Będziemy w kontakcie – zadecydowała i się rozłączyła. Nie usłyszała już wykrzykiwanych na drugim końcu miasta słów zaintrygowanej przyjaciółki. Mało ją one teraz obchodziły. Dziś miała swój świat, swoje sprawy i przyjemnie zapowiadające się popołudnie. Postanowiła, że nie będzie w ogóle wychodziła z łóżka. Będzie w nim leżeć i spełniać wszystkie erotyczne zachcianki jej nieobliczalnego siostrzeńca. Było jej z nim dobrze i kompletnie nie zamierzała przejmować się więzami krwi, które w odczuwaniu niesamowitej rozkoszy nie mają przecież żadnego znaczenia. Sama zdążyła się przekonać o tym, że głupie zabobonne ograniczenia tkwią tylko w ludzkich głowach i są całkowicie zbędne.

Kiedy tylko wczoraj zamknęli się sami w jej apartamencie, od razu puściły w niej wszystkie zahamowania. Potrzebowała rozładowania wszystkich negatywnych emocji, a sugestywne zachowanie się gotowego na wszystko mężczyzny było jej bardzo na rękę. Tylko z początku miała wewnętrzne opory, ale wyparowały one, gdy stanął przed nią całkowicie nagi. Uklęknęła przed nim, bo o to poprosił, właściwie bezpardonowo nakazał. Był władczy i nie uznawał sprzeciwu. W oczach miał wielką, erotyczną pożogę, której Halina nie potrafiła się oprzeć. Nie, nie zastanawiała się nad tym, czy to jego gra, czy Gabriel ma już taką naturę. W tamtym momencie było to bez znaczenia. Wszystko odeszło w niepamięć: jej przeszłość, problemy, samotność i sukcesywne odwracanie się od niej nawet najbliższych przyjaciół. Czy miała coś do stracenia? – zastanowiła się tylko przez chwilę, bo kiedy poczuła siłę młodzieńczej męskości w swoich wytęsknionych ustach, nabrała bezsprzecznej pewności dotyczącej wszystkiego, co się wydarzy za moment. Nie zapomniała też o korzyściach, które ich zbliżenie może przynieść, zwłaszcza dla niej. Miała w nim swój cel, który – dzięki zaangażowaniu i wielkiej inicjatywie nienasyconego siostrzeńca – z pewnością uda się jej łatwiej zrealizować.

– Połóż się na brzuchu! – Silny i zdecydowany głos wyrwał ją z chwilowych rozważań. Nie protestowała i po raz kolejny nie pożałowała swojej uległości. Było jej cudownie, a po kilkuminutowym akcie świat zawirował jej w głowie.

Skończył. Opadł zmęczony na łóżko. Oddychał ciężko i starał się uspokoić. Halina poczuła, że to idealny moment na przedstawienie jurnemu mężczyźnie swoich postulatów.

– Zrobisz coś dla mnie? – mruknęła, patrząc mu głęboko w oczy. Były błękitne, lecz ich kolor nie miał nic wspólnego z rajskim, egzotycznym lazurem. W źrenicach Borowca próżno było szukać kojącego ciepła. Przeciwnie, uderzały z nich zimne, lodowe gromy. Nie przeszkadzało jej to ani trochę. W taki upał i w obliczu planowanej zemsty było jej to bardziej potrzebne.

– Jeszcze raz? – prychnął ironicznie. – No, no... Nie poznaję ciotuni – dodał i wsunął jej dłoń między uda. Kobieta powstrzymała ten ruch.

– Za chwilę – chciała być stanowcza. – Trzeba dać komuś nauczkę.

– Nauczkę? – zapytał zdziwiony ochroniarz.

– Dokładnie – potwierdziła. – Ale taką, którą ten ktoś zapamięta do końca życia, bez względu na to, ile miałoby ono jeszcze potrwać. – W słowach Stępniakowej czaiła się groza. I wielka nienawiść, której rozmiary znała tylko ona. – Zrobiłbyś to dla mnie? – zapytała i dopiero teraz pozwoliła mężczyźnie poczuć jej kobiecość.

– Dla ciebie wszystko, o pani. – Wyszczerzył bielusieńkie zęby w szatańskim uśmiechu. – Powiedz tylko, ty lubieżna suko, kto i kiedy oraz ile mi za to zapłacisz...

Piła, 6 sierpnia 2019 roku, popołudnie
Arkadiusz Żabski, Julia Węgorzewska

Arkadiusz Żabski przykrył w popłochu komórkę grubym czasopismem, które leżało na biurku. W ostatniej chwili zorientował się jednak, że nie był to najlepszy pomysł. Zarówno kolejnej esemesowej pogróżki, jak i najnowszego numeru „Playboya" nie powinien pokazywać Julii.

Dziewczyna właśnie wtargnęła do biura prezesa, mimo że doskonale wiedziała, że bez uprzedzenia nikomu nie wolno wchodzić do jego królestwa. Nawet, a raczej tym bardziej, jego przepięknej, lecz nieobliczalnej kochance. Tyle razy jej przecież powtarzał, że gabinet właściciela największej kliniki w regionie to nie byle klitka zwykłego, podrzędnego konowała, do którego można wchodzić w dowolnym momencie. Tak jak ona teraz, niczym do obory.

– Przeszkadzam? – zapytała, widząc, że Arkadiusz w pośpiechu chowa coś w szufladzie. Dałaby sobie rękę uciąć, że przed chwilą dostrzegła, jak mężczyzna zgarnia coś do niej, wprost ze lśniącego, hebanowego blatu. Później się tym zajmę – pomyślała i pomimo sprawy, z którą do niego przybyła, uśmiechnęła się od ucha do ucha. Kilka dni po zastrzykach kwasu hialuronowego jej usta wyglądały naprawdę ponętnie. Julia co pięć minut pokrywała je świeżą warstewką szkarłatnego, lśniącego w świetle błyszczyku. Z tego była najbardziej zadowolona. Z licznych upiększających zabiegów, z których dzięki jej związkowi z Żabskim mogła w Cinderelli korzystać do woli. Za darmo, oczywiście. No, może nie całkiem, ale dla oszałamiającego efektu zaradna życiowo dziewczyna była w stanie przymknąć oczy na niektóre kwestie.

– Tak – odpowiedział całkiem zaskoczony. – Mam nadzieję, że to coś ważnego. Znasz zasady! – warknął.

– Oczywiście, znam, ale… – Węgorzewska zbliżyła się do Arkadiusza. Obejrzała się z niepokojem za siebie, jakby się chciała upewnić, że są w gabinecie sami. – Przyszłam, bo… – po raz wtóry zawiesiła głos i zrobiła bardzo poważną minę. Z twarzy zszedł jej hollywoodzki uśmiech. Nie udawała strapionej. Przeciwnie, wracając myślami do zdarzenia, którego świadkiem była kilka minut temu, poczuła wielki niepokój.

– Bo co? – Żabski był stanowczy. Gdyby nie relacje, jakie łączyły go z Julią, zrobiłby jej awanturę. A być może dałby jej jeszcze nauczkę. Z erotycznym podtekstem, rzecz jasna. – Mów natychmiast i wracaj do pracy! – rozkazał i agresją wprawił w ruch stojące na biurku wahadło Newtona, swój ulubiony, uspokajający gadżet. Odgłos miarowego stukania rozszedł się po pomieszczeniu.

– Znów była w klinice. – Pielęgniarka zniżyła głos do szeptu. Widziała zdenerwowanie w oczach narzeczonego i bała się je bardziej podsycić. Ale musiała mu przecież powiedzieć. Znała go dobrze i nieraz miała okazję obserwować jego wściekłość, ilekroć cokolwiek próbowała przed nim ukryć. – Urządziła mi dantejską scenę. Nie słyszałeś, jak się na mnie darła? Ona wie, już dawno o nas wiedziała... Arek, mówię ci! – Dłonie Węgorzewskiej zaczęły delikatnie drżeć.

– A kto ją znów wpuścił do środka, co? Jesteś menedżerką, a nie umiesz dopilnować tych bezmózgich osiłków z ochrony! – Żabski zrobił się purpurowy na twarzy. Niepotrzebne mu były kolejne skandale. Od trzech lat było ich w Cinderelli bez liku. Zawsze coś nowego, a on nie chciał znów mieć na karku wścibskich dziennikarzy z kolorowej prasy oraz głodnych hien z programów typu „Interwencja". Do dziś miał opinię nieetycznego lekarza, biznesmena, który dorobił się swojej fortuny na przemocy, seksie oraz na finansowych machlojkach. Kilka spraw nadal toczyło się w sądzie. – Zawołaj mi szefa ochrony! Natychmiast – syknął i poderwał swe ciało z fotela. Oparł się dłońmi o szklany blat biurka i wbił wściekłe spojrzenie w przerażoną dziewczynę. – Albo nie, poczekaj – rozkazał. – Co konkretnie ta dziwka mówiła? Słyszał ją ktoś z personelu lub naszych pacjentek? – wrzasnął.

– Ciszej, kochanie. – Julka podskoczyła zlękniona. – Odsunęła się na krok od Żabskiego, który wręcz buchał wściekłością. Pomyślała, że chyba nigdy nie przestanie bać się jego nieprzewidywalności. Jeszcze do niedawna żywiła nadzieję, że z czasem choć trochę do niej przywyknie, lecz nic takiego nie następowało. W dodatku osobiste rozterki i bieżące lęki dziewczyny nie ułatwiały zachowywania spokoju podczas kontaktów z kochankiem. Ale nie miała wyjścia, musiała trwać w tym układzie. Szczególnie teraz, po tragicznych wydarzeniach z czerwca. – Byłam w recepcji sama – oświadczyła. – Wszystkie pacjentki miały już zabiegi – skłamała dziewczyna, lecz musiała jakoś powstrzymać furię Arkadiusza. Prawda była taka, że wejście, a raczej wtargnięcie rozwścieczonej Najdy do gmachu kliniki zostało zauważone zarówno przez kilka pacjentek rezerwujących zabiegi w recepcji, jak i przez jednego z medyków, który słysząc wrzaski i wyzwiska dobiegające zza ściany, wyjrzał z gabinetu ze strzykawką w ręku. Całe szczęście w budynku nagle pojawił się pracownik ochrony. Rosły mężczyzna dobiegł do awanturnicy w ostatnim momencie i czym prędzej wyprowadził ją z holu. Pielęgniarka była przerażona, albowiem siostra Kajetana z dnia na dzień robiła się odważniejsza i coraz silniej trzymała ofiarę w emocjonalnym potrzasku.

– Masz szczęście, idiotko! – wrzasnął Żabski i wyszedł zza biurka. Wyprostował się i kurtuazyjnie zapiął marynarkę. Strzepał z klapy niewidzialny pyłek i wziął głęboki, uspokajający oddech. Uśmiechnął się sztucznie i popatrzył w oczy narzeczonej. Już był spokojny, a przynajmniej na takiego zaczynał wyglądać.

– Ona musi zniknąć – szepnął do ucha dziewczyny i wciągnął przez nozdrza jej zapach. – Masz szczęście… – powtórzył, tym razem łagodniejszym tonem, odsunął się do Węgorzewskiej i podszedł do drzwi. Zabezpieczył zamek. – …że mam dobry pomysł – prychnął demonicznie.

– Ty zawsze masz dobre pomysły, skarbie. – Dziewczyna wiedziała, co robić. Odwróciła się do kochanka i rozchyliła poły służbowego żakietu. Potrząsnęła dużymi piersiami. Na jej ustach znów zagościł uśmiech. Sztuczny, bo sztuczny, ale najważniejsze, że na razie działał na tego mężczyznę.

– A za chwilę będę miał jeszcze lepszy – szepnął, rozpiął marynarkę, poluźnił pasek od spodni, a potem pociągnął niecierpliwie za suwak rozporka. – Trzeba się pozbyć tej Najdy – rozkazał. – Dziś nam się upiekło, ale następnym razem ta wariatka znowu narobi nam syfu. Ona nie odpuści. Jest bezczelna i nieustępliwa i dobrze zdaje sobie z tego sprawę. Zupełnie jak ty, moja piękna. – Parsknął śmiechem szaleńca. Podszedł do Julii, która posłusznie zrzucała z siebie poszczególne części garderoby. Złapał ją za piersi, zacisnął na nich agresywnie dłonie, a po chwili popchnął ją w stronę skórzanej białej jak śnieg sofy.

– Oszalałeś? – stęknęła. – Co chcesz zrobić?

Przycisnął jej palec do ust, nakazując milczenie. Chciał decydować o wszystkim. O sobie, o kobietach, które miał w pobliżu, o przyjemności z seksu i z eliminowania przeszkód, jakie spotykał na drodze. Zawsze taki był i nigdy się raczej nie zmieni. Czas usilnie płynął, sprawy przybierały inny obrót, komplikowały się, lecz pan prezes ciągle nad nimi panował. Teraz i dziewięć lat temu. I przed kilkoma minutami, kiedy odczytał wiadomość od Malwiny. Podjął właściwą decyzję. Nikt, ale to absolutnie nikt nie będzie mu mówił, jak ma postępować. A im bardziej wróg chce na niego wpłynąć, tym większe sprowadza na siebie niebezpieczeństwo. Jedyne rozwiązania, jakie Żabski uważał za słuszne, to rozwiązania skrajne i drastyczne. Proste, skuteczne i nieodwracalne. Choćby nawet stały na granicy prawa. On jest spod niego wyjęty, a przychylny los setki razy tego dowodził.

– Milcz i bądź cierpliwa! – syknął podniecony. – Wszystko w swoim czasie – dodał i znów poczuł siłę wszechpotężnej władzy. Właśnie utkwiła w ciele Węgorzewskiej.

Nienawidzę kobiet! – prawdę wypowiedział w myślach. I przysięgam! Zniszczę każdą, która nie jest jeszcze tego świadoma.

Natasza Poniatowska nie należała do kobiet, które się szybko poddają. Nie myślała o sobie, że ma miękki charakter, jest słaba psychicznie i podatna na działanie stresu. Przeciwnie, osobiste troski z wcześniejszych lat wykształciły w niej dużą emocjonalną odporność, a wieloletnie samodzielne prowadzenie firmy zahartowało ją i nie pozwalało dać się zaskakiwać codziennym, nawet bardzo poważnym problemom.

Właśnie otworzyła oczy po kolejnej kilkuminutowej drzemce. Spędziła w łóżku prawie cały dzień, w którego czasie kilkukrotnie pisała albo dzwoniła do Janka, głównie z pytaniami o jego samopoczucie. Odpowiadał, że wszystko u niego w porządku oraz że przez nadmiar obowiązków w pracy nie ma nawet czasu wracać myślami do wydarzeń z wczoraj. Wspomniał, że o dziewiętnastej spotyka się z Anką i siostrą Kajetana, a podczas każdej z krótkich pogawędek prosił, żeby Natasza, zamiast niepotrzebnie się o niego martwić, odpoczęła i doszła do siebie. Więc odpoczywała, do oporu korzystając z takiej możliwości, lecz nadeszła chwila, w której wreszcie postanowiła wygramolić się z rozgrzanej upałem pościeli.

Mimo że ciągle miała przed oczami obraz martwego mężczyzny wiszącego na linie we Wspaniałych Ślubach, dziś nie czuła się już tak zdruzgotana. Może to efekt działania proszków na uspokojenie, które zażyła nad ranem, a być może to właśnie potęga jej twardego charakteru. Pomyślała, że z pewnością wstrząsająca scena, której wczoraj stała się mimowolnym świadkiem, da jej znać o sobie w przyszłości, w innych – jak to w życiu bywa – najmniej oczekiwanych momentach.

Poniatowska zastanawiała się, jak szybko restauracja znów będzie otwarta i jak szybko policja pozwoli jej wrócić do pracy. Właścicielka dobrze prosperującej firmy nie mogła sobie przecież pozwolić na nawet kilkudniowy zastój w interesie. Zbyt wiele mogłaby stracić, a nieprzerwalność realizacji zleceń i zamówień w biznesie to podstawa w utrzymaniu się na finansowej powierzchni. Natasza miała nadzieję, że aktualnie obsługiwani klienci nie podejmą pochopnych decyzji o rezygnacji z organizacji przyjęć w Świtezi. Media przecież już pewnie zdołały nagłośnić sprawę samobójcy, który postanowił odebrać sobie życie w siedzibie największej i najbardziej znanej firmy bankietowej w regionie. A może to było zabójstwo? – zaczęła się zastanawiać. Może, zgodnie z przewidywaniami Janka, w tej śmierci dopomógł ktoś trzeci? Tylko kto to taki? I kto postanowił zniszczyć dekoracje, które były Nataszy niezbędnie potrzebne w przygotowywaniu wnętrz do uroczystych balów i przyjęć okolicznościowych? Bez tych ozdób nie mogła po prostu pracować, dlatego od razu postanowiła zaradzić tej sytuacji.

Popatrzyła na wyświetlacz radiobudzika stojącego na nocnej szafce. Odczytała godzinę. Osiemnasta dwadzieścia jeden.

– Trochę późno – szepnęła do siebie. – Ale na rozmowę o interesach zawsze jest odpowiednia pora – skwitowała i czym prędzej wzięła do ręki telefon. Pomyślała, że zadzwoni do Jana, gdy tylko skończy rozmawiać z panią Maliszewską. Od zamówienia świeżych stroików z kwiaciarni pani Kaliny zacznie uzupełnianie dotkliwych strat, jakie poniosły Wspaniałe Śluby. Kwiaciarka odebrała niemal od razu.

– Dzień dobry, pani Nataszo – przywitała się z wyczuwalną niepewnością w głosie, a potem na chwilę ucichła. – Coś się stało? – spytała po dłuższej chwili.

– Nie... to znaczy, tak – odpowiedziała Natasza. Wstała z łóżka i zaczęła krążyć po dusznej sypialni. Mimo nadchodzącej nocy temperatura nie spadła nawet odrobinę.

– A co takiego, złociutka? – Poniatowska miała wrażenie, że jej rozmówczyni zadała pytanie w nieco sztuczny, zabarwiony fałszem, sposób.

– Chodzi o zamówienie – wyjaśniła młodsza z kobiet. – To bardzo pilna sprawa. – Podeszła do okna i otworzyła je jeszcze szerzej, jakby miało to nagle sprawić, że mieszkanie choć delikatnie się schłodzi. Czując jednak, jak bardzo gorące i suche powietrze wdziera się z zewnątrz do środka, zdecydowała się przymknąć je z powrotem. – Mogłabym...

– Oczywiście, że tak! – weszła jej w słowo florystka. W tonie jej głosu dało się wyczuć entuzjazm. – Ja dla pani wszystko, pani Nataszo kochana. Nie od dziś przecież się znamy. I nawet rabat się znajdzie dla stałej klientki – trajkotała. – A czego dokładnie potrzeba?

– W tym rzecz, że prawie wszystkiego, pani Kalino. Ktoś wczoraj zniszczył wszystkie stroiki i wiązanki, które pani dla mnie zrobiła. A bez nich to ja leżę na całej linii.

– Zniszczył? – zapytała Maliszewska, ale nie zaczekała na odpowiedź. – Co za nieszczęście, pani Nataszo. Co za tragedia, jak Boga kocham! – uderzyła w płaczliwe tony. – Ale kto to zrobił? – zapytała.

– Nie wiem – odparła żona Poniatowskiego. Wyszła z sypialni i ruszyła po schodach w dół, do salonu, a potem do kuchennego aneksu. Nabrała ochoty na kawę i postanowiła czym prędzej ją sobie przyrządzić. – Wczoraj... – zawahała się. Zastanowiła się, czy opowiadać Maliszewskiej o wszystkim, co wydarzyło się we Wspaniałych Ślubach. W końcu jednak uznała, że przecież wiadomość o kolejnym w ostatnim czasie samobójstwie w Pile nie tylko zdążyła już zostać skutecznie rozdmuchana przez media, ale też dotarła do większości pilan pocztą pantoflową. – Być może pani słyszała o tym samobójstwie? – kontynuowała pytającym tonem.

– Owszem, słyszałam, to straszne – odpowiedziała po chwili zastanowienia kwiaciarka. – Taki młody chłopak, a taką krzywdę sobie zrobił. Miał całe życie przed sobą.

– To prawda – przytaknęła cicho żona Jana. – Ogromna tragedia i strata.

– No, wierzyć wprost się nie chce. Znowu taka śmierć... – Maliszewska zaczęła spazmować. – Najpierw ten, co go pani mąż przed wakacjami w wannie z podciętymi żyłami odnalazł, a teraz następny – zachlipała. – Co ci młodzi teraz w głowach mają, żeby się życia pozbawiać? Jakieś problemy, wielkie stresy? Pieniądze, narkotyki, nieszczęśliwa miłość?

– Pewnie wszystko naraz – rzekła Poniatowska, a potem znów zaczęła analizować powody, dla których tak młody człowiek był w stanie podjąć tak radyklaną decyzję. Żadne wnioski jednak nie przychodziły jej do głowy. – Ale nie wiadomo, czy to samobójstwo było – rzuciła pełna wątpliwości.

– Jak to, nie wiadomo? Co też pani mówi? – Bukieciarka zmieniła ton głosu. Nie słychać już w nim było współczucia i żalu, a raczej symulowane zdziwienie.

– Tak uważam, takie mam przeczucia. Mój mąż myśli zupełnie tak samo. Przynajmniej jeśli chodzi o tę sprawę z czerwca.

– Tak? Przecież podawali, że policja wykluczyła udział osób trzecich. Wszyscy w Pile wiedzą, że to nie było zabójstwo.

– Nie wszyscy – zaprzeczyła Natasza. – Na przykład nie siostra zmarłego, która jest przekonana, że jej brata ktoś zamordował z pełną premedytacją – wyjaśniła. – I podobno ma nawet podejrzanego.

– A skąd pani o tym wszystkim wie? – zaczęła drążyć Kalina. – Z telewizji?

– Nie z telewizji, ale bezpośrednio od... – Poniatowska urwała. Pomyślała, że nie powinna przekazywać Maliszewskiej informacji o prywatnym śledztwie, właśnie rozpoczętym przez

Annę i Jana. Po chwili namysłu uznała jednak, że w obliczu wieloletniej znajomości z poczciwą i cieszącą się ogólnym zaufaniem florystką może pozwolić sobie na nieco luźniejszą rozmowę. – Od mojego męża – dokończyła, zniżając głos do tajemniczego szeptu. – On teraz szuka mordercy, a poprosiła go o to siostra nieżyjącego Andrzejewskiego. I tak jak wspomniałam, ona ma na celowniku jakąś konkretną osobę, ale nie wiem kogo. Jeszcze. Być może później się dowiem, bo o dziewiętnastej Janek umówił się na spotkanie z tą siostrą. Wie pani, w tamtym mieszkaniu, w którym znalazł te zwłoki.

– Poważnie? – Głos Maliszewskiej zawibrował.

– Najpoważniej w świecie, pani Kalino. Ale proszę, niech mi pani obieca, że nikomu na razie o tym słowem nie wspomni, dobrze? Mogę liczyć na pełną dyskrecję? – zapytała Poniatowska, lecz nie doczekała się odpowiedzi. Zamiast tego z drugiej strony słuchawki zaczęły dobiegać ją szmery, głuche trzaski. – Halo, pani Kalino, słyszy mnie pani? Halo?

– Jestem, jestem, ale muszę kończyć – odezwała się w końcu kwiaciarka. Jej głosem rządziły pośpiech i zdenerwowanie. – Zamówienie zrobimy jutro. Proszę z rana koniecznie do mnie zadzwonić. Albo najlepiej przyjść do Anturium, dokończymy naszą rozmowę i wszystko ustalimy, dobrze?

– Jasne – zgodziła się Natasza. – Wszystko w porządku? – Wciąż się niepokoiła.

– Tak – odparła przeciągle Maliszewska. – Naprawdę, muszę kończyć – wyszeptała.

Poniatowska chciała coś jeszcze powiedzieć, ale nie zdążyła. Uprzedziło ją krótkie piknięcie w słuchawce, które oznaczało koniec połączenia. Pierwsza myśl, jaka po rozmowie z zaprzyjaźnioną florystką przyszła jej do głowy, była taka, że niepotrzebnie zadzwoniła do właścicielki kwiaciarni dzisiaj. Mogła przecież poczekać z rozmową do jutra, przejść się przed południem kilka ulic dalej i złożyć szczegółowe zamówienie bezpośrednio. Tym bardziej że pewnie jutro nadal Natasza nie otrzyma zgody na wejście do swojego biura i nie będzie mogła zająć się bieżącymi sprawami firmy. W zamian jednak za to zyska sporą ilość wolnego czasu tylko dla siebie. Jan chodził do pracy, a Remigiusz nadal przebywał na wakacjach u babci. Natasza uznała z nieskrywaną ulgą, że to pozytywny zbieg okoliczności. Syn bowiem, chcąc nie chcąc, stałby się w domu świadkiem wielu rozmów dotyczących wczorajszych wydarzeń i związanych z nimi przeżyć obojga rodziców. Wypytywałby tylko o wszystkie szczegóły, a przecież takie rewelacje nie są przeznaczone dla chłonnego i wrażliwego umysłu dziewięciolatka.

Właścicielka Wspaniałych Ślubów włączyła ekspres do kawy. Po niedługim czasie po pomieszczeniu rozniósł się intensywny aromat świeżo zaparzonego espresso. Wzięła do ręki przygotowaną kawę, w drugą dłoń chwyciła komórkę z kuchennego blatu i przeszła do gościnnego pokoju. Usiadła na kanapie, odstawiając na jej bocznym oparciu naczynie z parującym czarnym napojem. Nagle jej Samsung zawibrował. Na ekranie pojawiło się „Ożarowski Świteź". Ożarowski? – zdziwiła się i zaciekawiona odebrała połączenie.

– Dzień dobry – rzekł ze spokojem mężczyzna. – Przepraszam, że… – urwał. – Mam nadzieję, że nie przeszkadzam.

– Nie, skądże – oznajmiła zgodnie z prawdą Poniatowska. – Jak tam sytuacja w Świtezi? – zapytała.

– Na chwilę obecną bez zmian. Nadal tu pełno policji. A przed chwilą po raz kolejny odwiedzili nas prokurator oraz cała horda wścibskich dziennikarzy – dodał nieco podniesionym tonem.

– No tak, rozumiem. – Natasza westchnęła. – Pewnie ma pan dosyć – zauważyła z wyrozumiałością. – Mam nadzieję, że ten koszmar błyskawicznie minie i niebawem wszystko wróci do normy.

– Również na to liczę – podsumował krótko restaurator. – Wciąż czekam na decyzję, kiedy pozwolą nam wrócić do pracy. – A pani, jak się po tym wszystkim czuje?

– Ja? – Zaskoczyła ją nagła troska Ożarowskiego. Poczuła się dziwnie, gdyż właściciel Świtezi należał bardziej do osób myślących wyłącznie o sobie. I o interesach. – Dziękuję – odpowiedziała cicho. – Nie jest tak źle, jak się spodziewałam. Udało mi się nawet przespać kilka godzin, ale nieustannie zastanawiam się, kim był ten młody mężczyzna i dlaczego na miejsce samobójstwa wybrał sobie akurat pana restaurację.

– No właśnie. Ja w tej sprawie – ożywił się Ożarowski. Widocznie kierunek, do którego zmierzała rozmowa, był mu na rękę. – Próbowałem się czegokolwiek dowiedzieć od śledczych, ale oni nie są jakoś specjalnie rozmowni. Wolą pytać, zamiast odpowiadać. I dlatego postanowiłem zadzwonić do pani.

– Dlaczego do mnie? Co ja mogę, panie Marku? W takich ustaleniach to policja się specjalizuje.

– Tak, oczywiście – odchrząknął. – Tyle że ja… Myślałem, że może pani zna… to znaczy – poprawił się szybko – znała tego kogoś. I być może się pani domyśla, dlaczego ten człowiek powiesił się akurat we Wspaniałych Ślubach. Proszę mnie źle nie zrozumieć, ale wszystko wskazuje na to, że ten ktoś nie upatrzył sobie mojej restauracji, ale ewidentnie siedzibę pani firmy. Śledczy, z tego, co udało mi się ukradkiem podsłuchać, twierdzą zupełnie tak samo.

– A niby dlaczego miałby to robić? – Poniatowska się obruszyła. – To jakiś absurd – podniosła nagle głos. – To są nowe biura, dopiero co oddane do użytku, i jeśli ktoś miałby jakiś cel, aby odebrać sobie życie właśnie we Wspaniałych Ślubach, mógł nawet nie wiedzieć o ich istnieniu w tym miejscu. To całkiem bez sensu – fuknęła i opadła na oparcie kanapy. Zrobiło się jej jeszcze bardziej gorąco i duszno.

– Proszę się nie denerwować – rzucił jakby mechanicznie Ożarowski. – Mnie również to dziwi, ale... – Zawiesił głos na parę sekund. – Ja... Chyba sama pani rozumie, jako osoba prowadząca firmę, nie mogę pozwolić sobie na choćby jeden dzień przestoju w interesie. To dla mnie zbyt duże straty. Mam na karku radio, prasę, telewizję... Rozumie mnie pani?

– No właśnie, że nie do końca, panie Marku. – Młoda kobieta była poirytowana. – Proszę mówić jaśniej! – nakazała. – Co ta sprawa ma wspólnego ze mną i dlaczego, jak śmiem domniemywać, chciałby pan, aby znalazła ona wspólny mianownik ze Wspaniałymi Ślubami?

– Pani Nataszo, powiem wprost – zakomunikował służbowo mężczyzna. – Nie chciałbym, aby mieszkańcy Piły zrezygnowali z moich usług przez tego wisielca. Dziennikarze już nawiązują do wydarzeń sprzed trzech lat oraz do mordercy, który pracował w mojej restauracji. Nagłaśniają sprawę, podają sprzeczne komunikaty. Dziś pojawiała się nawet plotka, że Świteź będzie na stałe zamknięta. I dlatego chciałbym wydać stosowne oświadczenie do mediów, że...

– Że to ja, Natasza Poniatowska, pechowa Właścicielka Wspaniałych Ślubów znów sprowadza śmierć do Świtezi? To chce pan oświadczyć? – przerwała z sarkazmem kobieta. – Nie spodziewałam się tego po panu – fuknęła. – A poza tym, jakie to ma znaczenie, czy trup wisiał w moim, czy w pańskim biurze? Świteź to Świteź, jeden duży kompleks.

– Niby tak, ale...

– Ale co? – weszła mu w słowo Natasza. – Myśli pan, że jak wydam oświadczenie, że ten wisielec ma związek z tylko moją firmą, to nagle pańscy klienci powiedzą: „Okej, w porządku. To trup Poniatowskiej, do Ożarowskiego możemy iść bez problemu". Czy pan siebie słyszy w ogóle? Jak to głupio brzmi? – rozkręcała się. – A może to pan coś ukrywa? – zaatakowała. – Proszę się przyznać!

– Pani Poniatowska, radzę się liczyć ze słowami – zareagował oschle restaurator. W jego głosie dało się słyszeć dziwnie brzmiącą nutę. Zdenerwowanie, strach, a może nieczyste intencje?

– Z wzajemnością, panie Ożarowski – odbiła piłeczkę kobieta. – I oświadczam panu, że ja nie zamierzam brać tej sprawy na siebie i kłamać, że znałam tego mężczyznę, skoro tak nie było. Nigdy wcześniej go nie widziałam na oczy. Jego personalia też mi nic nie mówią. I dokładnie to samo zeznałam wczoraj policji – zaakcentowała silnie ostatnie zdanie.

– Jak pani uważa – burknął nieprzyjemnie przedsiębiorca. Nie był już tak miły jak na początku rozmowy. – A ja tym bardziej nie zamierzam brać tego na siebie i dlatego jutro wydam oficjalny komunikat, że ten wisielec nie miał nic wspólnego z moją restauracją. Muszę się jakoś ratować.

– Ratować? – zdziwiła się. – Ale przed czym? – dodała zaintrygowana i jednocześnie zaczęła się głowić, z jakiego powodu Ożarowski tak bardzo chciał się odsunąć od tej całej sprawy. Czy aby na pewno miał na uwadze tylko biznesowe skutki wczorajszego makabrycznego odkrycia? Powoli zaczynała w to wątpić. Oczywiście, ona również drżała o najbliższą przyszłość swojej własnej firmy, ale jakoś nie zastanawiała się nad tym, jak tożsamość trupa znalezionego we Wspaniałych Ślubach może wpłynąć na liczbę klientów. A jeśli powinna zacząć to brać pod uwagę? Może Ożarowski ma rację? Żona Jana była skołowana.

Wróciła myślami do serii morderstw sprzed trzech lat, które również były powiązane z restauracją Świteź. I jak się miało niebawem okazać, w znacznym stopniu z Nataszą. Wspomniała zakochanego w niej do szaleństwa, niepozornego pracownika knajpy, który w ramach zemsty za swoją wielką, niespełnioną miłość uprowadzał, więził oraz z zimną krwią zabijał niewinne osoby. Zdarzyło się to bezpośrednio po podpisaniu przez Poniatowską upragnionej i długo oczekiwanej umowy o współpracę z Markiem Ożarowskim. Cieszyła się ze swojego sukcesu, lecz kiedy opinią publiczną wstrząsnęły fakty, że bezwzględnym, psychopatycznym mordercą jest wieloletni menadżer jednej z najpopularniejszych jadłodajni w kraju, Natasza zaczęła się bać, że zawarty właśnie kontrakt okaże się błędem i narazi jej biznes na poważne straty. Ale nic takiego się nie wydarzyło. Przeciwnie, wiadomość o nożowniku psychopacie zatrudnionym u Ożarowskiego stała się niezmiernie skuteczną i przede wszystkim darmową reklamą obu kooperujących przedsiębiorstw, a zamówienia na organizację przez Wspaniałe Śluby bankietów wyłącznie w Świtezi wzrosły o ponad sto pięćdziesiąt procent. A jak będzie tym razem? Tego Poniatowska nie mogła być pewna.

– Jak to przed czym? – Z rozważań wyrwał Nataszę zdecydowany głos. – Tłumaczyłem to pani przed chwilą. Nie mogę sobie pozwolić na najmniejsze straty.

– Tak, tak – westchnęła. Nie miała już ochoty na kontynuowanie niniejszej rozmowy. Poczuła się bardzo źle. Ale nie dlatego, że z minuty na minutę robiło się jej coraz bardziej gorąco i duszno. Raczej z powodu usłyszanych przed chwilą zarzutów, przez które poczuła się winna całej sytuacji. A poza tym miała nieodparte wrażenie, że wcale nie są one tak jednoznaczne, jak je przedstawiał pewny siebie i mało taktowny prezes restauracji. Nie znała go od tej strony. Coś było na rzeczy, to pewne. – Rozumiem – dodała. – Zresztą, to pan tu decyduje. Ja tak naprawdę nie mam tu nic do gadania.

– Cieszę się, że udało nam się dojść do porozumienia – rzekł, a po chwili milczenia powiedział: – Będziemy w kontakcie, pani Nataszo. Teraz muszę kończyć, sama pani rozumie, tysiąc spraw na głowie. Grunt, że mamy wszystko ustalone. I dam pani znać, kiedy tylko policja skończy czynności na terenie Świtezi.

– Dobrze się składa, bo ja też muszę kończyć. – Była niemiła i oschła. – Do widzenia i czekam na informację – pożegnała się ozięble, a potem się rozłączyła.

Izabela Najda zatrzasnęła album ze zdjęciami. Chyba ostatni, który jej został po bracie. Nie była już smutna i zrezygnowana, już nie płakała po stracie pieniędzy. Przeciwnie. Wzbierała w niej złość. Nie dlatego, że z dnia na dzień widok Kajetana coraz bardziej rozmywał się w jej świadomości. Bardziej dlatego, że z każdego zdjęcia obejrzanego przed chwilą uśmiechała się prowokacyjnie ona. Czuły obiektyw aparatu fotograficznego dostrzegł arogancję w oczach Węgorzewskiej. Skrytą bezczelność i wielką perfidię, którą Izabela również rozpoznała podczas pierwszego spotkania z tą zołzą. Z fałszywych źrenic narzeczonej brata wypływała kpina i chęć zawładnięcia życiem swojego wybranka. Albo raczej śmiercią... Tego Najda była coraz bardziej pewna.

Wrzuciła ze złością album do dużego pudła. Na wieku kartonu napisała: SPALIĆ! Nie chciała dziedziczyć żadnej pamiątki po związku jej brata z kobietą, która go zniszczyła. Nieważne, czy swoją fałszywą miłością, czy też własną ręką, bestialsko podcinając mu żyły.

W mieszkaniu panowała cisza. Najda słyszała tylko swój przyśpieszony oddech, ale i ten zdawał się w jej uszach z sekundy na sekundę cichnąć. Była zdenerwowana, a w takich sytuacjach traciła kontakt z rzeczywistością. Nienawiść do całego świata zaczynała szumieć i wirować jej w głowie, odbierała trzeźwość umysłu i przejmowała kontrolę nad całym jej ciałem. Musiała się uspokoić. Przeczekać. Wiedziała, że napady złości prędzej czy później wypłyną z jej wnętrza, a ona znów będzie mogła wrócić do rzeczywistości. Zawsze tak było i Izabela zdążyła się już do tego przyzwyczaić. Zauważyła jednak, że z wiekiem furiackie porywy stawały się dłuższe, coraz intensywniejsze i coraz bardziej odbierały jej zdolność racjonalnego myślenia. Ostatnio nawet przyłapywała się na tym, że kompletnie nie pamiętała, co się z nią działo, co robiła, a także co mówiła podczas największych emocjonalnych wybuchów. Było to dziwne uczucie, lecz i tak zdawało się lepsze niż coraz częstsze niezapowiedziane erupcje agresji.

Kobieta wyjęła z kieszeni szklany pojemniczek. Otworzyła go i po chwili miała w dłoni kilka malutkich pigułek. Włożyła tabletki do ust i czym prędzej popiła ją wodą. Odstawiła butelkę na stolik, zrzuciła ze stóp szpilki i położyła się na miękkiej sofie. Było jej bardzo wygodnie. Przymknęła powieki. Starała się oddychać miarowo. Czekała na spokój. Potrzebowała relaksu, po którym będzie mogła wrócić do porządkowania kawalerki Kajtka. Postanowiła ją sprzedać, gdyż chciała się pozbyć czegokolwiek, co było związane ze śmiercią jej brata. Początkowo rozważała wynajęcie mieszkania, lecz to wiązałoby się z formalnościami, które stale przypominałoby jej o Kajetanie. Izabela musiałby również od czasu do czasu bywać w tym przeklętym miejscu, a tego najbardziej się bała. Zawsze bowiem, kiedy tu wchodziła, ogarniało ją przenikliwe zimno, w nozdrzach czuła zapach śmierci, a w ustach smak niesprawiedliwości, z jaką musiała się mierzyć.

Nagle otworzyła oczy. Miała wrażenie, że coś usłyszała. Jakby czyjeś kroki, wyraźne skrzypienie parkietu. Obróciła głowę w stronę, z której dochodziły domniemane dźwięki, i popatrzyła w kierunku drzwi wejściowych. Nie było tam nikogo, a drzwi były nadal zamknięte. Najda pomyślała, że znów coś się jej przesłyszało. Często tak miała po lekach, dlatego nagłe odgłosy nie wzbudziły jej podejrzeń. Popatrzyła w sufit. Na powrót starała się zrelaksować. Do odzyskania równowagi niewiele jej brakowało. Kilka krótkich sekund, może nieco dłużej. Czas wyłącznie dla niej, na który mogła sobie przecież pozwolić. Wzięła kilka głębokich oddechów. Poczuła błogość. Złe emocje zaczynały znikać, ustępując miejsca ciszy, senności i odprężeniu. W pierwszej chwili Izabela chciała wrócić do obowiązków, które miała dziś w planach. Ale poczuła, że po jej ciele rozlewa się tak lekka i odprężająca fala ukojenia, iż postanowiła poddać się jej pozytywnemu wpływowi. Z wolna odchodziła w niebyt.

Jakaś postać wyszła z toalety. Ostrożnie, bardzo powoli i starając się zachowywać się jak najciszej, postawiła kilka kroków na drewnianej skrzypiącej podłodze. Cały czas obserwowała kobietę leżącą w niewielkim salonie. Izabela Najda spała, co po prostu ułatwiało sprawę. Nie krzyżowało planów. Przeciwnie – sprawiało, że znów zaczynały się one realizować ot tak, po prostu. Myślisz i masz. Wypowiadasz życzenie, które spełnia się tuż po wybrzmieniu jego ostatniej sylaby. A potem ogarnia cię błogość.

* * *

Sytuacja jest dynamiczna. Zmienia się. To nie było zaplanowane, ale będzie jak najbardziej moje. Takie... Jedyne w swoim rodzaju. Nie mam już siły bawić się w pozory. Stwarzać ich. Bo niby dla kogo to robić? I po co? I czy gra pozorów może odmienić historię? Zawrócić jej bieg? Oczywiście, że nie. Nic i nikt nie ma takiej mocy. A poza tym... Życie ludzkie nie jest aż tak cenne, żeby tak bardzo przykładać się do maskowania moich prawdziwych intencji. Ono nie ma i nigdy nie miało dla mnie jakiejkolwiek wartości. No, może wyłącznie to jedno jedyne. To, które gdy się zakończyło, pozbawiło mnie złudzeń, że wszystko się jakoś ułoży.

Otóżtak się nie stanie. Wiem to i coraz bardziej przytłacza mnie taka świadomość.

Ktoś z nas... Ktoś jeszcze to wszystko pamięta. Żyje i jest bardzo blisko... Ale według mnie to nie jest życie. To jest wegetacja. To upokorzenie, na które ten ktoś sam sobie pozwala. Wiem, że nie ma wyjścia, że musi na razie babrać się w tym błocie. Upadać i cierpieć. Jest mi strasznie przykro i nie mogę patrzeć, jak inni robią z tą osobą, co im się podoba. Dlatego zamykam oczy i robię to samo. Muszę, ale czuję wstręt. Wstyd i poczucie winy rozsadzają mi czaszkę. Dają powody do zemsty. Zabijam. I ciągle się zastanawiam, czy czas mnie nie nauczy pokory.

Nie nauczy? To nic, nie martwię się tym. Mam to w dupie! Kiedyś wszystko minie. Ten sam, mądry i sprawiedliwy czas rozliczy rachunki krzywd, a potem ukarze najgorszych. Mnie również spotka zasłużona kara. Wiem to, lecz teraz mnie to nie obchodzi. I nie przeraża mnie w żadnym stopniu. Na razie muszę żyć teraźniejszością. I przeszłością. Dbać o siebie i o swoje szczęście. Jeszcze choć przez chwilę.

Uwielbiam uśmiercać, kocham to robić i myślę, że po to wciąż jestem na świecie. Żeby odbierać oddech, tak po prostu. Odbierać ludziom nadzieję. Od dziecka odczuwam tę misję. A oni? I tak by kiedyś umarli, nie żyje się wiecznie i wychodząc z tego założenia, myślę, że ja ich nie zabijam. Ja tylko ustalam odpowiednie miejsce i czas. Cierpliwie czekam na impuls. Jeden krótki podszept, po którym już wiem, co mam robić. Preteksty są różne, lecz najbardziej lubię, kiedy ktoś sam mi podsuwa konkretne powody do zadania śmierci.

Retorsja? Przede wszystkim! Ona ostatnio jest najczęstszym z nich, a dawni mordercy wskazują mi drogę. Demony z przeszłości? Jak najbardziej. To właśnie demony każą mi zadawać aktualne rany i powodować najpotężniejszy, przedśmiertny ból. Nieuchronność losu? Oczywiście, bo to przeznaczenie pozwoliło mi znów spotkać się z osobą, która nie radzi sobie sama ze sobą. Tak jak ja. Tak jak wielu ludzi, którym ja pomagam.

Nie ściągam rękawiczek. Rozglądam się nerwowo po pomieszczeniu. Nie jest duże, ale duży w nim nieporządek. Tak jak wówczas, tak jak pierwszej nocy. Potykam się o stosik wypchanych kartonów. W salonie rozlega się hałas. Klnę pod nosem i chowam się za kuchenną wysepką. Wyglądam w stronę kanapy i czekam. Staram się być cicho, ale mam wrażenie, że przyśpieszony łomot mojego serca zaraz ją obudzi. I jeszcze mój oddech. Taki głośny, wyraźny i zdecydowany. Zdradza zew, podniecenie, które w mnie rośnie. Zawsze tak się czuję. A im jestem bliżej zadania ciosu, tym coraz bardziej wiem, że nie mogę się już wycofać. To jest silniejsze ode mnie. Tak jak z orgazmem, który zaczyna się zbliżać. Lawiny rozkoszy nie da się zatrzymać. Nie powinno się nawet próbować, bo to wbrew odwiecznym prawom natury.

Śpi, nawet nie drgnie. A może nie żyje, sprawdzam. Wychylam się mocniej. Nasłuchuję. Oddycha. Jej klatka piersiowa podnosi się i opada. Raz za razem, jakby była podłączona do respiratora. Niczym robot, mechanizm, który nigdy się nie zatrzymuje. Ale dziś się zatrzyma, ja muszę to zrobić. To moje wyzwanie. Zatrzymać to, co pracuje bez zarzutów. I sprawdzić, czy się da. Ile siły, ile ciosów do tego wystarczy? Jeden, dwa, a może cała, nieprzerywana, wymierzana w ślepej furii seria? Teraz, nie ma czasu. To kolejny impuls.

Rozglądam się, unoszę lekko na nogach. Nie prostuję się jeszcze, a mój wzrok koncentruje się na rzędzie kuchennych szuflad. Otwieram po cichu najwyższą. Pusta. Śmieci, paprochy i kurz. Resztki jakiegoś jedzenia. Kurwa, klnę pod nosem. Potrzebuję noża! Nie ma go. Rezygnuję. Oceniam, że jednak nóż nie byłby dobrym rozwiązaniem. Nie chcę krwi w tej nieplanowanej przygodzie. Za dużo roboty i za mało czasu. A jak potem to wszystko posprzątać? Nie, nie szukam noża. Dobrze, że go nie ma. Spakowała go już do kartonów. Kilka z nich stoi na podłodze. Zbliżam się do największego i rozchylam półprzymknięte skrzydła wieka. Zaglądam do środka. Tak, jest w nim zawartość opróżnionych szuflad. Jest…

Widzę odpowiednią rzecz. Objawienie. Narzędzie zbrodni czekało na mnie właśnie w tym kartonie. Uśmiecha się do mnie i chce, aby je chwycić za stalowy trzonek. Tłuczek do kotletów. Którą stronę wybrać? Gładką i obłą czy tę z wypustkami? Ważę przedmiot w dłoni, jest ciężki i bardzo solidny. Rzadko się zdarza, aby takie tłuczki były w całości zrobione z metalu. Ikea, malutki napis na naklejce trzonka. Szwedzki i solidny. Zaciskam dłoń na czarnej rękojeści. Czuję jej chropowatą fakturę oraz wielką siłę, którą zaczynam przypisywać temu przedmiotowi. Ja i on stapiamy się w jedność. Wstaję, bardzo ostrożnie. Podchodzę do sofy.

Śpi na wznak. Uśmiecha się lekko. Jest młoda, ale to nie ma znaczenia. Nie po tym wszystkim, co się kiedyś stało. A podobno ładne kobiety mają w życiu łatwiej. Bzdura! Patrzę na jej piersi. Unoszą się i opadają miarowo. Jak w maszynie, jak w pachnącym ładnie wehikule życia. Takim, co i tak by się kiedyś zatrzymał. Najpierw zwalniając pod wpływem starości, a na końcu gnijąc, zaczynając cuchnąć. Koniec z tym. To ja decyduję, ja teraz rządzę prawami natury. Ja rozdaję karty, ja wymierzam śmiercionośne ciosy, tak jak ktoś kiedyś wymierzył tamtej wspaniałej osobie.

Biorę duży zamach. Mam plan. Chcę ją zabić jednym silnym i skutecznym ciosem. Załatwię to szybko. Rozkruszę jej czaszkę, bez rozlewu krwi. Młotek jest już nad nią. Wysoko, ale zaraz spadnie. Moje napięte ciało zalewa fala ekscytacji. Moimi ruchami powoduje zbawienny wpływ adrenaliny. Liczę wspak. Od życia do śmierci. Trzy… dwa… jeden. Już!

Uderzam z całej siły. Tak mocno, że coś chrupie jej w głowie. Mam jednocześnie wrażenie, że mój nadgarstek również *za chwilę rozleci się w drobny mak. To bolało, lecz przyniosło zamierzony efekt. Otworzyła na chwilę powieki. Nieznacznie, ale było pod nimi widać, jak szybko uchodzi z niej życie. Jej ciało zaczęło dygotać. Stopy zaczęły się trząść. Ale to tylko pozory, złudne wrażenie, że kobieta budzi się ze snu, w którym jeszcze do tej pory tkwiła. Przestała oddychać. Nie od razu. Dopiero po kilku sekundach. Jej klatka przestała się ruszać. Gotowe. A więc się udało.*

Co teraz? Nie mogę tak jej zostawić. To nie będzie wyglądało na samobójstwo. Żadna gra pozorów nie wygra z wielkim wgłębieniem w jej czole. Kanapa. Muszę ją tam ukryć.

Piła, 6 sierpnia 2019 roku, późne popołudnie
Marek Ożarowski

– Kurwa mać! – zaklął właściciel Świtezi, wspominając rozmowę z Nataszą Poniatowską. Poczuł jak z nerwów pulsują mu skronie, a wielka fala gorąca zalewa jego ciało. Znów był przerażony. Znów nim rządziły emocje. A co, jeśli wszyscy się nagle dowiedzą? – w myślach przewidywał dramat. Co wówczas? Co się stanie z nim i z wypracowaną przez niego pozycją? Czy nadejdzie koniec ery Marka Ożarowskiego? Głośny upadek znanego wszem i wobec męża, troskliwego ojca, prężnego, niezależnego kapitalisty oraz idealnego mężczyzny, który dla wielu mógł być wzorem do naśladowania?

– Nie! To się nie może tak skończyć! – syknął i furiackim gestem poluzował krawat. Rozchełstał pośpiesznie kołnierzyk, a potem poderwał się z miejsca. Podszedł do głównego baru. Zdjął z niego jedną z napoczętych butelek whisky i niemal po brzegi wypełnił nią szklankę o sześciennym kształcie. Musiał się „znieczulić", bo ta sytuacja zaczęła go nagle przerastać.

Zachłannie wypił sporą porcję brązowego płynu. Niemal od razu poczuł, jak alkohol niweluje wszystkie napięcia i stresy, które skumulowały się w jego pięćdziesięcioletnim ciele. Przymknął na chwilę powieki, wziął głęboki wdech i ponownie zbliżył do ust krawędź kanciastego naczynia. Wziął kilka kolejnych łyków i chciał mieć nadzieję, że na powrót zacznie nad wszystkim panować.

– Nie – szepnął z szyderczym uśmiechem, który nagle zawładnął mimiką podchmielonego mężczyzny. – To są jakieś bzdury. I totalne kpiny. Ja nie zrobiłem nic złego! – mówił coraz głośniej, jakby w ten sposób chciał sam siebie przekonać o słuszności wypowiadanych zdań. – Nie pozwolę sobie tego wmówić. Nigdy i nikomu! – krzyknął, a potem opróżnił szklankę do dna. – Absolutnie, kurwa mać, nikomu! – Zamachnął się i z całej siły cisnął grubym szkłem o podłogę. Setki maleńkich kryształków rozpierzchły się z hukiem po ciemnoszarej posadzce.

Wyszedł zza baru i skierował kroki do swojego biura. Przeciął świecącą pustkami salę, która w normalnych okolicznościach tętniłaby życiem, ciesząc jego oko. Ożarowski nie mógł sobie wybaczyć, że był tak nieostrożny i mało dyskretny. A przecież dbał o wszystkie, nawet najmniejsze szczegóły. Każdorazowe alibi, odpowiednie przebranie, pora dnia niepodpadająca nikomu. Sam sobie ufał i sam siebie zawiódł? Dlaczego? Nie chciał przecież źle, lecz nigdy nie sądził, że w jego życiu przyjdzie kiedyś moment, w którym uzależni się od wielkiej ekscytacji i wysokiego poziomu adrenaliny. Nawet whisky tak nie uzależnia. I duże pieniądze, do których się przyzwyczaił. A więc co zawiodło? Kto go widział i komu zaczęło zależeć na zniszczeniu wszystkiego, co Marek osiągał latami? Kto go szantażuje? I do czego jeszcze zdoła się posunąć? Tego Ożarowski na razie nie wiedział. I ta niepewność wywoływała w mężczyźnie uczucia, o których istnieniu już dawno zapomniał.

Wtargnął jak po ogień do swojego biura. Postanowił znaleźć i raz jeszcze przeczytać anonim, jaki ktoś wczoraj zostawił za wycieraczką jego samochodu. Właściciel Świtezi wziął do ręki swoją skórzaną aktówkę i czym prędzej usiadł z nią za biurkiem. Przeszukiwał w nerwach wnętrze czarnej teczki. Wiedział, że gdzieś na jej dnie znajduje się tekst, którego nie zdążył dotychczas wnikliwie przeanalizować. Znalazł list po chwili. Z głuchym trzaskiem odstawił na podłogę torbę, a potem rozprostował zmięty w kulkę papier. Ożarowski był roztrzęsiony. Znów czuł suchość w ustach i nabrał ochoty na whisky. Chciał się uspokoić, dlatego zanim rozpoczął lekturę, odsunął się lekko biurka i nie wstając z miękkiego fotela, obrócił się prędko za siebie. Ze stojącej pod ścianą komody wyjął prostokątną tacę, na której stały pękata karafka oraz literatka, obie wykonane z kunsztownie szlifowanego kryształu. Postawił przed sobą zestaw ekskluzywnych naczyń, otworzył butelkę i pośpiesznie napełnił rzeźbioną szklaneczkę słuszną porcją złotobrązowego, aromatycznego płynu. Alkohol zniknął z naczynia tak samo szybko, jak się w nim pojawił, a Ożarowski poczuł, jak ponownie po jego wnętrzu rozchodzi się fala przyjemnego ciepła. Ręce przestały mu drżeć, a nerwy, które niewidzialną siecią krępowały od środka jego całe ciało, zdawały się słabnąć z każdą mijającą sekundą. Tego mu było potrzeba.

Lekko otumaniony biznesmen znów się beztrosko uśmiechnął. Pomyślał, że to jednak proste. Eliminowanie wszystkich problemów jednym krótkim ruchem stało się jego domeną. Alkohol mu w tym – bez dwóch zdań – pomagał. Również błyskawicznie usuwał zmartwienia. Był jego nowym sprzymierzeńcem, chociaż Marek coraz bardziej uzależniał od niego swoje działania. I to właśnie przez whisky pierwszy raz zdecydował się na coś, czego skutki zacznie odczuwać niebawem. No, chyba że uda mu się odszukać i usunąć kogoś, kto śmiał podrzucić mu ten list…

Czy powinien ją podejrzewać? Nie… To byłoby przecież za proste. Ona była zbyt od niego zależna. Jest słaba i mało znacząca. I jaki miałaby w tym cel? Pieniądze, zemsta, szantaż, rozmyte cienie przeszłości? To od dawna zapomniana sprawa. Ożarowski już do niej nie wracał. Może na początku gryzło go sumienie, gdyż był prawym, dobrze wychowanym i kulturalnym młodzieńcem. Z zacnej, szanowanej rodziny. Był kimś na poziomie. Kimś, komu takie rzeczy po prostu nie mogą się przytrafiać. A jeśli się już przez przypadek przytrafiają, to dzięki wrodzonej inteligencji, ponadprzeciętnemu sprytowi, a przede wszystkim dzięki niebagatelnym wpływom wielce zaradnych rodziców można żyć spokojnie, krok po kroku budując swoją potęgę i sławę. Raz na jakiś czas rodzą się bowiem podobni nadludzie, wybitni liderzy, którym Bóg i świat wybaczają złe czyny po to, aby ich wybrańcy mogli w przyszłości czynić dobro tysiąckrotnie większe od znikomej krzywdy wyrządzonej małej, patologicznej i nic nieznaczącej jednostce. Tak już jest od dawna, od zarania dziejów. Prawo dżungli, które przecież nigdy nie przestało obowiązywać, chroniąc interesy prawdziwych drapieżników. I to się już nigdy nie zmieni, na szczęście.

Zaczął czytać, na głos. Tekstu nie było zbyt wiele, więc przez kilka minut zdołał go kilkukrotnie pochłonąć. Z krótkimi przerwami na głębszą analizę całości, która niestety nie przynosiła Ożarowskiemu odpowiedzi na podstawowe pytanie: kto? Spróbował po raz ostatni. Chwilę wcześniej dolał sobie whisky, którą wypił jednym, dużym łykiem. Coraz bardziej szumiało mu w głowie. Czuł się błogo. Jakby był panem przyszłości i świata.

Opowiem o wszystkim. Już wkrótce. Coraz więcej wiem. Wciąż dowiaduję się prawdy o Tobie. Tej starej oraz tej najnowszej. Odkrywam kolejne szczegóły. I znów jest mi przykro. Płaczę i zaciskam zęby. Wytrzymam. Uczynię to dla niej.

Znam Cię. Widujemy się, a Ty nawet nie wiesz, z kim tak naprawdę rozmawiasz. Nie wiesz... Nie wiesz... Nie wiesz. Ale ja wiem. W komórce mam zdjęcia. Niezbite dowody, którymi Cię zniszczę niebawem. Odbiorę ci wszystko, bo po raz kolejny zdeptałeś ludzką nadzieję i godność.

Nie, nie oczekuję okupu. I tak mi się nie wypłacisz. Zresztą nie pragnę niczego, co pochodzi od kogoś takiego jak Ty. Brzydzę się ludźmi Twojego pokroju. Chce mi się rzygać, ilekroć wspominam o Tobie. Dlatego wyrzucam z głowy tego typu myśli, zastępując je nieco innymi. Wtedy zastanawiam się, jak można być takim skurwielem. Zwykłym zwyrodnialcem, udającym prawego i uczciwego człowieka.

Ten wisielec. Od teraz już nie pozbędziesz się jego widoku. Już ja o to zadbam, przysięgam! Będę Cię nim straszyć, aż w końcu poczujesz, co tak naprawdę zrobiłeś. Poczujesz jego prawdziwy ciężar. On cię przygniecie, zobaczysz! Zrówna Cię z ziemią, bo zemsta za grzechy jest nieunikniona. Nie zaśniesz już nigdy spokojnie.

Jeszcze Cię trochę pomęczę. Pobawię się z Tobą i nie wyjawię całej prawdy od razu. Wolę Cię niszczyć stopniowo, żeby móc Ci na samym końcu zabrać to, na co pracowałeś przez te wszystkie lata. A na razie żyj! Ukrywaj się i zacieraj ślady. Wypieraj z pamięci wszystko, co i tak do Ciebie powróci. Tak, powróci. Dobrze przeczytałeś. Prędzej czy później, ze zdwojoną siłą. Nie myślałeś chyba... Naprawdę? Miałeś nadzieję? Głupek!

Przecież ja wciąż żyję. My żyjemy, ona... W mojej pamięci, a w Twoim nieczystym sumieniu. Tyle że ona potrzebowała czasu, mnie oraz mojego wsparcia, aby miała siłę przypomnieć o swoim istnieniu. Tak jak ten mężczyzna... Zawsze już będzie tam wisiał. Zawsze! A kiedyś oplącze Cię liną. Założy Ci pętlę na szyję, a potem ją nagle zaciśnie. Szarpnie tak mocno, że złamie Ci kark i karierę. Życzę Ci tego, naprawdę. Wszyscy Ci tego życzymy.

– *Hello*, Janek, tutaj – wołała do Poniatowskiego Anka. Szła w jego kierunku przyśpieszonym krokiem. W rękach niosła kolorowe torby z zakupami. Ledwie się z nimi mieściła w wąskich przestrzeniach pomiędzy autami. – Sorka za spóźnienie – dodała, gdy była już obok kanarkowej hondy. Z przemęczenia dyszała, ale uśmiech nie schodził jej z twarzy. – Promocja była w Mohito. W ostatniej chwili zauważyłam reklamę na szybie. Trzydzieści procent na wszystko. Mówię ci, takie mnie szczęście spotkało, a miałam już wychodzić z galerii. Oj, ale bym sobie w brodę pluła, a tak? Zobacz! – Spojrzała wymownie pod nogi. – Fajne sandałki, co nie? – Wysunęła jedną stopę do przodu i zaczęła kreślić nią w powietrzu bliżej nieokreślone figury. – Tak mi się spodobały, że już ich nie zdjęłam. No po prostu bajka. Klasa i wygoda w jednej parze butów – trajkotała. – A ty, co tak stoisz, zatkało cię? – Popatrzyła na przyjaciela. – Spoko, całkiem cię rozumiem, mogą oszałamiać. Ale nie myśl sobie, że wydałam krocie. Umiem kupować rozsądnie i mądrze korzystać z okazji. Pięćset dziewięć, zamiast pięćset dziewięćdziesiąt dziewięć. Promocja robi wrażenie, co nie?

– Wrażenie to zrobi nasze spóźnienie na siostrze Andrzejewskiego – odpowiedział Jan, otwierając samochodowy bagażnik. – Że też masz ochotę na zakupy po wczorajszych przejściach. Całą noc nie spałaś – zauważył. Przejął torby od przyjaciółki i umieścił je w aucie. Ledwie domknął klapę.

– A co miałam robić? Siedzieć w domu, myśleć o tym wszystkim i popaść w depresję? To nie w moim stylu. – Dziewczyna się obruszyła. – Znasz mnie tyle lat i jeszcze się dziwisz? Przecież doskonale wiesz, że nic mi tak nie pomaga jak porządny, niezaplanowany shopping. A poza tym w domu to ludzie umierają – fuknęła. – Tak moja babcia mówiła. I miała rację kobieta. – Sasanka zrobiła zamyśloną minę. – Mało masz na to przykładów?

– W sumie, racja – przytaknął bankowiec, bo nie mógł się z Anką nie zgodzić.

– No więc właśnie – skwitowała i wsiadła do samochodu. – Zresztą, jak ci zaraz powiem, kogo spotkałam w galerii, to będziesz mi jeszcze dziękował, że się w niej zjawiłam – dodała i natychmiast odkręciła szybę. – Jezu, Janek, ale tu gorąco. – Zaczęła wachlować się dłonią. – Włącz jakieś nadmuchy, bo mi makijaż zaraz spłynie z twarzy! Masz świadomość, ile czasu zajmuje kobiecie wykonanie profesjonalnego make-upu?

– Kogo spotkałaś? – zaciekawił się Poniatowski. Jemu również zrobiło się duszno. Bezzwłocznie uruchomił więc silnik i zaczął manewrować pokrętłami na desce rozdzielczej. Z zakurzonych kratek buchnął strumień suchego, gorącego powietrza.

– Możesz mi przypomnieć, ile razy ci już tłumaczyłam, jak niezbędna jest klimatyzacja w aucie? I po co matka natura ją w ogóle stworzyła? – nie mogła sobie darować komentarza. – Dobra, mniejsza z tym. Nie licz! Już ci podpowiadam: setki razy, Janek – powiedziała, a potem nagle zamilkła. Napotkała na surowy wzrok przyjaciela, który najwidoczniej nie miał ochoty na utarczki słowne. Ruszył z piskiem opon.

– Kogo spotkałaś? Kiedy? – powtórzył pytanie i wyjechał z parkingu.

– A Węgorzewską spotkałam, o! Ze dwie godziny temu. – Sasanka starała się zagłuszyć warkot silnika i szum wiatru, który wraz z prędkością coraz odważniej wdzierał się do kabiny. W pośpiechu zapięła pasy bezpieczeństwa i ponownie, tym razem w odwrotnym kierunku, pokręciła korbką w drzwiach samochodu. W jego wnętrzu nagle zrobiło się ciszej. – I co tak zamilkłeś? Mowę ci odjął ten upał?

– Co? – Zahamował gwałtownie. Milimetry dzieliły Poniatowskiego od stłuczki.

– Patrz, gdzie patrzysz! – Sasanka krzyknęła, wbijając różowe tipsy w zmechaconą tapicerkę fotela. – Ty naprawdę nas kiedyś zabijesz! – Oddychała ciężko.

– Patrz, gdzie patrzysz, dobre. – Bankowiec również się przeraził, ale nie miał czasu na zastanawianie się, co by było, gdyby. Uśmiechnął się blado i odetchnął z ulgą. Cieszył się, że udało mu się uniknąć zderzenia. – Złote usta za ten tekst dostaniesz. – Wjechał na skrzyżowanie. Tym razem był bardziej ostrożny.

– Co? Jakie usta, Janek, co ty wygadujesz? Weź się lepiej skup na drodze! I jedź do tej Najdy, bo się klientka rozmyśli, a nasze śledztwo szlag trafi. – Anka wciąż dygotała. Po wczorajszym dniu miała dosyć ekstremalnych przeżyć. – Chociaż, w sumie... – Zaczęła przeglądać zawartość torebki. – Może i masz rację? Zmieniłam przecież buty, to i kolor błyszczyka muszę dopasować. Ty, wiesz co? Jak na faceta, to czasem uda ci się powiedzieć coś sensownego.

– Coś takiego? – zakpił Poniatowski i delikatnie się uśmiechnął. – Dziękuję za słowa uznania – dodał i popatrzył w stronę pasażerki, która omal nie wsadziła swojej głowy do przepastnej sakwy. – No i co z tą Węgorzewską? Rozmawiałaś z nią? Dowiedziałaś się czegoś ciekawego? – dociekał. – I czemu nie dałaś mi znać, że ją spotkałaś w galerii?

– Dać ci znać? Przestań, a co by to dało? Przyjechałbyś do nas czy jak? Sztucznie by to wyszło, nie sądzisz? – tłumaczyła dziewczyna. – Zresztą... – Machnęła ręką, w której trzymała jakieś kosmetyki. – Julka nie była dziś jakoś specjalnie wylewna. A ja wiesz... chciałam ją trochę przycisnąć i podpytać o Kajtka. Zaproponowałam jej nawet kawę, ale ona nic. Tylko: „Kończę, muszę lecieć, umówimy się", powtarzała jak zacięta płyta.

– Szkoda – ocenił Jan z nutką rezygnacji w głosie. – Ale tak czy siak będziesz musiała z nią jeszcze pogadać. To nam może pomóc w rozwikłaniu zagadki śmierci Andrzejewskiego.

– No ba, wiadomo – przyznała mu rację Anka. – Mówiłam ci przecież, że tę część dochodzenia biorę na siebie. – Odkręciła flakonik z jasną, perlistą substancją, wychyliła się mocno do przodu, popatrzyła we wsteczne lusterko i zaczęła wodzić malutkim pędzelkiem wzdłuż wydętych ust. – Nie panikuj, dowiem się wkrótce wszystkiego.

– No, a dziś? – Poniatowski chciał podtrzymać jedyny interesujący go temat. – Masz jeszcze jakieś refleksje po spotkaniu z Julią? Jak ona się, tak wiesz, generalnie, zachowywała?

– Generalnie? – Sass zrobiła zadumaną minę. Pomilczała kilkanaście sekund, jakby dopiero teraz zaczęła wyciągać wnioski z przypadkowego spotkania z dobrą koleżanką. Poza tym bardzo skupiała się na równomiernym rozprowadzeniu na wargach złotobarwnego błyszczyka. – Dziwnie... jakoś tak. Niby ona, a jednak nie ona. Sama w sumie nie wiem.

– Jak to nie wiesz? – indagował Jan. – Dlaczego? Gdzie ją w ogóle spotkałaś?

– W Reporterze – odpowiedziała. – Tam też były zniżki, więc od razu weszłam, żeby sprawdzić jakie. Już na wejściu ją zauważyłam. Oglądała swetry i bluzy z kapturem. Nawet zajebiste szmatki, nie mogę powiedzieć, że nie. Tylko wszystkie czarne i potwornie grube. Dasz wiarę, Janek? W sierpniu, w środku lata, takie ciepłe i ponure ciuchy kupować? Na takie egipskie upały? No i wiesz... – Sasanka złapała wiatr w żagle – ja do niej podchodzę, skradam się po cichu, bo z daleka już ją rozpoznałam. Chciałam ją wystraszyć, tak wiesz, dla żartów i niespodziankę jej zrobić. Więc biegnę i krzyczę do niej znienacka: „A co ty, kochana, pogrzeb na Syberii masz czy na Spitsbergen wyjeżdżasz?".

– Co? – prychnął z niedowierzaniem. – O to ją spytałaś? O pogrzeb?

– Dokładnie, a jak? Mówię, przecież. Naprawdę, od tego gorąca zmysły ci wariują.

– I co ona na to? – Poniatowski nie miał ochoty uświadamiać Ance, jak potężny popełniła nietakt. Miał cichą nadzieję, że nie tylko on, ale również Julia zdążyła przywyknąć do sposobu bycia postrzelonej kelnerki, która najpierw mówi, a dopiero potem myśli.

– No właśnie w tym sęk, że nic. Zero reakcji, totalnie. Uśmiechnęła się tylko, jakby z wielkiej łaski, i od razu zaczęła wykręcać się sianem. Mówiła, że się śpieszy i że ma wiele spraw do załatwienia. Jakaś spłoszona była i zdenerwowana. No nie ta dziewczyna, mówię ci, masakra.

– Ona zawsze była trochę inna – zauważył bankowiec. – Zmienna, harda i nieprzewidywalna – dodał. – Ale żeby spłoszona? To chyba nie jest w jej stylu z tego, co pamiętam.

– No, oczywiście, że nie! – Anka wystrzeliła jak z procy. – Przecież to normalna, nowoczesna, przebojowa i bezpośrednia kobieta. A przynajmniej taką ją jeszcze pamiętam sprzed... – urwała i posmutniała. – No właśnie – westchnęła ciężko, bo dopiero teraz uświadomiła sobie, że Julia ma pełne prawo zachowywać się niestandardowo. – Najwidoczniej ona nie może się jeszcze pozbierać po stracie ukochanego. Biedna, osamotniona dziewczyna. Co to musi być za szok dla człowieka, że nawet zakupy nie są go w stanie wyciągnąć z samego dna piekieł. Przykre i bolesne, no nie?

Jan się nie odezwał. Skupił się na drodze, bo akurat wjechał na rondo. Z nadmierną prędkością, jak zawsze. Sasanka pokiwała głową z dezaprobatą, ale już nie komentowała na głos jego jazdy. Obróciła głowę w stronę bocznej szyby. Obserwowała przez chwilę zmieniający się krajobraz miasta. Milczała, wciąż analizując nieciekawą sytuację Julii.

– A ciekawa jestem – odezwała się po jakimś czasie – jaką kobietą okaże się Najda – barmanka rozpoczęła nowy temat. – To gdzie się z nią umówiłeś? – zapytała, patrząc na powrót w stronę przyjaciela. Czy jej się zdawało, czy na twarzy Jana dostrzegła subtelny cień strachu?

– Zobaczysz – charknął, bo odpowiedź ugrzęzła mu w gardle.

– A co to, niespodzianka jakaś? – zaintrygowała się Sass. – Jeśli o mnie chodzi, to mam, tych złych oczywiście, po dziurki w nosie na chwilę obecną.

Znów się nie odezwał. Dodał więcej gazu i zacisnął nerwowo ręce na kierownicy. Cisza, jaka zapanowała w samochodzie, zrobiła się bardzo niezręczna. Przynajmniej dla Anki, która postanowiła z miejsca ją pokonać.

– No mów! – nakazała, uderzając dłonią w kolano kierowcy. – Dokąd jedziemy? – niepokoiła się.

– Do mieszkania Kajtka – wydusił z siebie Poniatowski. Kątem oka łypnął w prawą stronę.

– Co? – krzyknęła tak, jakby nie dosłyszała słów przyjaciela. – Po moim trupie, kochany. Co to, to nie. Nie ma takiej opcji, nie wrócę tam nawet na sekundę. Ani mi się śni. Skąd taki pomysł w ogóle? Ty upadłeś na głowę czy ta cała Najda? – rozkręcała się blondynka. Znów zaczęła wachlować się dłonią. – Boże, Janek, ja się teraz czuję jak przestępca, rozumiesz? To nie może być prawda.

– Jak przestępca? Dlaczego? – Poniatowski zjechał z alei Niepodległości i skręcił w ulicę Popiełuszki. Byli blisko celu.

– No jak to dlaczego? – Kelnerka zamrugała, przełykając przy tym ślinę w charakterystyczny dla siebie sposób. Popatrzyła przez szybę i zorientowała się, że ich żółta honda mknie rzeczywiście w kierunku kamienic przy ulicy Ojca Maksymiliana Kolbego. – Przecież morderca zawsze wraca na miejsce zbrodni, nie znasz tej zasady? To taki z ciebie porucznik Columbo? – spytała drwiąco. – Czekaj, stop! – wrzasnęła jeszcze głośniej.

Jan zahamował gwałtownie i gdyby nie pasy bezpieczeństwa, z pewnością oboje uderzyliby w przednią szybę auta.

– Co jest? – zapytał, gdy auto zatrzymało się na środku drogi. Silnik hondy zgasł, a tuż za nią rozległ się głośny dźwięk kilku samochodowych klaksonów.

– Nic, jedź! – nakazała Sasanka. – Oszalałeś? – zapytała. – Co ty robisz? Hamujesz na środku ulicy? Tak bez ostrzeżenia? Chcesz naprawdę nas zabić?

– Nas nie, ale ciebie, za chwilę zabiję, przysięgam! – warknął, pośpiesznie przekręcił kluczyk w stacyjce i natychmiast ruszył. – Sama krzyknęłaś „stop"!

– I co z tego? – prychnęła zdezorientowana. – Ale przecież nie chodziło mi o to, żebyś spowodował wypadek!

– A o co? – Kierowca opuścił szybę w drzwiach. Otarł też pot z czoła.

– O kogo, raczej, o kogo – Sass go poprawiła. – O siostrunię Kajtka mi chodzi! Bo jak to ona, jako morderczyni, powraca na miejsce zbrodni? W myśl wszystkich kryminalnych reguł? To ma sens – dedukowała.

– Co ty wygadujesz? – Tym razem to Jan niemal krzyknął. – Po prostu kiedy zadzwoniłem do Najdy i ją zapytałem, czy moglibyśmy się dziś spotkać w wiadomej sprawie, opowiedziała, że nie bardzo ma czas. Oznajmiła, że chciała uporządkować kawalerkę brata. Pozabierać z niej część rzeczy Kajetana, zanim wystawi mieszkanie na sprzedaż. Dlatego zaproponowałem jej...

– Wiedziałam! – Anka weszła mu w słowo. Zacisnęła pięść w geście zwycięstwa. – To twoja sprawka. Czułam to w kościach, a ty się tak dałeś podejść jak dziecko – zachichotała. – Co nie zmienia faktu, że trochę mam pietra i wcale nie uśmiecha mi się tam wracać. Jahnc i Czeszejko powiedzieli przecież, że mamy się trzymać z daleka od tej sprawy i...

– Nie ma żadnej sprawy. – Teraz to Poniatowski przerwał. Był stanowczy i mówił podniesionym głosem, lecz tylko udawał obruszonego. W rzeczywistości kamień spadł mu z serca, że przyjaciółka w końcu dowiedziała się i mogła oswoić się z myślą, że za parę minut będzie musiała wrócić do miejsca, w którym kilka tygodni temu przeżyła szok. A po wczorajszych wydarzeniach we Wspaniałych Ślubach Janek obawiał się szczerze o jej stan psychiczny. Bał się też o siebie. Zdawał sobie sprawę, że nerwy nie są ze stali i że któregoś dnia po prostu wybuchną. – Sami ją zamknęli, twierdząc, że to samobójstwo – dodał już nieco łagodniej i prócz lęków, o których myślał przed chwilą, odgonił od siebie falę negatywnych przeczuć związanych z powtórnym wejściem do mieszkania, w którym odnalazł zwłoki Kajetana. – A poza tym – postanowił oszukać sam siebie – czego tu się bać? Przynajmniej będziemy mieli okazję rozejrzeć się dokładniej po miejscu domniemanej zbrodni – perorował. – Kiedy więc siostra Andrzejewskiego zaproponowała mi spotkanie właśnie tam, od razu dostrzegłem w tym korzyść i uznałem, że to idealny zbieg okoliczności, który może pomóc naszemu prywatnemu śledztwu.

– Ja tam nie wiem, Janek. – Anka się wzdrygnęła, jakby nagle zrobiło jej się zimno. – I trochę się boję, że po odwiedzinach tego przeklętego miejsca znów będę musiała się napić, a kolejnej nocy nie mogę już zarwać. Wolałbym tam wcale tam nie iść. – Spochmurniała.

– To pomyśl sobie, co ma powiedzieć Natasza. – Poniatowski zwolnił i skręcił w ulicę, przy której mieszkał Andrzejewski. Na widok ciągu zaniedbanych kamienic, do których powoli się zbliżał, poczuł silne ukłucie gdzieś w okolicach mostka. – Ona musi wrócić do biura najszybciej, jak to tylko możliwe. Ma zobowiązania. I nie myślisz chyba, że nie będzie korzystała z toalety.

– Podejrzewam, że nie – szepnęła pod nosem Sasanka. – Ja na sto procent bym nie korzystała z toalety w budynku na tyłach, tylko za każdym razem szłabym do restauracji – dodała, a potem na chwilę zamilkła.

Jan zaparkował bezpośrednio przed wejściem do klatki schodowej prowadzącej do kawalerki Kajtka. Znów go zakłuło pod sercem. Rozpoznawał takie sygnały i dobrze znał siebie. Zaczął odczuwać niepokój.

– Janek, patrz – odezwała się cicho Anka i szturchnęła przyjaciela w ramię. Odruchowo obniżyła się na fotelu. Poniatowski natychmiast zrobił to samo. Tylko głowę wystawił ponad wysokość samochodowego kokpitu.

Jakaś postać wyskoczyła z kamienicznej bramy. W sportowych butach, w ciemnych okularach na twarzy oraz z kapturem naciągniętym na głowę. Nie zatrzymywała się ani na sekundę. Przebiegła na drugą stronę ulicy, obejrzała się nerwowo za siebie, głośno coś krzyknęła, a po chwili zniknęła gdzieś wśród gęstych zabudowań miasta. Głośny warkot samochodowego silnika odbił się echem od starych budynków.

ROZDZIAŁ 6

Piła, 17 listopada 2010 roku, noc
Berenika Ludwiczak, Arkadiusz Żabski

– Zostaw! Sama wsiądę! – krzyk nastolatki rozpruł nocną ciszę. Była wściekła, bo jej podróż ku kilkudniowej wolności właśnie się skończyła. A podróż jej przyjaciółki? Odwróciła się po raz ostatni. Obserwowała, jak Malwina znika w głębi lasu. Chwilę wcześniej Berenika dała jej dyskretnie znać, żeby się nie ujawniała, żeby uciekała. I chociaż nie mogła być pewna, że Humańska dobrze ją zrozumiała, żywiła wielką nadzieję, że towarzyszka niedoli jakimś cudem wróci do ośrodka niezauważona i choć jej uda się uniknąć przykrych konsekwencji wynikających z ucieczki.

Ludwiczak wsiadła do samochodu. Jego wnętrze było przesycone wonią alkoholu i ostrym zapachem palonej marihuany. Niedopałki, opróżnione butelki i puszki znajdowały się dosłownie wszędzie. Mężczyźni byli pijani, lecz Berenika wiedziała, że z ich strony już nie grozi jej niebezpieczeństwo. Przynajmniej do czasu, w którym całą imprezową trójką zawiadywał on. Ten, który od dawna dawał jej pieniądze, taił przed dyrekcją wszystkie jej chuligańskie wybryki i niezwykle chętnie dzielił się prochami. Lecz ta pomoc była dla nastolatki zaledwie dodatkiem do zakazanej miłości. Pożądania i zauroczenia, o którym on nie mógł mieć nawet pojęcia. Wykorzystywał ją, a o tym, co tak naprawdę wraz z każdą porcją jego ciepłej, upłynnionej męskości wnikało przez łono do chłonnego serca dziewczyny, prócz niej samej, wiedziała wyłącznie Malwina.

Zostali we dwoje. Arkadiusz chwilę wcześniej dał znać swoim towarzyszom, żeby opuścili auto. Kazał im poczekać na niego przy drodze i nigdzie się nie oddalać. Samochód ruszył w stronę znienawidzonego przez Berenikę ośrodka. W oczach uciekinierki zakręciły się łzy. Ale nie była to oznaka smutku. Raczej wściekłości. Na to, że dała się tak szybko złapać, na to, że musiała rozdzielić się z przyjaciółką, a najbardziej na to, że kochanek tak bardzo zawładnął jej życiem. Przed chwilą znów jej to udowodnił i jak zawsze musiała mu ulec. W pierwszej chwili, kiedy w środku nocy stanęła nim twarzą w twarz, miała wrażenie, że w jego źrenicach błysnęła iskierka mordercy. Mimo chłodu i rzęsistego deszczu, który spadał z nieba zimnym wodospadem, zrobiło jej się gorąco. Gdzieś z tyłu jej głowy pojawił się pomysł ucieczki. Albo raczej instynkt. Krótki impuls niezależny od niej. Intensywny strach, którego nigdy wcześniej nie doświadczyła. Lecz po chwili jej umysłem znów zawładnęła logika. To ona kazała jej zostać. Podporządkować się woli mężczyzny i pozwolić mu działać. Wierzyć obietnicy, że jeśli spełni jego kolejną cielesną zachciankę, o jej ucieczce dyrekcja placówki nigdy się nie dowie. Uwierzyła. I tym samym utwierdziła się w przekonaniu, że tego człowieka powinna się bać, a nie go kochać. Od tych sprzecznych uczuć również chciała uciec. Niestety, dziś się nie udało. Czy będzie miała jeszcze jedną szansę?

Czarne audi Żabskiego przejechało kilkadziesiąt metrów, a potem nagle zwolniło. Pojechało w prawo. Berenika poczuła, jak maszyna zaczyna podskakiwać na nierównościach, a o podwozie i karoserię ocierają się sztywne gałęzie. Arkadiusz wcisnął hamulec i wyłączył silnik. Zgasił światła i podkręcił potencjometr radia. Spojrzał na dziewczynę zachłannym wzrokiem i lubieżnie pocałował ją w szyję. Ludwiczak czuła na skórze jego przyśpieszony oddech, a po pewnym czasie coraz mocniejsze, odważniejsze ugryzienia w piersi. Odczuwała ból. Słyszała, jak jednocześnie mężczyzna poluźnia pasek od spodni. Zauważyła, że z wielką nerwowością rozpina rozporek i zsuwa dżinsy na wysokość kolan. Szarpnął ją nagle za włosy. Tak mocno, jakby chciał wyrwać je łącznie z naprężoną skórą. Zbliżył jej głowę do swojego krocza. Był wulgarny, agresywny i zdecydowany. Jak nigdy dotychczas i nawet Berenice w tym momencie zaczęło to bardzo przeszkadzać.

– Przestań! – odważyła się zaprotestować. – Odwieź mnie szybko do domu! – Załkała i chciała się wyprostować, ale nie zdołała tego zrobić. Żabski był silniejszy i nie zamierzał się poddać. – Przestań! Co robisz? – Spróbowała ponownie stawić opór podnieconemu mężczyźnie. Z całej siły zacisnęła palce lewej dłoni na jego udzie. Czuła, jak jej paznokcie wbijają mu się w owłosioną skórę.

– Rób, co ci każę! – krzyknął i jeszcze silniej szarpnął ją za włosy. W drugiej ręce trzymał nabrzmiałego penisa. Starał się nim trafić do ust przestraszonej dziewczyny. – Bierz go, dalej! – wrzeszczał.

Berenika wiedziała, że nie jest w stanie wygrać z jego siłą i determinacją. Ale nie chciała zrobić tego, czego akurat tej nocy on od niej wymagał. Nie teraz. Nie w chwili, w której ona czuła się przegrana i upokorzona. Postanowiła walczyć. Nie dać za wygraną i po raz kolejny spróbować ucieczki, a okoliczności ku temu zaczęły jej sprzyjać. Prawą ręką, którą do tej pory zapierała się o uchwyt w bocznych drzwiach samochodu, wymacała butelkę. Tkwiła wetknięta w plastikową kieszeń tuż poniżej klamki. Zacisnęła z całej siły dłoń na lepkiej szyjce i nie zastanawiając się ani sekundy, trochę na oślep, a trochę na pamięć, zamachnęła się z całej siły. Nie była pewna, czy trafi go w głowę i czy w ogóle z takiej pozycji dosięgnie jego ciała. Ale podjęła ryzyko.

Usłyszała trzask. Krótki odgłos tłuczonego szkła i głuchy stuk dochodzący z miejsca, na którym roztrzaskała butelkę. Uścisk jej oprawcy stracił natychmiast na sile, a dłoń, która do tej pory boleśnie szarpała jej włosy, nagle zawisła tuż przed oczami dziewczyny. Żabski przestał wrzeszczeć i sapać, a zamiast tego z jego gardła wydobywał się bełkotliwy pisk. Berenika się wyprostowała. Popatrzyła na twarz swego wychowawcy. Cała była we krwi, która ciurkiem spływała gdzieś spod jego grzywki. Umiera? – zastanowiła się w myślach. Zabiłam go? Zrobiło się jej gorąco. Spanikowała. Była przerażona, a pierwsze, o czym pomyślała, to ucieczka.

Pociągnęła nerwowo za klamkę. Zanim wysiadła z kabiny, jeszcze się odwróciła. Popatrzyła na zakrwawionego mężczyznę. Żabski ocknął się. Zaczął się poruszać. Usiłował podnieść swoje ciało z fotela kierowcy. Znów miał w oczach zbrodnię. Nastolatka zatrzasnęła za sobą drzwi samochodu i ruszyła biegiem w głąb lasu. Miała wrażenie, że ciemna, mokra i szumiąca złowrogo gęstwina celowo spowalnia jej ruchy i wprost nie pozwala oddalić się jej od miejsca, w którym przed chwilą rozgrywał się dramat. Starała się przyśpieszyć korku, bo z każdą sekundą odnosiła większe wrażenie, że ktoś podąża tuż za nią. Bała się jednak odwracać. Nie chciała, aby jej przypuszczenia okazały się prawdą. Zboczyła z leśnego duktu i coraz bardziej wnikała w głąb zadrzewionej przestrzeni. Słabła. Co chwilę potykała się o pnie wystające z podłoża, o śliskie kamienie, a także o chrupiące pod jej nogami gałęzie. Zwolniła. Nie miała już siły przedzierać się przez szumiącą złowrogo gęstwinę. Brakowało jej tchu. Była wycieńczona. Zatrzymała się w końcu. Z trudem łapała oddech. Prócz swojego przyśpieszonego łomotania serca usłyszała za sobą coś jeszcze. Chyba czyjeś kroki. Ewidentnie się do niej zbliżały.

– Malwina? – spytała z nadzieją, choć wiedziała, kogo ma za plecami.

Przepełniona trwogą odwróciła się i popatrzyła za siebie. Stał za nią. Sapał niczym zwierzę i ocierał juchę, która strumieniem ściekała mu z czoła. Ruszył w jej kierunku. Berenika była przerażona. Nie mogła uwierzyć, że mężczyzna żyje. Jeszcze przed chwilą była niemal pewna, że rozbijając na jego skroni solidną butelkę, skutecznie go unieszkodliwiła. Ale się myliła. Zadała sobie sprawę, że rozjuszyła tylko pijanego kochanka i znacznie pogorszyła swoją sytuację.

Uciekaj! Znów krótki podszept nakazał jej biec wprost przed siebie. Odwróciła się od Żabskiego. Postawiła kilkanaście szybkich, zamaszystych kroków na miękkim, nasyconym wilgocią podłożu. Miała przed sobą gęstą knieję zatopioną w mroku. Żeby móc łatwiej lokalizować i sprawniej omijać śródleśne przeszkody, coraz mocniej wytężała wzrok. W pewnym momencie coś zauważyła. Gdzieś między drzewami, w odległości może kilkunastu metrów od niej paliło się wątłe światełko. Wyglądało, jakby ktoś włączył na moment latarkę albo uaktywnił wyświetlacz w komórce.

– Malwina… – Tym razem na głos wyszeptała imię swojej przyjaciółki, licząc, że to właśnie ona zmierza w jej stronę z pomocą.

Światło nagle zgasło, a Berenika poczuła silny ból w górnej części pleców. Podążający za nią mężczyzna popchnął ją tak mocno, że dziewczyna od razu straciła równowagę. Tuż przed upadkiem na ziemię dostrzegła duży ostrokrawędzisty głaz. Berenika, wbrew swojej woli i z zawrotną prędkością, zbliżała się do kamienia. Nie była w stanie nic zrobić. Z całej siły zacisnęła jedynie powieki, jakby ten odruch miał ją uchronić przed zderzeniem z ostrą granią wystającej skałki. Ale nie uchronił. Nastolatka poczuła przeogromny ból, który najpierw doprowadził jej ciało do całkowitego obłędu, by po chwili stać się ledwie wyczuwalnym ćmieniem. Potężny pisk w uszach również stracił na intensywności, a chwilę później umysł nieletniej ofiary nie odbierał już żadnych bodźców. Wszystko zupełnie ucichło. Głośny poszum lasu, miarowy dźwięk deszczu dudniącego o sztywny materiał jej zimowej kurtki, a także głos jej kochanka, który dzisiejszej nocy posunął się o jeden krok za daleko. Wszystko zamarło i zamieniło się w bezpowrotną ciszę.

▬▬▬▬▬

Piła, 6 sierpnia 2019 roku, wieczór
Jan Poniatowski, Anna Sass

– Kto to był? – spytał Poniatowski, gdy ubrana na ciemno osoba zniknęła mu z pola widzenia. Zgasił silnik hondy i spojrzał na Ankę. Dziewczyna w tym samym momencie odwróciła głowę w jego kierunku.

– Jak to kto? – szepnęła. – Psychopata jakiś, ewidentnie – oszacowała. – Albo erotoman. – Na jej twarzy malowała się groza. – Zresztą, czego się spodziewać po tej okolicy. Przecież Kolbego to największe slumsy w tym mieście. Strach się bać, po prostu.

– Widziałaś, skąd wybiegł? Z kamienicy Kajtka. – W oczach Jana również dało się dostrzec niepokój.

– No raczej – podsumowała Sasanka. – Ewidentnie dawał nogi za pas. A jak był ubrany? Szok! Wyglądał zupełnie jak bandzior. Że też nie mogłeś umówić się z Najdą w jakimś przyjemniejszym miejscu – dodała z wyrzutem.

– Tak? A ciekawe, w jakim? – Zmiana tematu była koledze na rękę. Był zdenerwowany i pełen dziwnych przeczuć, że scena, której byli świadkami, ma coś wspólnego ze sprawą, którą zaczęli wyjaśniać. – Chyba nie w galerii? – zakpił, odpiął pas bezpieczeństwa i szarpnął za klamkę drzwi samochodu. W kabinie zrobiło się duszno.

– A dlaczego nie? Przynajmniej zakupy bym dokończyła, zamiast tak jak dziś biegać po sklepach w pośpiechu, przerażona, że nie zdążę wszystkiego załatwić. A poza tym ja w galerii czuję się najlepiej. – Kelnerka przestała już szeptać. Mówiła coraz głośniej i coraz szybciej wyrzucała z siebie słowa. To był jej sposób na stres. – Tam zawsze są tłumy i setki ewentualnych świadków na wypadek, gdyby jakiś psychopata postanowił zrobić komuś krzywdę. A tutaj? – Popatrzyła z niesmakiem przez szybę i machnęła ręką w stronę kamienicy, do której za chwilę zamierzali się udać. – Szaro, duszno i znikąd pomocy. Jak w jakimś podrzędnym thrillerze. Dziwię się, że w ogóle Andrzejewski zamieszkał w takiej okolicy. Ja bym w życiu tu nie wytrzymała, oj nie. Nie w takich mrocznych warunkach. Bez zastanowienia wzięłabym kredyt i rozejrzała się za apartamentem w innej części miasta. Przecież deweloperzy w Pile budują…

– Nie musiał się kredytować – wszedł jej nagle w słowo Poniatowski. – Miał odłożone pieniądze. I to całkiem spore. Prawie pół miliona, na czterech lokatach, które zostały rozwiązane w przeddzień jego śmierci – zabrzmiał tajemniczo. Obserwował konsternację, jaka w jednej chwili wymalowała się na twarzy przyjaciółki.

– Co ty mówisz? – Sasanka była zszokowana. W charakterystyczny dla siebie sposób przełknęła ślinę, a potem teatralnie zamrugała oczami. – Kajetan i pół miliona? Cztery lokaty? Dobrze usłyszałam? – odparła zaintrygowana. Nie czekając, aż przyjaciel odpowie na jej pytania, wyrzucała z siebie dalej: – A niby skąd taki gówniarz mógłby mieć takie oszczędności? Chyba nie z pensji w klinice Żabskiego? Julia mi kiedyś mówiła, że zarabiał grosze. Owszem, polisa na życie? To jeszcze mogę zrozumieć, ale lokaty o takiej wartości? Naprawdę dobrze się czujesz, Janek?

– Dobrze – mężczyzna odparł z powagą. – Wszystko dziś sprawdziłem w systemach Prime Banku. Czterysta sześćdziesiąt tysięcy. Tyle Kajtek zdeponował u mnie.

– Boże, tyle siana! – Ania była podekscytowana, ale po jej minie widać było, że jednocześnie dokonuje w myślach analizy świeżo przyswojonych informacji. – Janek! – Olśniło ją w pewnym momencie i głośno pstryknęła palcami. – Myślisz, że ktoś mógłby kropnąć Andrzejewskiego dla jego pieniędzy? – zastanowiła się znowu dziewczyna. Ściągnęła brwi i zmarszczyła czoło. – A powiedz mi tylko... te lokaty? To on je w banku wypłacił? Gotówką?

– On ich nie wypłacił – odpowiedział rzeczowo Jan.

– No jak to nie? Sam przecież mówiłeś, że w przededniu jego śmierci lokaty zostały rozwiązane. Tak czy nie? Całkiem już zgłupiałam. – Sasanka zaczęła nerwowo wachlować się dłonią. Sensacyjne, emocjonujące fakty spowodowały, że panujący upał dał się jej bardziej we znaki.

– Tak, zostały zerwane, ale nie bezpośrednio przez niego.

– Co? – niemal krzyknęła, po czym odruchowo popatrzyła przez szybę w obawie, że ktoś mógłby usłyszeć ich rozmowę. – Ktoś go okradł? Jakiś psychopata? A potem zabił? Ja pierniczę, Janek! Gorąco mi się zrobiło! Uf... – Wierzchem dłoni otarła pot z czoła.

– Najda. – Poniatowski zniżył głos do szeptu i subtelnym ruchem głowy wskazał na kamienicę, którą miał po przeciwnej stronie ulicy. – Ale nie okradła, tylko wypłaciła jego pieniądze całkiem legalnie, jako pełnomocnik Kajetana Andrzejewskiego.

– Ale numer, Matko Przenajświętsza – Anna była zaaferowana. – Troskliwa siostrunia zgarnęła czterysta sześćdziesiąt tysięcy? I jeszcze się szarpie o środki z polisy? Mało jej?

– Otóż to – przytaknął bankowiec. – Też się nad tym zastanawiałem i sam nie wiem, czy gdybym miał tyle pieniędzy, zależałoby mi dodatkowo na walce z firmą ubezpieczeniową i udowadnianiu tym korporacyjnym hienom swojej racji. Ale gra toczy się pewnie o sporą kasę, skoro Najda nam chce zapłacić całe sto tysięcy. A może rzeczywiście jej chodzi o dobre imię oraz honor jej brata?

– Ja tam nie wiem – zareagowała z przerażeniem w głosie Sasanka. – Ale wiesz co? Ta cała Najda zaczyna mi być podejrzana. – Znów przełknęła ślinę efekciarsko i zatrzepotała długimi rzęsami. – Wcale się nie zdziwię, jeśli to ona okaże się morderczynią, a raczej bratobójczynią. Zachłanną, bezwzględną i psychopatyczną ździrą. I co wtedy? I co, jeśli my tego dowiedziemy? No? Pieniądze za śledztwo szlag jaśnisty trafi. Będziemy przegrani, a na dodatek znów narazimy się inspektorowi Jahncowi.

– Będzie dobrze – Jan starał się uspokoić przerażoną przyjaciółkę. – Nie wpadaj od razu w panikę i nie obmyślaj krwawych teorii. Mam zamiar za chwilę wypytać ją dokładnie o wszystko. I z chęcią się dowiem, o co chodzi z tą nagłą wypłatą wszystkich środków z lokat Kajetana, a przede wszystkim, dlaczego Najda nie raczyła się wcześniej zająknąć o tym szczególiku ani jednym słowem.

– Oj tak, święte słowa, Janek, nie raczyła. Jak jasna cholera, nie raczyła! – podsumowała z ekscytacją w głosie Sass. – A ja, jeśli mam być szczera… – kelnerka zaczerpnęła tchu, przygotowując się do dłuższej wypowiedzi – po tym, co usłyszałam przed chwilą, jestem prawie pewna, że Izabela maczała palce w śmierci Kajetana. I jeśli nie sama, to z całą pewnością zleciła komuś zamordowanie brata. Zapłaciła komuś, to pewne. À propos! – Anka zaklaskała w dłonie. – Właśnie sobie o czymś przypomniałam. O kartce, która leżała przy zwłokach, pamiętasz? Ten list zawierał takie jedno zadanie, które spośród innych najbardziej utkwiło mi w pamięci. Czekaj, czekaj… Jak ono brzmiało dokładnie? Że czasami z powierzchni ziemi musi zniknąć jedna osoba, żeby dwie inne mogły poczuć się lepiej? No, dokładnie, chyba coś w tym stylu. Dwie osoby, Janek, rozumiesz? Boże, jak to się wszystko układa. W jedną spójną całość. Tak!

Na Najdę musimy uważać, gdyż moja kobieca intuicja, a także niemałe doświadczenie w obcowaniu z ludźmi o psychopatycznej naturze podpowiadają mi, że lista osób niebezpiecznych w Pile, którą od dawna prowadzę, ulegnie niebawem zmianie. Tylko nie wiem jeszcze, o ile pozycji mam ją rozbudować. Musimy się tego dowiedzieć. Musimy tę Najdę za chwilę przycisnąć. Ta sprawa, naprawdę, robi się megainteresująca.

– Naprawdę to my musimy już iść. – Poniatowski spojrzał na zegar w komórce. Oprócz godziny zobaczył jeszcze na wyświetlaczu powiadomienia o pięciu nieodebranych połączeniach od żony, ale stwierdził, że zajmie się tym później. – Rusz się, miłośniczko psychopatycznych teorii – zażartował i otworzył na oścież drzwi samochodu. Anka zrobiła to samo i po chwili oboje szli już w kierunku miejsca umówionego spotkania.

Zatrzymali się przed wejściem do klatki schodowej. Okoliczności, w jakich się znaleźli, przypomniały Janowi sytuację sprzed kilku tygodni, kiedy pierwszy raz przyjechali z Anką do Andrzejewskiego. To miejsce, ten widok i to samo przeczucie, którego wtedy również nie umiał określić, a które – jak się okazało – zapowiadało niecodzienny dramat. Mimo sierpniowego skwaru mężczyznę przeszył lodowaty dreszcz. W jednej chwili poczuł chłód bijący od starych przesiąkniętych zapachem stęchlizny murów. Usłyszał bicie swojego serca, które przyśpieszyło, nie wiedzieć z jakiego powodu. Koleżanka się nie odzywała. Spojrzał w jej kierunku. Poprawiała usta złotym błyszczykiem, gapiąc się, jak zawsze, w ekran telefonu.

– Dzwonisz? – zapytała. – Czy będziemy tak stali przed wejściem? – uśmiechnęła się zadowolona z makijażu.

– Tak – odpowiedział krótko i już miał wcisnąć odpowiedni przycisk w domofonie, kiedy drzwi do budynku otworzyły się z hukiem. Para przyjaciół podskoczyła zlękniona. Biały iPhone Anny omal nie wypadł jej z dłoni.

Z klatki schodowej wyskoczył młody mężczyzna. Miał na sobie mocno wykrojoną, wykonaną z ażurowej siatki podkoszulkę, na ramieniu plecak, a na głowie szarą czapkę z daszkiem. Jego dzikie spojrzenie, zatrzymane z początku gdzieś na wysokości dekoltu Sasanki, powędrowało w kierunku Poniatowskiego. Obaj przez chwilę mierzyli się wzrokiem.

– Ignacy? – odezwał się Janek zdziwiony. – To ty? Co ty tutaj robisz?

– Ja? – Zaskoczony pracownik Prime Banku uciekł wzrokiem ponad głowę swojego przełożonego. Na jego policzkach dało się dojrzeć coraz bardziej wyraźne rumieńce. – Nic... – bąknął. – To znaczy wracam... U kolegi byłem, przyjaciela – dodał i ruszył do przodu. Nie chciał kontynuować rozmowy.

Anna przyglądała się scenie w milczeniu. Oceniła, że młodszy mężczyzna unika również i jej spojrzeń.

– Przepraszam, ja... Muszę uciekać, śpieszę się – powiedział Ignacy i zrobił kolejny krok naprzód. Jan zszedł mu z drogi i w ostatniej chwili złapał domykające się drzwi. Odwrócił się jeszcze na chwilę. Woliński wymamrotał pod nosem ledwo słyszalne „na razie" i szybko wyszedł z kamienicznej bramy.

– A to co za typ? – odezwała się Anna, znikając w wejściu do klatki schodowej. Jan poszedł tuż za nią.

– Mój pracownik, wspominałem ci o nim. To właśnie on obsługiwał Izabelę Najdę, gdy likwidowała lokaty.

– Serio? – zdziwiła się dziewczyna. – Dziwny jakiś, nie powiem. I nie chcę wyciągać zbyt pochopnych wniosków, ale na pierwszy rzut oka wygląda mi na...

– Tak, tak, wiem – Jan nie dał jej skończyć. – Na psychopatę.

– To też – przytaknęła. – Ale bardziej na erotomana – oceniła. – Widziałeś, jak się na mnie gapił. Mało nie pożarł mnie wzrokiem. Aż się cały spocił i czerwony zrobił, jak burak. Jezu, Janek, kogo teraz zatrudniają w korpo? – podsumowała kelnerka i z niesmakiem pokręciła głową. – Przecież bank to, jakby nie patrzeć, instytucja zaufania publicznego, a ja takiemu komuś nie powierzyłabym nawet kota na weekend. A co dopiero, dajmy na to, oszczędności, gdybym je miała, rzecz jasna. – Dźwięczny głos Sasanki odbijał się echem od brudnych, odrapanych ścian niewielkiego holu. Współgrał ze stukiem obcasów jej świeżo nabytych sandałów. – A co ten Ignacy... – chciała coś jeszcze powiedzieć, ale nie zdążyła. Zamilkła. Zatrzymała się na półpiętrze, bo usłyszała rumor dobiegający z parteru. Spojrzała na Jana. Przyjaciel stał kilka stopni niżej i oparty o wykrzywioną barierkę, spoglądał z zaciekawieniem w dół. Zaintrygowana barmanka również wychyliła głowę. W wąskiej szczelinie pomiędzy piętrami kogoś zauważyła. Nie była w stanie stwierdzić, czy był to mężczyzna, czy może kobieta, albowiem w nieoświetlonym pomieszczeniu panował półmrok. Anka zdołała jedynie zarejestrować, że ktoś pośpiesznie przecina hol i wybiega z klatki schodowej. Tuż potem w pomieszczeniu rozległ się zgrzyt zamykających się drzwi.

– Co tu się dzieje, do jasnej cholery? – zapytała, wbijając wzrok w przyjaciela.

Poniatowski zadarł głowę. Pełne niepokoju spojrzenia amatorskich śledczych zbiegły się w jednym momencie.

– Same dziwne rzeczy – odpowiedział i z lekkim wahaniem zaczął ponownie iść dalej.

Krótką drogę, jak pozostała im do miejsca spotkania, pokonywali w ciszy, a kiedy dotarli na miejsce, znowu się zdziwili. Okazało się, że drzwi z nazwiskiem ich nieżyjącego znajomego stoją przed nimi otworem. Tak jak w czerwcu, jak za pierwszym razem.

– Ja pierdolę, Janek! – wysyczała przez zęby Anka. – Ty to czujesz, w ogóle? Tę sytuację? Ogarniasz ją jakoś? – W źrenicach dziewczyny czaił się niepokój. – To jakiś żart? Déjà vu? Powtórka z rozrywki? Rekonstrukcja zdarzeń? – Drżenie jej głosu zdradzało zdenerwowanie.

– Przestań panikować! – odpowiedział, również wbrew swoim odczuciom. Janowi, podobnie jak Ance, wydawało się, że odgrywa rolę w mrocznej scenie filmu, który został już wcześniej zrealizowany. I którego on za żadne skarby nie mógł się pozbyć z pamięci. Nie zwlekając ani chwili dłużej, zapukał pięścią w malowane drewno.

Odczekali kilkanaście sekund, podczas których nic się nie wydarzyło. Izabela Najda nie pojawiła się w progu. Z wnętrza lokalu nie dobiegły ich żadne odgłosy. Jan ponowił próbę i ponownie załomotał do drzwi. Tym razem silniej i głośnej. Wraz z ostatnim, najmocniejszym stukiem ciemnobrązowe skrzydło rozwarło się jeszcze szerzej. Bankowiec popatrzył na Anię. Stała nieruchomo ze wzrokiem wbitym w jeden punkt przed sobą.

– Zaczekaj tu na mnie – zaproponował, gdyż był przekonany, że przyjaciółka boi wejść do mieszkania. – Sprawdzę, co jest grane, i za moment wrócę.

– Żartujesz? – Blondynka wyraziła absolutny sprzeciw. Wyprostowała się, przymrużyła powieki, mocno zacisnęła pięści i wzięła głęboki, relaksacyjny oddech. Widać było, że się koncentruje. – Nie takie dywany się w życiu trzepało – użyła jednego ze swoich ulubionych powiedzeń, a potem łypnęła w kierunku Poniatowskiego. Na jej twarzy zagościł półuśmiech. – Dobra, wchodzimy! – rzuciła zuchwale, tak jakby chciała dodać sobie animuszu.

Janek lekko się uśmiechnął i przeszedł ostrożnie przez próg. Anka ruszyła w ślad za nim.

– Halo? Pani Izabelo? – zawołał, omiatając wzrokiem wnętrze niedużego lokalu. – Jest tu kto? Halo? – powtórzył nieco głośniej, lecz dwukrotnie dopowiedziało mu echo. Kawalerka Andrzejewskiego była prawie pusta. W salonie stała jedynie rozkładana sofa, a tuż obok niej niski stolik kawowy. Gdzie-niegdzie na podłodze i na parapetach piętrzyły się kartony i wypchane po brzegi czarne nylonowe worki.

– Nie ma jej – oszacowała barmanka i wyprzedzając Jana, weszła dalej. Kiedy przechodziła obok otwartych na oścież drzwi do łazienki, przyśpieszyła kroku i zdecydowanym, ostentacyjnym wręcz ruchem, odwróciła głowę. Zatrzymała się w aneksie ku-chennym i dopiero z tego miejsca zaczęła dokładnie lustrować mieszkanie. Spojrzała pod nogi, bo zdawało jej się, że wyczuła coś pod cienką podeszwą sandałów. Miała rację. Spod jej stopy wystawał róg małego, prostokątnego kartonika. Anna nachyliła się prędko i bez słowa podniosła znalezisko z podłogi. Wizytów-ka? – zapytała samą siebie, oglądając różową tekturkę z każdej strony. – Patrz! – zawołała wreszcie, obserwując, jak przyja-ciel zagląda niepewnie do toalety, a po chwili wraca do salonu i zrezygnowany opada ciężko na miękką kanapę. – Zobacz, co znalazłam! – Wyszła zza kuchennej wyspy i zajęła miejsce obok Poniatowskiego.

– Nie ma jej – szepnął pod nosem mężczyzna. Nie zwracał kompletnie uwagi na entuzjazm Anny, wywołany jej przedchwi-lowym odkryciem.

– No, brawo! – zakpiła. – Spostrzegawczość: *high level*, jak na rasowego detektywa przystało. – Zarechotała i zaczęła wy-mownie wachlować się wizytówką.

– Co? – Jan wydobył z kieszeni telefon. – Muszę zadzwonić do Najdy. To niemożliwe, żeby jej tu…

– A może najpierw zadzwonisz tu? – Zamachała mu przed oczami sztywnym bilecikiem. Wyszczerzyła się ironicznie, złożyła usta w tak zwany dziubek i udając zalotną, seksownie zatrzepo-tała rzęsami. – „Klub Nocny Muszelka, odkryj świat fantazji. Czekam na ciebie… gorąca Malwina" – postękując wymownie, odczytała tekst z wizytówki. – Mówi to panu coś?

– Zwariowałaś? – zaprotestował bankowiec. – Przecież to burdel – krzyknął. – Skąd to masz? – zainteresował się wreszcie przedmiotem, który Sasanka obracała w dłoni.

– Znalazłam, a bo co? – prychnęła. – A tak na poważnie – położyła Janowi wizytówkę na kolanie – jak myślisz, skąd to się tu wzięło? – Ruchem głowy wskazała na miejsce, w którym natknęła się na miniaturową reklamę znanej w Pile agencji towarzyskiej.

– Nie wiem skąd. Może to pozostałość po Kajetanie. Być może Andrzejewski wcale nie był taki kryształowy, za jakiego przed śmiercią uchodził. Może miał jakieś tajemnice.

– W to akurat nie wątpię! – zareagowała żywo Anka. – Przecież każdy facet ma coś do ukrycia. – Energicznie podniosła się z sofy i zaczęła krążyć po pomieszczeniu. Obserwowała, jak jej kompan waży w dłoni znalezioną w kuchni wizytówkę. – Kiedyś koleżanka mojej koleżanki poznała takiego jednego. Na pierwszy rzut oka wymarzony kandydat do dłuższego związku. Oj, jak ona się nim zachwycała. Że wychowany, że umięśniony, że inteligentny, że pieniądze w różnych bankach ma, że dziećmi się opiekuje, że dobrze gotuje, że z kumplami na piwo nie chodzi i zamiast się włóczyć nocami po barach, woli godzinami w internecie siedzieć. A ja do niej mówię: „Dziewczyno! Ocknij się wreszcie, kochana, na jakiej planecie ty żyjesz? Weź się mu przyjrzyj dokładnie, poobserwuj trochę i sprawdź przede wszystkim, czego on po nocach w internetach szuka i czy ma sucho pod blatem". – Anka mrugnęła porozumiewawczo do Jana, który zdawał się w ogóle nie słuchać wywodu przyjaciółki. – No po prostu za pięknie mi to wyglądało. Ale ona mi odpowiadała, że ja przesadzam, że jej zwyczajnie zazdroszczę, że chcę ją na starcie zniechęcić, no i wiesz, takie tam bezsensowne gadanie. Więc ja do niej ostro i zdecydowanie: „Kobieto, wspomnisz moje słowa! I niebawem się sama przekonasz, że każdy facet to jest psychopata albo erotoman, i co najgorsze, jedno nie wyklucza drugiego".

– I co…? – mruknął Poniatowski, nie odrywając wzroku od prostokątnej reklamy Muszelki.

– Jak to co? Co się głupio pytasz? – fuknęła barmanka, sugestywnie odgarniając włosy z obu ramion. – A czy kiedyś moje podejrzenia były nietrafione? Zawsze przewidywałam bezbłędnie i w tamtym przypadku również w dziesiątkę strzeliłam, bo po pewnym czasie okazało się, że ten jej boski cud i miód filmy porno na komputer ściągał. I dasz wiarę, Janek, że historii przeglądanych witryn nawet nie raczył usuwać? I jak ona, ta koleżanka mojej koleżanki, pewnego wieczoru, gdy ten facet zasnął, chciała sobie w sieci ciuchy na Zalando kupić i przez przypadek kliknęła w najczęściej odwiedzany adres, to od razu ochota na shopping jej przeszła. Nie, no wiesz, ja nie mówię, wszystko jest dla ludzi… Ale to nie były zwykłe erotyki, Janek, tylko…

– Przestań już nawijać, do jasnej cholery! – Poniatowski stracił do Anki cierpliwość. Miał dosyć jej paplania, bo utrudniało mu ono planowanie tego, co powinien w pierwszej kolejności zrobić w ramach prywatnego śledztwa. – Co to ma do rzeczy?

– Jak to co? – blondynka się naburmuszyła. – Przecież wyszło na to, że nasz Andrzejewski za plecami Julii również sobie na wiele pozwalał. Do Muszelki nałogowo chodził albo, mówiąc mniej subtelnie, do niejednej wchodził.

– Nie chce mi się wierzyć – zaoponował bankowiec. – Tym bardziej że ta wizytówka wcale nie należała do niego – oświadczył dumnie, unosząc różowy kartonik.

– Jak to nie? – chciała wiedzieć Anka. – Bo…

– Bo przecież mieszkanie, a tym samym wszystkie rzeczy osobiste Kajtka, zostały przez śledczych porządnie sprawdzone tuż po jego śmierci. I nie ma możliwości, aby tak charakterystyczny i kontrowersyjny przedmiot, jakim jest wizytówka pracownicy domu publicznego, nie był stąd w czerwcu zabrany i dołączony do akt jako dowód w sprawie. O oczywistym przesłuchaniu tej całej Malwiny nie wspominając.

– Więc jaka jest twoja teoria? – W pytaniu Sasanki dało się wyczuć pretensję. Najwidoczniej dziewczyna nie była zadowolona, że Jan odniósł się do jej teorii bez krzty entuzjazmu. – Że co? Że to Najda nosiła w kieszeni reklamówkę największego w Pile bałaganu? Że jest bywalczynią Muszelki? – zakpiła.

– Wcale tak nie twierdzę, chociaż muszę przyznać, to bardzo ciekawa sugestia. – Poniatowski wstał z kanapy, wsunął prostokącik do kieszeni spodni i podszedł do okna w salonie. Oparł się o plastikowy parapet, a następnie przytknął czubek nosa do rozgrzanej szyby. Przed sobą miał widok na dziedziniec. – A czy ja powiedziałem, że to zguba siostry Kajetana? – zapytał półszeptem, lekko zamyślony. – A jeśli to…

–Twój pracownik z banku? Tak uważasz, naprawdę? Jasne, to ma sens! I nie pytaj mnie proszę, czy to jest możliwe, bo od razu ci powiem, że jest. – Barmanka stanęła obok przyjaciela. Na zewnątrz robiło się coraz bardziej szaro. – Od razu ten facet wydał mi się dziwny. No, jak dla mnie, to on ma zadatki na erotomana. Ta mina, ten strój i te rumieńce na widok kobiety. Boże, że też o tym wcześniej nie pomyślałam. Jezu, Chryste, Janek! Chyba mnie starość dopada.

– A jeśli to osoba, która w popłochu uciekała z bramy, kiedy parkowałem auto? – Jan zareagował spokojnie. Kompletnie nie udzieliły mu się emocje przyjaciółki.

– A jeśli to osoba, która wybiegała z klatki, gdy szliśmy po schodach na górę? – Sasanka odsunęła się nieco od okna. Złapała się za skronie i kolistymi ruchami zaczęła je delikatnie masować. – A my im wszystkim pozwoliliśmy tak po prostu uciec? Dupy z nas, a nie kryminalni – stwierdziła.

– A co niby mieliśmy zrobić? Dogonić każdą z tych osób, a potem, jak gdyby nigdy nic, wypalić jej w oczy, że wygląda podejrzanie? I że ma zadatki na erotomana albo psychopatycznego mordercę?

– A żebyś wiedział. I żałuję, że tego nie zrobiłam, szczególnie z tym twoim dziwnym pracownikiem. Jego akurat mogłam zatrzymać. Ty właściwie go mogłeś zatrzymać! – poprawiła się, wbijając palec wskazujący w ramię Poniatowskiego. – I dowiedzieć się, co on konkretnie robił w tym budynku, u kogo rzeczywiście był, po co i dlaczego.

– Nie gorączkuj się tak – starał się okiełznać zaaferowaną dziewczynę Jan. – Nie było na to czasu. Jutro Ignacy wszystko mi wyśpiewa. Wezmę go na dywanik pod pretekstem rozmowy służbowej.

– Do jutra to on zdąży znaleźć sobie kolejną ofiarę – prorokowała, wciąż poważnie się ekscytując. – Tu trzeba działać od razu. Śledztwo musi się w końcu ruszyć z miejsca. A właśnie! – Anka odeszła od okna. – Co teraz robimy? Mamy jakiś plan czy będziemy tu kwitnąć całą noc bez sensu?

– Mamy. Zadzwonimy do Najdy i dowiemy się, czemu nie przyszła. Trzeba jej powiedzieć, że ktoś buszował po mieszkaniu Kajtka – zakomenderował bankowiec i już miał się odwrócić od ciepłej szyby, kiedy nagle dostrzegł jakiś ruch na dole. Ktoś, patrząc w jego stronę, przemierzał w pośpiechu niewielkie, czworokątne patio. – Anka, szybko, patrz! – Poniatowski był zaintrygowany.

Sass od razu doskoczyła do okna.

– W mordę! Kto to jest? – zapytała, mrużąc lekko oczy. Na dworze panował już półmrok. – Ucieka, ma coś w ręku! Jakiś czarny worek! – oceniła i odpychając kolegę ramieniem, położyła dłoń na mosiężnej klamce. Siłowała się trochę z nienaoliwionym uchwytem, lecz w końcu rozwarła na oścież dwa sporych rozmiarów skrzydła. Wychynęła i zaczęła krzyczeć: – Halo, stój, zaczekaj! – Swoim zachowaniem spowodowała, że dostrzeżona przez Poniatowskiego postać tylko przyśpieszyła kroku. – Stop, zaczekaj, halo! – powtórzyła, a jej słowa odbiły się echem od brudnych, kamienicznych ścian, a kiedy wreszcie ucichły, na dziedzińcu nie było już zupełnie nikogo. – Za nim! – rozkazała, złapała Jana za rękę, ciągnąc go w stronę przedpokoju. – Szybko, trzeba go dorwać! Czuję, że to ważne.

Bez wahania wybiegli na klatkę schodową. Po kilku sekundach byli przed wejściem do kamienicy Andrzejewskiego, lecz zamiast w stronę ulicy, wzdłuż której Jan wcześniej zaparkował hondę, pognali w przeciwnym kierunku. Przecięli ciemny, wyłożony kostką brukową plac, by – mijając wąski przesmyk pomiędzy ścianami niemal sklejonych ze sobą budynków – znaleźć się na otwartej, szumiącej wiatrem przestrzeni. Przystanęli. Oddychając ciężko, rozejrzeli się wokół. Przed oczami mieli rozległy, niezabudowany, dość gęsto zakrzewiony teren. W oddali rysował się kształt klockowatej bryły nieczynnego od dawna marketu.

– No i dupa – syknęła z wściekłością kelnerka. – Spierdolił nam psychopata.

– Skąd wiesz? – Przyjaciel złapał zadyszkę. Powietrze, mimo nadchodzącej nocy i lekkiego ruchu, wciąż było jeszcze rozgrzane.

– Że spierdolił czy że psychopata? – zakpiła. – Jedno i drugie! Bo kto inny uciekałby przed nami z czarnym workiem w ręku, identycznym zresztą jak te wszystkie paczki z kawalerki Kajtka? Nie myślisz chyba, że to był sąsiad, który wyszedł sobie, ot tak, wynieść śmieci, co? Pomyśl, logicznie! Ten ktoś ewidentnie dawał nogi za pas. A wcześniej patrzył się w stronę okna, w którym my staliśmy. Kilka razy jeszcze się odwracał. I jeszcze ten ubiór, nic ci to nie mówi? – Sasanka złapała wiatr w żagle. Zaczynała mówić coraz głośniej i szybciej. – Po tylu latach doświadczeń nie nauczyłeś się jeszcze, jak psychopatę rozpoznać? Muszę ci zrobić szkolenie, bo…

– Ciii… – wysyczał jak wąż, przykładając Ance palec do ust. – Spójrz! – Drugą ręką wskazał na oddalone o kilkanaście metrów zarośla. Chwilę wcześniej dostrzegł, jak zarys ludzkiej postaci znika w ciasno zadrzewionym gąszczu. – Idziemy! – rozkazał, przygarbił się, ugiął nogi w kolanach i wąską wydeptaną dróżką ruszył wprost przed siebie. Sass podążała za nim. Chwilę zajęło im dotarcie do wyznaczonego celu. Tuż przed zanurzeniem się w zarośla Poniatowski obrócił się w stronę przyjaciółki, a potem uśmiechnął się blado. Dziewczyna miała poważną minę, lecz z jej wielkich oczu dało się wyczytać śledczą ekscytację.

– Dalej! – bardziej poruszyła ustami, niż powiedziała. – Nie ma czasu. – Pchnęła przyjaciela, aby go pośpieszyć.

Jan zrobił kilka kroków do przodu. Odchylił gałęzie, które miał na wysokości wzroku i po krótkim czasie niemal z każdej strony otaczała go bujna roślinność. Na wprost groźnie wyglądających chaszczy dało się jednak rozpoznać prześwit – dalszą część często uczęszczanej ścieżki.

– Ale smród. – Tembr głosu kelnerki zdradzał obrzydzenie. – Co to ma być, do cholery? – Ścisnęła palcami swój nos. – Szalet na wolnym powietrzu? – Zaczęła rozglądać się wokół. Ze szczególną ostrożnością stawiała stopy na wydeptanej, gdzieniegdzie mocno zanieczyszczonej trawie. – Gdybym wiedziała, że wylądujemy w szambie, tobym w życiu nie założyła nowiutkich sandałów. Złowioną okazję szlag za chwilę trafi. Ależ gówniana robota – utyskiwała, ani o krok nie odstępując kolegi.

Mężczyzna nie zwracał uwagi na to, co mówiła Anna. Szedł bardzo powoli, rozglądając się bacznie we wszystkich możliwych kierunkach. Postanowił być czujny. Nie chciał dać się nikomu zaskoczyć. Po niedługim czasie dotarł do przeciwnej strony zagajnika. Przecinająca go dróżka była w tym miejscu szersza, dużo bardziej widoczna i mocniej ubita. Jan wyszedł z zarośli i nie zatrzymując się, taksował wzrokiem okolicę. Niezabudowany teren kończył w odległości kilkudziesięciu metrów od niego. Dalej majaczyły żółtawe światła latarni, a po drugiej stronie opustoszałej ulicy rozciągnął się teren ogródków działkowych, w których kierunku zmierzała uciekająca osoba.

Poniatowski zaczął biec ile sił w nogach. Słyszał, że przyjaciółka stara się za nim nadążyć, jednak coraz bardziej zostawała w tyle. Nie chciał trwonić czasu, aby na nią czekać. Wymyślił jej inne zdanie.

– Anka! Jesteś? – Zwolnił, odwrócił głowę przez ramię. – Co jest?

– Jestem, tak, cholera! – zaklęła. – Ale biec nie mogę. Coś mi się stało z sandałem – oznajmiła z nieskrywaną złością. – Boże, co z bubel. Dlatego je przecenili.

Janek zauważył, że pracownica Świtezi przestała przebierać nogami. Przykucnęła i zaczęła mocować się z zapięciem jednego z butów. – Łap! – Rzucił za siebie wyjętym z kieszeni kluczykiem. – Migiem! Leć po hondę! – Machnął ręką w stronę widocznych za nimi kamienic. – I przyjedź tu po mnie, szybko!

– Jasne, spoko, ale…

– Żadnego „ale". – Nie pozwolił jej skończyć. To nie był odpowiedni moment na czczą paplaninę Sasanki. – Widzę go! Spierdala w stronę ogródków. Tam jest parking. Pewnie ma samochód – wytłumaczył i zaobserwował, jak partnerka śledcza posłusznie zawraca, a potem znika mu z pola widzenia. Marudziła coś jeszcze pod nosem. Znał ją. Wolałaby zostać z nim w centrum dziejących się zdarzeń.

Bankowiec zerwał się do ponownego biegu. Był pewien, że musi to natychmiast zrobić, dopaść w swoje ręce zuchwałego uciekiniera. A może zuchwałą uciekinierkę? Tego niestety, nie mógł jednoznacznie stwierdzić. Poczuł w sobie wpływ mobilizujących emocji, które nie pozwoliły mu się zatrzymać. Przeciwnie – mimo potężnego stresu, mimo zbyt krótkiej, nieprzespanej nocy oraz na przekór żarowi lejącemu się z nieba, rosnący poziom adrenaliny zmuszał Poniatowskiego do wzmożonego wysiłku. Tłumił jego strach i zwiększał agresję. Przygotowywał jego organizm do walki. Jan zacisnął dłonie do granic możliwości, jakby przeczuwał, że twarde jak kamień pięści będą mu zaraz potrzebne. Ciągle nabierał prędkości. Oddychał rytmicznie i szybko. Pulsowały mu skronie, słyszał głośne łopotanie serca, a rozgrzane mięśnie pracowały na granicy swojej wytrzymałości.

Czas mijał szybko. Jan z zadowoleniem stwierdził, że odległość od coraz bardziej widocznego celu zmniejsza się z każdą sekundą. Nie było już odwrotu. Przebiegł przez wąską ulicę. Nie, nie pomylił się. Znał trochę to miejsce. Był w nim dawno temu na letniej imprezie przy grillu. Orientował się zatem w okolicy. Ocenił, że zaledwie trzydzieści metrów dzieliło go teraz od zbiega, który dotarł wreszcie do niedużego, wysypanego żwirem parkingu, tuż przed bramą prowadzącą do licznych rekreacyjnych parceli. Na prostokątnym placyku stał tylko jeden samochód, którego światła zamrugały nagle, sygnalizując odblokowanie zamka centralnego. Poniatowski postawił pierwszy krok na szutrowej nawierzchni. Dziesiątki kamieni zaczęły chrzęścić pod jego stopami. Nie zwalniał, gdyż widział, że każdy stracony ułamek sekundy może go pozbawić szansy na doścignięcie osoby, za którą tak niestrudzenie podążał.

– Stój – krzyknął, gdy dzieliło go od niej już tylko kilka metrów. Dopiero teraz, kiedy się prawie zatrzymał, poczuł, jak wiele wysiłku kosztowała go ta karkołomna gonitwa. Dyszał ciężko. Z trudem łapał oddech. Był bardzo zmęczony. – Rzuć to! – Wycelował palcem w czarne zawiniątko, które zamaskowana postać ciągle miała w dłoni.

Uciekinier nie zareagował na polecenie bankowca. Nie odwracając się w jego stronę, złapał za klamkę i nerwowo próbował otworzyć drzwi samochodu. Poniatowski mógłby przysiąc, że kolorystyka pojazdu, a także małe, wyeksponowane na białym lakierze delikatne logo są mu znajome. Dałby sobie uciąć rękę, że gdzieś je ostatnio miał okazję widzieć.

– Stój, słyszysz! – huknął jeszcze głośniej, doskakując do swojego celu. Spiął wszystkie mięśnie. Szykował się do ataku. Czuł, że czas zatrzymuje się w miejscu. Już chciał z całej siły pociągnąć za kaptur bluzy uciekiniera, kiedy ten nagle się odwrócił. Poniatowski dał się zaskoczyć i nie zdążył w porę zareagować. W tej samej sekundzie poczuł na swej skroni silne uderzenie, po którym świat zawirował mu w głowie. Był oszołomiony, a w uszach zaczął mu brzmieć ostry, jednostajny pisk. Kiedy zaczynał odzyskiwać świadomość, jego układ nerwowy odebrał kolejny, jeszcze bardziej nieprzyjemny bodziec. Tym razem ból był punktowy, ale jeszcze bardziej dotkliwy. Poniatowski poczuł ogromne pieczenie w boku, a do jego nozdrzy, tuż po głuchym chrupnięciu, dobiegającym gdzieś z okolicy żeber, zaczęła docierać subtelna, niezwykle charakterystyczna woń. Znał ją aż za dobrze. Tylko zapach krwi rozprzestrzeniający się w gęstym, sierpniowym powietrzu niesie ze sobą taką śmiercionośną siłę.

Ostatnią rzeczą, jaką zarejestrowały przytłumione zmysły rannego mężczyzny, był widok szarych graniastych kamieni, które chwilę wcześniej pokiereszowały mu twarz. A potem nagle wokół zrobiło się ciemno.

ROZDZIAŁ 7

Las na przedmieściach Piły, 17 listopada 2010 roku, noc
Berenika Ludwiczak

Ocknęła się. Nie była się w stanie poruszyć. Miała otwarte powieki, lecz poza czarnymi koronami drzew nie dostrzegała niczego. Nie wiedziała, czy zaczyna odzyskiwać zmysły, czy umiera, stając się częścią bezkresnego mroku. Nie miała pewności, czy to, co w coraz dłuższych przebłyskach napełnia jej umysł garścią wracających przeżyć, mogło się zdarzyć naprawdę. Z każdą jednak mijającą chwilą utwierdzała się w przekonaniu, że jej najświeższe wspomnienia są niestety bardzo realne i prawdopodobne.

Czuła bowiem w nozdrzach zapach lasu. A na plecach wilgoć, która coraz śmielej wdzierała się jej pod ubranie. Deszcz. Jego zimne krople zalewały jej twarz intensywnie. Spadały uparcie na nieruchome źrenice i choć próbowała, nastolatka za nic w świecie nie umiała zamknąć podrażnionych oczu. Było jej zimno. Tak bardzo, jakby ktoś zanurzył ją całą w przeręblu, a potem mokrą położył na śniegu. Bardzo się zdziwiła. Zauważyła, że jej ciało wcale się nie trzęsie. A przecież powinno dygotać, samoistnym drżeniem reagując na ponadprzeciętny ziąb, ale nic takiego nie następowało. Berenika była przerażona.

Nagle coś usłyszała. Głuchy trzask gałęzi łamiących się pod ciężkimi stopami. Bezskutecznie próbowała odwrócić głowę w kierunku, z którego dobiegły dźwięki. Przed oczami mignęło jej światło latarki, a potem coś zobaczyła. Twarz. Znała ją, ale się zawiodła. Spodziewała się kogoś innego. Spodziewała się ujrzeć Malwinę.

Krążył wokół niej niczym wygłodniały sęp, a ona w milczeniu przeżywała dramat. Zastanawiała się, czego powinna się dalej spodziewać. Bała się śmiertelnie, jak jeszcze nigdy dotąd, ale zaczęły wstępować w nią nowe nadzieje. Czuła, że bardzo powoli odzyskuje panowanie nad swoim ciałem. Poruszyła dłonią i zaczęła intensywnie myśleć, naprędce planować, w jaki sposób mogłaby się bronić, lecz po krótkiej chwili przedwczesnej euforii znowu się załamała. Zaczynało bowiem do Bereniki docierać, że w tak wolnym tempie nie nabierze dostatecznych sił, dzięki którym stawiłaby opór niewątpliwemu oprawcy. Była zrezygnowana. Niczego nie wskóra, niczego nie zrobi, nie mrugnie powieką, zanim...

Poczuła, jak ktoś rozpina jej kurtkę. Szybko, nerwowo, sapiąc głośno i śliniąc się przy tym jak zwierzę. Straciła pewność, ale jeszcze przed momentem była przekonana, że widziała nad sobą kogoś zupełnie innego. Nie... Pewnie się myliła. Wszystko na powrót zaczęło się mieszać jej w głowie. Prawda, rzeczywistość, wyobraźnia, fikcja. Kalejdoskop odczuć. Chyba tylko jedno jej się nie mieszało. Przeświadczenie, że ktoś siłuje się z zamkiem od jej mokrych spodni. Rozrywa go w złości, a potem z trudem zsuwa mokry dżins z jej ud. Zrobiło się jej jeszcze zimniej, a sztywne igliwie kłuło ją w pośladki.

Rozsunął jej nogi, a potem zaczęła czuć ciepło gdzieś między udami. Najpierw szorstkie palce, a potem coś zdecydowanie większego. Coś, co z dużym oporem i rosnącym bólem lubieżnie penetrowało jej wnętrze. Nie umiała nad tym zapanować. Chciała krzyczeć, ale z jej gardła nie mógł się wydobyć nawet najcichszy, krótkotrwały szept. W dziewczynie wzbierała agresja, lecz jej ciało wciąż było zbyt słabe, aby mogła choć odrobinę tej złości przekuć w skuteczną obronę. Musiała się poddać. Czekać, aż nadejdzie koniec. Pogodziła się z tym. Świat realny w dalszym ciągu zlewał się jej z fikcją. Kilkukrotnie traciła przytomność, odpływała, by po chwili znów odzyskiwać świadomość. W każdym momencie krótkiej umysłowej sprawności wzrastało jej przerażenie. I pewność, że już nigdy nie spotka się z przyjaciółką. Nie opuści lasu, który na zawsze pochłonie jej zwłoki.

Zaczęto ją ciągnąć za nogi. Najpierw powoli, później coraz szybciej. Oceniała prędkość po obrazach przesuwających się nad nią. Nie były zróżnicowane. Ciemne szczyty sosen, bezlistne sękate gałęzie, szare chmury z rzadka zmieniające odcień. Berenika czuła, jak co chwilę uderza głową o ostre kamienie. Modliła się, aby jeden z nich roztłukł jej czaszkę i w ułamku chwili skrócił jej udrękę. Ale Bóg, jeśli raczył istnieć, za nic w świecie nie chciał słuchać pragnień nastolatki. Bezskutecznie próbowała zacisnąć powieki, zmienić czasoprzestrzeń, być całkiem gdzie indziej, wszystko jedno gdzie, byle w objęciach Malwiny. Co z nią? Dała sobie radę? Ludwiczak nie przestawała się martwić. Uciekła, ukryła się w lesie czy podobnie jak ona stała się ofiarą? Berenika przed śmiercią chciałaby to wiedzieć. I o niczym innym teraz nie marzyła, jak tylko móc się pożegnać z Malwiną. Pragnęła uwierzyć, że jeszcze zdąży to zrobić, ale traciła nadzieję. Słabła. Jej ciało, które kilka minut wcześniej zaczynało odzyskiwać sprawność, teraz na powrót wiotczało. Przestawało opierać się temu, co nieuchronne. Przepełnione pesymizmem myśli Bereniki stopniowo uśpiły jej instynkt przetrwania, ale kryzys przyszedł nieco później. Nastąpił dopiero, gdy śródleśny widok przestał zmieniać się przed jej oczami. Ulewa zmieniła się w delikatną mżawkę.

Dziewczyna przez dłuższy moment nie czuła wokół siebie kwaśnej woni potu zmieszanego z nikotyną oraz alkoholem. Na dłużej zanikły też odgłosy męskiego oddechu. Ofiara została sama. Sama w bezkresnej, szumiącej złowrogo czeluści. Czy to koniec? – zastanawiała się, bo jej umysł wciąż funkcjonował bez zarzutu. W przeciwieństwie do ciała, którego obojętności coraz bardziej się bała. Czuła się oszukana przez życie, które w nieodpornej, nieusłuchanej powłoce nadal się tliło i nie chciało zgasnąć. Dlaczego? – krzyczały jej myśli, ale tym krótkim pytaniem Berenika starała się okłamać samą siebie. Doskonale przecież wiedziała, co jest przyczyną jej dzisiejszego dramatu. Albo raczej kto. W nanosekundowych migawkach gdzieś w podświadomości ujrzała jej srogie oblicze. Chudą twarz kobiety, która od tamtej nocy nigdy nie przestawała się na mścić na swoich dzieciach. Na rodzeństwie. Za to, że podstępem wypchnęły ją z okna. Berenika przewidywała, że kiedyś nadejdzie dzień sądu ostatecznego. Moment zapłaty za kilka lat szczęścia. Nie sadziła jednak, że to nastąpi tak szybko. Zdecydowanie za szybko.

Usłyszała głośny szczęk metalu, a niedługo potem do jej uszu zaczęły dochodzić częste, intensywne uderzenia w ziemię. Głuchy i tępy, charakterystyczny odgłos. Domyślała się, co go wywołuje. Łopata. Jedna albo nawet kilka. W każdym razie coś, co było w stanie zanurzać się w ziemi jak w maśle i tuż przy jej ciele, usypywać śmierdzący bagnem i stęchlizną kopiec. Czarna hałda rosła w zastraszającym tempie, a ona widziała już jego wierzchołek. Z każdą porcją piasku lądującego na stosie rosła w niej histeria. Ulegała panice, chociaż obiecała sobie, że do ostatniego tchnienia nie podda się tanim instynktom, że będzie się trzymać do końca i umrze jak dama, z klasą i z godnością. Nie tak jak jej matka. Nie jak wrak kobiety, która mimo że była świadoma wagi swoich uczynków, do ostatniej chwili wbijała paznokcie w ścianę kamienicy. Jednak Berenika nie przewidywała aż tak bestialskiego finału dla siebie. Bo przecież nie mogła się mylić. Nazbyt wiele faktów wskazywało na to, że zostanie pochowana żywcem.

Znów ją pociągnięto, tym razem w bok, za rękę i nogę. Osunęła się w dół po piaszczystym spadzie, a potem przez chwilę w drgającym świetle latarki zobaczyła, jak wygląda ktoś, kto rozdaje śmierć. Jak się zachowuje, spieszy się, głośno dyszy, ociera pot z czoła. Mówi coś pod nosem, pokazuje palcem, a na końcu chwyta za trzon łopaty. Porcja ciężkiej ziemi spadła na jej rozedrgane serce. Raz, drugi, a potem kolejny. Czuła jej przeszywający chłód i potężną siłę jednego z niepokonanych żywiołów. Z oczu Bereniki popłynęły łzy. Ostatnie w jej życiu, po których na jej twarz spadła mokra gleba. A potem setki wilgotnych ziarenek wciągnęła zachłannie do nosa. Dziewczyna miała wrażenie, że te drobinki są żywe i tak jak robaki, pełzną coraz głębiej, do wnętrza jej gasnącego ciała. Traciła oddech, zaczęła się dusić, a im bardziej próbowała jakoś się ratować, tym bardziej pogarszała swoją sytuację.

Nagle przestała już walczyć. Z każdą chwilą odpływała dalej. Coraz wyżej. Czuła się bardzo bezpiecznie. Zamiast mokrej ciemności ujrzała przed sobą jasne, ciepłe, dające nadzieję światełko. Już nie leżała przygnieciona ziemią. Unosiła się lekko. Leciała nad lasem i podążała za światłem. Wiedziała, że wszystko, co złe, właśnie się skończyło. Dokładnie tak jak w świecie, który kiedyś narysowała. O takie piękno od dziecka walczyła. Wygrała. Jest niezwyciężona. Żyje. Jest szczęśliwa.

Piła, 7 sierpnia 2019 roku, południe
Aleksandra Poniatowska, Natasza Poniatowska

– Jezus, Maria, Natasza! – Aleksandra Poniatowska przestała panować nad emocjami. Od kilku minut z całej siły przyciskała telefon do ucha, skupiając się na mrożącej krew w żyłach relacji z wczorajszego wieczoru. W pewnym momencie jej zdenerwowanie sięgnęło zenitu.

– Mamo, zdecyduj się wreszcie, jak chcesz mnie nazywać – pokusiła się o żart Natasza. Sytuacja może i była poważna, ale reakcja teściowej była zdecydowanie na wyrost.

– Co? Powtórz, proszę! Słabo cię tu słyszę. – Starsza z kobiet zmierzała w kierunku sklepu Pod Aniołami. Głośna muzyka oraz nasilający się zawsze o tej porze ruch w centrum handlowym skutecznie jej przeszkadzały w rozmowie.

– Nic, nic, mamo, nieważne.

– Jak to nic? Jak możesz w ogóle tak mówić? – nie skrywała poirytowania Aleksandra. – Mój syn został napadnięty, i o mały włos nie straciłby życia, a ty sobie kpisz, że to jest nieważne?

– Ależ, mamo, wcale tak nie twierdzę. – Głos synowej stał się lepiej słyszalny w słuchawce. Kobieta również zaczynała mówić podniesionym tonem. – Nie o to mi chodzi.

– A o co?

– O to, że niepotrzebnie tak się denerwujesz. Przecież wszystko dobrze się skończyło. Janek jest już w pracy, wypoczęty, cały i zdrowy. A przynajmniej tak mi powiedział jeszcze przed kwadransem, kiedy do niego dzwoniłam. On nie z tych, co pozwolą zrobić sobie krzywdę.

– Jasne, właśnie widzę, a właściwie słyszę! – Aleksandra krzyknęła tak głośno, że przestraszyła nawet samą siebie. Rozejrzała się po zatłoczonym markecie, licząc na to, że nie zwróciła na siebie uwagi wszystkich klientów galerii. Pomyliła się. Nawet ekspedientki z zaprzyjaźnionej cukierni sąsiadującej ze sklepem Haliny przerwały na chwilę obsługiwanie klientów i zainteresowały się wrzaskiem dochodzącym z zewnątrz. Ola, widząc to, wbiła wzrok w podłogę, przygarbiła się nieco z pokorą, a potem odwróciła się w przeciwnym kierunku. Miała przed sobą wejście do boksu Pod Aniołami. Zajrzała do środka przez szybę, ale nie dostrzegła nigdzie ekspedientki. – Dlaczego nic wczoraj mi nie powiedziałaś? – Ściszyła nieco swój głos, ale zostawiła w nim żal i dezaprobatę. – Przyjechałabym do was, pomogła. Mój kochany synek!

– Bo nie chciałam cię martwić – usprawiedliwiała się synowa. – Zresztą było bardzo późno, a to naprawdę nie było nic poważnego. Można powiedzieć, że to zwykłe niewielkie draśnięcie, które tylko z pozoru wyglądało groźnie. A stracił przytomność, bo się zdenerwował, był przemęczony i głodny, a na zewnątrz panowała duchota. U Janka to standard, sama dobrze wiesz, jak jego organizm reaguje na osłabienie i stres.

– Oj, niby wiem – zgodziła się niechętnie zatroskana matka. – Ale przecież to, co wy ostatnio przeszliście... – zatrzymała się na krótki moment. Poczuła, że słabnie i robi jej się gorąco, toteż zaczęła się wachlować bluzką. – Te zwłoki wisielca w Świtezi, a wcześniej ten cały Kajetan... To straszne! I jeszcze na to wszystko jego siostra gdzieś się rozpłynęła. Tego również nie potrafię pojąć. Przecież ona sama się do mnie zgłosiła, bardzo mnie prosiła, abym ją skontaktowała z Jankiem. Niemożliwe, żeby przepadła jak ten kamień w wodę, ot tak, bez jednego słowa, z dnia na dzień. Może i dobrze jej nie znam, ale czuję, że ona nie zachowałaby się w taki sposób, tym bardziej że zależało jej na pieniądzach z ubezpieczenia, a przede wszystkim na tym, aby udowodnić, że jej brat nie popełnił samobójstwa. A teraz nie wiadomo nawet, co z nią samą się stało. Od wczoraj ma wyłączony telefon! Nie przyszła na umówione spotkanie. Czy to wszystko nie wydaje ci się podejrzane?

– Nie wiem, mamo, co mam o tym myśleć – powiedziała rozedrganym głosem żona Jana. Słuchać było, że oddycha ciężko i nad czymś się zastanawia. – Zbyt dużo ostatnio się działo – odparła wreszcie. – Sama wiele przeszłam, Janek jeszcze więcej. Wiesz... Jesteśmy tym przerażeni, ale musimy żyć dalej, pracować, zarabiać i jak najprędzej zapomnieć o tym, co się wydarzyło. Im szybciej to nastąpi, tym lepiej. Trzeba przestać o tym wszystkim myśleć.

– A co, jeśli znów grozi wam poważne niebezpieczeństwo? Seria kolejnych kłopotów? Nie chcę nawet myśleć, gdyby jakiś bandzior, tak jak kiedyś...

– Bez przesady, nic się takiego nie stanie – weszła jej w słowo synowa. – Wczoraj to była tylko przypadkowa napaść. Janek nawet nie wie, kogo tak naprawdę gonił. Pewnie jakiegoś drobnego, osiedlowego złodzieja. Nie ma sensu się na zapas martwić i niepotrzebnie nakręcać.

– Może i masz rację, kochanie – Aleksandra westchnęła. – Oby to wszystko, czego ty i Janek ostatnio byliście świadkami, rzeczywiście okazało się zwykłym zbiegiem okoliczności. Bo inaczej w życiu bym sobie nie wybaczyła, gdybyście znów przeze mnie wpadli w ręce nieobliczalnych ludzi. – Kobieta jeszcze bardziej ściszyła głos. Popatrzyła na złoty szyld sklepu Pod Aniołami, a potem na jego właścicielkę, która wyłoniła się nagle zza barwnej kotary zaplecza.

– A dlaczego przez ciebie?

– No, jak to dlaczego? Przecież to ja namówiłam Janka, aby pomógł Izie. I niestety, jak się okazuje, wyszły z tego wyłącznie problemy. No, a trzy lata temu? Pamiętasz? Jak przez moje gadulstwo i zbyt długi język syn Stępniakowej zaczął grzebać w naszej rodzinnej przeszłości, a potem zinterpretował ją sobie na swój, psychopatyczny sposób? To wszystko przeze mnie! Nie powinnam wtedy w ogóle...

– Mamo, uspokój się, przestań się obwiniać! Po co wracasz do zamkniętych spraw? – zainterweniowała Natasza. – Nikt nie ma do ciebie pretensji. Poza tym teraz nic złego się nie wydarzy. Chciałaś tylko pomóc Izabeli, nic więcej.

– Tak, tak, oczywiście, chciałam. I mam nadzieję, że wszystko będzie w porządku – mówiła pośpiesznie Aleksandra. – Wiesz... Muszę kończyć, mam wizytację z centrali, właśnie przyjechali – skłamała na poczekaniu. – Buziaki, w kontakcie! I informuj mnie na bieżąco, jak się czuje Janek, dobrze? Nie tak jak...

– Dobrze, dobrze – synowa nie dała jej skończyć. – Ja też muszę zmykać. W kontakcie, na razie, pa, pa – rozłączyła się.

Ola wyszczerzyła się jeszcze bardziej i chowając telefon w torebce, przekroczyła próg sklepu Pod Aniołami. Halina Stępniak wyszła jej naprzeciw. Również się uśmiechnęła, a następnie po obu stronach twarzy przyjaciółki cmoknęła w powietrzu ustami.

– No witaj, Oleńko! – powiedziała. – Jesteś nareszcie, no chodź! Zaraz pogadamy. – Wskazała ręką zaplecze. – Pstryknęłam już wodę na kawkę. Rozgość się, słoneczko, i wyłóż ciasteczka na talerz. Kupiłaś delicje, prawda? Zaraz wracam, muszę na chwilkę wyskoczyć. Umówiłam się z kimś na parkingu. Idź, idź na zaplecze. Zamknę za sobą roletę, nikt ci nie będzie przeszkadzał. – Dobiegła do kasy, a kiedy przyjaciółka zniknęła jej z oczu, otworzyła szufladę z gotówką i wyjęła z niej plik stuzłotowych banknotów. Z pieniędzmi w ręku wybiegła ze sklepu.

Menadżerka firmy sprzątającej dochodziła powoli do siebie po informacjach, jakie przed kilkoma minutami wstrząsnęły jej światem. Po pierwszym szoku odetchnęła z ulgą, uświadamiając sobie, że wczorajszy incydent z udziałem jej syna nie musiał rzeczywiście wyglądać tak groźnie jak przeraźliwe obrazy, które podczas rozmowy z Nataszą zobaczyła w swojej głowie. Ale w sercu matki nadal się czaił niepokój. Aleksandra czuła bowiem, że wieczorna napaść na jej syna ma związek ze sprawą, w którą najwyraźniej sama go wplątała.

Poniatowska opadła z ulgą na wygodne krzesło przy stole. Przymknęła zmęczone powieki i oparła głowę o chłodną ścianę. Marzyła o tym, by trochę odpocząć. W absolutnej ciszy, zanim rozpocznie spotkanie z Haliną. W ogóle nie miała na nie ochoty. A zaproszenie na kawę przyjęła tylko dlatego, że bała się odmówić starej przyjaciółce, która i tak coraz częściej zaczynała robić jej wymówki, że Aleksandra nie ma już dla niej tyle czasu, co kiedyś, oraz że niebawem odwróci się od niej jak wszyscy inni, którzy od lat patrzą na nią przez pryzmat wyrodnego syna mordercy. Ola nie miała dzisiaj nastroju na ponowne wałkowanie tego tematu. Zamiast tego wolałaby zadzwonić do Janka i zapytać, czy aby na pewno wszystko z nim w porządku. Albo jeszcze lepiej, zrobić sobie wolne, wrócić do domu i po prostu pobyć sama. Takich chwil bardzo jej ostatnimi czasy brakowało. Chyba nie miała już tyle energii i zapału do zawodowych wyzwań co jeszcze kilka lat temu. Coraz częściej myślała o tym, aby zacząć wreszcie korzystać z uroków i przywilejów, jakie daje posiadanie stałego dochodu z emerytury. Tylko czym mogłaby się zająć? Może podróżami? Ma przecież odłożone pieniądze i nie zabierze ich do trumny. Życie tak szybko ucieka, ludzie się zmieniają, a świat staje się coraz bardziej brutalny. Nadszedł czas odpoczynku? Zwiedzić trochę świata? – zastanawiała się w duchu. Poczuć smak wolności? Odciąć się od złych i toksycznych ludzi? Co ma do stracenia? Fałszywą przyjaźń z zachowującą się coraz dziwniej Haliną? Tylko to, nic więcej.

Rozważania o bliskiej przyszłości przerwało menadżerce krótkie, acz intensywne buczenie. Otworzyła oczy i zaczęła szukać źródła charakterystycznego dźwięku. Na stole znajdował się smartfon. Jego ekran podświetlił się nagle i zanim na powrót zrobił się czarny, Ola zdążyła odczytać pierwsze słowa wiadomości: „Idziesz? Czekam! Przynieś moją kasę, bo…". Poniatowska była zaintrygowana. Świerzbiła ją ręka, aby postukać w wyświetlacz i odczytać całą wiadomość. Znała hasło do telefonu Haliny, albowiem sama jej je wymyślała. Cztery proste cyfry: data urodzenia wnuka, Remigiusza.

Kobietą targały wątpliwości. Z jednej strony tkwiła w niej ponadprzeciętna ciekawość, pchająca ją w stronę odkrycia, od kogo nadeszła wiadomość i kto domagał się pieniędzy od właścicielki dobrze prosperującego biznesu. Czyżby koleżanka znów uwikłała się w jakieś ciemne, nieprzyjemne sprawy? Wpadła w tarapaty? Jest szantażowana? Całkiem możliwe. A jeśli dlatego Stępniakowa zrobiła się taka neurotyczna? Gdyby jednak Halina dowiedziała się, czego Ola się dopuściła, wieloletnia przyjaźń obu pań zakończyłaby się ze skutkiem natychmiastowym. Może tak byłoby lepiej? – Poniatowska wróciła do swoich wcześniejszych rozmyślań i z miejsca podjęła decyzję. Zabrała z blatu komórkę, zerwała się z miejsca, odsunęła sukno oddzielające ciasną kuchenkę od salonu sprzedaży i wychylając się przez wąskie wejście upewniła się, czy nikt się nie zbliża do sklepu. W pośpiechu uaktywniła pulpit, a potem dotknęła zielonej ikonki w kształcie otwartej koperty. Analizowała wyświetlone dane. Prawie wszystkie wiadomości wewnątrz katalogu były przeczytane. Z wyjątkiem jednej, tej na samej górze listy. Odczytała szybko imię nadawcy: „Gabriel". Wywnioskowała od razu, że to siostrzeniec Haliny, o którym przyjaciółka czasem jej opowiadała.

Kierowniczka czystości jeszcze raz, dla całkowitej pewności, spojrzała w kierunku wejścia do Aniołów, a potem, nie czekając dłużej, stuknęła opuszkiem w wybrane przez siebie miejsce na ekranie. Ledwie sekundę zajęło jej pochłonięcie kilku ostatnich linijek tekstowej wymiany zdań. Kiedy to w końcu zrobiła, przesunęła kciukiem po wyświetlaczu, aby zobaczyć wcześniejsze. Zamarła. Czuła, jak znów robi jej się słabo, a jej ciało trawi fala wewnętrznego żaru. Aleksandra była przerażona. Wiedziała już wszystko. Domyślała się, co się stało z Izabelą Najdą.

Upiekło mi się, cudem, a dzielił mnie krok od tragedii. Mój wczorajszy błąd mógł mnie słono kosztować. Ale, cóż… Trzeba było to zrobić. Iść tam czym prędzej. Zdążyć przed wszystkimi. Nie pozwolić, aby sytuacja wymknęła się spod kontroli, a mój plan spalił na panewce. To była trudna i ryzykowna akcja. Ale to nic. Najważniejsze, że mi się udało jakoś z tego wybrnąć. Mam szczęście, ale muszę uważać. Pozostało wiele do zrobienia. Nie mogę się teraz zatrzymać. Muszę dokończyć to, co rozgrzebane. Albo raczej to, co pogrzebane. Również przez nią, przez moją nową ofiarę.

Zabiję ją. Trudno. Zawiozę ją tam. Mam dla niej śmierć idealną. A głupimi ludźmi to wstrząśnie. Wiadomość o kolejnym samobójstwie w Pile będzie sensacją. Muszę się szykować. Nie mam dużo czasu. Póki się niczego nie domyśla. Dopóki ja i alkohol mamy nad nią władzę. To naprawdę wszystko mi ułatwia. Jedno dobre kłamstwo, jeden silny cios, a potem ułożenie ciała w okolicy miejsca, w którym ona bardzo często bywa! A jednak! Tacy ludzie nigdy się nie zmieniają. To było do przewidzenia. Zrobię zdjęcie albo nagram film. Ona będzie mi za to wdzięczna. Ciekawe, jak zareaguje, kiedy to zobaczy? Też zasłużyła na śmierć. Po prostu to wiem! Wszystko wiem. Teraz już na pewno. Nienawidzę jej. Nienawidzę bardzo, ale dzięki temu już się nie zatrzymam. Choćby śmierć wkrótce również mnie spotkała. Tylko... Ja się jej nie boję. Widzę, jak wyzwala ludzi. Jak skraca ich męki. Wysysa z nich zło i wyrzuty sumienia. Takie oczyszczenie jest przecież każdemu potrzebne. Mnie szczególnie. Mnie? A za co? Ano tak, za wszystko. Wiem, dobrze, spokojnie. Poddam się kiedyś, w przyszłości ulegnę. Ale najpierw pożyję w luksusie. A na koniec pójdę na dno piekieł. Lecz jeszcze nie teraz. Jeszcze jest dla mnie za wcześnie.

Złapał się za bok. Chciał sprawdzić, czy opatrunek trzyma się na właściwym miejscu. Biały gazik pod ciemną koszulą był ledwie widoczny, lecz o ranie w okolicy żeber raz po raz przypominało Janowi dotkliwe pieczenie, odczuwane przy większych, bardziej zamaszystych ruchach. Ale tym Poniatowski wcale się nie przejmował. Bardziej martwiła go rysa na prawym policzku. Zadrapanie było długie na dwa centymetry i stosunkowo głębokie, toteż mężczyzna obawiał się, że pozostanie mu po nim rzucająca się w oczy, psująca urodę blizna. Poza tym rozcięcie, ukryte dokładnie pod cielistym plastrem, wciąż mocno krwawiło i emanowało ostrym, pulsującym bólem. Zatroskanej żonie oczywiście wmawiał, że nie odczuwa poważnych dolegliwości. W przeciwnym razie zabroniłaby mu iść do pracy, a przede wszystkim dałaby mu szlaban na kontunuowanie z Sasanką prywatnego śledztwa, którego wyników był coraz bardziej ciekawy. I tak dostatecznie się wczoraj nasłuchał. Że zachował się nieodpowiedzialnie, że mógł stracić życie, że do Nataszy nie raczył zadzwonić, że powinien wezwać policję – i co najważniejsze – zgłosić się na pogotowie. Nie zrobił żadnej z tych rzeczy. Przede wszystkim dlatego, że nie chciał się narażać pilskiemu duetowi wszech czasów. Jahnc i Czeszejko! Znał ich aż za dobrze i był przekonany, że policjanci od razu zabraliby jego i Ankę na komendę, maglowaliby ich przez pół nocy, bezczelnie z nich kpili, łapali za słówka, kręcili przecząco głowami, nie dając się nijak przekonać, że Jan z przyjaciółką nie prowadzi na własną rękę nowej kryminalnej sprawy. I że – po raz kolejny – znaleźli się tylko w złym czasie, w niewłaściwym miejscu. O, nie! Co to, to nie. Poniatowski nie mógł sobie na to pozwolić. Miał swoje plany na dzisiejszy wieczór i nie życzył sobie, aby ktoś mu je pokrzyżował.

Mężczyzna trwał w przekonaniu, że widział wczoraj sylwetkę mordercy. Nie miał jedynie pewności, która z dostrzeżonych na ulicy Kolbego podejrzanych osób mogłaby nim być. Szybki i wściekły nożownik? Sasanka twierdzi, że owszem. „Nie ma innej opcji" – chyba tak dokładnie się wyraziła. Kiedy wczoraj przyjechała po Jana pod bramę ogródków działkowych, był już półprzytomny. Leżał samotnie w miejscu, w którym go zaatakowano. Jak przez mgłę widział, że kelnerka biegnie w jego stronę, nachyla się nad nim i pyta z przerażeniem w głosie, co się stało, dokąd zbiegł przestępca i dlaczego jej przyjaciel krwawi. Jan wyjaśnił jej wszystko dokładnie, a potem polecił, żeby zamiast do szpitala, zawiozła go prosto do domu.

Po drodze śledczy amatorzy wpadli na pewien pomysł, który – jak się okazało – był strzałem w dziesiątkę. Postanowili wykorzystać zaistniałą sytuację jako okazję do kontaktu z Julią Węgorzewską. Anka wykonała zdjęcia zakrwawionych miejsc na ciele Poniatowskiego, a potem, pod pretekstem zasięgnięcia fachowej opinii, czy rany wymagają szycia, wybrała numer do pracownicy Cinderella Clinic. Dziewczyna odebrała telefon, ale już na wstępie zakomunikowała, że nie może mówić, gdyż właśnie prowadzi samochód. Sasance wydawało się, że oprócz zdenerwowanego głosu niedoszłej żony Andrzejewskiego usłyszała w słuchawce słowa jakiegoś mężczyzny. Bardzo ją to zaintrygowało. Kiedy zapytała, czy mogą się pilnie zobaczyć, by pielęgniarka mogła na żywo ocenić poziom obrażeń doznanych przez Jana, ta wyraziła kategoryczny sprzeciw. Naprędce wymyśliła wymówkę. Oznajmiła, że nie jedzie teraz do siebie, gdyż musi odwieźć dokądś znajomego.

– Odwieźć znajomego? Bzdura! – prychnęła Sasanka, kiedy się rozłączyła. – Wykombinowała to na poczekaniu, jestem tego pewna. Czuję, że to właśnie Julia wybiegała z kamienicy Kajtka, kiedy przyjechaliśmy na miejsce. A potem zniknęła między budynkami, wskoczyła do fury i odjechała z głośnym piskiem opon. Było słychać, było? Tak czy nie? – dopytywała kelnerka. – A poza tym założyła grubą czarną bluzę, dokładnie taką, jaką wcześniej przymierzała w galerii. – Zaczerpnęła powietrza i popatrzyła z troską na siedzącego obok rannego kolegę. Był już w lepszej formie, więc mówiła dalej: – Boże, Janek, czy to w ogóle możliwe? Julia zabójczynią? A jeżeli tak, to kim była wówczas osoba, która cię dźgnęła na koniec? I czego Węgorzewska szukałaby jeszcze w mieszkaniu swojej ofiary? – Sass nieoczekiwanie zamilkła, starając się jak najszybciej znaleźć odpowiedź na ostatnie, postawione przez siebie pytanie. – Mam! – krzyknęła po niedługiej chwili. Z podniecenia wypuściła kierownicę z dłoni i dwukrotnie zaklaskała z euforią. Cytrynowa honda zahaczyła kołem o krawężnik, ale barmanka wcale się tym nie przejęła. – Pamiętasz to jeszcze, Janek? Starą maksymę Columbo?

– Co? – zareagował niemrawo przyjaciel. Cały czas przyciskał do twarzy nasączoną krwią, jednorazową chusteczkę. – Jaką znów maksymę, o czym ty mówisz, w ogóle?

– Że morderca zawsze wraca na miejsce zbrodni!

– A to... – Pasażer przewrócił oczami. Nie miał siły na prowadzenie rozmowy.

– Ale ją podeszłam, tę spryciarę, co? Sam powiedz, mogła się nie zgodzić? Nie sądzę! Normalnie tak ją dojechałam, że nie miała wyjścia – Sasanka znów zaczynała trajkotać. – Ale, wiesz co? Prawdę mówiąc, trochę się denerwuję. To będzie moja pierwsza rozmowa oko w oko z potencjalną morderczynią. Myślisz, Janek, że sobie poradzę?

– W to nie wątpię... – odparł od niechcenia, a potem przymknął powieki. Całkiem się wyłączył, przestał słuchać paplaniny

Anki. Miał aż nadto wrażeń, był bardzo zmęczony, poczuł, że odpływa.

Z krótkich wspomnień minionego dnia wyrwał Poniatowskiego pojedynczy grzmot. Tak głośny, że spowodował wyczuwalne pod stopami drżenie. Dyrektor banku wstał zza biurka i podszedł do okna. Zauważył drobne krople deszczu, które pojawiły się na zakurzonej szybie. Na zewnątrz budynku zrobiło się ciemno i szaro. Zerwał się wiatr, który zaczął szarpać gałęziami drzew i przenosić z miejsca na miejsce wszystko, co napotkał na swojej drodze. Natura rozdawała karty.

Jan pomyślał, jak wiele od niej zależy. Jak często pogoda potrafi pokrzyżować szyki i zniweczyć plany, jakie człowiek, nie uwzględniając jej wpływu, kreśli sobie nad wyraz pochopnie. A co zaplanowały dla niego najbliższe godziny? Tego nie był pewien, ale miał przeczucie, że wraz z diametralną zmianą pogody w jego śledztwie również zajdzie przełom.

Piła, 7 sierpnia 2019 roku, popołudnie
Kalina Maliszewska

Właścicielka Anturium zaparzyła sobie trzecią kawę. Była przemęczona, gdyż w nocy nie zmrużyła oka choćby na minutę. Zbyt wiele złych myśli huczało w jej głowie. Większość z nich dotyczyła oczywiście jej ukochanego Borysa. Kalina przeżywała dramat. Nie potrafiła pogodzić się z tym, że po tylu latach ogromnych poświęceń chłopak się od niej odwrócił. Nie tak wyobrażała sobie jego dorosłość, męskość, samodzielność oraz niezależność. Najbardziej ubolewała nad faktem, że Borys przestał z dnia na dzień pomagać w kwiaciarni, większość czasu spędzał poza domem i ewidentnie unikał z nią kontaktu. Może i w normalnej sytuacji florystka by się z tym nawet pogodziła, ale biorąc pod uwagę coraz niższe utargi w Anturium, była wprost załamana. Przerażała ją świadomość, że w jej wieku i z pogarszającym się stanem zdrowia raczej nie da rady uciągnąć świetnie prosperującego dotychczas biznesu. Kwiaciarka za wszystko obwiniała siebie. Zaczynała tracić pewność, czy to, co kilka lat temu zrobiła, było najsłuszniejszym wyjściem. A może Borys zaczął uważać, że popełniła błąd? Potępia jej dawną decyzję? A ona przecież musiała to zarobić. Dla niego? Dla najważniejszego mężczyzny w jej sercu? A może wyłącznie dla siebie?

Maliszewska miała jeszcze jeden problem. Ten, którego skutki zaczęły odbijać się głośnym echem w jej rodzinnym mieście. Wczoraj dzwoniła pani Poniatowska. Kiedy z ust zaprzyjaźnionej klientki usłyszała wiadomość, której się przecież i tak spodziewała, poczuła się strasznie. Serce jej dudniło oszalałe, żołądek ścisnęła niewidzialna obręcz, a gardło zdawało się mieścić w sobie ogromną, uniemożliwiającą produkcję słów kluchę. Po co to zrobiła? Czy aby na pewno musiała? Doszła do wniosku, że nie ma już nic do stracenia. Został jej niewielki kawałeczek życia. Lecz dlaczego postanowiła je sobie zniszczyć? Nie wybrała spokojnej starości. Bez strachu, że któregoś dnia policja zastuka do drzwi jej mieszkania i zaciśnie kajdanki na jej spracowanych nadgarstkach. Nie, tego Maliszewska po prostu nie byłaby w stanie udźwignąć. Taki wstyd, takie upokorzenie. Wolałby również się zabić. Skrócić swoją karę za popełnione przestępstwo.

Upiła łyk kawy. Postanowiła, że zajmie się pracą. Być może zdoła na chwilę zapomnieć o swoich zgryzotach. Zrobi coś pożytecznego. Przygotuje kilka stroików dla Wspaniałych Ślubów, a potem pomyśli, co dalej. Postara się powalczyć ze złem, które od niedawna zamieszkiwało w jej sercu. Wygra? Zaczynała w to wątpić. Wczoraj dała się mu całkowicie zniewolić. Kiedyś było łatwiej, bo sama o sobie decydowała. I postawiła wszystko na jedną kartę, żeby ratować Borysa.

Nie zdążyła pomyśleć o obowiązkach firmowych, kiedy drzwi do kwiaciarni otworzyły się wraz z melodią malutkich dzwoneczków wiszących nad wejściem. Maliszewska wybiegła zza lady, odegnała złe myśli i uśmiechnęła się do swoich klientek. Znała je, lecz czy one zdążyły ją dostatecznie poznać? Oby nie.

Piła, 7 sierpnia 2019 roku, popołudnie
Jan Poniatowski, Anna Sass

– Ja pierdolę, Anka, nie przesadziłaś z tym kwasem? – spytał, zamiast się przywitać. Chwilę wcześniej rozpoznał za oknem Sasankę. Dziewczyna szła, a właściwie biegła, uciekając przed rozkręcającym się deszczem, w stronę wejścia do oddziału Prime Banku. – Coś ty najlepszego zrobiła? – Udawał przerażonego.

– Jak to co? Wolumetrię sobie lajsnęłam, mówi ci to coś? – odpowiedziała kelnerka, zamykając za sobą drzwi biura. – Zabieg taki. Chciałam się zbliżyć wyglądem do ciebie – zripostowała. – A swoją drogą, zajebiście teraz razem wyglądamy. Świetny kamuflaż na dzisiejszy wieczór.

– No nie wiem, nie wiem, ledwie cię poznałem. – Jan był nad wyraz poważny. – Zejdzie ci to kiedyś? – Zatoczył palcem pętlę przed twarzą dziewczyny, a potem zaczął się jej jeszcze dokładniej przyglądać.

– Ale co?

– Jak to, co? Ta opuchlizna na obu policzkach! Czy to tak na stałe?

– Przestań, to nie opuchlizna! Nie rób sobie jaj! – Anka nie nabrała się na grobową minę i niepokojący tembr głosu Poniatowskiego. Zorientowała się, że kolega stroi sobie z niej żarty. – Tak ma być i lepiej się pomódl, aby efekt utrzymał się jak najdłużej. Wiesz, ile taka przyjemność kosztuje? To są drogie rzeczy. Ale spokojnie, Julia załatwiła mi zniżkę, pięćdziesiąt procent, czujesz tę okazję? Po starej znajomości, tak powiedziała przynajmniej. Chociaż wiesz co? Ja to sobie myślę, że ona mi dała ten rabat, bo w Cinderelli chyba nie za bardzo się interes kręci. Mało klientek tam było, garstka, prawie wcale, a zarówno Węgorzewska, jak i doktor Żabski nie mieli specjalnie humorów. Normalnie, jakby wzrokiem umieli zabijać, to kolejny trup byłby w naszym mieście. – Sasanka mówiła coraz szybciej. Z każdym wypowiadanym słowem jej wypełnione do granic możliwości policzki robiły się jeszcze większe i jeszcze bardziej czerwone. – Chociaż wydaje mi się, że Julce to moja wizyta nastrój pogorszyła. A doktorowi telefon, który wykonał, nie wiedząc, że wciąż się znajduję w sali zabiegowej. A jak się darł do słuchawki? Strach się bać, normalnie. Klękajcie narody! Takie zachowanie? Człowiek na poziomie? No to się w głowie normalnie nie...

– Czekaj, Anka, stop! – Poniatowski zatrzymał potok słów, który z zawrotną prędkością wydobywał się z ust przyjaciółki. – Uspokój się, skup się przede wszystkim i wyciągnij z wizyty w Cinderelli tylko najważniejsze fakty, które mogą mieć znaczenie dla naszego śledztwa. Niekoniecznie musisz wspominać o szczegółach całej tej wolo... wolonterii.

– Wolumetrii, jeśli już. Naucz się podstawowych terminów medycznych, bo masz duże braki! – Grała urażoną. – Wszystko jest ważne, Janek. Każdy mały szczegół. Ale jeśli nie chcesz słuchać, nie ma problemu, mogę sobie iść – fuknęła i ostentacyjnie zaczęła podnosić się z krzesła. – I nie dowiesz się między innymi tego, że Arkadiusz Żabski ma nie lada problem. Ktoś go szantażuje, o!

– Dobra, dobra, *easy*. – Poniatowski podniósł ręce w przepraszającym geście, a potem udał, że zamyka sobie usta niewidzialnym kluczem. – No, mów – wydusił z siebie.

– Julia zadzwoniła do mnie dziś z samego rana, czy mogłabym zjawić się w klinice godzinę wcześniej, zaraz po otwarciu, bo niby jakaś klientka zrezygnowała z wizyty, no i się miejsce zwolniło. Powiedziałam, że zaraz będę. Ale kiedy weszłam do środka, w recepcji nie było nikogo. Normalnie pusto, jak w kościele w niedzielę handlową! Byłam w ciężkim szoku. No i słuchaj, stoję przy tym blacie, niepokoję się, stukam tipsami w kontuar, zastanawiam się, co dalej, i nic! Głucha cisza, tykanie zegara i bzyczenie muchy. Więc usiadłam grzecznie w poczekalni obok, wyjęłam z torebki komórkę i zaczęłam pisać do Julki, czy mam na nią czekać, czy nie. Mój czas też jest cenny. – Anka się zapowietrzyła. Potrzebowała chwili na dotlenienie umysłu kilkoma głębokimi wdechami.

Jan przyglądał się jej cierpliwie z głową podpartą na łokciach. Nie przyszło mu nawet do głowy, aby wykorzystać czas nicniemówienia blondynki.

– Nagle idzie Julia... Co tam idzie, biegnie! Rozchełstana cała, z wściekłą miną, z rozwichrzonymi włosami, z papierami w ręku. Nie zauważyła mnie. Myślała, że jest sama w holu, i zaczęła coraz głośniej szeptać do siebie. A ja wiesz, obniżyłam się na fotelu, bo byłam ciekawa, co Węgorzewska dokładnie mówiła. – Sasanka zrobiła teatralną pauzę.

– I co mówiła? – Jan nie wytrzymał.

– Głównie to sama przekleństwa. Zła była ewidentnie na kogoś, bo między tymi inwektywami kilkukrotnie powtórzyła, że „ostatni raz", że „za dużo sobie pozwalasz" i takie tam.

– Tylko tyle? – zdziwił się bankowiec.

– Wystarczająco, żeby stwierdzić, że coś się tam wydarzyło.

– Być może – mruknął Poniatowski. – Tylko co dokładnie?

– Tego nie wiem. – Anka wyłączyła się na krótki moment, po którym w jej głosie dało się wyczuć niedosyt. – Tego się, niestety, nie dowiedziałam. Ale najlepsze dopiero przed tobą.

Mężczyzna skinął zachęcająco głową.

– I ja nagle wstaję z tego fotela, a ona, jakby ktoś jej, za przeproszeniem, w pysk znienacka strzelił. Najpierw zbladła, nie wiedząc, jaką minę przybrać. Ale wreszcie uśmiechnęła się od ucha do ucha, odruchowo poprawiła włosy, podciągnęła sobie do góry dekolcik, a dopiero na końcu zawołała do mnie z drugiego końca kliniki: „Ojej, Aniu, jesteś, chodź, chodź! Doktor Żabski się już niecierpliwi". No więc podeszłam do niej. I dopiero z bliska spostrzegłam, że cały makijaż miała rozmazany. Szok! Oczy, usta, wszystko! Ja tam nie mówię, Janek, może najlepszej się zdarzyć, bo kosmetyki różnej są jakości, ale żeby się nie poprawić, i w tym stanie między ludźmi chodzić po tak ekskluzywnych wnętrzach? To dla mnie jest niepojęte! Po prostu nie mogę...

– Ja pierdolę, Anka, do rzeczy! – Poniatowski nie wytrzymał. Jego cierpliwość zaczęła powoli się kończyć. Chwilę wcześniej spojrzał na zegar w służbowym laptopie i ocenił ilość swoich zaległości w pracy. – Ogarnij się wreszcie! Zlituj się, błagam, do brzegu!

– No i co się pieklisz? – Dziewczyna w charakterystyczny dla siebie sposób przymknęła powieki, przełykając przy tym głośno ślinę. – No więc zapytałam Julię, czy po moim zabiegu znajdzie trochę czasu na krótką rozmowę. Zaprzeczyła, zasłaniając się ogromem pracy. Błagałam ją, kombinowałam, a ona ostro: nie i koniec! Ale zapytała mnie, o co chodzi, i że jeśli to pilne, to możemy teraz najwyżej pogadać, tylko nie za długo, bo prezes kliniki ostatnio nerwowy się zrobił i nie lubi czekać. I że lepiej mu nie naciskać na odcisk. Janek, ale kiedy ona, to znaczy Julia, o prezesie Żabskim napomknęła, w oczach miała coś takiego... Nie wiem, nie umiałam tego odpowiednio nazwać. Ale teraz wiem, to znaczy... Domyślam się już, co mógł wyrażać jej wzrok, ale wtedy jeszcze bladego pojęcia nie miałam.

Janek westchnął ciężko i przewrócił wymownie oczami. Ale nadal milczał. Wiedział, że nie pozostaje mu nic innego, jak tylko wytrwać w milczeniu do końca wynurzeń Sasanki. Bał się tylko, że nie starczy mu do tego resztek silnej woli.

– Najdelikatniej, jak umiałam, powiedziałam Julii, że chciałbym jej zadać kilka pytań dotyczących Kajtka. I wiesz co ona na to? – Anka zatrzymała się na kilka sekund, chcąc zbudować napięcie. Obserwowała, jak Poniatowski zaczyna się niecierpliwić, a kiedy otworzył usta, żeby coś powiedzieć, uprzedziła go: – Nasza pielęgniarka zaczęła krzyczeć, rozpłakała się, po czym odwróciła się na pięcie i weszła za ladę recepcji.

– No i?

– Co, no i? Co się głupio pytasz? Nie rozumiesz?

– A czego tu nie rozumieć? Straciła narzeczonego, to jest załamana, proste i logiczne.

– Janek, ty tak serio? – Blond barmanka była zaskoczona. Przez chwilę, niczym w obraz, wpatrywała się w oczy swojego rozmówcy, usilnie szukając w nich zakamuflowanej drwiny. – Przecież ona ten szloch udawała! Odwaliła scenę histerii jak aktorka w filmie.

– Tego nie możesz być pewna. Nie wiesz, co ona teraz przeżywa.

– Jak nie, jak tak? Wiem, i to bardzo dobrze. Dowiedziałam się tuż po zabiegu. Ona ma romans z Żabskim! Jak bum cyk, cyk. – Dziewczyna popukała się w piersi. – Zdradzała Andrzejewskiego! A Najda się na niej od razu poznała. Nie pomyliła się co do Węgorzewskiej, która najwyraźniej czyhała wyłącznie na pieniądze, jak się hipoteza śledcza znowu potwierdziła, z zimną krwią zamordowanego narzeczonego – wypowiadając dwa ostatnie słowa, Sass tajemniczo szeptała.

– Skąd ty takie rewelacje masz? Już kompletnie zgłupiałem. Z twojej relacji wynika tylko tyle, że według ciebie Węgorzewska, wykorzystując niebywałe zdolności aktorskie, chciała uniknąć niewygodnej dla siebie dyskusji. – Odwrócił się do okna. Padało coraz intensywniej. Studzienki kanalizacyjnie nie odbierały już wody, która podtapiała ulicę Bydgoską.

– Gdybyś słuchał ze zrozumieniem i wnioski od razu stosowne wysnuwał, tobyś już wiedział, o co chodzi. Dwa razy już ci napomknęłam, że w pokoju zabiegowym wszystkiego się dowiedziałam.

– Ale czego? I od kogo? Od Żabskiego?

– Przecież ja ci nie opowiedziałam, jak to w trakcie nakłuwania było! – westchnęła i wyjęła z torebki telefon, postukała energicznie w ekran i zaczęła przeglądać się w barwnym obrazie z kamerki. – Już ci gadam, *sorry*. No bo widzisz, ty mnie tak strofujesz, poganiasz, jak nie słownie, to tymi swoimi minami, wzrokiem dziwnym, że ja pod presją wciąż byłam. I się pogubiłam. Poza tym cały czas myślałam, czy ten kwas się z policzków mi, broń Boże, czasami za szybko nie wchłonie. – Oglądała naprzemiennie obie strony twarzy, robiąc przy tym niestandardowe miny. – Bo reklamację bym musiała złożyć. Chociaż… sama nie wiem, czy coś bym w ogóle wskórała. Przecież była promocja, a…

– Anka! – Jan znów eksplodował. – Weź się ogarnij, do jasnej cholery. I mów wreszcie, bo mnie krew zaleje!

– Jezu… – kelnerka jęknęła pod nosem. – Całe życie z psychopatami – dodała, niemal niesłyszalnie, a potem zaciemniła ekran smartfona, wrzuciła sprzęt do torebki, wyprostowała się na krześle, wzięła mocny wdech i oznajmiła: – Skrócę ci to do minimum.

– Alleluja! – Poniatowski odwrócił się do niej, złączył dłonie niczym do modlitwy jak samuraj, skinął dziękczynnie głową. – Zamieniam się w słuch.

– Żabski romansuje z Julią Węgorzewską, korzysta z usług nocnego klubu Muszelka i szantażuje go jakaś prostytutka.

– Noo… Telegraficzny skrót, jak na twoje możliwości, nie ma co. Ale skąd te domysły?

– To są czyste fakty! – Sasanka ekspresywnie wzruszyła ramionami i wróciła do relacjonowania swojej przedpołudniowej wizyty w Cinderella Clinic. – Otóż… Do Żabskiego ktoś się usilnie próbował dodzwonić, ale on, wykonując mi zabieg, odebrał tylko jeden jedyny raz. Być może myślał, że telefonowała do niego pacjentka albo ktoś z jego personelu, więc nie patrząc na ekran, uruchomił tryb głośnomówiący. A jak tylko rozpoznał po głosie swoją rozmówczynię, wściekł się, poczerwieniał i czym prędzej przerwał połączenie. Wściekłość wprost z niego kipiała. I gdybym miała ocenić, w skali od jednego do dziesięciu, w której dziesiątka określa psychopatę w najczystszym wydaniu, powiedziałabym: jedenaście! A może nawet dwanaście. A wiesz, jak on szybko potrafił zmienić swoje zachowanie, gładko przejść do porządku dziennego, zacząć się wdzięczyć, szczerzyć i przymilać? Oj, jaki milutki się zrobił, że do rany przyłóż. Doktorek musi być niebezpiecznym gościem, wiem, co mówię, ja się znam na ludziach. – Sasanka stała się poważna. – No, ale najlepsze miało się dopiero zdarzyć. Kiedy doktorek skończył mnie szprycować, pożegnał się ze mną, wyszczerzył się, demonstrując swoje równe, białe jak śnieg ząbki, poprosił o płatność w recepcji, odczekał chwileczkę, aż zacznę się zbierać, a kiedy spostrzegł, że jestem przy wyjściu, tak jak stał, chwycił za komórkę i od razu przemieścił się do drugiej części sali zabiegowej, oddzielonej od reszty długą przezroczystą ścianką. Ja nie z tych, co to lubią innych podsłuchiwać. I plotkami też się nie zajmuję, nie mam na nie czasu, po prostu, ale tam, w Cinderelli, musiałam się cofnąć, bo zapomniałam torebki. A pan prezes był tak zaaferowany rozmową, że w ogóle mnie nie zauważył. Czujesz? – Sasanka wzięła haust powietrza.

– No i co? Słyszałaś coś z tej rozmowy?

– Oczywiście, że tak. Gdybym nie słyszała, tobym ci dupy w robocie nie zawracała – odrzekła z urazą. – Dzwoniła do Żabskiego kobieta. Mówiła spokojnie, ale kpiącym tonem, usiłując wyprowadzić go z równowagi. Powiedziała tak: „Czas mojego milczenia właśnie się zakończył, tak jak te marne gorsze, których zacząłeś mi skąpić. Więc postanowiłam, że wyznam światu prawdę. Powiem Julii, jak w rzeczywistości wygląda jej życie u boku bogatego, przystojnego kochanka. Niedługo obejrzy też filmy z twoich orgietek w Muszelce. A wiesz? Czuję się trochę zazdrosna. Przysięgałeś przecież, że tylko do mnie przychodzisz, kiedy masz ochotę na realizację swoich seksualnych potrzeb. A tu proszę, nagrania z innych pokoi mówią zupełnie co innego. Nieładnie tak kłamać, świntuszku! A właśnie! O morderstwie… Zdążyłeś już wspomnieć swojej pięknej i zachłannej recepcjonistce? Nie? Jak mogłeś, dlaczego? Ale nic się nie martw. Zrobię to za ciebie. Nie wiem tylko, czy najpierw uświadomić Julię, czy policję" – kończąc opowieść, Sasanka zmrużyła tajemniczo oczy. Odczekała chwilę i podsumowała: – Nieźle, co? – Obserwowała wyraz twarzy przyjaciela. – Oczywiście Żabski tej kobiecie w trakcie rozmowy przerywał, wrzeszczał na nią, obrażał ją. Raz to się nawet rozłączył. Słyszałam, jak rzucił telefonem.

– Boże, Anka, naprawdę? – Poniatowski był zaaferowany.

– I co teraz? – zapytał i w tym momencie usłyszał harmider za drzwiami, które otworzyły się z impetem. Przez próg do środka zajrzała Marcelina Woś.

– Janek! – rzuciła. Zaraz zamykamy. – A ty co? Nadgodziny masz? – zapytała, obrzucając nieprzychylnym spojrzeniem gościa dyrektora Prime Banku.

– Nie, nie, coś ty? – odparł ciężko, przerywając niechętnie analizę faktów, którymi uraczyła go kilka chwil temu Sasanka. – Jasne, zamykajcie, właśnie wychodzimy – skinął jednoznacznie głową w stronę przyjaciółki.

– Tak, oddzwonię to niej, choć te jej rewelacje... Dobrze, nie martw się, kochanie. Żadnych karkołomnych akcji, obiecuję. Ucałuj jeszcze raz Remika i, skoro nie wracasz, do zobaczenia jutro! – Jan skończył rozmawiać z żoną i synem. Dzwonił do nich z iPhone'a Sasanki, gdyż swoją komórkę zostawił przez przypadek w pracy. Dowiedział się, że od południa usilnie próbowała się z nim skontaktować matka. Kobieta była podenerwowana i w ciągu dnia kilkukrotnie bombardowała telefonami Nataszę. Za każdym razem mówiła, a właściwie krzyczała, że jest w posiadaniu niezwykle ważnych informacji, które z pewnością zaciekawią Jana. Zaintrygowanej synowej nie udało się jednak dowiedzieć, o co mogło chodzić. Aleksandra gorączkowała się, twierdząc, że musi rozmawiać osobiście z synem.

– No, dobra – Poniatowski westchnął, podnosząc się z sofy. Zabrał ze stołu kubki po wypitej kawie i wszedł do aneksu kuchennego. Otworzył na oścież lodówkę. Miał ochotę na schłodzone piwo. Pragnął orzeźwienia, jeśli miał dalej prowadzić dyskusję na temat tego, co do tej pory jemu i Sasance udało się ustalić w prowadzonym śledztwie.

– Nie zapomnij o mnie – odparła jego przyjaciółka. – Ale tylko jedno, jeśli chcemy jechać do...

– Spoko – przerwał jej gospodarz. – Za bardzo jestem zmęczony, żeby móc sobie pozwolić na więcej – zauważył, wracając do gościnnego pokoju. Na stoliku kawowym postawił dwie pokryte setkami malutkich kropelek zielone butelki. – Jak złapiemy tego psychopatę, to zrobimy porządną imprezę. A na razie to musi nam wystarczyć. Na zdrowie! – Stuknął swoją flaszką o grolscha Sasanki. Rozsiadł się w fotelu naprzeciwko niej.

– No, ja nie wiem, czy będzie nas stać – odpowiedziała z miną skarconego psa. – Nie wiadomo, co się stało z Najdą i czy czasami w maliny cię nie wpuściła. Zabrała kasę z lokat swojego braciszka i koniec. A tobie? Złote góry obiecała. A teraz szukaj wiatru w polu. Była i jej nie ma.

– No i to jest największa zagadka, droga koleżanko. – Jan od razu poczuł się lepiej. Smak chmielu w połączeniu z jego delikatną, alkoholową mocą zaczął czynić cuda. – Sam nie wiem, co mam o tym myśleć.

– Ty to już za dużo nie myśl, prochu i tak nie wymyślisz! – Sasanka zzuła adidasy, podkuliła nogi i rozsiadła się wygodnie na sofie. – Skup się lepiej na tym, co już wiemy.

Mężczyzna otworzył małą szufladę stolika, a potem wyciągnął z niej blok rysunkowy, kilka długopisów i zestaw fluorescencyjnych flamastrów.

– No co? Nie patrz tak! Podręczny zestaw małego Columbo. Każdy szanujący się śledczy ma w domu podobne przybory – skomentował ze śmiechem zdziwioną minę przyjaciółki, a potem wydarł czystą kartkę z używanego brulionu. – Co właściwie mamy?

– Nie co, tylko kogo – zawołała Anka – Kajetana przede wszystkim mamy. Zapisz jego imię! Od niego wszystko się przecież zaczęło. Aha… I pod spodem zrób kilka myślników. Zostaw wolne miejsca na podejrzanych, a także na fakty, które udało nam się odkryć do tego momentu.

– Nie ma ich zbyt wiele – ocenił trzeźwo bankowiec. Ułożył w poziomie białą czystą kartkę i na samej górze pośrodku wykaligrafował „Kajetan Andrzejewski". Nieco niżej, tak jak sugerowała Sasanka, zaznaczył jeden pod drugim kilka niewielkich punkcików. – A co tutaj? – Popukał długopisem w pierwsze niezapisane pole.

– Samobójstwo! – rzuciła zdecydowanie blondynka. – Ze znakiem zapytania, rzecz jasna. Mamy list, który się nagrał w moim telefonie. Rzućmy na to okiem, po raz ostatni, okej? – Odstawiła na stolik butelkę i wzięła do ręki telefon. – Notuj! – zaczęła dyktować Janowi co ważniejsze sformułowania z listu.

– Tylko tyle? – dopytywał.

– Oczywiście, reszta to bzdury. Już dawno to stwierdziliśmy – mówiła z pełnym przekonaniem barmanka. – Znam... to znaczy znałam dobrze Kajetana i jestem pewna, że to nie jego słowa. Zresztą w kolejnym liście, który leżał przy wisielcu ze Wspaniałych Ślubów, były podobne fraze...

– Czekaj! – Poniatowski złapał się odruchowo za kieszeń. – Szlag! – zaklął, kiedy przypomniał sobie, że nie ma przy sobie komórki.

– Dobra, nieistotne! Pamiętamy przecież doskonale, ile było w obu tekstach wspólnych mianowników. Na pierwszy rzut oka dało się je zauważyć. Aż dziw, że policja tego nie dostrzegła i umorzyła śledztwo.

– A ja myślę, że właśnie teraz, na podstawie porównania obu samobójczych listów Jahnc i Czeszejko wznowią dochodzenie. I co wtedy?

– Nic, a co ma być? – kelnerka prychnęła. – I tak wciąż będziemy jeden krok przed nimi.

– Oby... – westchnął, pochylając się ciągle nad kartką. – Dobra, co dalej piszemy przy osobie Kajtka?

– Pieniądze, ubezpieczenie, lokaty... – Annie coraz bardziej zaczynało podobać się graficzne podsumowywanie ich detektywistycznych osiągnięć. – I od razu wypunktuj, kto z powodu forsy mógł chcieć pozbyć się dawnego pracownika Cinderelli Clinic.

– Izabela Najda, Julia Węgorzewska.

– I dodaj obok Julii jeszcze Arkadiusza Żabskiego! Przecież dzisiaj rano...

– Jasne. – Napił się znów piwa. – Ktoś jeszcze w kolejce do majątku młodego, niepozornego informatyka? Mamy chyba wszystkich – oszacował.

– A ten twój nowy pracownik? Jak mu tam?

– Ignacy? Myślisz, że Woliński mógłby zamordować Andrzejewskiego?

– Oczywiście, że tak. Zapisz go! Potem ci powiem dlaczego.

– No dobrze, to która z tych osób, i oczywiście dlaczego, według ciebie miała najwięcej powodów, aby zabić, a potem upozorować samobójstwo narzeczonego Julii?

– Ona we własnej osobie! – Barmanka zaklaskała w dłonie. – Po dzisiejszej wizycie w klinice jestem przekonana, że to Julka buszowała wczoraj w kawalerce Kajtka. I jeszcze ten romans z prezesem? – Anka się wzdrygnęła. – Po tym, jak on ją kiedyś urządził? Prawie ją zgwałcił i o mały włos nie udusił, w biały dzień, swoim gabinecie. To psychopata i tyle!

– A jeśli po latach zaczęli współpracować? Bo są siebie warci, jak się okazało – wysnuł nową hipotezę Jan. – I być może Andrzejewski wcale nie zginął dlatego, że jego piękna, ale niewierna narzeczona chciała się dobrać do jego pieniędzy. Może po prostu stał się niewygodny dla tej wyrachowanej dziewczyny? Zaczął jej nagle przeszkadzać, bo ona już dużo wcześniej związała się z przystojnym, a przede wszystkim, ponadprzeciętnie majętnym prezesem? No a Kajetan, odkrywszy przed ślubem, że Węgorzewska przyprawia mu rogi, zaczął grozić jej i Żabskiemu? I dlatego oni...

– Bingo! Przecież Andrzejewski przez te wszystkie lata miał haka na wpływowego właściciela kliniki. Wiedział, co biznesmen zrobił jego Julii, jak się dorobił ogromnych pieniędzy, jakim był człowiekiem... Jako informatyk, znał jego wszystkie sekrety, a kiedy odkrył ich płomienny romans, coś w Kajetanie pękło. – Sass była zaaferowana. – To ma sens! – podsumowała i przechyliła butelkę z piwem.

– Ma... – mruknął Poniatowski. – I to duży. Trzeba się im przyjrzeć.

– I to jak najszybciej, zanim wykombinują coś więcej. To iście nieobliczalny duet. – Anka pokręciła głową pełną makabrycznych wizji. – A co, jeśli oni...

– Chcieli uciszyć Izabelę Najdę?

– Otóż to – przytaknęła, mrużąc podejrzliwie powieki. – Bo siostra zamordowanego zaczęła węszyć, analizować wszystko i znalazła się na najlepszej drodze do odkrycia prawdy? – Boże, to całkiem możliwe! Tylko co z nią zrobili? Uprowadzili ją? Jeśli tak, to gdzie ją przetrzymują? – Kelnerka snuła mroczne scenariusze. – Zakreśl Węgorzewską i Żabskiego, najlepiej czerwonym kolorem. – Wskazała na gruby, leżący na stosie utensyliów, mazak.

– Co teraz? – zapytał bankowiec i zachłannie przełknął ostatnią porcję spienionego piwa. Żałował, że nie może pozwolić sobie na otwarcie następnej butelki. Innym razem, nie teraz, na pewno nie dzisiaj. Miał przecież z Anką śledcze plany na resztę wieczoru. – Któż jeszcze z naszych podejrzanych mógł upozorować samobójstwo młodego, blondwłosego informatyka? I z jakich powodów? – zastanawiał się dalej Poniatowski. – Bo to, że mogłaby to zrobić jego niezrównoważona siostra, założyliśmy już na początku naszej detektywistycznej przygody. Czy Izabela uśmierciła Kajtka dla pieniędzy?

– No tak, to prawdopodobne. Mnie tylko jedno do niej nie pasuje. Dlaczego Najda, dysponując po śmierci Kajetana niebagatelną sumą pieniędzy, zatrudniła się w sklepie przyjaciółki twojej mamy? Czy musiała w tamtym momencie pracować? Przecież sam mówiłeś, że ona nie wygląda ci raczej na kogoś, komu brakuje na życie.

– Masz rację – zgodził się z Anną. – Wręcz przeciwnie. Wyglądała na kobietę zamożną, wyróżniającą się z tłumu. Drogie ubranie, biżuteria, perfumy, sposób bycia, władcze, górnolotne spojrzenie... – zamyślił się, wracając na chwilę do jedynej bezpośredniej rozmowy ze swoją zleceniodawczynią. – A może... Może ona od czerwca zdążyła roztrwonić już forsę Andrzejewskiego, inwestując ją wyłącznie w siebie?

– Ja tam nie wiem, Janek. Dziwne to akurat. Według mnie każda nowoczesna kobieta w dwudziestym pierwszym wieku powinna dbać o siebie oraz o swój prestiż przez cały czas, non stop, nie tylko od czasu do czasu. Bogaty styl bycia, jak wynika z twojej relacji, charakteryzował siostrę Kajtka i wynikał z jej przyzwyczajenia do życia w luksusie, a zatem nie wziął się u niej z dnia na dzień. Dlatego ja – Anna przymknęła powieki i, jak to miała w zwyczaju, przełknęła efekciarsko ślinę – mam na to swoją na teorię.

– Dawaj! – Jan ponaglił koleżankę, machając w jej kierunku dłonią, w której trzymał odbezpieczony flamaster. Nie mógł pozwolić, by dziewczyna za bardzo się rozgadała. – Co mam więc nabazgrać obok jej nazwiska?

– Długi! – rzekła zdecydowanie Anna. – Zapisz „długi" albo „finansowy kryzys", bo podejrzewam, że ona wpadła w jakieś megatarapaty. I jako osoba przyzwyczajona do nadmiaru pieniędzy, kiedy jej ich nagle z jakiejś przyczyny zaczęło brakować, posunęła się do najgorszej z możliwych metod, by je zdobyć. Wiele na to wskazuje. – Pracownica Świtezi wyciągnęła przed siebie dłoń i zaczęła odliczać na palcach. – Po pierwsze, Izabela Najda bardzo walczyła o środki z ubezpieczenia, a po drugie, w przededniu śmierci braciszka wycofała z banku jego oszczędności, po trzecie, zrobiła wszystko, aby jej przyszła ofiara wykluczyła narzeczoną z udziału w rodzinnych pieniądzach, po czwarte, nie dopuściła do ślubu, aby nie musieć się dzielić z Węgorzewską spadkiem, i wreszcie po piąte, co jest najważniejszą kwestią, od wczoraj nie ma z tą kobietą żadnego kontaktu. – Sasanka się zapowietrzyła. Sama była pod wrażeniem swoich śledczych spostrzeżeń. – Bo dziś próbowałeś się z nią skontaktować, prawda?

– Próbowałem, kilka razy i nic. Bez przerwy poza zasięgiem.

– I sam widzisz.

– No... Niby widzę – westchnął. – I tym samym nie znajduję nowego pomysłu na sprawdzenie dalszych tropów związanych z siostrą Andrzejewskiego, skoro nawet z nią nie możemy pogadać... Zapytać, dlaczego nie przyszła na umówione spotkanie.

– Dlatego musimy się skupić na tym, co możemy zrobić. – Sasanka się zasępiła. Było po niej znać, że się nad czymś intensywnie głowi. Zamilkła na dłuższy moment, złapała się za podbródek i zrobiła skupioną minę.

– Czyli nad czym?

– Czekaj, a rozmawiałeś z tym swoim Ignacym? Przydusiłeś go w pracy? Wycisnąłeś z niego jakieś sensowne wytłumaczenie, gdzie się szwendał wczoraj po południu?

– Z Wolińskim? Owszem, wziąłem go rano na spytki. – Jan skinął delikatnie głową. Przestał się pochylać nad zapisanym niemalże w całości arkuszem papieru. – On jest dziwny, Anka, mówię ci – wyszeptał z powagą.

– No geniusz! – barmanka prychnęła, uderzając wierzchem jednej dłoni w wewnętrzną część drugiej. – Nie trzeba być asem amerykańskiego wywiadu, aby jednoznacznie stwierdzić, że coś z tym chłopakiem jest nie tak.

– A konkretniej? – Jan zaczął się śmiać. – Czym ci Woliński tak podpadł? Oprócz sposobu patrzenia na ciebie, rzecz jasna.

– Że co? – Ania się dała zaskoczyć. – Czym konkretnie... – Zamilkła na kilka sekund, po których upływie zaatakowała: – Sam powiedz konkretniej! Ty z nim rozmawiałeś.

– Bardziej wyglądało to tak, że ja zadawałem pytania, a Ignacy na nie reagował w dziwny, ale typowy dla siebie sposób. Czerwienił się, pocił, oddychał ciężko, parskał i z minuty na minutę z coraz większą desperacją szukał pretekstu, żeby się zapaść pod ziemię.

– Czyli jednak dewiant. – Sasanka utwierdziła się w swoim przekonaniu, jakie miała względem młodego pracownika Prime Banku. – A wykrzesał z siebie choćby jedno zdanie? – drążyła. – Wyjaśnił, co robił w kamienicy Kajtka? Jak długo tam był, kogo widział?

– Ale lakonicznie, zupełnie jak wczoraj. Kiedy zapytałem go o to, burknął tylko w krótkiej odpowiedzi, że był u kolegi. Zmieszał się, odwrócił wzrok, a na jego twarzy wystąpiły jaskrawe, krwiście purpurowe plamki. Zadałem mu później pytanie, jakiego kumpla dokładnie odwiedził. Wyjaśniłem, rzecz jasna, że to dla mnie niezwykle istotne informacje, że dotyczą głośniej w Pile śmierci Kajetana Andrzejewskiego, że to bardzo zagadkowa sprawa, że walczę o jego dobre imię, że ktoś mnie o to poprosił, i takie tam.

– I co na to szanowny twój maglowany? – Anna się niecierpliwiła. Odruchowo złapała za pustą butelkę po piwie. Odstawiła ją zaraz z miną wyraźnego niezadowolenia.

– Warknął na mnie, że to nie moja sprawa! I jeśli już muszę, to ewentualnie mogę z nim rozmawiać wyłącznie na tematy służbowe, a jego życie prywatne nie powinno mnie interesować. – Jan przedrzeźniał podwładnego. Wkurzył się tak, jakbym go co najmniej zapytał, czy jest seryjnym mordercą, psychopatą bądź erotomanem.

– I właśnie dlatego Ignacy powinien być w kręgu naszych śledczych zainteresowań – zawyrokowała blondynka. – To on obsługiwał Najdę, kiedy przyszła rozwiązać lokaty. Może to jego znajoma? Byli w zmowie!

241

– Coś ty, przestań! – zaprotestował przyjaciel. – Obsługiwał ją, bo jest pracownikiem oddziału, za daleko posuwasz się w swoich hipotezach.

– Może... – fuknęła. – Ale mam swoje przeczucia i tyle. – Dziewczyna zadarła podbródek i skrzyżowała ręce na piersiach. – I ci dobrze radzę, przyjrzyj się temu człowiekowi dokładnie. I sprawdź w banku dokumenty z czerwca, które on wystawił. Czuję, że ta twoja Marcelina Woś miała nosa, żeby mieć pod tym względem Wolińskiego na oku.

– Daj spokój, w papierach wszystko powinno się zgadzać. A siostra Andrzejewskiego była pełnomocnikiem do lokat, więc miała pełne prawo je rozwiązać.

– Dobra! – Anka rozłożyła ręce w geście rezygnacji. – Nie mam więcej pytań. – To do kogo się dobieramy w pierwszej kolejności? Kogo bierzemy na tapet?

– Czekaj, czekaj. A Malwina z wizytówki, którą znalazłam w kawalerce Kajtka?

– Ano, tak! Nasz dzisiejszy priorytet. – Poniatowski wyszarpnął z rąk przyjaciółki gotowy raport z zakończonej odprawy. – Już zapisuję, ale tylko słowo „wizytówka", gdyż nie wiemy nawet, czy rzeczona Malwina istnieje naprawdę i pracuje w klubie nocnym Muszelka. Jej dane na reklamówce mogą być tylko chwytem marketingowym.

– A ja myślę, że jednak pracuje – oszacowała Sasanka. – Zresztą za chwilę będziemy to wiedzieć, jeśli plan się uda. – To jak, zbieramy się? Ruszamy na akcję? – zapytała, zacierając dłonie. Chciała coś jeszcze dodać, ale nie zdążyła. Usłyszawszy potężny rumor dobiegający z przedpokoju, zamilkła, pobladła i zerwała się na równe nogi. Poniatowski uczynił to samo. Mężczyzna był jeszcze bardziej zdezorientowany. Nie spodziewał się takiego obrotu sprawy.

– Już idziesz? – Właściciel klinki przechylił szklaneczkę do dna. Kolejną dzisiejszego wieczoru. Poczuł, jak zbawienne ciepło rozchodzi się po jego ciele, a złe wspomnienia ulatniają się z głowy jak za dotknięciem czarodziejskiej różdżki. Albo za cięciem skalpela, niknącego w naprężonej skórze. Gorzej było z jego świeżymi stresami. Alkohol coraz mniej je niwelował. Być może dlatego, że Żabski wciąż z dnia na dzień podejmował kolejne, skutkujące lawiną złych konsekwencji decyzje. Stawiał nieostrożne kroki na swojej drodze do maskowania przeszłości. Skutki uboczne musiały się przecież pojawiać. Liczył się z nimi, jednak nie spodziewał się, że będą go w tak dużym stopniu zniewalać.

– Taaaak – zawołała Julia z wnętrza przestronnego holu. Zapięła bluzę i naciągnęła na głowę kaptur. Włożyła wygodne obuwie, a na ramię zarzuciła plecak. Zanim wyszła, obejrzała się jeszcze za siebie. Widziała kochanka, obsługującego barek w salonie. – Pa, kochanie! – Cmoknęła w powietrzu.

– Czekać na ciebie? – W ogóle nie patrzył w jej stronę. Udawał, że kompletnie pochłania go wrzucanie kostek lodu na dno karbowanej szklanki. – Chciałbym się zaraz położyć – skłamał. Miał swoje plany na dzisiejszą noc i nieobecność dziewczyny była bardzo mu na rękę.

– Nie ma sensu – odparła, przechodząc przez próg. – Odpoczywaj sobie, mogę wrócić późno. Jak znam życie, nie będziemy się mogły nagadać – pożegnała się i zamknęła za sobą drzwi. Nie mogła się jeszcze śpieszyć. Wiedziała, że mężczyzna będzie ją obserwował przez okno. Zawsze tak robił. Nie ufał jej i wcale się mu nie dziwiła. On oszukiwał ją, ona jego. Przyzwyczaiła się do takiego układu. Zresztą sama w nim ustaliła reguły, które do tej pory sprawdzały się wprost idealnie. Mogła robić wszystko, miała prawie wszystko, była niezależna i wolna. No... Prawie wolna. Przynajmniej do chwili, w której postawiła wszystko na jedną kartę. A przecież mogła z powodzeniem jeszcze to pociągnąć. Działać na dwa fronty, była w tej dziedzinie przecież specjalistką. Popełniła błąd. Nie musiała decydować się na propozycję Żabskiego. Przede wszystkim ocaliłaby Kajetana. Żyłby dalej. Oszukiwany, zdradzany, nieświadomy jej przebiegłości i fałszu, ale jednak mógłby dalej żyć.

Zgubiła ją własna zachłanność. To, że zawsze wszystko chciała mieć tu i teraz. Bez względu na okoliczności, komplikacje, przeszkody i mosty, które przez całe życie za sobą paliła. I jedynie Arkadiusz mógł jej zapewnić to wszystko. Tylko on, jego potęga i niepoliczalne pieniądze. Ale Węgorzewska nie przewidziała jednego. Nie przypuszczała, że tak szybko będzie musiała stanąć przed jakże niechcianym wyborem.

– On albo ja – powiedział jej.

– A co z nim? – zapytała, chociaż wiedziała już wszystko.

– Domyśl się... – szepnął jej do ucha, a potem zdjął z niej ubranie.

A później wszystko potoczyło się w zawrotnym tempie. Choć była mistrzynią ukrywania prawdy, sama nie mogła uwierzyć, że takie sprawy można tak łatwo tuszować. Ale czego nie robiły pozycja oraz znajomości Żabskiego? U boku dawnego kochanka wszystko było proste, zadziwiająco możliwe, a jej finansowe marzenia zaczęły realizować się z dnia na dzień.

Współdziałali. Byli partnerami, toteż Węgorzewska żyła w przekonaniu, że wie o nim wszystko. Tak jak i on wszedł w posiadanie wszystkich jej tajemnic. No... Może nie wszystkich, bowiem uważała, że każda kobieta musi pozostawić jakąś cząstkę siebie wyłącznie na własny użytek. Cząstkę, która kazała jej właśnie w tym momencie odegrać się za to, co on tak skrzętnie przed nią starał się ukrywać. Przed nią? Czy był aż tak głupi? Dobrze przecież wiedział, z kim ma do czynienia. Julia była sprytniejsza. Bardziej bezczelna i wyrachowana, i właśnie dlatego do samego końca pozwoliła mu tkwić w świadomości, że to on wiedzie prym.

– Miarka się przebrała – szepnęła, otwierając samochód.

Na twarzy pozostawiła wciąż delikatny uśmiech. Przynajmniej jeszcze przez chwilę, aby Żabski do końca niczego się nie domyślił. Jeden dzień, a właściwie jedno popołudnie wystarczyło przebiegłej recepcjonistce przearanżować ich plany i zdecydować, że od tej chwili właśnie ona musi znów w pojedynkę dokończyć walkę o swoją przyszłość pozbawioną finansowych zmartwień. Była bezczelna, wiedziała o tym od zawsze. Niezwykle inteligentna i od kilku godzin ponadprzeciętnie bogata. Pozostało jej zaledwie kilka punktów zmodyfikowanego planu, lecz nadchodząca noc powinna jej w zupełności wystarczyć na ich realizację.

Usiadła za kierownicą. Zapięła pas bezpieczeństwa. Spojrzała ukradkiem we wsteczne lusterko. Wiedziała, znała go zbyt dobrze. Stał w oknie. W dłoni trzymał drinka. Obserwował ją, śledził wzrokiem, czekał, aż zniknie mu z oczu. A więc nie pomyliła się. Po raz kolejny była sprytniejsza i szybsza.

– Na zdrowie! – szepnęła i uśmiechnęła się sztucznie. Odpaliła silnik i wraz z jego delikatnym drżeniem poczuła dreszcz podniecenia przeszywający na wylot jej ciało. – Zemsta jest słodka – syknęła przez zaciśnięte zęby. – I smakuje najlepiej, kiedy można ją jeść z talerza pełnego pieniędzy. Twoich pieniędzy… Ale najpierw muszę jeszcze dać komuś nauczkę.

* * *

Jest, skurwysyn, idzie! Chwiejnym krokiem wychodzi przed dom, a potem znika za rogiem długiej, zielonej alei. Nareszcie! Opłacało się ukryć w pobliżu i wytrwale czekać. To było do przewidzenia, że będzie zamierzał to zrobić. Skurwiel. Bezduszny, zakłamany bydlak! Muszę mu w końcu przeszkodzić. Musi ponieść zasłużoną karę!

Jadę za nim. Widzę go teraz dokładnie. Obserwuję, jak moknie. Próbuje skryć się przed deszczem, rozgląda się, ale nie znajduje odpowiedniego miejsca. Wyciąga z kieszeni telefon. Wystukuje numer. Dzwoni. To pewne, zamawia taksówkę. A jednak... Wszystko się potwierdza. Wściekam się. Rośnie we mnie furia. Szczególnie gdy po raz kolejny uzmysławiam sobie, czego dopuścił się ten zwyrodnialec. Ta wiedza nie pozostawia mi wyboru. Nienawidzę go za to. Rządzi mną agresja, lecz nerwy staram się trzymać na wodzy. Nie mogę pozwolić ponieść się emocjom. Musi dziś widzieć w moich oczach spokój. I przypadkowość naszego spotkania. Przynajmniej do chwili, w której z satysfakcją rozkruszę mu czaszkę.

Błyska się. Grzmi. Wzmaga się wiatr. Pada coraz mocniej. Cieszę się. Wspaniale! Intensywny deszcz staje się dziś moim sprzymierzeńcem. Stwarza idealny klimat do popełnienia samobójstwa. Zbieżność kilku współgrających ze sobą okoliczności. Szalejąca burza, mroczne retrospekcje, uzależniająca moc alkoholu.

Mijają minuty. Niecierpliwie zerka na zegarek, aż w końcu dostrzega nadjeżdżającego kierowcę. Szarpie za drzwi, wsiada. Odjeżdżają. Ruszam za nimi ostrożnie. Jest niewielki ruch i muszę bardzo uważać, żeby nie wzbudzić podejrzeń. Cały plan poszedłby na marne, a ja chcę go dzisiaj zrealizować. Definitywnie. Klamka zapadła, to postanowione.

Przecinamy centrum. Zmierzamy w dobrym kierunku. Mokry asfalt ucieka spod kół obu samochodów. Z każdym kilometrem rzedną zabudowania, spada intensywność żółtych miejskich świateł, znikają niechciani świadkowie. Za chwilę będziemy na miejscu. Skręcam w ostatnim momencie. Wybieram drogę na skróty, poprzez skrawek lasu, po nierównych, betonowych płytach. Muszę dotrzeć przed nim do celu. A potem zdziwić go swą obecnością, kompletnie zaskoczyć, by potulnie wsiadł do samochodu. Ciekawe, jak zareaguje. Tego się trochę obawiam.

Docieram przed czasem na niewielki parking. Z oddali widzę kolorowy neon. Jedyny budynek w odległości kilkuset metrów od tych, które mam za sobą. Po lewej stronie słychać szum ulicy. Jadą! Czekam w odpowiednim miejscu. Gaszę światła, czekam. Słyszę przyśpieszony rytm mojego serca. Oddycham coraz szybciej i płycej. Niecierpliwię się, lecz czuję dreszcz podniecenia. Widzę go. Z trudem wysiada z taksówki. Daje kierowcy pieniądze, trzaska drzwiami i zostaje sam. Rozgląda się. Patrzy w moją stronę, dostrzega samochód, widzę, jak zastanawia się przez dłuższy moment, a potem rusza w stronę oświetlonego budynku.

Upewniam się, czy młotek z Ikei jest na swoim miejscu. Jest, w porządku, nie przemieścił się. Nadal jeszcze nie wiem, co dokładnie powiem oraz jak to zrobię. To nic. Zdecyduję później, kiedy tylko poznam jego reakcję. Opuszczam szybę, wystawiam przez nią głowę i uśmiecham się najszczerzej, jak umiem. Czuję na twarzy setki chłodnych, orzeźwiających kropel. Tak! Burza niewątpliwie jest po mojej stronie.

Widzę niepewność w jego niebiskich źrenicach. Niepokoi się. Mruczy coś pod nosem, kręci głową, wymachuje bez sensu rękami. Chyba sporo wypił. Ale nie odpuszczam. Powoli wysiadam z samochodu. Wyjaśniam, że to przypadek, że wszystko w porządku, że jest późno, że jest burza, zmoknie, że okolica nie jest zbyt bezpieczna. Jestem pod wrażeniem własnych umiejętności aktorskich. Słyszę swój przemiły głos i melodię kropel bębniących o dach samochodu. Światło błyskawicy rozświetla seriami nasze mokre twarze. Zaczyna ulegać, tak przynajmniej myślę. Ciężko mi to stwierdzić. Ma niejednoznaczne spojrzenie. Kładę rękę na jego ramieniu, budzę jego ufność. Waha się. Wlepia we mnie wzrok. Mam wrażenie, że nie do końca mi wierzy. Zastanawia się, czy mówię prawdę. Poznał mnie na tyle? Nie rezygnuję. Staram się nie mrugnąć, nie oderwać spojrzenia od jego mokrej, śniadej i przystojnej twarzy. Pogłębiam bardziej swój serdeczny uśmiech. To go przekonuje. Wreszcie! Kiwa głową twierdząco i rusza w stronę przeciwnych drzwi samochodu. Mam go, jest mój.

Idę za nim. Pomagam mu z drzwiami, a gdy się odwraca, wyjmuję młotek zza paska. Zaciskam dłoń na stalowym trzonku. Robię duży zamach. Za duży, ale znów nie umiem nad tym zapanować. Czuję szał i rosnącą adrenalinę. Uderzam go w głowę, nie umiejąc dobrać odpowiedniej siły. Przez chwilę nic się nie dzieje, a zaraz po niej widzę strużkę krwi pod jego włosami. Jego ciało staje się bezwładne. Popycham je szybko, by opadło samo na siedzenie auta. Rozglądam się wokół. Pusto. Obiegam pośpiesznie samochód. Jeszcze raz sprawdzam, czy nikt mnie nie widział. Podnoszę szybę i blokuję zamek. Poprawiam ofiarę na miękkim fotelu, a potem zapinam jej pasy. Wygląda jakby spokojnie spała. Idealnie. Jeśli się obudzi, będzie o krok od odebrania sobie życia. Ciekawe czy spodziewa się tak oryginalnej śmierci.

Uśmiecham się. Mogę odetchnąć z ulgą. Udało się. Ocieram wilgoć z tętniącego czoła. Śpieszę się. Nie mam do stracenia ani chwili. Dostrzegam z tyłu światła samochodu. Oślepiają mnie. Boję się teraz odwrócić. Sprawdzam dyskretnie odbicie we wstecznym lusterku. Taksówka. Kolejna? No jasne? Ciekawe, kiedy przyjechała. Wciskam gaz i zwiększam obroty silnika. Ruszam powoli przed siebie. Oddycham głęboko i drżę z podniecenia. Biegnę znowu w przyszłość, bo niezwykle kocham ten stan. Czuję, że się unoszę w powietrzu, widząc jego truchło głęboko pod ziemią.

Malwina Humańska weszła niepostrzeżenie do biura właściciela klubu. Klucze załatwił jej Gabriel. Naiwny i głupi ochroniarz! Nie domyśla się nawet, że w ramach nagrody Malwina załatwi też jego. Zrobi to! Dokończy to, co zaczęła, choćby miała przestać już stwarzać pozory. Choćby się miała ujawnić. Życie udowodniło jej bowiem, że oszukiwanie, głównie samej siebie, nie prowadzi do pozytywnych zmian. Przeciwnie, staje się przyczyną frustracji, wzrastającej furii, poczucia wyobcowania i niesprawiedliwości. Dlatego dziewczyna wreszcie postanowiła z tym skończyć. Pozbyć się resztek wyrzutów sumienia, że tak bardzo zawiodła swoją przyjaciółkę. Zdradziła ją w nocy, w której Berenika najbardziej potrzebowała jej wsparcia. Dziś wciąż o nie błaga. Malwina codziennie słyszy nawoływania z zaświatów. Za każdym razem, kiedy zamyka zmęczone powieki, zanim zdąży zasnąć. Podczas sennych wizji wcale nie jest lepiej.

Nie tak to się miało zakończyć. Nie o taką przyszłość obie postanowiły dziewięć lat temu zawalczyć. I co z tego, że jedna z nastolatek otrzymała szansę tę przyszłość zobaczyć. Tylko jedna – ta, która wciąż żyła. A raczej wegetowała. Kamuflując prawdę, kłamiąc, paląc mosty, trwoniąc nieczyste pieniądze oraz obserwując, jak inni jej kosztem stają się bogaci. Stają się potężni, podczas gdy ona coraz bardziej osuwa się na dno. Bo jak wyglądała jej prawda? Była tanią dziwką z mroczną tajemnicą w sercu. Wstyd, upokorzenie, tchórzostwo, upadek. To wszystko, czym się mogła dotychczas karmić. Nienawidziła siebie za to, kim się stała. Do jakiego stanu się doprowadziła. Z każdym dniem brzydziła się coraz bardziej swojego odbicia w pomazanym spermą, burdelowym lustrze. Lecz do tej pory posłusznie milczała. Zaciskała zęby, robiła, co potrafiła najlepiej, a każdy kolejny opłacony seks niszczył niewidzialną tarczę, która właśnie dzisiaj utraciła swoje właściwości. Dlatego jakiś czas temu dziewczyna postanowiła wreszcie się wyzwolić. Przerwać łańcuch kłamstw, którego pierwsze, najistotniejsze ogniwo zniknęło jej z pola widzenia. Razem ze zniknięciem przyjaciółki.

Włączyła latarkę w komórce i znów mimowolnie cofnęła się w czasie. Wieczór ich ucieczki, a potem noc, od której się wszystko zaczęło. A raczej... Od której zaczęła datować swój koniec. Rozejrzała się po pomieszczeniu. Była w nim tyle razy. Na każde skinienie tego zwyrodnialca, który ostatnio wpadł na idiotyczny pomysł, aby męska część jego pracowników mogła odbierać swoje tygodniówki prosto z łona dziewczyn zatrudnionych w klubie. Od tamtego czasu prostytutka miała jeszcze potężniejszy wstręt do tego, czym się jej przyszło zajmować. Czuła się jak szmata. Jak brudna wywłoka, która na jedno pstryknięcie była zobowiązana spełniać najśmielsze fantazje etatowych napaleńców z Muszelki. Ale jedna rzecz z tego chorego układu wyszła Humańskiej na dobre. Znalazła w nim źródło uzdrawiającej energii. Motywację, która coraz mocniej pchała kobietę w stronę dokonania zemsty.

Tego wieczoru... Tak! Uśmiechnęło się do niej szczęście. To był znak zza grobu. Tak wyraźny i tak namacalny, że Malwina nie mogła w niego z początku uwierzyć. Pogrzebana przeszłość nagle powróciła, taka świeża, ze zdwojoną mocą. Wspomnienia zaczęły ożywać. Kobieta odniosła wrażenie, że jej świat najpierw na chwilę zatrzymał się w miejscu, a potem zaczął się kręcić w przeciwnym kierunku. Cofać się do dnia, w którym wraz ze zniknięciem w lesie Bereniki przestało grzać słońce rozświetlające ich wspólną rzeczywistość. Szarą i smutną, lecz jakże wspaniałą. Niezastąpioną, bo dzieloną z najukochańszą osobą na ziemi.

Podeszła na palcach do szafy, zadarła spódniczkę i spod rajstopy wydobyła okrągły klucz z płaskimi, ząbkowanymi wypustkami. Umieściła długaśny pręt w zamku i energicznie pokręciła nim w prawo. Głośny szczęk zapadek złamał ciszę panującą w biurze. Malwina obejrzała się odruchowo za siebie. Stresowała się. Oddychała szybko. Gdyby ktoś, oprócz Borowca, którego zdołała przekupić wyuzdanym seksem, nakrył ją w tej chwili, byłaby skończona. A przecież to ona chciała zdecydować, kiedy i z kim skończy. Czy ze sobą również? Być może. To będzie zależało od tego, jaki obrót przybiorą dziś sprawy.

Zaczęła niecierpliwie przeszukiwać wzrokiem wnętrze pancernego mebla. Była przekonana, że na którejś z metalowych półek ukryte jest to, po co tutaj przyszła. Sama była świadkiem, jak szef kilkukrotnie umieszczał pistolety w szafie. Nie wnikała, czy mężczyzna miał pozwolenie na broń. Pewnie nie. Tak samo zresztą, jak na prowadzenie burdelu. Nie potrzebował zezwoleń, bo miał znajomości i solidne haki na wielu wpływowych klientów. Celnicy, policjanci, prawnicy, lekarze, przedsiębiorcy, pilscy celebryci, a nawet proboszcz najbliższej parafii. Wszyscy korzystali z szerokiego zakresu usług oferowanych w Muszelce. Bawili się przednio, posiadali gwarancję dyskrecji, lecz musieli liczyć się jego zdaniem. Trzymał ich w szachu, podobnie jak swoich podwładnych. Czuł się bezkarny i robił, na co miał ochotę, niszcząc ludzi, wzbogacając się na wyrządzanej im krzywdzie. I właśnie dlatego Humańska postanowiła to zmienić.

Znalazła. Uśmiechał się do niej z dolnej półki w szafie. Przykucnęła. Omiotła zdobycz światłem latarki. I zanim wzięła pistolet do ręki, zastanowiła się, czy będzie umiała go użyć. Nie obcowała dotąd z bronią. Wiedziała jednak o niej dostatecznie wiele, by umieć rozpoznać tłumik przymocowany do lufy. Odetchnęła z ulgą i przymknęła na chwilę powieki. Ujrzała pod nimi przepiękną twarz przyjaciółki. Uśmiechniętą, pewną siebie, mrugającą do niej okiem porozumiewawczo. Wszystko będzie dobrze – znów usłyszała ciepły, aksamitny głos Bereniki. Tak bardzo go jej brakowało, a on wybrzmiał głośno w kolejnym trudnym, wymagającym odwagi i nadprzeciętnego skupienia momencie.

– Wiem – odszepnęła. – Z tobą wszystko zawsze się udaje – dodała z nadzieją i powoli otworzyła oczy.

Nie zarejestrowała nawet momentu, w którym broń znalazła się w jej dłoni. Gnat był przecież zimny i ciężki, ale ona nawet tego nie poczuła. Zbliżyła pistolet do twarzy i zaczęła muskać go delikatnie wargami. Wciągała do nozdrzy powietrze, które natychmiast przesiąkło charakterystyczną wonią smaru i żelaza. Oraz czegoś jeszcze… Śmierci – znów usłyszała podpowiedź z zaświatów. Nie przestraszyła się. Przeciwnie, to słowo dodało jej werwy. Utwierdziło ją też w przekonaniu, że to, co robi, jest słuszne. Śmierć za śmierć. Retorsja. Tylko takie prawo ostatnio ją obowiązywało.

Drgnęła. Zamarła w bezruchu, wbrew logice policzyła dreszcze, które przeszyły jej napięte ciało. Przestała oddychać, nadstawiła uszu. Za drzwiami przyśpieszały kroki. Rozpoznała je i sama się sobie dziwiła, że ten styl chodzenia znała już tak dobrze. Tylko jeden mężczyzna był w stanie wywrzeć na niej tak skrajne i zapadające w pamięć wrażenia. Idzie, zbliża się, nadchodzi. Czyżby ten głupi Borowiec wpuścił mnie w maliny? – dedukowała. Wydał mnie? Zadzwonił do szefa. Z pewnością. To ktoś bez honoru i zasad. Po Gabrielu mogła się tego spodziewać. Co robić? – szepnęła, nie odrywając wzroku od trzymanego w dłoni pistoletu. Przeładowała zamek. Sama się sobie dziwiła, że zrobiła to tak odruchowo i łatwo. Jakby broń od zawsze była jej własnością. Berenika… – uśmiechnęła się do swoich myśli. Dziękuję, byłam przekonana, że znów mi pomożesz.

Malwina Humańska zacisnęła dłoń na rozgrzewającej się w mig rękojeści. Poczuła wilgoć wdzierającą się między twardą, wyprofilowaną powierzchnię a jej delikatną skórę. Podniosła się bezszelestnie. Powolutku i niezwykle ostrożnie. Wpadła na pomysł, aby się gdzieś ukryć, lecz zanim zdążyła znaleźć odpowiednie miejsce w ciemnym pomieszczeniu, drzwi wejściowe otworzyły się z przeszywającym zgrzytem.

Szef wtargnął do środka z impetem. Z trudem trafił dłonią do włącznika światła, które chwilę później rozjaśniło przestrzeń. Znów go oglądała. Stanęła z nim oko w oko. Przez chwilę mierzyli się wzrokiem, lecz tym razem to ona miała nad nim prawdziwą przewagę. Nie taką, którą on jej wmówił. Uśmiechnęła się. Pierwszy raz nie będzie musiała mu ulec. Nie będzie zmuszona oddać swego ciała. Tej nocy nie zrobiłaby tego nawet, gdyby ją błagał o seks na kolanach, z twarzą zalaną łzami skruchy i zadośćuczynienia. Koniec z tym. Koniec z dziewięcioletnim oszustwem. Koniec z ukrywaniem prawdy.

Poczuła przypływ mobilizującej adrenaliny. Wyciągnęła przed siebie pistolet. Ręka jej drżała, lecz z tej odległości nie miała możliwości spudłować. Zresztą… Berenika nie pozwoliłaby jej na to. Przecież obie trzymały tę spluwę. I obie za moment pociągną za spust. Razem poniosą tę kulę. Prosto do serca oprawcy, który je wtedy rozdzielił.

Piła, 7 sierpnia 2019 roku, wieczór
Aleksandra Poniatowska, Jan Poniatowski, Anna Sass

– Janek! – Aleksandra Poniatowska przypuściła atak na mieszkanie syna. – Dlaczego telefonów nie odbierasz? – spytała z wyrzutem. Dyszała.

– Telefonów? – Jan był całkiem zdezorientowany. Nie spodziewał się takiego nalotu. – Nie słyszałem, bo… wcześniej byłem w pracy… zajęty. A teraz… miałem właśnie… – zaczął się tłumaczyć, lecz Aleksandra nie pozwoliła skończyć.

– Zajęty? Widzę właśnie! – Rodzicielka obrzuciła nieprzychylnym spojrzeniem blond przyjaciółkę syna. Dostrzegła butelki po piwie. – Sto razy do ciebie dzwoniłam, esemesy cały dzień pisałam i nic! Żadnej odpowiedzi! Ale nie mogłam wyjść z pracy! Kilkukrotnie rozmawiałam z Nataszą. I wyobraź sobie, ona też nie mogła się do ciebie dobić! Tak nie można! – piekliła się Ola, nie odrywając wzroku od dobrze jej znanej barmanki. – Musimy natychmiast pogadać! Na osobności... – Łypnęła ponownie na skołowaną Sasankę. Dziewczyna podniosła z podłogi torebkę, uśmiechnęła się blado i już miała zacząć się ulatniać, gdy Jan powstrzymał ją sugestywnym gestem.

– Co się stało? – mężczyzna zaczynał się irytować. – Pali się, umarł ktoś?

– Gorzej! – Ola podbiegła do Jana i energicznie wysunęła przed siebie rękę, w której trzymała telefon. Zanim jednak przekazała urządzenie synowi, postukała kilkukrotnie w mokry od deszczu wyświetlacz. – Czytaj! – zniżyła głos do tajemniczego szeptu. – I nawet nie pytaj, skąd to mam. Po prostu mam, i tyle, rozumiemy się? Zdobyłam... Specjalnie dla ciebie i dla dobra twojego śledz... – Urwała nagle i przewracając konspiracyjnie oczami, niedyskretnie wskazała na milczącą Ankę.

Poniatowski ujął w dłoń komórkę, lecz zanim wykonał polecenie matki, zahaczył wzrokiem o siedzącą na sofie Sasankę. Ta, napotykając na przepraszające spojrzenie kolegi, wzruszyła ramionami i rozciągnęła usta w półuśmiechu zdradzającym bezsilność w stosunku do ekspresywnego i nieprzewidywalnego zachowania dobrze jej już znanej kobiety.

Zaczął czytać. Co kilka sekund przesuwał palcem po wilgotnym ekranie smartfona. Zdjęcia, które wykonała matka, stanowiły kilkuklatkową kopię korespondencji prowadzonej przez właścicielkę sklepu pod Aniołami oraz jej siostrzeńca, Gabriela. W zapisanych wiadomościach było prawie wszystko.

Począwszy od pikantnych szczegółów związanych z erotycznymi uniesieniami świeżo upieczonej pary, poprzez zwykłą codzienną, zdawkową wymianę mało znaczących informacji i co najciekawsze, skończywszy na obietnicy odegrania się przez siostrzeńca Haliny Stępniak na jej pracownicy, Izabeli Najdzie. W kilku ostatnich zdaniach Gabriel posłusznie meldował, że wykonał należycie swoje zadanie, a teraz, oprócz zapłaty w postaci kolejnego, sadomasochistycznego seksu, żąda od bogatej ciotki niemałej sumy pieniędzy.

– I co? Już? Przeczytałeś wszystko? – Matka Jana się niecierpliwiła. Podobnie jak jego przyjaciółka. Pracownica Świtezi z rosnącym zaciekawieniem przyglądała się wyrazowi twarzy Poniatowskiego, która co jakiś czas zmieniała się, niczym efemeryczne obrazy w kalejdoskopie.

– O, kurwa! – szepnął, wciąż nie odrywając oczu od telefonu, który zaczął mu ciążyć w roztrzęsionej dłoni. – To chore! Jakaś totalna abstrakcja – dodał i dopiero w tym momencie spojrzał na obie kobiety. – Nie, to niemożliwe.

– Ale co, Janek? – Młodsza z nich nie wytrzymała napięcia. – Czy ktoś może mi wreszcie powiedzieć, co tam jest? Pogróżki, zdjęcia, jakieś wiadomości? O co tu chodzi? Chyba mam prawo wiedzieć, biorę udział w sprawie! – Anka była żądna wiedzy.

– Mamy trop! – Spojrzenia przyjaciół zbiegły się natychmiast. – Wszystko ci zaraz opowiem. Spadamy! – dodał i przymknął na chwilę oczy. Musiał zebrać myśli.

Miał wrażenie, że czas zatrzymał się w miejscu. Pod czaszką słyszał huk prześcigających się myśli. Poczuł ekscytację, która mobilizowała go do zakończenia tej sprawy. Teraz już wiedział, że wkrótce czeka go starcie z mordercą Izabeli Najdy. Czy czuł się dobrze z tą wiedzą? Bez szans na pieniądze, które miał otrzymać za wytropienie zabójcy? Niekoniecznie. Dodatkowo po wczorajszym zajściu, po szokujących faktach sprzed chwili, ale nadal przed tym, co się dopiero miało w przyszłości wydarzyć, ogarnęło go przerażenie. Pierwszy bowiem raz, od momentu rozpoczęcia śledztwa, Poniatowski uzmysłowił sobie, że ma do czynienia z wielce niebezpiecznym i totalnie nieobliczalnym człowiekiem. Czy to właśnie jego poszukiwał? Czy siostrzeniec Haliny Stępniak stoi również za zabójstwem Kajetana Andrzejewskiego? Czy upozorował samobójczą śmierć młodego mężczyzny, którego zwłoki znalazła Natasza we Wspaniałych Ślubach? Do czego jest zdolny ten człowiek? Gdzie jest teraz, jaki będzie jego kolejny krok? Do czego jeszcze się zdoła posunąć? Dlaczego zabija? Tego Poniatowski nie mógł w tym momencie wiedzieć.

Piła, 7 sierpnia 2019 roku, wieczór
Malwina Humańska

Krzyki przerwał strzał, a tuż po nim usłyszała głucho brzmiący rumor. Pod stopami przestała odczuwać krótkotrwałe drżenie. Otworzyła oczy. Krwawa kałuża wokół jego ciała powiększała się w zastraszającym tempie. Trafiły. Nie było to trudne, gdyż działały razem. We dwie były siłą. Nareszcie dopadły mordercę.

Gdy Arkadiusz Żabski wszedł do pomieszczenia, Malwina była zdezorientowana. Nie wiedziała kompletnie, co zrobić. Zamierzała go wprawdzie zastrzelić, lecz nie planowała robić tego teraz. Wyszło, jak wyszło – westchnęła, nie żałując nagłego rozwoju wypadków. Rzuciła broń na podłogę. Tak musiało być – uczyła się nowej reguły, gdyż do zmian w planach zaczynała się już przyzwyczajać. A w tych zmianach coraz częściej dostrzegała rękę Bereniki.

No i po kłopocie – stwierdziła, patrząc bez emocji na zwłoki właściciela klubu. Pozostała jej tylko kwestia wywinięcia się z tej sytuacji. Samobójstwo! – wróciła myślami do swoich pierwotnych założeń. To jedyna opcja na zatuszowanie zbrodni. Jeśli się nie uda, trudno. Nie miała już nic do stracenia.

Był nietrzeźwy, co działało na korzyść Humańskiej. Samobójstwo znanego pilskiego lekarza, o którym od dawna mówiło się w mieście, że ma coraz większe problemy ze swoją psychiką, całą masę wrogów i rosnącą liczbę nieudowodnionych przewin, będzie zrozumiałe, wiarygodne i łatwo wytłumaczalne. Po prostu biznesmen miał wszystkiego dosyć, upił się, napisał list pożegnalny i strzelił do siebie z nielegalnie posiadanej broni. Tak mniej więcej ułożyło się to w wyobraźni przebiegłej dziewczyny. A jak to było naprawdę?

Usiłował walczyć. Grać na jej emocjach. Błagał, by odłożyła pistolet. A z każdą jej prośbą, żeby się do niej nie zbliżał, robił krok do przodu. Przepraszał. Mówił, że chce przekazać należną jej sumę pieniędzy. Tak jak tego chciała. Tak jak jej rano obiecał. Nie uwierzyła. Zbyt dobrze go znała, żeby dać się nabrać na gwałtowny przypływ jego dobrej woli i jego nieoczekiwaną skruchę. Minął czas na szczerość. Na wyznanie prawdy Żabski miał przecież dekadę. A on ani razu nie uderzył się w pierś. Nie uronił ani jednej łezki i nie zająknął się słowem, że jest mu najzwyczajniej przykro. Zamiast tego prędko wykreował inną rzeczywistość, w której uwięził zrozpaczoną i zobojętniałą Malwinę.

Świeżo po morderstwie zaprzeczył. Zarzekał się, że to nie on zabił Berenikę, że nie ma pojęcia, kto tamtej nocy wbiegł za nią do lasu oraz co wydarzyło później. Szedł w zaparte, że chwilę wcześniej nastolatka zbiegła. Wyskoczyła z pędzącego auta, gdyż nie chciała z nim wracać do znienawidzonego ośrodka. Ale Humańska nie dała wiary słowom Żabskiego, z jednego prostego powodu. Ona go w lesie widziała. Nie mogła się przecież pomylić. Była świadkiem tego, jak mężczyzna gonił Berenikę, później ją dopadł, z całej siły popchnął, a ona się przewróciła.

I nagle zrobiło się cicho. A potem Malwina zaczęła uciekać, żeby uratować siebie. Owszem, wówczas uniknęła zła. W tamtym momencie zdołała ocalić siebie, ale koniec końców poniosła sromotną porażkę. Nie spodziewała się bowiem, że od tamtej pory będzie uciekała już do końca życia. Nie przed nim, nie przed widmem śmierci, a przed samą sobą i przed wyrzutami sumienia.

Jego się nie bała, gdyż miała nad Żabskim przewagę. Tak się jej przynajmniej kiedyś wydawało. Przystała na układ, który wychowawca jej zaproponował: milczenie za życie, cisza za pieniądze. Maskowanie zbrodni w myśl argumentacji, że jej przyjaciółce nic już oddechu nie wróci. Niestety, taka była prawda, którą Humańska łatwo zaakceptowała. Nie spodziewała się jednak, że konsekwencje jednej pochopnie podjętej decyzji przerosną wyobrażenia szesnastolatki o dorosłym życiu z tajemnicą w sercu.

– Szybko! – wyrwała się z kilkusekundowych rozważań. – Do roboty! – uzmysłowiła sobie, że powinna zostawić przy zwłokach list pożegnalny. Napisała go już dużo wcześniej. Postanowiła iść na drugie piętro, zabrać z pokoju przygotowaną kopertę, a następnie wrócić na dół, zatrzeć niepotrzebne ślady i zacisnąć na spluwie prawą dłoń Żabskiego. Zajmie jej to chwilkę, a potem będzie mogła zrealizować dalszą części jej planu. Nie może tylko zapomnieć, po co tak naprawdę kilka minut temu zeszła do pokoju właściciela klubu. Chciała zdobyć broń, która dziś w nocy będzie jej jeszcze potrzebna.

Uśmiechnęła się. Była szczęśliwa. Satysfakcja ze zwycięstwa zaczęła wygrywać ze stresem. Spełniła swój obowiązek. Czekała na to dziewięć długich lat. Opłaciło się, cokolwiek się później wydarzy. Jeśli będzie trzeba, przyłoży pistolet również do swej skroni. Nie boi się bólu, który – kiedy w końcu straci na intensywności – utuli ją do snu razem z Bereniką.

Doskoczyła do drzwi. Powoli je uchyliła i wychynęła ostrożnie na zewnątrz. Rozejrzała się po korytarzu i nagle zamarła. Serce podskoczyło jej do gardła, a nogi ugięły się w kolanach. Była przerażona.

– Co ty… – wydukała z trudem, walcząc z szokiem i niedowierzaniem. Nie spodziewała się tutaj kobiety. A już na pewno nie jej. Musi się jej pozbyć, natychmiast!

* * *

Poruszył się? Nie… Chyba mi się wydawało. Przeżył? To niemożliwe… Nie po tak silnym uderzeniu w głowę. Ale spokojnie… Za chwilę to sprawdzę. Zaraz się zatrzymam i poprawię skurwielowi tak, że odechce mu się ze mną igrać. Mam ochotę go zniszczyć, po prostu rozszarpać. Zmasakrować jego obrzydliwe ciało. A dziś po raz pierwszy mam taką możliwość. Mogę z nim zrobić, co zechcę. Bo jeśli wszystko się uda, to i tak nic, poza miazgą, z niego nie zostanie. A ja się nareszcie nasycę, wyładuję nagromadzone emocje, zaspokoję żądzę zabijania. I zemsty. To przecież moja retorsja.

Zostawiam w tyle resztki zabudowań. Jadę dalej wzdłuż kolejowego nasypu, który po chwili zanurza się lesie. Znikam razem z nim. Od strony miasta już mnie w ogóle nie widać. Patrzę w prawo, przez boczną szybę. Widzę już dokładnie miejsce samobójstwa. Tory kolejowe. Dzieli mnie od nich ledwie kilka metrów. Dam radę go na nich ułożyć. Zdążę przed pociągiem. Mam dużo czasu.

Zatrzymuję auto. Gaszę silnik. Oddycham spokojnie. Spoglądam we wsteczne lusterko, na niego, swoje dłonie, a potem znów oceniam krajobraz za oknem. Waham się. Analizuję, czy to jednak odpowiednie miejsce. Po drugiej stronie nasypu teren jest przecież otwarty. Nie jest już porośnięty drzewami. I jest oświetlony... Stamtąd ktoś może mnie dostrzec. Na przykład ktoś od nich. Widzę jasny, migoczący neon, widzę budynek burdelu. To bardzo złe miejsce. Siedlisko najgorszych instynktów. Właśnie tam on zaczął swój koniec. Zrobił drugi błąd, upadł, osiągając dno najczarniejszego dna. A przy okazji poniżył też mnie... I ją, ale ona nigdy tego nie dostrzegła. Za bardzo w to wrosła, za bardzo przesiąkła tym plugawym światem, z którego nie umie się teraz wydostać. Nie potrafi rozróżniać dobra od zła. Nigdy nie umiała. A teraz płacze. Jest na skraju nerwowego załamania. Ciągle o tym mówi... opowiada mi. Wiem, że na mnie liczy. Słucham, jestem jej ratunkiem, brzytwą, której desperacko próbuje się chwycić. Widzę to w jej oczach. Przysięgam, że nie zostawię jej samej. Nie zawiodę... Może mieć tę pewność.

Ściemnia się, nareszcie. Błyska się, pada coraz mocniej. Burza się rozkręca. Wysiadam i spoglądam w niebo. Czuję na twarzy silny, ale orzeźwiający strumień. Letni deszcz przynosi mi nową energię. Rosną w mnie siły. Zaczynam się trząść z podniecenia, przeszywają mnie dreszcze. Moja skóra najeża się nagle tysiącami włosków. Uwielbiam ten stan. Kiedy w niego wchodzę, myślę wyłącznie o jednym, zabić jak najszybciej, osiągnąć ekstazę.

Obiegam samochód. Ciągle się rozglądam. Pusto. Szarpię za klamkę. Dopadam do swojej ofiary. Łapię ją za rękę. Ciągnę z całej siły. Nie jest aż tak ciężka, bez trudu wywlekam ciało z samochodu. Upada w kałużę, na wznak. Nie zamykam auta. Sięgam po młotek do schowka. I po nóż do tapet. Uwielbiam tego typu ostrza. Chowają się w skórze bez najmniejszego problemu.

Chwytam go za nogi. Odciągam od samochodu. Grzęznę z nim w kałuży. Jestem cały mokry. Uśmiecham się. Czuję, jakbym zmywał z siebie resztki ludzkich zahamowań. Stapiam się z przyrodą. Staję się jej częścią. Dziką bestią, głodnym drapieżnikiem, a świat w niczym mnie nie ogranicza. Pozwala mi stać się szczęśliwym. Siadam okrakiem na jego miednicy. Reguluję ostrze, biorę spory zamach i z całej siły wbijam mu nóż w gardło. Jest niesamowicie miękkie. Rozdzieram mu ranę. Wodzę w niej w każdym możliwym kierunku. Jego krew natychmiast miesza się z deszczem. Spływa po szyi, wyciąga z niej całe zgormadzone zło. Tamto z przeszłości i to teraźniejsze.

Przymykam oczy, wciągam do nozdrzy słodkawą woń śmierci. Mało mi. Nadal brakuje mi bardziej intensywnego zapachu. Nie mogę się nasycić. Otwieram powieki. Wyciągam nóż z jego krtani, myślę przez sekundę, gdzie mam zadać cios. Schodzę z jego ud. Wstaję na chwilę, chodzę dookoła, patrzę na niego z wysoka. Obieram kolejny punkt. Klękam. Rozrywam jego koszulę, a potem skupiam się na mocno otłuszczonym brzuchu. Biorę głęboki wdech. Czuję, jak do płuc wraz z rześkim wilgotnym powietrzem dociera bloga świeżość narkotycznego tlenu. Zaciskam palce na nożu, a potem z całej siły trafiam w sam środek. Potem drugi raz, trzeci, kolejny, by w końcu zadać długą serię mechanicznych trafień. To ciągle za mało. Nie umiem porządnie zniszczyć jego ciała. Pokazać mu wreszcie, na co naprawdę sobie zapracował. Złoszczę się, myślę. Tłuczek. Przypominam sobie o nim nagle. Biorę narzędzie do ręki i obracam się lekko w stronę jego głowy. Mało krwi... Za mało. Chcę zobaczyć więcej. Mój gniew potężnieje. Staram się wykrzesać z siebie całą nienawiść do niego. I zamienić ją w pęczniejącą siłę, która pozwoli mi roztłuc jego czaszkę. Furia zaczyna przychodzić. Zniewala mnie. Zaciska mi palce na okrągłej rączce, a potem uderza młotkiem w jego czoło. Kilkadziesiąt razy. Kości przestają już chrupać. Głowa robi się zupełnie miękka. Całkiem się zapada. Nie da się rozpoznać twarzy. Zlała się w całość. Czerwoną, pachnącą, cieszącą moje oczy, podniecającą całość. Zaczynam dyszeć. Przestaję. Zatrzymuję się, na razie wystarczy.

Ręka zaczyna mnie boleć, ale ogarnia mnie szczęście. Euforia sięgnęła zenitu.

I co na to powiesz, dziwkarzu? Skurwysynu! Jak się teraz czujesz? Bo ja dzięki tobie mam się wreszcie świetnie.

– Otwieraj, ździro! – Julia załomotała w drzwi. Zabrakło jej chwili, by załapać za klamkę i powstrzymać spłoszoną dziewczynę przed zabarykadowaniem się w środku.

A więc miała rację... Znała go jednak na wylot. Dobrze obstawiała. Powinna zawierzyć swojej intuicji i rozegrać to trochę inaczej. Zamiast dziś tracić czas na półgodzinną obserwację rezydencji Żabskiego, ostrożną jazdę za jego taksówką, a potem na bierne czekanie przed klubem na dalszy rozwój wydarzeń, mogła wparować tu wcześniej. Spróbowałaby z nim porozmawiać, jakoś go powstrzymać, może bardziej upić, a tak? Doktorek, jak widać, zdążył już przekazać gotówkę swojej szantażystce. I pewnie ją jeszcze przeleciał. To przecież w jego stylu: prymitywne, płytkie, żenujące, lecz jakże prawdopodobne. Julia popełniła mały błąd taktyczny, ale wciąż była zadowolona z dwóch rzeczy. Nie dość, że potwierdziły się jej domysły, to wciąż miała szansę na łatwe przejęcie niemałych pieniędzy.

Złamała dziś dostęp do telefonu Żabskiego. Dzięki temu przeczytała jego korespondencję z Malwiną Humańską, a także prześledziła historię wykonanych przez niego ostatnich transakcji bankowych. Była w wielkim szoku, ale wszystko stało się dla niej jasne. Prezes Cinderelli uległ groźbom dziewczyny zatrudnionej w jego drugiej firmie. Wypłacił dziś z konta trzysta dwadzieścia tysięcy. Węgorzewska połączyła fakty. Wydedukowała, że jej narzeczony zamierza dziś wieczorem przekazać gotówkę kobiecie, która od kilku tygodni go szantażowała. Tylko czym? I jak obliczyła tę stawkę? Tego Julia zamierzała się zaraz dowiedzieć.

– Odejdź! – Dobiegł ją głos zza zamkniętych drzwi. – Spierdalaj stąd, słyszysz? Bo pożałujesz.

– Otwieraj! Bo wezwę policję! – Węgorzewska stała się jeszcze głośniejsza. Z całych sił uderzała pięściami w pomalowane na różowo drewno. – Ochrona! Pomocy!

Malwina Humańska oparła się plecami o zaryglowane skrzydło. Oddychała pośpiesznie i płytko. Intensywnie myślała. Natychmiast potrzebowała planu. Podpowiedzi, jak ma dalej działać. Przymknęła na chwilę powieki i zadarła głowę. Starała się nie słuchać hałasów, jakie docierały do niej z zewnątrz pomieszczenia. Usiłowała się skupić. Skoncentrować, ściągając myślami swoją Berenikę.

– Pomóż mi, kochana – szepnęła. – Pewnie wiesz, co robić. Nie opuszczaj mnie w takim momencie! Błagam…

„Uciekaj!" – była pewna, że słyszy podszept przyjaciółki. „Przez okno, prędko! Tu jest bardzo nisko. Weź nasze pieniądze!"

Na twarzy Malwiny pojawił się spokój, a jej usta rozciągnęły się w lekkim półuśmiechu. Pieniądze? – zapytała bezgłośnie i czym prędzej odsunęła się od wyjścia. Zrobiła kilka kroków i zatrzymała się na środku biura. Powiodła spojrzeniem po nieruchomym ciele Żabskiego, rozleglej krwistej kałuży, tonącym w niej pistolecie, a potem przeniosła spojrzenie na skórzaną torbę, z którą on przecież wszedł tutaj kilka minut temu. Doskoczyła do niej. Otworzyła zamek i zachłannie zajrzała do środka. Była zdruzgotana. Co ona zrobiła?

Czarna aktówka po brzegi wypełniona była plikami banknotów. Setki i dwusetki spięte ciasno papierowymi paskami. Było ich mnóstwo. Humańska nigdy nie widziała na żywo takiej ilości pieniędzy. Przez głowę przemknęła jej myśl. Nowe marzenie, że jutro jej tutaj nie będzie. Wyjedzie, po prostu ucieknie na drugi koniec świata. I zacznie żyć od nowa. Wstąpiła w nią energia. Miała jeden cel: jak najszybciej wydostać się z pułapki, a potem zniknąć w ciemnościach z upragnionymi pieniędzmi.

– Dziękuję… – uśmiechnęła się do Bereniki i zamknęła torbę.

Podbiegła do okna i otworzyła je. Poczuła na twarzy silny powiew burzowego wiatru, który nawilżył ją kroplami deszczu. Postawiła neseser na parapecie, stanęła na krześle, a potem ostrożnie postawiła obie stopy na jego zewnętrznej, blaszanej części. Znów przymknęła oczy, bezwiednie, jakby na czyjeś życzenie. Nie umiała nad tym zapanować.

Cofnęła się w czasie. Znów była tylko nastolatką, stała w oknie i szykowała się do najważniejszego skoku w jej życiu. Odważnego kroku, który miał uczynić ją niezależną i wolną. Miał być ucieczką od biedy, zła, niesprawiedliwości i wszystkiego tego, co ją od środka zżerało, co od dawna chciała zostawić za sobą. Wtedy się nie udało, chociaż były razem, a jak będzie dzisiaj? – zastanowiła się i w tym momencie znów zobaczyła młodziutką Ludwiczak. Przyjaciółka uśmiechała się do niej, przywoływała ją delikatnie ręką, zapraszając do swojego świata. „Nie bój się" – szeptała. „Cokolwiek się stanie, zawsze trafisz do mnie. Jestem z tobą, mała…"

I wtedy Humańska usłyszała hałas. Tak silny, jakby ktoś zdetonował bombę tuż za jej plecami. Podskoczyła w przestrachu, złapała się okiennej ramy, bo niemal nie straciła równowagi. Odwróciła się jeszcze. Ktoś sforsował drzwi. Dwie osoby wtargnęły do środka. Julia i ktoś jeszcze. Wychyliła się do przodu i po chwili była już na zewnątrz budynku. Rozejrzała się na boki, sprawdziła, czy nikt nie widzi. Oceniła swoje możliwości. Zaczęła uciekać i w ostatniej chwili przypomniała sobie o pieniądzach. Czy zdąży po nie zawrócić? Tego zaczęła się najbardziej bać.

– Janek, skręcaj, tutaj! – Anna Sass zacisnęła dłoń na uchwycie drzwi kanarkowej hondy. Wolną ręką wskazała kierunek na skrzyżowaniu. – Co ty, nie wiesz, gdzie Muszelka jest? – spytała z ironicznym uśmiechem.

– Wiem – mruknął Poniatowski i z dużą prędkością zjechał z alei Wojska Polskiego w lewo, w Krzywą. Jakoś nie umiał się skupić na drodze. Głowę miał przepełnioną myślami i przez cały czas analizował informacje, które posiadł godzinę temu. Kiedy tylko poirytowana matka opuściła jego mieszkanie, podzielił się rewelacjami ze zniecierpliwioną i żądną wiedzy kelnerką. Dziewczyna była zszokowana i od razu uznała za pewnik, że jak nic, w końcu zdemaskowali mordercę.

Jednak ze zdjęć w telefonie matki nie wynikało jednoznacznie, że siostrzeniec właścicielki sklepu Pod Aniołami zabił Izabelę Najdę, a już tym bardziej Kajtka Andrzejewskiego. „Odegranie się" na kimś nie jest bowiem jednoznaczne z morderstwem, a w korespondencji Stępniakowej z Borowcem nie było ani słowa o jakiejkolwiek zbrodni. A może właśnie dlatego nie było. Może para kochanków bardzo dbała o to, aby w ich rozmowach nie pojawiały się sformułowania, które ktoś w przyszłości mógłby wykorzystać jako niezbite dowody ich winy?

Mimo odrzucenia pierwszej hipotezy, do klubu nocnego, w którym pracował główny podejrzany, Poniatowski jechał z duszą na ramieniu. Ogarnęło go bardzo niemiłe przeczucie, a jakiś wewnętrzny, niezwykle natrętny głos kazał mu wracać do domu. Jan był spięty i zestresowany. Czy głównie dlatego, że pierwszy raz w życiu miał przekroczyć progi agencji towarzyskiej? Bo taki był przecież ich plan. Ma wejść do Muszelki sam, jako klient zainteresowany skorzystaniem z usług Malwiny, czyli dziewczyny z wizytówki, znalezionej przez Ankę w mieszkaniu Andrzejewskiego. A co, jeśli taka osoba w ogóle tam nie pracuje? – Poniatowski dedukował zaniepokojony. I co, jeśli przypadkiem spotka w nocnym klubie kogoś znajomego i stanie się ofiarą obyczajowego skandalu? Dopiero by była afera, gdyby Nataszy ktoś uprzejmie doniósł, że jej mąż jest bywalcem domu publicznego. Istna katastrofa! Wpadka, z której mężczyzna nie wytłumaczyłby się za żadne skarby. Lecz czy tylko to tak go martwiło?

A może po prostu Jan zaczął się nagle obawiać, że za moment stanie oko w oko z bezwzględnym, nieobliczalnym mordercą? Bankowiec uświadomił sobie, że nawet nie wie, jak wygląda siostrzeniec Haliny Stępniak i – co gorsza – również to, że Gabriel Borowiec taką wiedzę o nim, po wczorajszym incydencie z nożem, może przypadkiem posiadać.

– Janek, stój! – Z dywagacji śledczych wyrwał go głos pasażerki. – No i masz, wiedziałam. Przejechałeś wjazd! – Dziewczyna obejrzała się odruchowo za siebie. – Ale zadupie, kurwa.

– Co? – spytał zdezorientowany przyjaciel i zamiast wcisnąć hamulec, dodał więcej gazu. – A... przepraszam, już... – westchnął. – Za chwilę zawrócę, *sorry*.

Zjechali z gładkiej, asfaltowej nawierzchni. Wysłużony samochód Poniatowskiego zaczął rytmicznie podskakiwać na dużych, ułożonych w poprzek drogi, betonowych płytach. Rzęsisty deszcz coraz donośniej bębnił w karoserię. Pracujące na pełnych obrotach wycieraczki nie nadążały zbierać nadmiaru wody z przedniej szyby hondy. Gdzieś w oddali słychać było pojedyncze grzmoty.

– A ciekawe, jak ty chcesz zawrócić? – Anna była zaniepokojona. Nerwowo spoglądała przez okno. – Boże, jak trzęsie. Zwolnij, do cholery! – Na tej drodze nie ma nawet miejsca do takich manewrów. I jeszcze ta burza. Zaraz w nas piorun pierdyknie!

– W ciebie na pewno nie – zauważył Jan. – Grzecznie czekasz w aucie, pamiętasz? – Zerknął na blondynkę ze stanowczą miną. – I nigdzie się nie oddalasz, zrozumiano? A ja szybciutko wchodzę, pytam o Malwinę, rozeznaję się w sytuacji i ewentualnie z nią gadam. A potem wracam i ustalamy, co dalej.

– Dobra, dobra, wiem – odburknęła niezadowolona Sass. – To po co mnie w takim razie ze sobą zabrałeś?

– Bo nie wyobrażam sobie prowadzić śledztwa bez ciebie? – spytał retorycznie, puścił do przyjaciółki oko, a potem zaczął bacznie szukać szerokości, dzięki której mógłby wykonać manewr zawracania. Po momencie z rezygnacją stwierdził, że raczej nie będzie na to szans. Szczególnie teraz, kiedy utwardzona droga zamieniła się w wąziutką, biegnącą wzdłuż torów kolejowych piaszczystą ścieżkę, mającą swój dalszy ciąg w lesie.

– No, ja myślę – zareagowała z uśmiechem Anna. Było po niej widać, że nagle przestała denerwować się akcją. – I vice versa, kolego. Lubię ci bardzo pomagać, a tak? Co ja mogę zdziałać, siedząc po próżnicy sama w samochodzie? Nic, kompletne zero! – utyskiwała. – A może... Może jednak chociaż trochę rozejrzę się po okolicy, co? – Barmanka nie dawała za wygraną. – Pewnie masz w aucie jakąś parasolkę. Masz, prawda? Każdy ma – skwitowała, zaglądając odruchowo do schowka w kokpicie. – No, to ja bym ją wzięła, rozłożyła ją sobie, przeszła się wokół Muszelki, powęszyła trochę tu i tam i może na coś ciekawego bym wpadła. Janek, przemyśl to jeszcze, nie bądź takim...

– Co to, kurwa, jest? – Poniatowski zniżył głos do szeptu i zahamował gwałtownie.

– Co ty znowu robisz? – krzyknęła wystraszona kelnerka. – Chcesz nas pozabijać? – zapytała, po raz kolejny gratulując sobie postanowienia, by zapinać pas bezpieczeństwa za każdym razem, kiedy za kółko siada jej przyjaciel. Szczególnie po wypiciu grolscha.

– Patrz… – Zgasił światła hondy i wychylił się do przodu. – Widzisz? – Puknął palcem w szybę.

– Widzę… – odszepnęła i głośno przełknęła ślinę, albowiem to, co prócz zaparkowanego kilkanaście metrów przed nimi samochodu dało się dostrzec w wątłym świetle kolejowej trakcji zjeżyło jej włosy na ciele.

Oboje wiedzieli, że z tej drogi już nie zdołają zawrócić.

Piła, 7 sierpnia 2019 roku, noc
Julia Węgorzewska

– Zostań z nim! I wezwij pomoc! – krzyczała, podbiegając do okna. Cała była we krwi. Gdy przed kilkoma sekundami barczysty ochroniarz z klubu nocnego Muszelka na jej rozkaz staranował drzwi, Julia z miejsca doskoczyła do leżącego bez ruchu Żabskiego. Najpierw zauważyła ciemnoszkarłatną kałużę pod jego tułowiem, moment później leżący opodal pistolet, a na samym końcu skupiła swój wzrok na dziurawej klatce piersiowej mężczyzny. Pielęgniarka była przerażona. Takiego obrotu sprawy nie zakładała nawet w najodważniejszych snach, a miała ich kilka ostatnio. W jednym z nich marzyła o dużych pieniądzach, po które dosłownie przed chwilą, na jej oczach, ręka morderczyni sięgnęła z parapetu. – Dorwę ją! – Odwróciła się jeszcze, a potem przełożyła nogę przez okno. Zeskoczyła na ziemię.

Rozejrzała się na wszystkie strony, ale nigdzie nie dostrzegła sylwetki Malwiny Humańskiej. Nie zastanawiając się długo, uznała, że prostytutka pobiegła na wprost, najłatwiejszą drogą, gdzie przez wyrwę w metalowej siatce przedostała się na tonący w strugach ulewnego deszczu, rozległy, niezabudowany teren. Ruszyła czym prędzej tym szlakiem. Po chwili znalazła się już na otwartej przestrzeni. Biegła co sił w nogach, cały czas starając się wyśledzić wzrokiem zuchwałą uciekinierkę. Była przemoczona. Jej ubranie zrobiło się ciężkie i skutecznie ograniczało jej ruchy. Stopy grzęzły w rozmiękczonej ziemi i bez przerwy natrafiały na jakieś przeszkody.

Opadała z sił. Po kilkudziesięciu metrach pościgu zaczęła coraz bardziej zdawać sobie sprawę, że po zmroku, przy niesprzyjającej aurze oraz przy słabej znajomości terenu, nie jest w stanie odszukać i dopaść swojej rywalki. Zwolniła do szybkiego marszu, ale nie zrezygnowała z pościgu. Parła wciąż do przodu, uważnie się rozglądając. No, pokaż się wreszcie! Musisz gdzieś tu być – szeptała, starając się dodać sobie nowych sił i werwy. – Dorwę cię zaraz i odzyskam szmal, choćbym musiała szukać cię do rana!

Porośnięta gdzieniegdzie dzikimi krzewami łąka stopniowo się rozjaśniała. Julia dostrzegła na horyzoncie tory kolejowe, które w jednym punkcie zdawały się oświetlone z dołu, jakby ktoś włączył przednie światła auta. Samochód? Węgorzewska była zaintrygowana. Mimo zmęczenia zebrała w sobie resztki sił i pobiegła ku świetlistej łunie. I nagle coś zobaczyła. A właściwe kogoś. Zarys postaci, która na tle reflektorów wyglądała, jakby trzymała coś w ręku. Cień nie przemieszczał się. Stał nieruchomo, ewidentnie wpatrując się w jeden punkt przed siebie. Tak! To ona – gonąca uśmiechnęła się triumfująco.

– Mam cię, skurwysyńska dziwko! – syknęła przez zęby i bez wahania ruszyła przed siebie.

Chciała jak najszybciej zbliżyć się do celu. Coraz śmielej pokonywała kolejne odcinki drogi, od jednych zarośli do drugich. Przebiegła zdyszana kilkanaście metrów i wyszła z ostatniej kryjówki. Zacisnęła pięści do ataku. Była o krok od odzyskania swoich pieniędzy, lecz nagle jej cel się poruszył. Moment wcześniej, zanim zdążyła go dotknąć. Zerwał się z miejsca i zaczął zbliżać do torów. Desperacko krzyczał w stronę jakiegoś człowieka. Wdrapał się na nasyp, a Julia się przeraziła. Ale nie słowami, które w jednej chwili rozerwały ciszę. Bardziej tym, co zauważyła z bliskiej odległości.

To koniec, przegrała. Podjęła fatalną decyzję. Mogła pozostać w ukryciu, przeżyć. Ale na to było już za późno.

Piła, 7 sierpnia 2019 roku, noc
Anna Sass, Jan Poniatowski

– Janek, co ty robisz? Oszalałeś? – zapytała obniżonym głosem Sasanka, gdy przyjaciel odpiął pas bezpieczeństwa. – Ani mi się waż! – warknęła. – Słyszysz?

– Przestań – odparł stanowczo kolega. Otworzył skrytkę między siedzeniami i wyjął z niej małą czarna buteleczkę. Kilkukrotnie potrząsnął energicznie aluminiową fiolką, a potem wsunął ją do tylnej kieszeni spodni. – A jeśli on żyje? Muszę mu pomóc, rozumiesz? – Złapał pośpiesznie za klamkę i z całej siły pchnął drzwi samochodu.

– Gazem? Pomóc? Trupowi? – zakpiła. – Widziałeś, jak ten psychopata ciągnął go za nogi? Jak worek ziemniaków. A za chwilę ciebie może tak samo załatwić. A potem też mnie… – Głos jej się załamał. – Opamiętaj się! Odpalaj, zawracaj i w nogi. Wezwiemy pomoc.

– Ani mi się śni. Tutaj pociągi jeżdżą co pół godziny. Możemy nie zdążyć! – Poniatowski był zdecydowany ruszyć na ratunek. Kiedy jakiś czas temu zatrzymali się z Anną na skraju niewielkiego, zlokalizowanego po ich stronie torów zagajnika, z przerażeniem obserwowali dziejące się wydarzenia. Ktoś uruchomił przednie lampy w małej furgonetce i oświetlił nimi nasyp kolejowy. Przez chwilę krzątał się nerwowo przy samochodzie, nachylał się, kucał, klękał parę razy w głębokiej kałuży, by następnie raz po raz wchodzić na niewysoki wzgórek torowiska.

Zachowywał się co najmniej dziwnie. Sama obecność tego kogoś, w środku nocy, w iście burzową pogodę, na całkowitym odludziu, była nienaturalnym zjawiskiem i wzbudziła ogromne podejrzenia śledczych-amatorów. Jednak nie to było przyczyną podjętego przez Jana działania.

Chodziło o coś innego. Ania zauważyła to pierwsza. I zaczęła krzyczeć. Tak niespodziewanie i głośno, że bankowiec podskoczył zlękniony, zahaczając głową o dach samochodu. Zasłonił dłonią usta spanikowanej dziewczyny i zaczął żarliwie się modlić, by jej spazmatyczny pisk nie dotarł do uszu osoby, która zawzięcie wlecze czyjeś ciało w stronę torowiska. Anna i Jan z trwogą obserwowali, jak rosły, postawny mężczyzna najpierw wciąga je na żwirowe zbocze, a potem układa je w poprzek połyskujących w świetle reflektorów szyn.

– Zostań! – Zanim wysiadł, spojrzał jeszcze w bok. – Zamknij się od środka i dzwoń po policję. – Nic mi nie...

– Pojebało cię? – szepnęła ze złością barmanka. – Chcesz mnie tu teraz zostawić? O, na pewno nie! Mowy nie ma! – fuknęła. – I coś jeszcze ci powiem, cwaniaku. – Wycelowała palcem w Poniatowskiego. – Nie spodziewałam się tego po tobie, wiesz? Nie po tym wszystkim, co razem przeszliśmy! Trzy lata temu życie ci uratowałam, a ty tak mi się teraz odwdzięczasz? – W pośpiechu rozpostarła drzwi i wysiadła z auta. Podbiegła do przyjaciela i wbiła w niego wyczekujący wzrok.

– Dobra... – Skinął lekko głową. Wiedział, że nie wygra z uporem Sasanki i że żadna siła nie jest w stanie powstrzymać jej przed działaniem.

Uśmiechnęła się z satysfakcją.

– Jaki mamy plan? – zapytała.

– Plan? – zapytał podenerwowany. – To znaczy... – Urwał, bo nie wiedział, co ma odpowiedzieć. Właśnie uświadomił sobie, że nie pierwszy raz w jego życiu rozwój sytuacji całkiem go zaskoczył. Poczuł, jak serce zaczyna mu bić coraz szybciej, ze stresu pulsują mu skronie, a mimo rześkiego, schłodzonego ulewą powietrza, zaczyna brakować mu tchu. Robił wszystko, by się uspokoić, znaleźć naprędce odpowiednie rozwiązanie. – Trzeba go zaskoczyć – szepnął niepewnie. – Odwrócić jego uwagę, a potem ja postaram się go obezwładnić.

– No, to faktycznie, Janek – kelnerka prychnęła i z niepokojem poparzyła w niebo. Zagrzmiało. – W takim razie masz szansę, podzielić los tego tam… na torach. Już widzę, jak za pomocą swojego dezodorantu obezwładniasz i paraliżujesz mordercę, szczególnie z obolałym ciałem po wczoraj…

– Ciiii – zareagował przyjaciel. Nie było teraz czasu do stracenia. – Idziemy – polecił i pokazał na stojący przed nimi w odległości kilkunastu metrów pojazd. – Schowamy się tam, będzie lepiej widać. – Pociągnął Sasankę za rękę. – Masz telefon? – zapytał. – Zadzwoń po te gliny!

– Mam! – Zamachała mu przed oczami trzymanym w dłoni iPhone'em. – Ja się z komórką nigdy nie rozstaję. – Popatrzyła sugestywnie na Jana. – Od tamtej pory, kiedy w domu Karoliny zostawiłam ją na stole w kuchni…

– A więc dzwoń! – rozkazał bankowiec, w ułamku sekundy wspominając dawną znajomą, która trzy lata temu pomogła jemu i Sasance przeprowadzić pierwsze prywatne śledztwo. Kilka miesięcy po jego zakończeniu Karolina Janicka sprzedała dom i wyjechała z miasta, odcinając się od znajomych z przeszłości. Nie umiała funkcjonować w miejscu, w którym niemal wszystko kojarzyło się jej ze śmiercią ukochanego. – Byle szybko! – Mężczyzna ocknął się ze wspomnień. Gestem dłoni nakazał kelnerce, aby wraz z nim przykucnęła, kryjąc się za nadwoziem hondy. – A potem biegniemy, okej?

– Jasne – przytaknęła i zaczęła stukać w mokry od deszczu ekran urządzenia. Ulewa przybierała na sile. Wokół nich powstawało coraz więcej kałuż. – Matko, nic nie widzę, może wsiądziemy do środka? – Popatrzyła na samochód Jana.

– Nie ma czasu – zaprotestował. – Daj, ja spróbuję! – wyszarpał urządzenie z ręki przyjaciółki.

– Uważaj! – syknęła Sasanka, robiąc przy tym poważną minę. – To nowy telefon. Wiesz, ile ja musiałam napiwków uskładać, aby...

– Cicho! – ponownie jej przerwał. Wystukał na ekranie trzy cyfry, a potem, opanowując nerwowe drżenie ramienia, z trudem trafił palcem w symbol zielonej słuchawki. Przyłożył obły, śliski przedmiot do ucha. Czekał kilkanaście sekund na połączenie. – Halo! – głośno szepnął, kiedy dobiegł go niewyraźny głos z drugiej strony. Ledwie rozumiał swojego rozmówcę. Gromkie wyładowania atmosferyczne i bębnienie deszczu o maskę oraz dach hondy, skutecznie utrudniały słyszalność. – Mówi Jan Poniatowski... Halo, słychać mnie? – Odsunął aparat od głowy, upewniając się, czy nadal ma połączenie z policją. – Potrzebujemy pomocy, szybko! – Znów przestał mówić na chwilę. – Ktoś chyba zabił człowieka. W okolicy torów... W Pile! – Podniósł niebezpiecznie głos. – Mówiłem już, Jan Poniatowski. Nie mam czasu tłumaczyć, nie mogę rozmawiać. Proszę wezwać pomoc... pogotowie, policję. Jesteśmy przy ulicy... Halo? – Bankowiec był coraz bardziej zdenerwowany. Znów miał wrażenie, że cichy głos dyspozytora zanikł przed chwilą na dobre. Ponownie odjął komórkę od ucha. Wziął zbyt duży i zbyt energiczny zamach, przez co zahaczył palcami o nadkole auta. Biały iPhone wyleciał mu z dłoni, by sekundę później zniknąć w odmętach kałuży. Z przerażeniem popatrzył na Annę. Dziewczyna zamarła. W jej oczach malował się dramat.

– Kurwa! – jęknął w złości. – Przepraszam – dodał i natychmiast zanurzył obie dłonie w niespokojnej wodzie. Wyłowił z niej szybko telefon. – Szlag! – zaklął, zorientowawszy się, że ekran urządzenia jest ciemny i w żaden sposób nie reaguje na dotyk. – Wyłączył się? Powiedz, że jest wodoszczelny, błagam!

– Jest, tak jak wszystkie inne, które już w życiu zalałam… – odrzekła z przygnębieniem w głosie. – Super, Janek, zajebiście, ekstra! – zareagowała. – Módl się tylko, żeby dało się go jeszcze wskrzesić. I żeby policja jakimś cudem znalazła tutaj nasze martwe ciała.

– Przestań! Co ty bredzisz? Jakie ciała? Wszystko będzie dobrze – starał się pocieszyć przyjaciółkę i przy okazji dodać animuszu też samemu sobie. – Znasz mnie, Anka, obiecuję… – Popukał się w piersi. – Co dalej? Co teraz robimy?

– Jak to, co? Biegniemy za tę furgonetkę! Głupie pytania zadajesz. Nie ma na co czekać. – Anna się podniosła i oceniła odległość dzielącą ich od celu. – Dawaj, Janek. Miejmy to za sobą.

– Dobra – odparł przeciągle i również się wyprostował.

Biegli obok siebie, przez cały czas bacznie obserwując rozświetlone miejsce na torowisku. Widzieli je coraz wyraźniej, tak samo jak sylwetkę osoby, która bez przerwy wykonywała jakieś czynności przy bezwładnym ciele. Wraz z malejącą odległością rosły w nich strach i obawa przed tym, co się zaraz wydarzy, lecz mimo tego się nie zatrzymywali. Pędzili co sił w nogach do celu. Jan co chwilę łapał się za bok, gdyż miał wrażenie, że wczorajsza rana rozrywa się bardziej z każdym jego krokiem. Zaciskał jednak zęby. Musiał wytrzymać.

Minęli punkt, w którym prawdopodobnie byli najbardziej widoczni od strony nasypu, by po krótkim czasie dotrzeć do białego citroena berlingo. Uklękli za jego przysadzistą bryłą. Starali się złapać oddech, albowiem krótki, ale szybki, desperacki sprint w trudnych, burzowych warunkach okazał się dla obojga nad wyraz męczący. Anna odważnie wychylała się zza maski. Co chwila podnosiła się z ugiętych nóg, wystawiała głowę nad powierzchnię auta, by nagle z powrotem nisko przysiąść i szeptać z przerażeniem w głosie, że nie mają szans. Jan nie odzywał się wcale. Skupił się na rzeczy, która w jednym momencie zajęła jego wszystkie myśli. Z niedowierzaniem przyglądał się niewielkiej nalepce na drzwiach citroena, a im dłużej patrzył na jednokolorową grafikę, tym większa ogarniała go trwoga. Rozpoznał ten symbol. I już dobrze wiedział, że ma do czynienia z mordercą.

– Nie mamy szans! – Nagły grzmot prawie zagłuszył Sasankę. Popukała przyjaciela w ramię. – Słyszysz?

– Co? – Nie usłyszał. Popatrzył kelnerce w oczy.

– Ma coś w rękach, patrz! – Pociągnęła mężczyznę za ramię. – Ja pierdolę, Janek, chyba jakiś młotek! – krzyczała spanikowana, starając się pokonać hałas szalejącej burzy. Jednak natychmiast przestała, kiedy dostrzegła coś jeszcze.

Jan również stał się tego świadkiem. W żółtej reflektorowej poświacie, a po chwili w krótkiej serii intensywnych błysków obserwował, jak postać na kolejowym nasypie nachyla się nad torami, bierze coś do ręki, robi zamach, a potem nagle z dużą prędkością opuszcza swoje ramię. Głośny szczęk metalu rozprzestrzenił się po okolicy.

– Nie trafił! Chce go zabić, psychol! – rzucił Jan w histerii i poderwał się z miejsca. Z kieszeni spodni wyjął buteleczkę z gazem. – Zostań tu! – Popatrzył stanowczo na Ankę.

– Janek, stój! – Chciała go zatrzymać, złapać za mokre ubranie, ale nie zdążyła. Znalazł się nagle poza jej zasięgiem. – Wracaj! Boję się, słyszysz? – zawołała i odważnie ruszyła za przyjacielem. Było jej wszystko jedno. Musiała mu towarzyszyć. Od zawsze miała tę pewność. Trzy lata temu, wczoraj wieczorem, a tym bardziej teraz.

Poniatowski obrócił się jeszcze za siebie. Pragnął się upewnić, że przyjaciółka jest bezpieczna w ukryciu. Szybko zorientował się, że jak zwykle go nie posłuchała, ale nie mógł się już zatrzymywać. Nie było na to czasu. Drugi cios może być trafiony – pomyślał. Może zginąć człowiek.

Dobiegł do nasypu, zaczął się wdrapywać po stromym, mokrym żwirowym wzniesieniu i dopiero wtedy został dostrzeżony. Stanął oko w oko z nieobliczalnym mordercą. Tym samym, który wczoraj usiłował go zabić, a także tym, który niczym bestia zmasakrował ciało człowieka ułożonego na torach. Wielki strach sparaliżował mężczyznę. Jego serce przyśpieszyło bicie, migiem osiągając ekstremalny poziom. Wraz z wariackim pulsem zaczęło pompować do jego tętnic dawki mobilizującej adrenaliny. Tylko dzięki niej Poniatowski mógł się opanować, zacisnąć swą dłoń na buteleczce z gazem i w skupieniu czekać na ruch przeciwnika.

– Artek, pomóż mi! – Wtem usłyszał donośne wołanie. Dobiegało z drugiej strony torów. – Pomóż mi, błagam, Artek… – Młoda kobieta kilkukrotnie artykułowała prośbę. Biegła w kierunku mordercy, a tuż za nią podążał ktoś jeszcze. Jan rozpoznał tę osobę bez trudu. Był zupełnie zdezorientowany.

Piła, 7 sierpnia 2019 roku, noc
Anna Sass, Jan Poniatowski, Malwina Humańska, Julia Węgorzewska.

Malwina Humańska wspięła się na szczyt kamienistego nasypu. Z jej oczu zniknęła nadzieja, ustępując miejsca natychmiastowemu szokowi. Dziewczyna nie spodziewała się tak makabrycznego widoku. Ogarnęła ją groza, ale nie miała czasu zastanawiać się nad tym, co akurat robił na torach znany jej mężczyzna.

Wypuścił coś z ręki. Ciężki przedmiot z krótkim hukiem uderzył o szynę. Stał spokojnie, dumnie, jakby był zadowolony z takiego rozwoju wypadków. Wyjął coś zza paska, Malwina uchwyciła ten moment, jak nerwowo zaciska pulchną dłoń na rękojeści składanego noża. Uśmiechnęła się delikatnie, bardziej z przerażenia niż z powodu tego, że mężczyzna mógłby chcieć przyjść jej z pomocą. Był na środku torów, między obiema szynami, miał u stóp głowę swej ofiary, a właściwie to, co z niej ocalało. Z triumfem patrzył raz w lewo, raz w prawo. Oceniał swoje położenie. Również się uśmiechnął. Szczerze i serdecznie, tak jakby chciał wzbudzić zaufanie Malwiny. Szybkim ruchem ręki przywołał kobietę do siebie.

– Idź... – Usłyszała nagle. Nie, to nie był szum deszczu. Była znowu pewna, że to głos Bereniki. – Idź do niego, a potem przyjdź do mnie...

Humańska przestąpiła mokrą, lśniącą w świetle burzy, kolejową belkę. Popatrzyła mu w oczy. Widziała w nich strach, miłość, smutek, tęsknotę oraz desperację. Ufała jego emocjom od zawsze... I dziś zawierzyła mu znowu. Nie miała innego wyjścia, jej przyjaciółka tak zdecydowała. Malwina uśmiechnęła się jeszcze szerzej, a potem posłusznie przymknęła powieki. Upuściła torbę. Silne męskie ramię zacisnęło się na jej smukłej szyi. Przez chwilę czuła się bardzo bezpiecznie, lecz nagle zaczęła się dusić. A potem zapiekła ją skóra. Spanikowała. Do jej nozdrzy dotarł zapach świeżej krwi. To była jej krew, ale też krew Bereniki.

– Puść ją! – wrzasnął Poniatowski. – Nie rób tego! – Zrobił krok do przodu, lecz po chwili zsunął się z nasypu. Postanowił pozostać na miejscu. Z przerażeniem obserwował rozwój wydarzeń. Kilka śpieszących się sekund wystarczyło, by nieobliczalny mężczyzna wyjął z kieszeni wysuwany nóż i przyłożył go do szyi swojej kolejnej ofiary. Kim on jest? Kim jest ta kobieta? Czy to on zabił Andrzejewskiego? I co tutaj robi Julia Węgorzewska? – Jan miał w głowie gonitwę myśli. Zerknął ukradkiem na Ankę. Stała obok niego. Oddychała ciężko i cała się trzęsła ze stresu.

– Stój! – warknął. – Nie podchodź, bo poderżnę jej gardło. Zrobię to, przysięgam. – Jego głos zabrzmiał złowrogo i pewnie. – Jest mi wszystko jedno. Dokończę dziś to, co zacząłem.

– Ale co… – pisnęła z trudem Malwina Humańska. – Co ty chcesz dokończyć?

– Człowieku, puść ją! Odłóż ten nóż! – wrzasnął Poniatowski. – Czemu go zabiłeś? – Wskazał dłonią na zwłoki leżące na torach. Nie pogarszaj swojej sytuacji!

– Kto to jest, Artur? – chciała wiedzieć trzymana w uścisku dziewczyna.

– Nie mów tak do mnie, słyszysz? – rzucił w wielkiej furii. – Artur odszedł, dziewięć lat temu, razem z Bereniką, dobrze o tym wiesz! A ten… – szturchnął nogą zakrwawione ciało. – To jest jej morderca.

– Morderca? Bereniki? Co ty wygadujesz? – Prostytutka była zszokowana. – Coś ty, kurwa, zrobił? – wydusiła z siebie. – Dobrze przecież wiesz, że to Żabski zabił Berenikę. Tyle razy ci o tym mów…

– Bzdura! – nie dał jej dokończyć. – Też tak myślałem, do wczoraj! Byłem naiwny i głupi, wierząc w twoją bajkę!

– Przecież ja tam byłam – tłumaczyła. – Widziałam Żabskiego. A on się mi przyznał, rozumiesz? Przyznał się do winy! Inaczej nie płaciłby mi za milczenie. Artur, opamiętaj się, błagam! Wszystko da się jeszcze wytłumaczyć. Nie rób kolejnego głupstwa!

– Zamknij się, suko! – ryknął zajadle mężczyzna. – Myślałem, że można ci ufać! A ty? Jesteś taka sama, jak wszyscy.

– Spokojnie! – Jan starał się rozładować napięcie. – Puść ją, porozmawiajmy. Ona ma rację, wszystko…

– A to, kurwa, kto jest? – Zdusił mocniej łokciem szyję Malwiny. – Mów! Twój kolejny ulubiony klient? – Skinął głową w stronę Poniatowskiego. – Uwielbiasz się puszczać, co? Kochasz to robić, prawda? Jak możesz, po tym wszystkim, co się wydarzyło? Po tym, co kurewstwo zrobiło z moją matką, ze mną i z Bereniką. Zniszczyło ją! I mnie! Całe moje życie to wielka udręka. Myślałem, że ty jesteś inna, że oddajesz swe ciało z przymusu. Ale ty... to kochasz. Zdradziłaś mnie... i ją... – Oprawcy załamał się głos.

– To nieprawda – stęknęła. – Nie oszukuj samego siebie. Dobrze wiesz, czemu to robiłam. Poddaj się, błagam! Ty nie jesteś zły, tak jak twoja siostra, i nigdy taki nie byłeś. Co się z tobą stało?

– Nie byłem! Masz rację. – Zaczął nagle płakać. – Przepraszam... Ale ja... Ja po prostu musiałem ich zabić po tym, co przeżywałem. Wszystko, co robiłem od dziecka, robiłem dla Bereniki. Tylko dla niej, dla mojej ukochanej siostry. Uwierzyłem jej, że jeśli zabijemy tę sukę, która nas urodziła, będziemy w końcu szczęśliwi. Tak! Nie patrz tak. Zamordowaliśmy ją, naszą własną matkę. To ściema, że wypadła z okna! Wszyscy tak myśleli, byli pewni, że alkoholiczka sama się zabiła. Tylko my znaliśmy prawdę i bardzo cieszyliśmy się, że tej kurwy nie ma. Ona... Upadła na dno, zasłużyła sobie. Takie już jej przeznaczenie... Sroga kara, za zniszczenie dwóch pragnących miłości i akceptacji istnień. Przez swoje dziwkarstwo zabrała marzenia rodzeństwu, które nigdy nie zaznało szczęścia. A najgorsze były zawsze noce. Kiedy ta wywłoka w domu przyjmowała klientów. Za grosze dawała im siebie, zamiast oddać nam swoją miłość. Krzyczeli na nią, bili, poniewierali, a za każdym razem, kiedy wychodzili, ona maltretowała nas. Wyżywała się na nas, chlała. Pospolita kurwa! Jak tak mogła? Zasłużyła na śmierć, po której mnie i Berenice miało być już tylko lepiej.

I było. Staliśmy się wolni. Wyzwoliliśmy się spod patologii. Odżyliśmy. Mogliśmy się cieszyć sobą i naszym szczęściem, nawet zamknięci w ośrodku. Czas płynął spokojnie. Dorastaliśmy. A potem ona poznała ciebie. I wszystko się nagle zmieniło.

Co ty myślisz? Że nie wiem, w jaki sposób zdobywałyście pieniądze? Dlaczego nagle zerwałyście ze mną kontakt? Doskonale wiem, byłem dobrym obserwatorem. Codziennie znikałyście w jego gabinecie. Na całe godziny, długie noce, podczas których odwiedzali was kumple naszego wychowawcy. Ale ja... Zawsze miałem was pod swoim skrzydłem. Martwiłem się, a później każdego dnia wam kibicowałem, bo połączyła was ogromna przyjaźń. Lepsza od chorej miłości, pełna emocji i wzruszeń, których ja nigdy nie doświadczę. Tamtej nocy też wszystko widziałem. Jak skaczecie z okna. Cały czas szedłem za wami. Byłem świadkiem, jak spotkałyście Żabskiego i jego kolesi, a potem ona wsiadła do samochodu. W tym lesie... wtedy... Nie mogłem jej później odnaleźć. A przecież skręcali do lasu, przecież musiała tam zostać. Byłem na nią wściekły. Że znów się sprzedaje, że pozwala mu się tak traktować. Zgrzeszyłem, odpuściłem, pomyślałem w złości, że od tej pory nie będę jej chronił. Wróciłem wkurwiony do domu, ale nigdy nie uwierzyłem w to, że moja siostra uciekła z ośrodka, że wyjechała na zawsze. A ty? Tyle lat mnie oszukiwałaś! Wiedziałaś o wszystkim. I co teraz myślisz? Co ci się wydaje? Że jak ostatnio wyznałaś mi prawdę, to wybaczyłem ci winę? Jesteś jeszcze gorsza! Jesteś szmatą, zwyczajną, sprzedajną, skurwysyńską dziwką!

– Puść ją! Ostrzegam cię po raz ostatni! – Poniatowski tracił cierpliwość. Anna złapała go za rękę. Chciała go powstrzymać. Uchwycił jej wzrok. Tak samo jak on była wstrząśnięta tym, co przed chwilą usłyszeli.

– Ani drgnij, skurwielu! – krzyknął zabójca. Przycisnął mocniej nóż do ciała Malwiny. Dziewczyna zapiszczała z bólu.

– Artek, wybacz... – wydusiła, cierpiąc. – Ja nie miałam wyjścia. I nie masz racji, przysięgam. To Żabski zabił naszą ukochaną siostrę, nikt inny. On ją zamordował, a mnie zmusił do wieloletniego milczenia. Potrzebowałam pieniędzy, musiałam żyć godnie, a wyznanie prawdy i tak nie wróciłoby życia Berenice. A dziś... On chciał mi wypłacić wszystko, odpokutować swoją winę i wreszcie zamknąć tę sprawę.

– Nie bądź śmieszna! I przestań pierdolić głupoty! – prychnął. – Zapłacić? Tobie? Ale ty jesteś naiwna. Chciał się ciebie pozbyć, nic więcej. Razem chcieli. On i Ożarowski. Gotówka miała być tylko przynętą. Wczoraj dokładnie słyszałem ich pijacki bełkot. Byli w Muszelce... Kompletnie zalani. I nawet Żabski dowiedział się czegoś nowego o zbrodni sprzed dziewięciu lat. A wiesz, że doktorek przez te wszystkie lata myślał, że naprawdę zabił Berenikę. Ale okazało się, że on ją tylko popchnął. A ona wciąż żyła. Skurwiel uciekł i zostawił ją samą. A potem dobrała się do niej reszta. Ożarowski i jeszcze ktoś inny. Niestety... Do dzisiaj go nie odszukałem. Ale zrobię to, wkrótce, przysięgam, zabiję go i zakopię.

– Ożarowski? – zawołała w zdziwieniu Sasanka. Dziewczyna dotychczas milczała, ale kiedy usłyszała nazwisko właściciela Świtezi, nie potrafiła ukryć emocji.

– Tak, Ożarowski! Znany i lubiany biznesmen, kurwa jego mać! Tfu! – Morderca splunął na ciało leżące na ziemi. – Sam byłem tym zaskoczony. Oczywiście od zawsze go podejrzewałem, ale nie miałem dowodów, nie planowałem go zabić. Szantażowałem go tylko, licząc, że się przyzna. I chciałem mu dać nauczkę. Zemścić się za to, że przychodził często do ciebie. Nienawidziłem go! Tak samo jak tego gówniarza. Jak mu tam było, Malwina? – potrząsnął z agresją dziewczyną.

Usłyszawszy to imię Jan i Sasanka, jakby na umówioną komendę, popatrzyli na siebie. A więc jednak! – wyczytali ze swych rozszerzonych źrenic.

– No mów, komu tak jeszcze z przyjemnością dawałaś dupy? – wrzeszczał rozsierdzony mężczyzna. – Tym młodym kutasom z twojego zlecenia ma mieście? Nawet nie zaprzeczaj, i tak ci nie wierzę! No dalej! Przyznaj się, jak ci z nimi było? Jak się nazywali? Milczysz... Bo co, wstyd? Ja ci powiem, ja dobrze kojarzę, bo na zawsze ich zapamiętałem. Kajetan Andrzejewski i Michał Konieczko! Mam rację?

– Ty skurwysynu! – Julia Węgorzewska zbliżyła się do nasypu. – Dlaczego... – zawyła w wielkiej żałości. Była zdesperowana, aby rzucić się na mordercę swojego narzeczonego. Jan i Anna w tym samym momencie powstrzymali dziewczynę wymownymi gestami. Posłuchała, na szczęście. Osunęła się na ziemię, a jej ciałem zaczęły targać spazmy.

– Spotkała ich zasłużona kara! – podkreślił przestępca z emfazą. Spojrzał z politowaniem na pogrążoną w smutku Węgorzewską. – A ten ostatni szczególnie sobie zasłużył na frajerską śmierć. Powiesiłem go w restauracji Ożarowskiego. A wcześniej... Przed wakacjami, ten wieczór kawalerski... Dlaczego w ogóle tam poszłaś? – Zbliżył swoje usta do ucha Malwiny. – No, czemu? Powiedz mi wreszcie! Prosiłem cię, tłumaczyłem, że nie zasługujesz na bycie dziwką na każde wezwanie. Wpadł ci w oko, co? Dobrze mówię, prawda? Przecież to widziałem, nie jestem idiotą! A potem nie miałaś już dla mnie czasu. Nasze spotkania ci zbrzydły i gdyby nie pomysł szefostwa o ruchaniu zamiast tygodniówek, w ogóle byśmy nie porozmawiali o naszej tragicznej przeszłości. Dlaczego jesteś taką wyrachowaną suką? No mów! – Przestępca coraz mocniej zaciskał dłoń na rękojeści noża. Cienkie ostrze rozcinało skórę zakładniczki. – A teraz spójrz! Rozejrzyj się wokół. Zobacz, do czego doprowadziłaś. Musiałem ich zabić, między innymi przez ciebie!

Zaniósł się spazmatycznym szlochem, lecz po chwili znów się opanował. Jego zachowaniem rządziły zmieniające się co chwilę, niezwykle skrajne emocje. Napiął wszystkie mięśnie i z całej siły przyciągnął Humańską do siebie. Zamierzał ją zabić. Tego Poniatowski był pewien. Roztrzęsiony bankowiec obserwował, jak pojmana coraz bardziej przestaje się bronić. Przymyka oczy, zaczyna się słaniać, a z jej szyi spływa krwawa, zwiększająca swoje natężenie strużka.

Jan podjął decyzję. Teraz albo nigdy – pomyślał. Nie było czasu do stracenia. Każda mijająca chwila mogła przybliżyć dziewczynę do śmierci i sprawić, że ostra jak brzytwa stal zatopi się całkiem w jej gardle. Puścił rękę Anny. Przestał czuć uspokajający dotyk przyjaciółki. Zerwał się z miejsca i ruszył przed siebie. Kilka szybkich kroków powiodło go na szczyt żwirowatego wzniesienia. Dostrzegł to przeciwnik, który zanim zdążył zareagować, usłyszał krzyk z drugiej strony. Odwrócił się, zdezorientowany.

– Ty chuju! – Głos Węgorzewskiej całkiem zaskoczył sadystę. Dziewczyna podbiegła do torów, dostrzegając karkołomny szturm jej znajomego. – Ty i ta twoja dziwka! Zabiliście ich! Zabiliście dwie najważniejsze osoby w moim życiu! – wrzeszczała bez opamiętania. Poniatowski obserwował, jak pielęgniarka traci panowanie nad sobą. I wcale się temu nie dziwił. – Odpłacicie mi za to! – zawołała i bez zawahania wskoczyła na nasyp. Zatrzymała się poza zasięgiem mordercy. Nerwowo się rozejrzała, a potem nagle po coś się schyliła.

– Wypierdalaj, suko! Bo ją zabiję, słyszysz! – zagroził rozwścieczony bandyta, który bez namysłu wbił nóż w szyję Malwiny Humańskiej. – Z wielką złością rozszarpał jej ranę, a potem pchnął nową ofiarę prosto przed siebie. Martwe, wiotkie ciało w akompaniamencie kolejnego grzmotu spoczęło na zwłokach właściciela restauracji Świteź. Strugi deszczu zmywały świeżą krew wypływającą z krtani. – I nie jestem Artur! – sarknął. – Mam na imię Borys, zapamiętaj sobie, oszukańcza ździro! – Ponownie splunął z wściekłości na ziemię.

Sasanka była przerażona. Z niedowierzaniem obserwowała, jak dwoje bliskich jej osób staje w obliczu potężnego zagrożenia.

I nie miała na myśli działań psychopaty, który właśnie złapał za włosy Julię Węgorzewską. Nie skupiała się też na swoim przyjacielu, który – usiłując odciągnąć napastnika od szamoczącej się pod jego tułowiem dziewczyny – wypuścił z dłoni buteleczkę z gazem. Jedyną broń, z której bezmyślnie zakpiła, a której teraz sama pragnęłaby użyć. Barmanka zamarła, gdyż w oddali dostrzegła trzy zbliżające się szybko mocno rozjarzone punkty. Poznała ten, jakże charakterystyczny układ jasnożółtych świateł. Pociąg! Seria głośnych grzmotów skutecznie stłumiła jego przyśpieszony stukot. Anka była przekonana, że w tej chwili żadna ze znajdujących się na torowisku osób nie jest w stanie słyszeć dźwięku zbliżającego się zagrożenia.

Postanowiła działać. Nie zastanawiając się ani sekundy, wdrapała się pędem na tory. Widziała, gdzie potoczył się wypuszczony z rąk Poniatowskiego zbiorniczek. Czym prędzej ujęła go w dłoń. I wtedy zauważyła coś jeszcze. Na skraju nasypu, po zewnętrznej stronie zakrwawionej szyny, leżało narzędzie zbrodni. Czarny, kuchenny, oblepiony gęstą mazią tłuczek.

– Zostaw ją, pojebie! – Poniatowski nie ustawał okładać pięściami psychopaty. Maliszewski za żadne skarby nie chciał zejść z leżącej pod nim opadającej z sił Węgorzewskiej. Dziewczyna wciąż usiłowała walczyć, ale nie mogła nic wskórać. Oprawca specjalnie przyduszał ją swoim ciężarem do ziemi. Nie reagował na coraz mocniejsze ciosy i uderzenia Jana. Chciał zginąć na torach, tego domyślił się Poniatowski, usłyszawszy klakson nadjeżdżającego pociągu. I z wielką chęcią by mu na to pozwolił, gdyby nie pragnienie ocalenia Julii.

Sasanka wzięła zamach. Przymierzyła, na ile była w stanie to zrobić w jakże niesprzyjających warunkach. Cała się trzęsła. Czuła, że może spudłować. Bała się, że zamiast w głowę dotkniętego obłędem mężczyzny, trafi w szamoczącą się koleżankę albo w Jana, który działając w ogromnych emocjach, kompletnie nie reagował na zewnętrzne bodźce. Nie mogła ryzykować. Musiała uderzyć gdzie indziej. Zdecydowała się zadać cios w plecy zwyrodnialca. Wzięła wdech, zacisnęła zęby i opuściła ramię z całej siły. Trafiła, ale tuż po uderzeniu trzonek młotka wymsknął się z jej dłoni i ciemne narzędzie zniknęło jej z pola widzenia. Modliła się w duchu, by nie znajdowało się teraz w zasięgu nieobliczalnego sprawcy. Usłyszała przeciągły dźwięk ostrzegawczy pociągu.

– Janek! Janek, przestań! – krzyknęła z przeogromną mocą. Miała wrażenie, że zdarte w jednej chwili gardło, do końca jej życia pozostanie nieme. Tylko ile jej jeszcze tego życia zostało?

Poniatowski nagle oprzytomniał. Zatrzymał się na chwilę w swym obronnym szale. Podniósł się lekko z ciała gotowego na śmierć psychopaty i popatrzył za siebie. Zobaczył światła pociągu, a potem nagle przed oczami zapanowała mu ciemność. Tylko przez kilka sekund czuł na swojej czaszce potężny, przeszywający na wskroś jego głowę, ból. A potem stracił kontakt z rzeczywistością.

– Uważaj! – Anna nie zdołała ostrzec przyjaciela. Na jej oczach trzymany w ręku desperata młotek trafił w potylicę Jana. Dziewczyna była przerażona, ale nie mogła się poddać. Miała nadzieję zmienić bieg wydarzeń. Musiała działać natychmiast. Postanowiła, że zawalczy do końca o wszystko. O życie i zdrowie dwójki jej przyjaciół. Mimo zbliżającego się w zawrotnym tempie niebezpieczeństwa. Zacisnęła palce na trzymanym w ręku aluminiowym flakonie. Wysunęła przez siebie dłoń, wstrzymała oddech i zamknęła oczy, a potem nacisnęła spust aerozolu. Minęło kilka sekund, po których rozwarła powieki. Dostrzegła kulącego się, kaszlącego, niemogącego złapać oddechu szaleńca. Spod jego ciała wydostała się Julia.

– Anka, szybko! – Węgorzewska wskazała na nieruchomego Jana. – Za nogi! – krzyknęła i w tym momencie obie kobiety z całych sił zaczęły ciągnąć Poniatowskiego w stronę zejścia z nasypu. Ciało było mokre, bezwładne i ciężkie. Z wielkim trudem dało się je ciągnąć przez wysoką szynę. Upływał cenny czas. Widoczna już bardzo dokładnie lokomotywa pociągu zaczęła gwałtownie hamować. Anna usłyszała pisk. Zerknęła szybko w kierunku rażącego światła i wtedy nabrała pewności, że skład nie zdoła się teraz zatrzymać. Spięła w sobie resztki sił. Zacisnęła palce na nogawce nieprzytomnego kolegi. Obserwowała, że Julia robi dokładnie to samo i właśnie daje jej znać, że mają jedną, ostatnią już próbę zdjęcia przyjaciela z mokrych od deszczu zmieszanego z krwią torów. Szarpnęły. Tak mocno, że obie z impetem sturlały się nagle z nasypu. Anna poczuła, jak zatapia się w chłodnej, głębokiej kałuży. Pod plecami czuła miękkość trawy. Otworzyła oczy i w tym momencie minęła ją łuna przejeżdżającego pociągu. Bębenki jej uszu niemal pękły od hałasu tarcia metalu o metal. Ostatni raz popatrzyła w niebo. Błysnęło. Usłyszała dźwięk policyjnych syren. A potem świat zawirował jej w głowie. Była zupełnie gdzie indziej.

– Janek... – szepnęła na koniec i osunęła się w ciemność.

Piła, 17 listopada 2010 roku, noc
Malwina Humańska, Berenika Ludwiczak

Malwina Humańska po raz kolejny złapała się za szyję. Nie mogła uwierzyć, że nie ma na niej nawet małego rozcięcia. Przecież pamięta dokładnie, jak cieniutkie ostrze z łatwością przebiło jej skórę, spowodowało wszechpotężny ból i uwolniło na zewnątrz strugi ciepłej krwi. Jeszcze przed momentem czuła wyraźnie jej zapach, lecz teraz wszystko zniknęło. Błyski, grzmoty, teczka, tory kolejowe i Artur Ludwiczak. Tak bardzo nie mogła uwierzyć, że brat Bereniki obwinił Malwinę za wszystko. I że posunął się do tylu zabójstw. To ona była tą złą, nie on. Ona kłamała przez dziewięć lat, postępując niewłaściwie, czego powinna się wstydzić. Nie on, nie tak wrażliwy i porządny chłopak.

Rozejrzała się wokół. Zaczynała sobie uświadamiać, że nie znajduje się już w tamtej okolicy. Była wprawdzie w lesie, ale nie był to rzadki zagajnik w okolicach Muszelki. Malwina coraz bardziej rozpoznawała miejsce, do którego dotarła. Tylko w jaki sposób i kiedy pokonała tyle kilometrów? – zastanawiała się. I dlaczego nie odczuwa na ciele ani jednej kropli rzęsistego deszczu, silnych porywów wiatru, i nie słyszy szumu czarnych, rozkołysanych sosen. Przesuwała się uparcie przed siebie, w jednym kierunku, ale sama nie wiedziała, dlaczego brnie akurat w tę stronę. Po prostu zmierzała do celu, który ktoś dla niej ustalił.

Pomyślała o czymś. Przyśpieszyła. Nigdy w życiu nie przemieszczała się z tak niesamowitą prędkością. To się działo samo. Bez jej najmniejszego wysiłku. Jakby świadomość dziewczyny zaczęła decydować o tym, co się za chwilę wydarzy. Ujrzała w oddali światełko. Jasna, ciepła smuga sprawiała, że Malwina poczuła się bardzo bezpiecznie. Uśmiechnęła się, nie zdążyła nawet pomyśleć o tym, że chciałaby dogonić to światło, a już przy nim była. Padało teraz z góry. Przedzierało się przez chmury i gęste korony rozłożystych sosen. Wskazywało określone miejsce, jeden punkt na ziemi. Malwina stanęła w tym punkcie. Czuła, jak łączy się z milionem opalizujących drobinek, jak przeszywają ją całą. Stapiają się z jej świadomością, powodują ciepło i uczucie nieskończonego szczęścia.

I wtedy ją zobaczyła. Stała przed nią. Uśmiechała się błogo. Jej ciało iluminowało masą rozjarzonych cząstek, które nagle zaczęły się mienić feerią jaskrawych kolorów. To była jej Berenika. Przyciągała ją do siebie pozaziemską siłą. Już nie szeptała do ucha, jak zawsze, a Malwina nie musiała się skupiać na tym, co przyjaciółka chce jej podpowiedzieć. Od teraz znała bowiem każdą najmniejszą jej myśl, czuła jej emocje, wiedziała, że jest potężna, radosna i żywa.

Malwina przesunęła się w sam środek tęczowego, świetlistego leja. Stała się z nim jednością. Spotkała się z ukochaną. Była szczęśliwa, gdyż w tym momencie posiadła nieskończoną pewność, że już nigdy nic ich nie rozdzieli.

Uniosły się nagle. Szybowały lekko. Nad złowrogim lasem, brudnym miastem, szaroburym światem, w piękną, jasną stronę. W stronę ich odległej, lecz łatwej do zobaczenia przyszłości.

EPILOG

Piła, 7 września 2019 roku, późne popołudnie
Jan Poniatowski, Anna Sass, Natasza Poniatowska

– Masz i dobrze wspominaj! – Anka zaczęła się śmiać. Przetarła ściereczką lśniący blat kontuaru, a potem plasnęła w niego białą, pękatą kopertą.

– Co to jest? – Poniatowski zapytał skonsternowany. Zanim wyciągnął dłoń po podarunek, wziął duży łyk piwa prosto z butelki.

– Sprawdź! – powiedziała. – I lepiej trzymaj się oparcia, bo za chwilę możesz zlecieć z krzesła – zachichotała. – Jeszcze nie wylizałeś ran po ostatniej akcji, która, jak mówi Karol Strasburger, poszła innym torem.

– Daj spokój! – Na twarzy Jana zagościł półuśmiech. – Nic już lepiej nie mów o torach, szynach, pociągach i czymkolwiek co się kojarzy z koleją.

– A dlaczego nie? Przecież wszystko skończyło się dobrze – kładąc akcent na ostatnie słowo, kelnerka mrugnęła i przysunęła pękatą kopertę jeszcze bliżej przyjaciela. – Śledztwo zakończone sukcesem, mordercy posłani do piekła, no, a my? Cali i zdrowi, jak zawsze – podsumowała. – No, otwórz wreszcie! – Machnęła szmatką nad barem. – Nie bój żaby, Janek, nie ma tam listu nowego wisielca.

Poniatowski odstawił napoczętego grolscha na blat, z ciekawością popatrzył w oczy koleżanki, ciężko westchnął, a na końcu ujął w dłoń pękatą przesyłkę. Obejrzał ją z kilku stron, zanim odchylił pomięte samoprzylepne wieczko. Zajrzał po chwili do środka. Oniemiał. Skierował pytający wzrok z powrotem na Ankę. Dziewczyna wyszczerzyła zęby, zadowolona.

– No co? – prychnęła. – Coś taki zdziwiony? W banku pracujesz, a oczy robisz jakbyś gotówkę pierwszy raz zobaczył. Przelicz sobie! Okrągłe pięćdziesiąt tysięcy. Drugie tyle zdeponowałam w swojej tajnej skrytce. Czekają na wyprzedaże w galerii. Ale się w tym roku obkupię na jesień. Boże, nie ma zmiłuj.

– Skąd to masz? – Bankowiec zamrugał i naśladując standardowy gest przyjaciółki, przełknął głośno ślinę.

– A z lokaty psychopaty – zarechotała, oderwała się od służbowych zajęć, wyszła zza lady i usiadła obok Jana na wysokim krześle.

– Ej, Anka… – zniżył głos do szeptu i rozejrzał się po tonącym w półmroku, klimatycznym wnętrzu restauracji Świteź. – Poważnie się pytam, skąd masz te pieniądze?

– Od Julki – oznajmiła krótko.

– Co? – Poniatowski podniósł nagle głos. Sam wystraszył się swojej reakcji. – Julii Węgorzewskiej?

– Ciszej, na litość boską! – Anna pokręciła głową z dezaprobatą. – Nie podniecaj się tak, bo ci się rany otworzą. I bez znanych nazwisk, dobrze?

– Spoko – znów powiedział cicho. – Ale… Co, jak, skąd? Za co? – język mu się plątał.

– Za złapanie mordercy Kajetana i za to, że jej życie uratowaliśmy – szepnęła z dumą barmanka. – Nie pamiętasz już? Masz zaniki pamięci po kontakcie z młotkiem?

– Bardzo śmieszne – odrzekł z udawaną obrazą Janek. – Ty się lepiej ciesz, że mi czaszki nie rozwalił, psychopata jeden! Bo te sto patyków byś musiała na mój pomnik wydać. – Na samą myśl o tym, jak blisko śmierci byli on i Sasanka, poczuł ukłucie w żołądku. Wspomniał wydarzenia po dramatycznym finale ich śledztwa.

Ocknął się w ambulansie. Nie wiedział, gdzie jest i co się z nim dzieje. Nikt z sanitariuszy nie chciał z nim rozmawiać i odpowiadać na jego pytania. Ratownicy kazali mu spokojnie leżeć i milczeć. Nad ranem, po przeprowadzeniu najważniejszych badań w szpitalu, okazało się, że stan jego zdrowia nie jest szczególnie poważny, lecz wymaga pozostawienia go na obserwacji. Lekarze zezwolili policjantom, którzy chwilę wcześniej przesłuchali już Annę, na krótką rozmowę z pacjentem. Od śledczych Poniatowski dowiedział się, że swoje zdrowie i życie zawdzięcza ogromnej odwadze dwóch kobiet. Tuż bowiem po tym, jak od uderzenia w głowę stracił przytomność, Ania i Julia przeniosły jego ciało poza tory. W ostatnim momencie, zanim hamujący pociąg zmiótł ze swojej drogi potraktowanego przez Sasankę gazem mordercę.

Poniatowski zapytał funkcjonariuszy o stan zdrowia obu kobiet. Okazało się, że Anka podczas ratowania mu życia potknęła się, spadła z kolejowego nasypu i uderzyła głową o ziemię. A potem na chwilę zasłabła. Julia zaś nie doznała żadnych fizycznych obrażeń. To ona wezwała pomoc. Zrelacjonowała policji, do czego przed śmiercią przyznał się Borys Maliszewski, czyje zwłoki jeszcze położył na torach oraz kto zastrzelił Arkadiusza Żabskiego.

– Oj, tam, oj, tam – wyrwała kolegę z zadumy barmanka. – Na pomniki uwieczniające twoją wielką sławę przyjdzie jeszcze czas. Wcześniej musisz jeszcze kilku psychopatów złapać, jak przystało na porucznika Columbo.

– Jasne… – westchnął przeciągle mężczyzna, obracając w dłoniach kopertę. – Jak dotąd jeszcze nigdy nie udało mi się poprawnie wytypować sprawcy, bo o jego zdemaskowaniu zawsze decyduje zbieg okoliczności. Taki to za mnie detektyw.

– No i w czym problem? – Anka szturchnęła przyjaciela w bok. – Ważne jest, że zaczęte sprawy doprowadzasz, a raczej my doprowadzamy – położyła nacisk na przedostatnie słowo – do samego końca. A poza tym, w jaki sposób mieliśmy wytypować sprawcę, skoro go nie znaliśmy?

– No nie wiem... Szerszy rekonesans zrobić? – uśmiechnął się. – Ano, właśnie! To chyba ty miałaś zrobić grubszy przegląd wszystkich pilskich psychopatów i erotomanów, o ile dobrze pamiętam.

– Miałam i zrobiłam, jak nie, jak tak! – żachnęła się pracownica Świtezi. – Za kogo mnie masz? – udała obrażoną. – I akurat Artura Ludwiczaka vel Borysa Maliszewskiego nie miałam na swojej liście.

– Dwa nazwiska, jeden psychopata – Poniatowski parsknął niepohamowanym śmiechem.

– No, dokładnie, Janek! – Koleżanka wyprostowała się nie krześle, wzięła głęboki wdech, zastanowiła się chwilę i zaczęła mówić. – A to ci historia, z tą Bereniką i Malwiną, co? Dwie przyjaciółki z domu dziecka, pragnące wolności i szczęścia, planują ucieczkę ich życia, dają nogę ze znienawidzonego ośrodka i nagle wszystko zaczyna się chrzanić. Normalnie jak w serialu. – Barmanka wydęła policzki i omiotła teatralnie wzrokiem wnętrze restauracji. Zastanowiła się, kto po śmierci właściciela będzie zarządzał Świtezią. – A w ostatniej scenie sfrustrowany brat zamordowanej dziewczyny, skryty matkobójca, mszczący się na winnych sprzed dziewięciu lat oraz na tych, co źle dziewczyny do towarzystwa traktują. To się w głowie nie mieści normalnie! Jakimż to dewiantem trzeba, Janek, być, żeby zabijać człowieka, jeśli nie ma się nawet pewności, czy dana ofiara skorzystała z usług prostytutki. Biedny, Kajtek, co mu zawinił? – posmutniała barmanka. Oparła się łokciem o bar i zamilkła.

– Nic, i to jest najsmutniejdze – westchnął bankowiec. – No… A jego siostra? Ona już kompletnie w niczym nie zawiniła mordercy.

– Kto? – Zatopiona w niemiłych refleksjach Sasanka nie dosłyszała pytania.

– Najda, przecież ona…

– Aaa… no tak. To w ogóle koszmar! – Dziewczyna złapała za butelkę z piwem, które kilka minut wcześniej otworzyła dla swojego gościa. – Daj się napić, bo mi w gardle zaschło, jak sobie znów pomyślałam, co musiała przejść ta kobieta, zanim… – Anka pociągnęła sporą porcję chłodnego napoju. – Jedyna korzyść z braku szefa w pracy – skwitowała i wytarła usta.

– Zanim co? – chciał wiedzieć przyjaciel.

– Co, co?

– Zaczęłaś coś mówić o Najdzie – podszepnął.

– Aaa… no tak! – Anka po swojemu zatrzepotała rzęsami. – Zanim ten zwyrodnialec zamknął jej zwłoki w tapczanie – dokończyła myśl. – Do dzisiaj nie mogę sobie tego w głowie poukładać. Jak do tego doszło w ogóle? I jaki zabójca miał motyw, żeby się pozbyć pani Izabeli? Na niej też się mścił?

– Na niej nie – odparł Poniatowski. – Do zabójstwa Najdy zmusił go rozwój niekorzystnych zdarzeń. Maliszewski dowiedział się przypadkowo, że ty i ja pomagamy pani Izabeli znaleźć mordercę jej brata. Podsłuchał rozmowę telefoniczną, podczas której Natasza wygadała się jego macosze, właścicielce kwiaciarni Anturium, że wpadliśmy na trop seryjniaka, mamy już dowody i umówione spotkanie w tej sprawie z siostrą Kajetana. Morderca nie mógł tylko oczywiście wiedzieć, że Natasza nie mówiła o nim.

– Uderz w stół, jak to mówią, a się nożyce odezwą! – podsumowała Sasanka i po raz wtóry postanowiła ugasić pragnienie piwem przyjaciela. – Tam to w ogóle był kosmos, u Andrzejewskiego, co? I pomyśleć, że w tym dniu w jego kawalerce, oprócz Maliszewskiego, który zabrał z miejsca zbrodni torebkę i rzeczy osobiste zamordowanej, nomen omen znalezione potem w służbowym furgonie Muszelki, zjawił się jeszcze, świętej pamięci, Arkadiusz Żabski.

– Racja, zjawił się, tylko nadal nie wiadomo po co – zasępił się Jan.

– No, jak nie wiadomo? Nie mówiłam ci?

– Nie, a co? Dowiedziałaś się czegoś nowego?

– Tak. Julka mi wczoraj wyznała, jak mi tę kasę dawała, że ona i Żabski chcieli porządnie wystraszyć siostrę Kajetana, która, jak sam wiesz, uważała, że to Węgorzewska winna jest śmierci swojego narzeczonego. Rozgoryczona kobieta ciągle im groziła, opony im przebijała, w pracy nachodziła, awantury wszczynała i odstraszała tym samym pacjentki kliniki. Nie pomagały prośby, spokojne rozmowy, absolutnie nic. Było coraz gorzej.

– No, to nieźle – stwierdził Poniatowski. – Dała się Najda we znaki, chociaż mogła mieć przecież podstawy, żeby winić Julię. Wiesz, ta polisa Kajtka, lokaty na duże sumy…

– Ano, a właśnie, Janek! – Anka pstryknęła palcami i podskoczyła na krześle. – Miałeś się dowiedzieć, po co ona tak bardzo o te pieniądze walczyła. Udało ci się coś ustalić?

– Nie do końca – odrzekł z nutą rezygnacji w głosie mężczyzna. – Tylko tyle, że w jakimś finansowym dołku była, długi, zobowiązania, kredyty. Moja mama nie dowiedziała się niczego więcej od przyjaciółki prowadzącej sklep, w którym zatrudniła się Najda.

– No tak, nowoczesna kobieta, to i potrzeby finansowe miała. Może nawet większe niż ta Maliszewska. A wracając do niej, to powiem ci, Janek, że niezłe z niej ziółko. Żeby takie numery wykręcać? Szok i niedowierzanie, pirania biznesu, normalnie!

– A żebyś wiedziała – Jan zareagował natychmiast. – Natasza nadal nie może uwierzyć, że taka poczciwa i szanowana florystka była zdolna do tego, żeby włamać się wieczorem do Wspaniałych Ślubów i doszczętnie zniszczyć zrobione przez siebie ozdoby. Tylko po to, by za chwilę, dbając o swoje utargi, zaproponować Nataszy produkcję i sprzedaż nowych stroików czy kwiatów. To się nazywa szczyt przedsiębiorczości. W rozmowie z policją do wszystkiego się przyznała. Zobowiązała się pokryć wyrządzone szkody.

– A wiesz co? Ta Maliszewska to się w dużym stopniu przyczyniła do zła, jakie wyrządził jej adoptowany synalek. Podejrzewam, że ona nie przysposobiła Artura, czyli Borysa, z wielkiej miłości i potrzeby posiadania dziecka. Nie sprawdziła się w roli kochającej i troskliwej matki, mając pewnie gdzieś to, co go zżerało od środka.

– Masz rację, tym bardziej że jak się dowiedziałem podczas ostatniej rozmowy z Jahncem i Czeszejką, z zeznań kobiety wynika, że kwiaciarka zdecydowała się na adopcję wyłącznie dlatego, że potrzebowała pomocy w prowadzeniu firmy. Jej mąż zachorował, wiedziała, że zostanie sama, robiła się coraz starsza, a przecież musiała utrzymać coraz gorzej prosperujący interes. I nie dbała o to, jakie problemy ma wrażliwy dorastający chłopak po przejściach. Nie poświęcała mu zbyt wiele uwagi i nie rozmawiała z nim, tylko goniła go wciąż do roboty. Zresztą nawet Natasza po czasie sobie przypomina, że pani Kalina od zawsze narzekała na tego swojego Borysa. Utyskiwała, że żadnego pożytku z obiboka nie ma, że nastolatek coraz rzadziej wyręcza ją w sklepie i tylko przysparza jej niepotrzebnych zmartwień.

– I przysporzył, nie tylko jej samej – spuentowała Anka. – No, nic. – Huknęła otwartymi dłońmi o blat kontuaru. Janek podskoczył zlękniony. – Do pracy, rodacy! – zawołała, wstała z krzesła i zniknęła na chwilę z oczu Poniatowskiego. Po niedługiej chwili stanęła na powrót za wysokim barem. – A ty schowaj wreszcie tę kopertę, bo się rozmyślę i dołożę twoją część do mojego skromnego honorarium.

– Skromnego? – prychnął stały bywalec Świtezi. – A swoją drogą, jakoś mi to nie pasuje do Węgorzewskiej.

– Ale co? – Blondynka, widząc prawie pustą butelkę w dłoni swojego najlepszego klienta, wyjęła z lodówki kolejną. – Proszę – szepnęła. – Zdrówko! Na koszt firmy.

– Dzięki – Przyssał się do świeżo otwartego piwa. – No, że Julia taka się hojna zrobiła. Z tego, co o niej mówiłaś, to szczwana i wyrachowana bestia – kontynuował myśl.

– Gdybyś odziedziczył wszystkie pieniądze Żabskiego oraz ekskluzywną klinikę, też byś się zrobił rozrzutny.

– Co? – Janek zakrztusił się nazbyt spienionym napojem.

– Ostrożnie, bo ci poleci uszami! Nie marnuj procentów! – zażartowała kelnerka. – Tak, tak, kochanieńki – perorowała. – Wyobraź sobie, że doktorek zapisał cały majątek swej niedoszłej żonie. Julia mi wczoraj wyznała, że Żabski naprawdę wiązał z nią swą przyszłość... – zawahała się na chwilę. – I co z tego, skoro nie umiał się z grzeszną przeszłością uporać – dodała, tkwiąc w zamyśleniu.

– Jestem w ciężkim szoku.

– Ty, w szoku? A co ja mam powiedzieć? – Sasanka się zawahała. – Dobra powiem, ci, niech stracę. Chociaż przysięgałam na wszystkie promocje we wszystkich galeriach na świecie, że nikomu nie pisnę ani słóweczka. Nawet tobie – powiedziała ze skruchą.

– O czym? – Jan się zirytował. Nie lubił, kiedy przyjaciółka miała przed nim jakieś tajemnice.

– Tylko się nie wkurzaj, okej? Błagam.

– Zastanowię się – odparł oschle. – Mów, nie pogrążaj się!

– No więc… – zaczęła niepewnie dziewczyna. Zniżyła głos do cichego szeptu i zbliżyła twarz do twarzy Poniatowskiego. – Po tym, jak cię zdjęłyśmy z tych torów, Julka zabrała z miejsca wydarzeń neseser Żabskiego. To z nim uciekała Malwina Humańska przed Węgorzewską z Muszelki. Były tam pieniądze, trzysta dwadzieścia tysięcy, wypłacone tuż przed śmiercią przez Arkadiusza…

– Cooo? – warknął zbyt głośno Jan. – Nie zająknęła się o tym ani jednym słowem podczas przesłuchania. Wiesz, czym to może grozić?

– Wiem, ale obiecałam Julii, że dotrzymam tajemnicy. Nie mogłam postąpić inaczej. Tylko w ten sposób mogłam zrewanżować się za to, że Węgorzewska pomogła mi wtedy uratować ciebie.

Jan napił się piwa. Zamilkł. Był wściekły na Ankę, ale nie mógł w tej chwili nic zrobić. Dziewczyna użyła argumentu, którego on w żaden sposób nie umiał obalić. Pośpiesznie schował kopertę w wewnętrznej kieszeni marynarki.

– Ukryła gdzieś tę walizkę, a potem po nią wróciła. Przepraszam, że… – Barmanka urwała nagle, wyprostowała się i zaczęła wpatrywać się w jeden punkt, zlokalizowany gdzieś za plecami kolegi.

– Dobra, dobra, spoko. – Jan złagodniał, gdyż dostrzegł, że wyznanie Sasanki nie wpłynęło korzystnie na jej samopoczucie. Kiedy jednak zorientował się, że przyczyna zmiany nastroju dziewczyny jest zdaje się inna, prędko się odwrócił.

Zobaczył przed sobą Nataszę. Szła bardzo powoli w ich stronę. Miała dziwną minę, zmierzwioną fryzurę, a jej biała bluzka cała była pokryta czarno-czerwonymi plamami. Największa z nich widniała na klatce piersiowej właścicielki firmy eventowej. W ręku trzymała mały nóż do tapet.

Poniatowski zamarł w jednym momencie. Poczuł, jak wzbiera w nim fala gorąca, która pulsowaniem rozsadza mu czaszkę. Świat przed oczami zaczął tracić barwy i stawał się mało wyraźny. Bankowiec był przerażony. Zerwał się z miejsca i doskoczył czym prędzej do żony. Usłyszał za sobą, jak Anna wybiega z rumorem zza lady.

– A wy co? – odezwała się żywo Natasza. – Co macie takie miny? Ducha ujrzeliście?

– My? – Anka z trudem wydobyła z siebie głos.

Jan się nie odezwał.

– Wy, a kto? Przecież, że nie ja – Natasza parsknęła niepohamowanym śmiechem. Skierowała spojrzenie na siebie i oceniwszy swój wygląd, zorientowała się, o czym musieli pomyśleć Janek i Sasanka. – Spokojnie – oznajmiła, rozkładając ręce. – Nic mi nie jest. Wina nie mogłam otworzyć, które mi wcześniej przyniosłaś. – Spojrzała z uśmiechem na wciąż przerażoną barmankę.

– O kurczę, przepraszam! – Dziewczyna puknęła się w czoło. – Korkociąg miałam donieść. Zapomniałam, zaraz….

– Już nie trzeba, poradziłam sobie – Poniatowska czknęła kilkukrotnie. – Tylko trochę mi się zmarnowało. – Wzruszyła ramionami na znak bezradności i ponownie zaczęła się śmiać.

– Boże, Natasza, ale się strachu najadłem! – krzyknął Jan rozemocjonowany. Podszedł szybko bliżej i przytulił żonę z całej siły. Poczuł w nozdrzach zapach jej ulubionego wina.

– To jak się najadłeś, to teraz się napij! – Natasza mrugnęła okiem do Sasanki. Uniosła rękę i zaczęła kręcić nią w powietrzu, niczym korkociągiem. – Zapraszam was do mojego biura. Będzie mały toast!

– A z jakiej okazji, kochanie? – Mężczyzna był zaintrygowany.

– A z takiej, że otrzymałam właśnie pewną propozycję po śmierci pana Ożarowskiego, i chyba…

– Będziesz zarządzać Świtezią?! – Anka z radości zaklaskała w dłonie. – Tak się cieszę.

– No ja nie wiem, czy jest z czego, Aniu. – Jan udał poważną minę, wskazując na poplamioną bluzkę Nataszy. – Będziemy mieć przechlapane!

K O N I E C

OD AUTORA

Nawet nie wiesz, jak mocno pragnąłem oddać w Twoje ręce drugą część przygód Jana Poniatowskiego. Żeby to zrobić, dużo poświęciłem. Wielokrotnie zarywałem noce i całymi dniami ślęczałem przed ekranem komputera, przedkładając pisanie nad inne, równie ważne dla mnie zawodowe i prywatne sprawy. W międzyczasie przeżyłem niejedno zwątpienie we własne umiejętności, ale się w końcu udało. Po raz kolejny mogłem Cię zaprosić do mojego świata. I żywię wielką nadzieję, że świat przedstawiony w *Retorsji* stał się również Twoim wyjątkowym i niezapomnianym miejscem. Czasem bardzo strasznym, wywołującym ciarki na Twojej skórze, innym razem śmiesznym, powodującym uśmiech na twarzy, odrywającym od szarej rzeczywistości, ale zawsze skłaniającym do refleksji.

Serdecznie Ci dziękuję za obdarzenie mnie zaufaniem i przeczytanie tej książki. To dla mnie ogromne wyróżnienie, o jakim skrycie marzyłem podczas pisania *Retorsji*. Liczę, że podzielisz się ze mną wrażeniami z lektury, śląc do mnie wiadomość lub umieszczając opinię na temat powieści na społecznościowych portalach książkowych. Dziękuję Ci bardzo, że jesteś.

Szczególne podziękowania składam również zespołowi Wydawnictwa Oficynka, bez którego moje marzenie o publikacji książek prawdopodobnie nigdy nie miałoby szans na realizację, pracownikom Regionalnego Centrum Kultury w Pile oraz organizatorom Festiwalu Kryminalna Piła, a także osobom prowadzącym blogi czytelnicze za nieocenioną pomoc w promocji mojej pierwszej książki, za słowa wsparcia oraz za cenne informacje zwrotne, które pozwalają mi się rozwijać i stawać się coraz lepszym.

Dziękuję mojej żonie, która od początku wspierała mnie w pisaniu i we wszystkich aktywnościach, które się z nim wiążą. Nigdy nie pozwoliła mi w siebie zwątpić i zrezygnować z tworzenia, a tym samym z realizowania mojej literackiej pasji. Kasiu, dobrze wiesz, że gdyby nie Ty, nie byłoby ani pierwszej, ani drugiej książki. Z całego serca dziękuję Ci również za pomoc w wybrnięciu z kilku fabularnych pułapek, które sam na siebie zastawiłem, pisząc.

Wyrazy wdzięczności kieruję również w stronę mojej rodziny, przyjaciół oraz powiększającego się grona znajomych, na których w trudnych chwilach zawsze mogłem liczyć. Mam nadzieję spotykać się z Wami gdzieś w Polsce, gdzieś w zakamarkach elektronicznej sieci, a w przyszłości móc napisać dla Was jeszcze wiele interesujących książek.

Do zobaczenia...

Tomasz Brewczyński